빨간 머리 앤

Anne of Green Gables

Anne of Green Gables

빨간 머리 앤

루시 모드 몽고메리 지음 | 김지혁 일러스트 | 김양미 옮김

Contents

01

레이철 린드 부인이 놀라다

레이철 린드 부인은 에이번리 마을의 큰 길이 작은 골짜기로 꺾여 내려가는 곳에 살고 있었다. 주변엔 오리나무와 금낭화가 자랐고, 오래된 커스버트네 농가 숲에서 흘러나온 시내가 이 길을 가로질렀다. 그 시내는 상류에서는 으슥한 연못과 폭포를 이루며 꾸불꾸불 세차게 흐르다가 린드 부인이 사는 골짜기에만 이르면 조용하고 잔잔하게 바뀌었다. 시내마저도 린드 부인의 집 앞을 지날 때는 예의와 품위를 갖춰야 한다는 걸 아는 모양이었다. 어쩌면 린드 부인이 창가에 앉아 시냇물이든 아이들이든 집 앞을 지나가는 것이면 무엇이든 놓치지 않고 쳐다보고, 조금이라도 이상하거나 옳지 않은 장면이 눈에 뜨일라치면 그 이유를 끝까지 파고들 거란 사실을 알아서인지도 몰랐다.

자기 일까지 내팽개치고 이웃 일에 간섭하는 사람들이야 에이번리에나 다른 마을에나 얼마든지 있겠지만, 린드 부인은 자기 일도 똑 부러지게 하면서 남의 일에도 참견하는 대단한 사람이었다. 린드 부인은 훌륭한 살림꾼이었다. 해야 할 일은 늘 솜씨 있게 처리했으며, 자선 재봉회를 이끌고 주일학교 운영을 돕는가 하면, 교회 봉사회와 해외 전도 후원회에서도 누구보다 열심히 활동했다. 하지만 린드 부인은 이런 일을 다 하면서도 몇 시간이나 부엌 창가에 앉아 무명실로 침대보를 떴고, 에이번리 부인들은 존경 어린 목소리로 린드 부인이 침대보를 열여섯 장이나 짰다며 감탄하곤 했다. 그리고 그렇게 바느질을 하면서 골짜기를 지나 붉고 가파른 언덕 너머로 이어진 큰길을 예리한 눈으로 바라보곤 했다. 에이번리 마을은 세인트로렌스만에서 튀어나온 작은 삼각형 반도에 자리 잡고 있어 양쪽으로 바다와 접하고 있으며, 마을을 들고 나는 사람이라면 누구나 그 언덕길을 지나야 했다. 그러므로 그 무엇도 린드 부인의 보이지 않는 눈길을 피할 재간이 없었다.

6월 초 어느 날 오후, 그날도 린드 부인은 여느 때처럼 창가에 앉아 있었다. 따뜻하고 밝은 햇살이 창으로 비쳐 들어왔고, 집 아래 비탈진 과수원에는 새색시 뺨 같은 연분홍 꽃들이 활짝 피어나 수많은 벌들이 윙윙거리며 날아다녔다. 에이번리 마을 사람들이 '레이철 린드의 남편'이라고 부르는, 몸집이 작고

순한 토머스 린드가 헛간 너머 밭에다 철늦은 순무 씨를 뿌리는 중이었다. 매슈 커스버트도 '초록 지붕 집' 위에 있는 시냇가 근처 붉은 밭에서 씨를 뿌리고 있을 터였다. 린드 부인은 이미 이 사실을 알고 있었다. 어젯밤 매슈 커스버트가 카모디에 있는 윌리엄 블레어 가게에서, 내일 오후에 순무 씨를 뿌릴 거라고 피터 모리슨에게 하는 소리를 들었던 것이다. 매슈 커스버트야 평생 먼저 말을 꺼내 본 적이 없는 사람이니 물어본 쪽은 당연히 피터였다.

그런데 그 바쁜 날 오후 3시 30분에 매슈 커스버트가 골짜기를 지나 언덕길로 차분히 마차를 몰고 올라가고 있었다. 제일 좋은 양복에 하얀 깃까지 단 걸 보면, 아무래도 에이번리 마을 밖으로 나가는 게 분명했다. 거기다 밤색 말이 끄는 마차까지 타고 있으니, 분명 꽤 먼 길을 간다는 증거였다. 그렇다면 매슈 커스버트는 대체 어디 가는 길이며, 무슨 일로 가는 걸까?

매슈가 에이번리의 다른 주민들만 같았어도 린드 부인은 이리저리 끼워 맞춰 이 두 가지 질문에 꼭 들어맞는 그럴싸한 답을 찾아냈을지도 모른다. 하지만 매슈는 집 밖을 나서는 일이 거의 없는 사람이었으므로 무슨 급한 일이나 특별한 일이 있는 게 틀림없었다. 매슈는 부끄럼을 아주 많이 탔고, 낯선 사람을 만나거나 얘기를 나눠야 하는 곳에는 가기 싫어했다. 그런 매슈가 하얀 깃을 단 양복을 차려입고 마차를 몰고 간다는 건 쉽게 볼 수 있는 광경이 아니었다. 린드 부인은 아무리 머리를 짜내 보아도 답이 떠오르지 않았고, 결국 즐거운 오후 시간은 엉망이 되고 말았다.

이 존경받는 여인은 마침내 결론을 내렸다.

"차를 마시고 난 다음 초록 지붕 집에 가서 매슈가 무슨 일로 어딜 간 건지 마릴라한테 직접 물어봐야겠어. 매슈는 보통 이맘때 시내에 나가지도 않고, 평생 누구 집을 찾아가는 법도 없어. 순무 씨가 떨어졌다면 저렇게 차려입고 마차까지 타고 나갈 리가 없지. 의사를 찾아간다고 보기엔 말을 너무 천천히 모는 것 같고. 어쨌든 어젯밤 후로 나갈 일이 생긴 게 분명해. 정말이지 알 수가 없네. 오늘 매슈 커스버트가 왜 마을을 나갔는지 알기 전까진 도무지 신경이 쓰여 견디지 못할 거야."

린드 부인이 차를 마시고 집을 나섰다. 그리 먼 거리는 아니었다. 린드 부인이 사는 골짜기에서 400미터 조금 못 되게 위로 올라가면 커스버트 남매가 사는 넓고 큰 과수원집이 나왔다. 하지만 길이 워낙 좁고 길어서인지 훨씬 멀게 느껴졌다. 매슈 커스버트의 아버지는 매슈만큼이나 내성적이고 과묵한 사람이었는데, 마을에서 되도록 멀리 떨어지면서도 숲속에 너무 파묻히지 않은

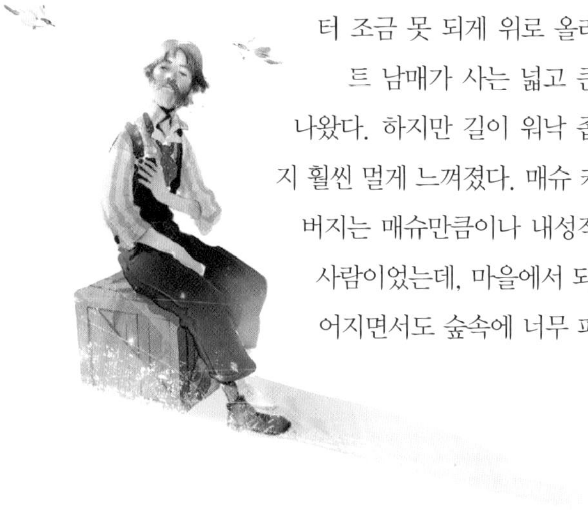

곳에 집터를 얻었다. 그리고 땅을 일군 뒤 농장 맨 끄트머리에 초록 지붕 집을 지었다. 그래서 그 집은 요즘도 에이번리 집들이 옹기종기 모여 있는 큰길에서 간신히 보일 정도였다. 레이철 린드 부인은 그런 곳에서 사는 건 사는 것도 아니라고 생각했다.

들장미 덤불이 무성하고 마차 바퀴 자국이 푹 팬 풀밭 길을 걸으며 린드 부인이 혼자 중얼거렸다.

"그건 그냥 머무르는 거야. 매슈와 마릴라 둘이서만 저렇게 외딴 곳에 사는 걸 보면 둘 다 별나긴 별나. 친구는 나무들로 충분하다고 생각하는 모양인데, 나무만 가지고 살 수 있나. 사람을 보고 살아야지. 하지만 솔직히 두 사람은 이런 생활에 만족하는 것 같긴 해. 아마도 익숙해진 까닭이겠지. '사람은 목이 매달린 상태에도 익숙해질 수 있다.'라는 아일랜드 속담도 있잖아."

린드 부인이 오솔길을 벗어나 초록 지붕 집 뒤뜰로 들어섰다. 녹음이 우거진 뜰은 깨끗하게 잘 정돈되어 있었다. 한쪽에는 오래된 버드나무들이 듬직하게 서 있고, 맞은편에는 포플러 나무들이 자라고 있었다. 떨어진 나뭇가지나 돌멩이 하나도 없었다. 만약 있었다면 린드 부인의 눈에 당연히 띄었을 것이다. 린드 부인은 마릴라 커슈버트가 집안 청소만큼이나 뜰도 자주 청소한다는 생각이 들었다. 먼지만 아니라면 땅에 떨어진 음식도

주워 먹을 수 있을 듯했다.

린드 부인은 부엌문을 세게 두드렸고, 들어오라는 소리가 들리자 안으로 들어갔다. 초록 지붕 집의 부엌은 기분 좋은 곳이었지만 쓰지 않는 응접실처럼 너무 깨끗하게 정돈해 놓지 않는 편이 더 좋았을지도 몰랐다. 부엌 창문은 동쪽과 서쪽으로 나 있었다. 서쪽 창으로는 뒤뜰이 내다보였고, 부드러운 6월 햇살이 쏟아져 들어왔다. 그러나 동쪽 창은 담쟁이덩굴로 파랗게 뒤덮여, 왼쪽 과수원에 활짝 핀 하얀 벚꽃과 시내 옆 골짜기 아래에서 자라는 늘씬한 자작나무만 어렴풋이 보일 뿐이었다. 마릴라 커스버트는 늘 동쪽 창가에 앉아 햇빛은 믿을 게 못 된다고 생각하곤 했다. 진지해야 할 세상에서 햇빛은 지나치게 어지럽고 변덕이 심하다는 게 마릴라의 생각이었다. 지금도 마릴라는 동쪽 창가에 앉아 뜨개질을 하고 있었고, 등 뒤 식탁에는 저녁이 차려져 있었다.

린드 부인은 미처 문을 닫기도 전에 식탁을 보고 모든 걸 알아차렸다. 접시가 세 개 놓인 것으로 보아, 매슈가 차 마실 손님을 데려오길 기다리는 게 분명했다. 하지만 평소 쓰는 접시에다 사과 잼과 케이크 한 종류만 놓인 걸 보면 그리 특별한 손님은 아니지 싶었다. 그렇다면 매슈의 하얀 깃과 밤색 말은 어찌된 걸까? 린드 부인은 조용하고 새로울 것 없던 초록 지붕 집에서 일어난 뜻밖의 수수께끼로 머리가 터질 듯 복잡했다.

마릴라가 쾌활하게 말했다.

"어서 와요, 레이철. 오늘 저녁은 정말 날씨가 좋네요, 그렇죠? 이리로 앉으세요. 댁에는 별일 없으시죠?"

마릴라 커스버트와 린드 부인 사이에는 서로 비슷한 점이 없는데도, 어쩌면 그래서인지도 모르겠지만, 우정이라고 밖에 달리 표현하지 못할 어떤 감정이 흐르고 있었다.

마릴라는 각 진 얼굴에 키가 크고 마른 여자였다. 백발이 간간이 섞인 검은 머리는 항상 뒤로 단단히 말아 올려 쇠 머리핀 두 개로 질끈 고정시키고 있었다. 마릴라는 경험의 폭이 좁고 융통성이 없어 보였으며, 실제로도 그랬다. 하지만 말에 관해서라면 어느 정도 다행이라는 생각이 들었다. 약간 다듬기만 한다면 유머감각이 있다는 소리를 들을 수도 있을 터였다.

린드 부인이 말했다.

"다들 잘 지내고 있어요. 그런데 이 댁은 그렇지 못한 것 같군요. 오늘 매슈가 나가는 걸 봤거든요. 의사를 부르러 가는 게 아닌가 싶었답니다."

마릴라는 '그럼, 그렇지.' 하는 표정으로 입을 씰룩거렸다. 마릴라는 린드 부인이 찾아올 줄 이미 짐작하고 있었다. 매슈가 나들이하는 희한한 모습을 보고도 이웃의 호기심이 끓어오르지 않을 리가 없다고 여겼던 것이다.

"어머, 아니에요. 어젯밤 두통이 심하긴 했지만 전 아주 건강

해요. 매슈 오라버니는 브라이트 리버 역에 갔답니다. 노바스코샤에 있는 고아원에서 남자 아이 하나를 데려오기로 했는데, 오늘 저녁 기차로 온다고 해서요."

마릴라가 말했다.

매슈가 호주에서 온 캥거루를 데리러 브라이트 리버 역에 갔다는 소릴 들었대도 린드 부인이 이렇게까지 놀라진 않았으리라. 린드 부인은 5초 동안 정말 입이 얼어붙은 듯했다. 마릴라가 자기를 놀릴 리가 없다고 생각하면서도 그렇게 믿지 않을 수가 없었다.

말문이 트이자 린드 부인이 물었다.

"정말이에요, 마릴라?"

"네, 물론이에요."

마릴라는 노바스코샤에 있는 고아원에서 사내아이를 데려오는 게 마을에서 처음 있는 획기적인 사건이 아니라, 에이번리의 어엿한 농가에서 봄이면 으레 하는 일이라도 되는 듯 아무렇지 않게 대답했다.

린드 부인은 심한 충격을 받았다. 머릿속이 느낌표로 가득 찼다. 남자 아이라고! 다른 사람도 아닌 마릴라와 매슈 커스버트가 양자를 들인다고! 그것도 고아원에서! 세상이 뒤집어져도 단단히 뒤집어졌군! 앞으로 이보다 더 놀랄 일은 없을 거야! 절대로!

"도대체 어떻게 그런 생각을 한 거죠?"

린드 부인이 못마땅한 소리로 물었다.

린드 부인에게 조언을 구하지도 않고 이런 결정을 내렸으니 비난이 따르는 건 당연했다.

"글쎄요, 우리는 한동안 이 문제로 고민을 해왔답니다. 사실 겨우내 그랬지요. 크리스마스를 앞둔 어느 날, 알렉산더 스펜서 부인이 집에 들러서는 봄에 호프타운 근처 고아원에서 어린 여자 아이를 데려올 거라고 하더군요. 호프타운에 사는 사촌 집에 간 적도 있고 해서 고아원 사정을 잘 알더라고요. 그때부터 매슈 오라버니와 전 그 문제로 가끔씩 얘기를 나눴지요. 그리고 남자 아이를 입양해야겠다고 생각했던 거예요. 알다시피 이제 오라버니도 늙으셨어요. 벌써 예순인데다 기력도 예전만 못하시고요. 심장도 안 좋아 고생이 이만저만 아니랍니다. 일꾼 구하는 게 얼마나 신경 쓰이는 일인지 아시잖아요. 멍청하고 어정쩡한 프랑스 사내애들 말고는 없다고요. 설사 그 애들을 고용한다고 쳐도 기껏 가르쳐서 좀 부릴 만하면 새우통조림 공장이나 미국으로 내빼기 일쑤죠. 처음에 오라버닌 영국 고아원에서 데려오는 게 어떻겠냐고 하시더군요. 하지만 전 안 된다고 잘라 말했어요. '어쩜 그 편이 좋을지도 몰라요. 저 역시 그 애들이 나쁘다는 뜻은 아니에요. 다만 런던 거리를 헤매 다니는 부랑아는 안 돼요. 적어도 이 나라에서 태어난 아이여야 해요. 누구든 위험부담이야 있겠죠. 하지만 캐나다 아이라면 훨씬 마음도 놓이고, 편하게 잠도 잘 잘 수 있을 거예요.' 하고 말이죠. 그래서 우린 결국 스펜서 부인이 여자 아이를 데리러 갈 때 우리한테도 아이를 데려다 달라고 부탁하기로 결정했어요. 지난주에 스펜서 부인이 간다는 소식을 듣고는 카모디에 사는 리처드 스펜서 식구들 편으로, 열 살이나 열한 살 가량의 영리하고 적당한 사내아이를 데려다 달라는 말을 전했어요. 그 정도 나이가 가장 좋을 듯해서요. 허드렛일 시키기에도 적당하고, 아직 어려서 제대로 가르치기도 좋을 테니까요. 우린 그 애에게 좋은 가족이 되어 주고 학교에도 보낼 작정이에요. 오늘 우체부가 알렉산더 스펜서 부인이 보낸 전보를 역에서 가져다 줬는데, 오늘 저녁 5시 30분 기차로 온다고 쓰여있더군요. 그래서 오라버니가 그 애를 데리러 브라이트 리버 역으로 간 거랍니다. 스펜서 부인이 그 애를 역에 내려 줄 거예요. 부인은 물론 화이트 샌즈 역까지 계속 타고 가겠죠."

린드 부인은 항상 자기 생각을 얘기하는 데 자부심을 느끼는 사람이었다. 이 놀라운 소식에 대해 어느 정도 생각을 정리한 린드 부인이 드디어 이야기를 시작했다.

"이봐요, 마릴라. 솔직히 말해 두 사람은 정말 어처구니없는 짓을, 아니 위험한 일을 하고 있어요. 본인이 무슨 일을 하고 있는지도 모르고 있다고요. 당신 집에, 이 가정에 낯선 아이를 들이는 일이에요. 당신은 그 애에 대해서 아무것도 몰라요. 성격이 어떤지, 부모가 어떤 사람인지, 나중에 어떻게 자랄지 전혀 모른다고요. 바로 지난주 신문만 봐도 섬 서쪽에 사는 어떤 부부가 고아원에서 애를 데려왔는데, 그 애가 밤에 집에 불을 질렀다지 뭐예요. 그것도 일부러 말이에요, 마릴라. 그 부부는 하마터면 침대에서 타 죽을 뻔했대요. 또 양자로 삼은 아이가 날달걀을 빨아 먹는 습관이 있었는데 아무리 고쳐 주려 해도 안 됐다는 이야기도 있어요. 나한테 한마디라도 물어봤다면 그런 생각은 아예 하지도 말라고 말렸을 텐데, 그래 주질 않았네요, 마릴라."

오히려 속을 긁어 대는 린드 부인의 말에 마릴라는 화를 내거나 놀라지도 않고 뜨개질만 계속했다.

"레이철 말에도 일리는 있어요. 나도 좀 불안했으니까요. 하지만 매슈 오라버니가 간절히 바라셔서 나도 받아들이기로 했답니다. 무엇에나 매달리는 일이 거의 없는 오라버니가 그러실 때는 내가 져주는 게 옳다는 느낌이 들거든요. 위험성으로 따져 봐도 사람이 하는 일엔 항상 위험이 따르게 마련이잖아요. 그건 친자식이 있는 사람도 마찬가지죠. 항상 잘 자란다는 보장은 없으니까요. 게다가 노바스코샤는 여기서 아주 가까워요. 영국이나 미국에서 데려오는 게 아니라고요. 그 애는 우리랑 그렇게 다르지 않을 거예요."

린드 부인이 그래도 믿지 못하겠다는 듯 불쾌한 속내를 그대로 드러내며 말했다.

"어쨌든 일이 잘되길 바라겠어요. 그 애가 초록 지붕 집을 깡그리 태워 먹거나 우물에 독을 풀더라도 내가 말리지 않았다는 원망만 하지 말아요. 뉴브런즈윅에서 고아원 아이가 우물에 독을 넣어 가족들이 끔찍한 고통 속에 죽었다는 얘길 들은 적이 있어요. 하긴 그 경우는 여자 아이였지만요."

"우린 여자 애를 데려 오는 게 아니에요."

마릴라는 우물에 독을 넣는 건 순전히 여자 애들이나 하는 짓이니, 남자 아이라면 안심해도 된다는 투로 말했다.

"난 여자 아이를 데려오겠다는 생각은 해본 적도 없어요. 알렉산더 스펜서 부인은 왜 그러는지 모르겠어요. 하긴 스펜서 부인은 마음만 먹으면 고아원 아이 전부라도 데려다 키울 사람이지만요."

린드 부인은 매슈가 아이를 집에 데려올 때까지 기다리고 싶었다. 하지만 매슈가 돌아올 때까지 두 시간은 꼬박 기다려야 할 것 같았으므로 로버트 벨 씨 댁에 가서 이 소식을 전해야겠다고 마음먹었다. 분명 대단한 화젯거리가 될 터였다. 린드 부인은 이렇게 시끌벅적 일을 벌이는 걸 아주 좋아했다. 린드 부인이 돌아가자 마릴라는 그제야 마음이 좀 놓였다. 린드 부인의 비관적인 말을 자꾸 듣고 있으려니 의심과 걱정이 다시 밀려오는 것 같았기 때문이다.

오솔길로 접어들자 린드 부인이 갑자기 소리를 질렀다.

"세상에, 이런 일이 일어나다니! 꿈이라도 꾸고 있는 것 같아. 가여운 어린아이가 정말 안됐어. 매슈와 마릴라는 아이들에 대해 알지도 못하면서 그 애가 자기 할아버지보다 더 현명하고 착실하길 바랄 거야. 그 애한테 할아버지가 있었는지도 모르겠지만 말이야. 어쨌든 초록 지붕 집에 아이라니, 생각만 해도 불가사의한 일이야. 그 집을 지었을 땐 매슈와 마릴라도 다 자란 뒤라 여태껏 아이라곤 있어 본 적이 없었잖아. 하긴 두 사람을 보면 어린아이였던 적이 있었을까 싶은 생각도 들긴 하지만. 난 무슨 일이 있어도 그 고아가 되고 싶진 않을 거야. 아무튼 그 아이가 정말 안됐군."

그렇게 린드 부인은 가슴에 가득 찬 이야기를 들장미 덤불에 쏟아 냈다. 하지만 바로 그 순간, 브라이트 리버 역에서 참을성 있게 기다리고 있는 아이를 보았더라면 린드 부인의 동정심은 한층 더 깊어졌을지도 몰랐다.

RIVER

02

매슈 커스버트가 놀라다

매슈 커스버트는 밤색 말을 몰고 브라이트 리버 역까지 12킬로미터가 넘는 길을 느긋하게 달렸다. 아담한 농장들 사이로 난 길은 무척 아름다웠다. 발삼 향 그윽한 전나무 사이를 지나기도 하고, 안개 같은 꽃이 만발한 야생 자두나무 골짜기를 달리기도 했다. 과수원에서 풍겨 오는 사과꽃 향기로 공기는 달콤했고, 풀밭은 진줏빛과 자줏

빛 안개에 덮인 저 먼 지평선까지 비스듬히 펼쳐져 있었다.

작은 새들이 노래했네.
여름이 하루뿐인 것처럼

매슈는 마주치는 여자들에게 고개 숙여 인사해야 할 때를 빼면 나름대로 이 나들이를 즐겼다. 프린스에드워드 섬에서는 아는 사람이든 모르는 사람이든 길에서 만나면 인사를 주고받는 게 관습이었다.

매슈는 마릴라와 린드 부인 말고는 여자들을 죄다 무서워했다. 이해할 수 없는 여자들이 자신을 몰래 비웃는 것만 같아 거북했다. 어쩌면 매슈의 생각이 맞을지도 몰랐다. 매슈는 투박한 외모에 회색 머리칼이 구부정한 어깨까지 길게 늘어졌고 스무 살부터 연갈색 수염을 텁수룩하게 기른 탓에 괴상하게 보였기 때문이다. 사실 매슈는 스무 살 때도 흰머리만 적었다 뿐이지 예순 살로 보였다.

매슈가 브라이트 리버 역에 도착했을 때 기차가 다녀간 흔적은 없었다. 매슈는 너무 일찍 왔다고 생각하며 조그만 브라이트 리버 호텔 마당에 말을 묶어 놓고 역사로 갔다. 긴 플랫폼엔 사람이 거의 없었다. 맨 끄트머리에 여자 아이 하나가 판자더미 위에 앉아 있는 게 보일 뿐이었다. 매슈는 여자 아이라는 걸 알아차리자마자 아이 쪽은 쳐다보지도 않고 서둘러 옆을 지나갔다. 혹시라도 그 여자 아이를 보았다면, 아이의 태도와 표정에서 얼마나 긴장을 하고 있는지, 얼마나 기대에 부풀어 있는지 알아챌 수 있었을 것이다. 그 아이는 무언가를 아니면 누군가를 기다리며 앉아 있었다. 앉아서 기다리는 일 말고는 달리 할 일이 없었던 까닭에 꾹 참고 열심히 앉아 기다렸다.

매슈는 저녁을 먹으러 집에 가기 위해 매표소 문을 닫고 있는 역장과 마주쳤다. 매슈가 5시 30분 기차가 곧 도착하느냐고 역장에게 물었다.

쾌활한 성격의 역장이 대답했다.

"5시 30분 기차는 30분 전에 지나갔어요. 그런데 어떤 손님이 매슈 씨가 데려갈 여자 아이를 내려놓고 갔답니다. 저기 바깥 판자 더미 위에 앉아 있는 아이예요. 여성용 대합실에서 기다리래도 밖에 있는 게 좋다고 진지하게 말하더군요. '상상할 거리가 훨씬 많거든요.' 그러면서요. 좀 별난 아이 같아요."

매슈가 멍한 얼굴로 말했다.

"여자 아이가 아닌데요. 내가 데려갈 아이는 남자 아이예요. 남자 아이가 여기 있어야 하는데. 알렉산더 스펜서 부인이 노바스코샤에서 남자 아이를 데려다 주기로 했거든요."

역장이 휘파람 소리를 냈다.

"무슨 착오가 있었나보군요. 스펜서 부인은 저 여자 아이를 데리고 기차에서 내렸고, 나한테 맡겼어요. 매슈 씨와 동생 분이 고아원에서 저 아일 입양하기로 했으니 곧 데리러 올 거라면서요. 내가 아는 건 그게 다예요. 이 근처에 다른 고아는 숨겨 놓지 않았답니다."

마릴라가 옆에서 이 사태를 해결해 주면 얼마나 좋을까 생각하며, 매슈가 하릴없이 말했다.

"이해가 안 가는군."

역장이 무심코 말했다.

"음, 저 아이한테 물어보는 게 좋겠네요. 저 애도 입이 있으니 뭔가 말을 해주지 않겠어요. 어쩌면 댁에서 바라던 남자 아이가 없었는지도 모르잖아요."

배가 고픈 역장은 휑하니 가버리고, 운 없는 매슈만 혼자 남아 잠든 사자 코털 건드리기보다 더 어려운 일을 해야 했다. 여자 아이, 더구나 낯선 여자 아이, 그것도 고아 여자 아이에게 다가가 왜 남자 아이가 아닌지를 물어봐야 했다. 매슈는 속으로 끙끙거리며 몸을 돌려 아이가 있는 플랫폼 쪽으로 느릿느릿 걸음을 옮겼다.

여자 아이는 매슈가 옆을 지나간 뒤로 매슈를 쭉 지켜보았고, 지금도 눈을 떼지 않고 있었다. 매슈는 아이를 쳐다보지 않았다. 혹시 보았다 하더라도 아이의 모습이 어떤지 제대로 보지 못했으리라. 하지만 평범한 사람의 눈에는 이렇게 보였을 것이다.

나이는 열한 살쯤, 옷은 짤막하고 딱 달라붙고 볼품없는 누런 원피스 차림이었다. 머리엔 납작하고 빛바랜 갈색 밀짚모자를 썼고, 그 아래로는 숱 많고 새빨간 머리를 두 갈래로 땋아 등 뒤로 늘어뜨리고 있었다. 얼굴은 작고 하얗고 야윈데다 주근깨가 많았다. 입은 커다랬고 눈도 마찬가지였다. 그리고 눈동자는 빛이나 분위기에 따라 초록으로도, 회색으로도 보였다.

지금까지는 보통 사람의 눈에 비친 모습이었다. 하지만 예리한 사람이라면 아이의 턱이 날카롭고 단호하며, 커다란 두 눈엔 활기와 생기가 넘치고, 입은 귀엽고 감정이 풍부하며, 이마는 넓고 둥글다는 사실을 눈치 챘을 것이다. 즉 통찰력이 있는 사람이라면 매슈 커스버트가 터무니없이 겁을 내는, 이 집 없는 여자 아이의 몸에 남다른 영혼이 깃들어 있다고 단정 지었을지도 몰랐다.

어쨌거나 매슈는 먼저 말을 걸어야 하는 부담은 덜게 되었다. 매슈가 자기 쪽으로 온다는 확신이 서자마자, 여자 아이가 햇볕에 그을린 야윈 손으로 구식 여행용 손가방을 들고 자리에서 일어나더니 나머지 한 손을 매슈에게 내밀었던 것이다.

여자 아이가 유난히 낭랑하고 기분 좋은 목소리로 말했다.

"초록 지붕 집의 매슈 커스버트 아저씨죠? 만나 뵙게 돼서 정말 반가워요. 아저씨가 데리러 오지 않으면 어쩌나 걱정하면서 오시지 못할 이유들을 상상하고 있었어요. 만약 오늘 밤에 아저씨가 오시지 않으면 기찻길을 내려가 저기 모퉁이에 있는 커다란 벚나무 위에서 있을 생각이었어요. 저는 하나도 무섭지 않아요. 하얀 벚꽃이 활짝 핀 나무 위에서 달빛을 받으며 자는 건 멋진 일이잖아요, 안 그래요? 대리석이 깔린 넓은 방에서 묵는다고 상상할 수도 있고요, 그렇죠? 그리고 아저씨가 오늘 밤에 못 오셔도 내일 아침엔 꼭 오실 거라고 생각했거든요."

아이가 내민 앙상한 작은 손을 어색하게 잡으며 매슈는 어떻게 할지 마음을 정했다. 눈을 반짝반짝 빛내는 이 아이에게 뭔가 착오가 있었다고는 도저히 말할 수 없었다. 집에 데려가서 마릴라한테 얘기하라고 할 작정이었다. 어쨌든 아무리 착오라고는 해도 브라이트 리버 역에 아일 버려두고 갈 수는 없었다. 궁금한 점을 물어보거나 설명 같은 건 초록 지붕 집에 무사히 돌아간 다음에 하는 편이 나을 듯싶었다.

매슈가 주뼛거리며 말했다.

"늦어서 미안하구나. 따라오너라. 저쪽 뜰에 말이 있다. 가방 이리 다오."

아이가 활기찬 목소리로 말했다.

"아뇨, 제가 들게요. 별로 무겁지 않거든요. 이 안에 제 전 재산이 들어있긴 하지만 무겁진 않아요. 그리고 조심해 들지 않으면 손잡이가 빠져 버려요. 그러니 잡는 법을 잘 아는 제가 드는 게 나아요. 굉장히 오래된 가방이거든요. 아, 아저씨가 와주셔서 너무 기뻐요. 벚나무에서 자는 게 아무리 좋아도 말이에요. 집까지는 한참 걸리겠죠, 그렇죠? 스펜서 아주머니가 12킬로미터 정도 된다고 하셨거든요. 전 마차 타는 걸 좋아하니까 다행이에요. 아, 아저씨 집에서 아저씨의 가족으로 함께 사는 건 정말 멋진 일일 거예요. 전 지금껏 한 번도 가족이 없었거든요. 사실 꼭 그런 건 아니지만, 그래도 고아원은 정말 끔찍해요. 넉 달밖에 안 있었지만 그걸로 충분해요. 아저씨는 고아원에서 지내 본 적이 없을 테니 거기가 어떤 곳인지 모르실 거예요. 정말 상상도 못할 만큼 지독한 곳이라고요. 스펜서 아주머니는 그런 식으로 말한다고 절 못됐다며 나무라셨지만 제가 일부러 나쁘게 말한 건 아니에요. 나쁜 말은 자신도 모르게 튀어나오기 쉽잖아요, 안 그래요? 사람들은 좋았어요. 고아원에서 일하는 사람들 말이에요. 하지만 거긴 고아들 빼곤 상상할 거리가 전혀 없어요. 아이들에 대해선 이렇게 상상하면 참 재미있는데요. 예를 들어 아저씨 옆에 앉은 여자 아이가 사실은 백작의 딸이었는데, 어릴 때 못된 유모한테 유괴를 당한 거예요. 그런데 그 유모가 사실을 털어놓기 전에 죽어 버린 거죠. 전 밤마다 잠자리에 누워 그런 상상을 하곤 했어요. 낮엔 그럴 시간이 없었거든요. 그래서 이렇게 말랐나 봐요. 저 정말 말라깽이죠, 그렇죠? 뼈밖에 없는 것 같아요. 전 제가 팔꿈치가 폭 들어갈 만큼 포동포동하고 예쁜 모습이라고 상상하는 게 참 좋아요."

매슈의 길동무는 숨이 가쁘기도 하고, 마차가 있는 곳에 이르러서인지 이야기를 멈췄다. 그리고 마을을 벗어나 비탈진 작은 언덕길을 내려갈 때까지 아무 말이 없었다. 부드러운 흙을 깊이 파서 만든 길 양편 비탈에는 두 사람의 머리에서 1미터 남짓 위로 꽃이 활짝 핀 벚나무와 늘씬한 흰 자작나무가 죽 늘어서 있었다.

아이가 손을 뻗어 마차 옆을 스쳐 지나가는 야생 자두나무 가지를 꺾었다.

"아름답지 않아요? 비탈에서 몸을 갸우뚱하고 있는, 저 하얀 레이스 같은 나무를 보면 뭐가 떠오르세요?"

아이가 물었다.

"글쎄다, 모르겠구나."

매슈가 대답했다.

"어머, 당연히 신부가 떠오르죠. 은은히 비치는 아름다운 면사포를 쓴 새하얀 신부요. 전 한 번도 본 적이 없지만 어떤 모습일지 상상은 할 수 있어요. 제가 신부가 되는 건 기대도 안하지만요. 전 너무 못생겨서 아무도 저랑 결혼하려 들지 않을 거예요. 외국인 선교사라면 또 모를까. 외국인 선교사는 그렇게 까다롭지 않을 것 같거든요. 하지만 저도 언젠간 하얀 드레스를 입어 보고 싶어요. 그게 제가 세상에서 꿈꾸는 가장 큰 행복이에요. 전 예쁜 옷이 참 좋아요. 하지만 전 예쁜 옷을 입어 본

기억이 없어요. 그러니까 더더욱 바라는 거겠죠, 그렇죠? 어쨌든 전 멋있게 차려입은 제 모습을 상상할 수 있어요. 오늘 아침 고아원을 떠나면서 이 끔찍하고 낡은 원피스를 입어야 해서 정말 부끄러웠어요. 고아들은 모두 이 옷을 입어야 해요. 작년 겨울에 호프타운에서 온 상인이 고아원에다 이 옷감을 300마나 기증했지 뭐예요. 팔고 남은 거라고 어떤 사람들은 말했지만, 전 그 아저씨가 마음이 착해서 그랬다고 믿고 싶어요. 그렇겠죠? 기차에 탔을 때는 사람들이 전부 절 쳐다보며 불쌍해하는 것만 같았어요. 하지만 전 곧바로 제가 아주 아름다운 연하늘색 실크 드레스를 입고 있다고 상상했어요. 어차피 상상할 바엔 멋있는 게 더 좋으니까요. 여러 가지 꽃과 하늘거리는 깃털로 장식한 커다란 모자를 쓰고, 팔목엔 금시계를 차고, 새끼 염소 가죽으로 만든 장갑과 부츠를 신었다고 말이죠. 전 금세 기분이 좋아져서는 섬까지 오는 동안 여행을 마음껏 즐길 수 있었어요. 배를 타고 올 때도 멀미 한 번 안 했어요. 스펜서 아주머니도 평소 같으면 멀미를 했을 텐데, 제가 바다에 빠지지나 않나 지켜보느라 멀미할 겨를도 없었대요. 저처럼 쏘다니는 아이는 본 적이 없다면서요. 하지만 제가 마구 쏘다녀서 아주머니가 멀미를 안 하셨다면 다행 아닌가요, 그렇죠? 전 배에 있는 건 뭐든 보고 싶었어요. 언제 또 이런 기회가 올지 모르니까요. 어머나, 저긴 벚꽃이 더 많이 피었네요! 정말 꽃이 가득한 섬이

군요. 벌써부터 이 섬이 마음에 들어요. 여기서 살게 돼서 정말 기뻐요. 프린스에드워드 섬이 세상에서 가장 아름다운 섬이란 소리는 늘 들었어요. 그래서 여기서 사는 상상을 하기도 했죠. 하지만 정말로 이렇게 살게 되리라고는 꿈에도 생각지 못했어요. 상상이 현실로 이루어지는 건 기쁜 일이에요, 그렇죠? 그런데 이 길은 흙이 붉은 게 참 희한하네요. 샬럿타운에서 기차를 탔는데, 지나가며 언뜻언뜻 보이는 길 색깔이 붉은 거예요. 그래서 스펜서 아주머니한테 길이 왜 붉은지 물었죠. 아주머니는 모른다고 하면서 제발 부탁이니 더 이상 아무것도 묻지 말라고 하셨어요. 제가 질문을 벌써 1,000번도 더 했다나요. 저도 그런 것 같긴 했어요. 하지만 질문을 하지 않으면 세상일을 어떻게 알겠어요? 그런데 길이 왜 저렇게 붉은 거죠?"

매슈가 대답했다.

"글쎄다, 잘 모르겠는걸."

"음, 나중에 알아봐야겠어요. 나중에 알아볼 것들을 생각하는 일도 근사하지 않나요? 살아 있다는 게 기쁘게 느껴지거든요. 세상엔 재미있는 일이 참 많아요. 우리가 모든 걸 다 안다면 사는 재미가 반으로 줄어들 거예요, 안 그래요? 그러면 상상의 나래를 펼칠 일도 없겠죠? 그런데 제가 말이 너무 많나요? 모두들 그렇게 말해요. 제가 입을 다물고 있는 게 좋으세요? 아저씨가 그렇다면 조용히 할게요. 전 마음만 먹으면 아무리 어려워도 그만둘 수 있거든요."

매슈는 스스로도 놀랄 정도로 즐거워하고 있었다. 말없는 사람들이 대개 그렇듯이, 매슈도 말하기 좋아하는 사람이 혼자서 하고 싶은 얘기를 하고, 그에게 무슨 의견을 기대하지 않을 때가 좋았다. 하지만 여자 아이의 이야기에 기분이 좋아지리라고는 전혀 생각지 못했다. 매슈는 여자들이라면 질색이었고, 여자 아이들은 특히나 더했다. 여자 아이들이 자신을 힐끔거리며 겁먹은 얼굴로 슬슬 피하는 것이 너무 싫었다. 아이들은 마치 한마디라도 했다간 매슈가 한입에 꿀꺽 삼켜 버리기라도 할 것처럼 굴었다. 에이번리에 사는 번듯한 집안의 여자 아이라면 누구나 그랬다. 하지만 이 주근깨투성이 여자 아이는 전혀 달랐다. 매슈의 느린 이해력으로는 아이의 통통 튀는 상상력을 따라가기가 꽤 벅차긴 했지만, 재잘대는 여자 아이의 수다가 싫지만은 않았다. 그래서 매슈는 평소처럼 주뼛거리며 말했다.

"네 마음대로 실컷 말하려무나. 난 괜찮으니까."

"어머, 정말 기뻐요. 전 아저씨와 제가 잘 맞을 줄 알았어요. 말하고 싶을 때 마음껏 얘기할 수 있고, 아이들이란 눈에는 보여도 입은 다물어야 한다는 소리를 듣지 않아서 다행이에요. 그런 얘기를 이제까지 100만 번쯤 들었을 거예요. 사람들은 제가 거창한 단어를 쓴다고 놀려요. 하지만 거창한 생각은 거창한 단어로 표현하는 게 맞지 않나요, 네?"

"글쎄다, 맞는 말 같구나."

"스펜서 아주머니는 제 혀가 입 가운데 떠 있는 게 틀림없대요. 하지만 아니에요. 제 혀도 한쪽 끝에 단단하게 붙어 있다고요. 스펜서 아주머니가 그러는데, 아저씨 집은 초록 지붕 집이라고 부른댔어요. 아주머니한테 다 물어봤어요. 집 주변이 온통 나무로 둘러싸여 있죠? 그 말을 듣고 얼마나 기뻤는지 몰라요. 전 나무를 정말 좋아하거든요. 고아원에는 나무다운 나무가 전혀 없었어요. 고아원 앞쪽에 볼품없는 작은 나무 몇 그루와 그 주변에 나무처럼 꾸며 놓은 작은 조형물이 고작 다였죠. 그 모습이 마치 고아 같아서 보고 있으면 울고 싶어졌어요. 전 나무들에게 이렇게 말하곤 했어요. '오, 가여운 나무들아! 너희도 주변에 다른 나무들이 있는 울창한 숲에서 살며, 작은 이끼와 6월이면 피는 종 모양의 꽃이 뿌리를 덮으며 자라고, 가까운 곳에 시내가 흐르고, 새들이 가지 위에서 노래한다면 잘 자랄 수 있을 텐데, 그렇지? 하지만 여기서는 그럴 수가 없구나. 작은 나무들아, 난 너희들 마음을 다 안단다.' 하고 말이죠. 오늘 아침에 그 나무들을 남겨 두고 오려니 마음이 아팠어요. 아저씨도 저처럼 이렇게 마음이 가는 것들이 있겠죠, 그렇죠? 초록 지붕 집 근처엔 시내가 있나요? 스펜서 아주머니한테 물어본다는 게 깜박했어요."

"글쎄다, 그래, 집 바로 아래에 하나 있구나."

"어쩜! 시냇가 근처에서 사는 게 제 꿈이었어요. 하지만 이루어질 거라곤 생각도 못했어요. 꿈이란 이루어지지 않을 때가 많잖아요, 그렇죠? 꿈이 실현되다니 얼마나 기쁜 일이에요? 지금 전 완벽에 가까울 만큼 행복해요. 완벽하게 행복할 순 없거든요. 왜냐하면…… 아저씨, 아저씬 이게 무슨 색깔 같으세요?"

여자 아이가 야윈 어깨 위로 땋아 내린, 윤기 나는 긴 머리칼을 잡아당겨 매슈의 눈앞에 갖다 댔다. 매슈는 여자들의 머리 색깔을 맞추는 것이 서투르긴 했지만, 이번 경우엔 의심의 여지가 없었다.

매슈가 자신 있게 말했다.

"빨간색이구나, 그렇지?"

여자 아이가 한숨을 쉬며 땋은 머리를 도로 내려놓았다. 한숨이 어찌나 깊던지, 평생 겪은 슬픔이 발끝에서부터 북받쳐 올라와 뿜어져 나오는 듯했다.

여자 아이가 체념 어린 목소리로 말했다.

"그래요, 빨간색이에요. 이제 제가 왜 완전히 행복해질 수 없는지 아셨죠? 머리 색깔이 빨간 사람은 누구나 그래요. 전 주근깨나 초록색 눈이나 깡마른 몸 같은 건 아무래도 좋아요. 그런 것들은 상상으로 지워 버릴 수 있으니까요. 화사한 장미꽃같이 발그레한 피부에 눈은 아름답게 반짝이는 보랏빛이라고 상상할 수 있어요. 하지만 빨간 머리는 도저히 상상이 안 돼요. 아무리 최선을 다해도 말이에요. 전 마음속으로 생각해요. '내 머리카락은 빛나는 까만색이다. 까마귀 날개처럼 까맣다.' 하지만 새빨간 색이라는 사실을 이미 알고 있으니 가슴이 찢어져요. 아마 제 평생의 슬픔이 될 거예요. 언젠가 평생 슬픔을 안고 사는 여자 아이가 나오는 소설을 읽은 적이 있어요. 하지만 빨간 머리 때문은 아니었어요. 그 아인 설화석고 같은 이마에서부터 등 뒤까지 출렁이는 금발이었거든요. 그런데 설화석고 같은 이마가 무슨 뜻이죠? 아무리 생각해도 모르겠어요. 아저씨는 아세요?"

"글쎄다, 잘 모르겠구나."

매슈가 약간 어지럼증을 느끼며 대답했다. 철없던 어린 시절 소풍 갔다가 모르는 아이의 꼬임에 넘어가 회전목마를 탔던 때와 같은 기분이었다.

"음, 그게 어떤 것이든 그 아인 거룩한 아름다움을 지녔으니 틀림없이 좋은 뜻일 거예요. 아저씨는 거룩한 아름다움이라는 게 어떤 건지 상상해 본 적 있으세요?"

"글쎄다, 아니, 없단다."

매슈가 솔직하게 털어놓았다.

"전 가끔 상상하곤 해요. 거룩하게 아름다운 것과 눈부실 정도로 머리가 똑똑한 것과 천사같이 착한 것 중에서 아저씨는 무얼 고르시겠어요?"

"글쎄다, 난, 난 잘 모르겠구나."

"저도 그래요. 도무지 고를 수가 없어요. 하지만 어차피 제가 될 만한 것도 없어 보이니 고르지 못한대도 상관없겠죠. 확실한 건, 제가 천사같이 착한 아이가 되진 못할 거라는 사실이에요. 스펜서 아주머니 말로는…… 어머, 아저씨! 어머! 어쩜 좋아!"

그것은 스펜서 부인이 한 말이 아니었다. 아이가 마차에서 굴러 떨어졌다거나 매슈가 깜짝 놀랄 만한 행동을 한 것도 아니었다. 두 사람은 그저 길모퉁이를 돌아 '가로수길'로 접어들었을 뿐이었다.

'가로수길'이란 뉴브리지 사람들이 이름 붙인 4,500미터 되는 길로서, 수년 전 어떤 나이든 괴짜 농부가 길 양쪽에 심어 놓은 사과나무들이 크고 넓게 가지를 뻗어 완전한 아치 모양을 이루고 있었다. 머리 위로는 눈처럼 하얗고 향긋한 꽃들이 하늘을 지붕처럼 덮은 채 길게 뻗어 있었다. 커다란 가지 아래엔 자줏빛 황혼이 가득했고, 멀리 앞쪽으로는 대성당의 복도 끝에 있는 커다란 장미 문양의 창처럼 아름답게 물든 하늘이 살짝 내다보였다.

그 아름다운 풍경이 아이의 말문을 닫게 한 것 같았다. 아이는 마차에 등을 기대고 야윈 손을 모아 쥔 채 머리 위에서 하얗게 빛나는 꽃을 황홀한 듯 올려다보았다. 그리고 마차가 길을 빠져 나와 뉴브리지로 향하는 언덕길을 내려갈 때까지 한마디도, 꼼짝도 하지 않았다. 여전히 기쁨에 가득 찬 얼굴로 저 멀리 노을 지는 서쪽 하늘을 바라보며 불타는 하늘을 배경으로 눈부시게 흘러가는 환상을 보고 있었다. 개들이 짖어 대고, 사내아이들이 소리를 지르고, 사람들이 호기심에 찬 얼굴로 창밖을 빤히 내다보는, 시끌벅적한 뉴브리지의 작은 마을을 지나는 동안에도 두 사람은 아무 말이 없었다. 5킬로미터를 더 갔는데도 아이의 입은 열릴 줄을 몰랐다. 아이는 말을 잘하는 만큼이나 침묵을 지키는 것 또한 거뜬히 해낼 수 있는 게 분명했다.

마침내 매슈가 용기를 내어 아이가 오랫동안 입을 다물고 있는 유일한 이유라고 생각하는 말을 던졌다.

"꽤 지치고 배가 고픈가 보구나. 하지만 이제 거의 다 왔단다. 1.5킬로미터만 더 가면 되니까."

아이가 숨을 깊이 내쉬면서 공상에서 깨어나더니, 별을 따라 머나먼 곳을 여행하고 돌아온 사람 같은 몽롱한 눈길로 매슈를 바라보았다.

여자 아이가 속삭였다.

"아, 아저씨. 우리가 지나온 저기, 저 하얀 곳의 이름이 뭐죠?"

매슈가 무슨 말인가 싶어 잠깐 생각하다가 대답했다.

"음, '가로수길'을 말하는 게로구나. 아주 예쁜 길이지."

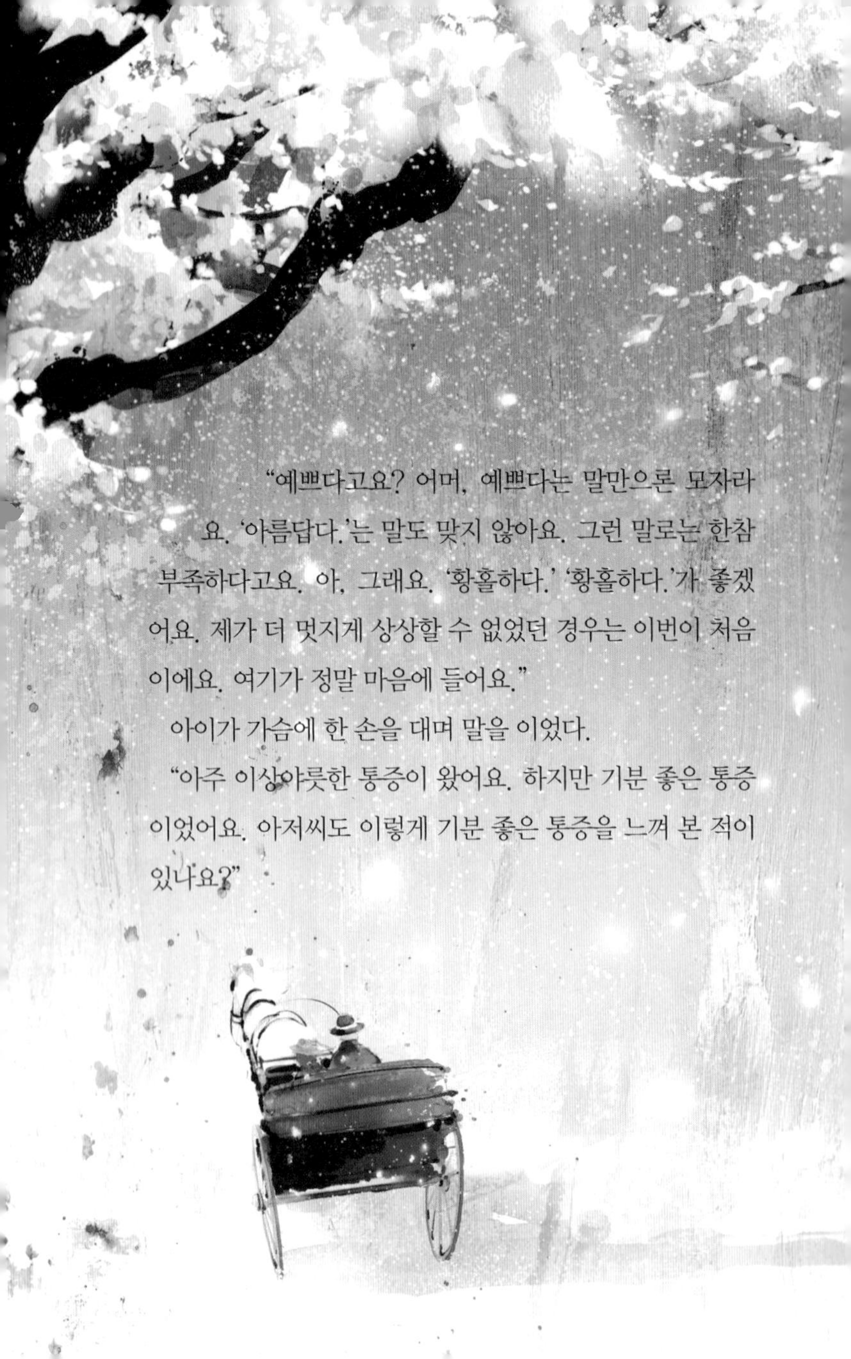

"예쁘다고요? 어머, 예쁘다는 말만으론 모자라요. '아름답다.'는 말도 맞지 않아요. 그런 말로는 한참 부족하다고요. 아, 그래요. '황홀하다.' '황홀하다.'가 좋겠어요. 제가 더 멋지게 상상할 수 없었던 경우는 이번이 처음이에요. 여기가 정말 마음에 들어요."

아이가 가슴에 한 손을 대며 말을 이었다.

"아주 이상야릇한 통증이 왔어요. 하지만 기분 좋은 통증이었어요. 아저씨도 이렇게 기분 좋은 통증을 느껴 본 적이 있나요?"

"글쎄다, 기억이 안 나는구나."

"전 많이 있었어요. 고상하게 아름다운 걸 볼 때면 늘 그래요. 하지만 그렇게 아름다운 곳을 그냥 '가로수길'이라고 불러선 안 돼요. 그런 이름은 아무런 뜻도 없으니까요. 음, 이렇게 부르는 게 좋겠어요. **기쁨의 하얀 길.** 여러 가지 상상을 할 수 있는 멋진 이름 같지 않아요? 전 장소나 사람 이름이 마음에 들지 않으면 항상 새로운 이름을 지어 붙이고 그렇게 생각하곤 해요. 고아원에 있던 헵지바 젠킨스라는 여자 아이도 로잘리아 드 비어라고 항상 상상했어요. 다른 사람들은 거길 가로수길이라고 부를지 몰라도 전 언제나 **기쁨의 하얀 길**이라고 부르겠어요. 정말 1.5킬로미터만 더 가면 집에 도착하나요? 전 기쁘면서도 섭섭해요. 오는 길이 너무 즐거웠거든요. 전 즐거운 일이 끝날 때면 늘 섭섭해요. 나중에 더 즐거운 일이 생길지도 모르지만 아무도 장담할 순 없으니까요. 게다가 즐거운 일이 계속되는 일은 잘 없잖아요. 어쨌든 지금까지 전 그랬어요. 하지만 집에 도착한다고 생각하면 기뻐요. 아시겠지만, 전 한 번도 진짜 가정에서 살아 본 적이 없거든요. 진짜 집으로 간다고 생각하니 다시 기분 좋은 통증이 밀려와요. 어머, 너무 아름다워요!"

마차는 언덕 마루를 넘어 달렸다. 길고 구불구불해서 마치 강처럼 보이는 연못이 눈 아래로 펼쳐졌다. 연못 중간에 다리가 하나 걸려 있고, 다리께에서부터 연못 저 끝까지 누런 모래 언덕 지대가 이어져 그 너머 짙푸른 만으로부터 들어오는 바닷물을 막고 있었다. 연못이 갖가지 색깔로 아름답게 빛났다. 진노랑 빛, 장밋빛, 오묘한 초록빛이 환상적으로 어우러졌고, 이름

모를 야릇한 빛깔들이 함께 조화를 이루었다. 다리 위쪽 연못가에는 전나무와 단풍나무가 둘러서 있어 못 위에 어룽거리며 그림자를 드리웠다. 여기저기 서 있는 야생 자두나무는 마치 발꿈치를 들고 제 모습을 비춰 보는, 하얀 옷의 여자 아이처럼 둑에서 몸을 내밀고 있었다. 연못 어귀 늪에서는 개구리들의 애처롭고 정겨운 합창 소리가 선명하게 들려왔다. 비탈길 너머로 하얀 꽃이 만발한 사과밭 주변에 조그만 회색 집 한 채가 눈에 들어왔다. 날이 완전히 저물지 않았는데도 어느 창에선가 불빛이 환하게 새어나왔다.

매슈가 입을 열었다.

"배리 연못이란다."

"어머, 그 이름도 맘에 들지 않아요. 제가 지어 볼게요. 뭐라고 할까……. 그래요, **반짝이는 호수**가 좋겠어요. 네, 그 이름이 딱 어울려요. 짜릿한 느낌이 드는 걸 보면 알아요. 꼭 맞는 이름이 떠오를 때면 항상 이렇게 가슴이 짜릿해 오거든요. 아저씨는 어떨 때 가슴이 짜릿하세요?"

매슈가 생각에 잠겼다.

"글쎄다, 그래, 오이 밭을 파헤치다 징그럽게 생긴 하얀 벌레가 나올 때, 그때 항상 그런 기분이 들더구나."

"어머, 그런 기분하곤 전혀 다른 것 같은데요. 아저씨는 같다고 생각하세요? 벌레와 **반짝이는 호수** 사이엔 공통점이 별로 없잖아요, 안 그래요? 그런데 사람들은 왜 배리 연못이라고 부르나요?"

"아마 저기 저 집에 배리 씨가 살고 있어서일 게다. 다들 '언덕 과수원 집'이라고 부르지. 저 집 뒤에 있는 우거진 관목 숲만 없다면 여기서도 초록 지붕 집이 보일 텐데. 하지만 다리를 건너 길을 돌아가야 하니, 800미터쯤 더 가야겠구나."

"배리 아저씨 댁엔 여자 아이가 있나요? 너무 어리지 않고, 제 또래 정도 되는 여자 아이 말이에요."

"열한 살쯤 된 딸이 하나 있지. 이름은 다이애나란다."

"어쩜!"

아이가 숨을 길게 들이마시며 탄성을 질렀다.

"정말 사랑스런 이름이에요!"

"글쎄다, 잘 모르겠구나. 난 전혀 기독교인답지 않은 것 같은데. 제인이나 메리나 뭐 그런 점잖은 이름이 더 좋더라만. 다이애나가 태어났을 때 그 집에 묵고 있던 선생님한테 부탁해서 지었다더구나."

"제가 태어났을 때에도 그런 선생님이 가까이 있었다면 좋았을 텐데요. 어머, 지금 다리 위에 있잖아요. 전 눈을 꼭 감아야겠어요. 다리를 건너는 건 언제나 무서워요. 중간쯤 왔을 때 다리가 갑자기 잭나이프처럼 접히면서 그 사이에 끼어 버릴지도 모른다는 상상을 도무지 안 할 수가 없거든요. 그래서 전 눈을 감아 버려요. 하지만 중간쯤 왔다 싶으면 꼭 눈을 뜨고 마는 거예요. 다리가 진짜로 접히는 모습을 놓치기 싫어서 말이에요. 무너지는 소리가 굉장하겠죠! 전 그렇게 큰 소리가 좋아요. 이 세상에 좋아하는 게 많다는 건 멋진 일 아닌가요? 휴, 다 건넜네요. 이제 뒤돌아볼래요. 잘 자요, **반짝이는 호수**님! 전요, 제가 사랑하는 것들한테는 사람에게 하듯이 꼭 잘 자란 인사를 해요. 그러면 좋아하는 것 같거든요. 저 연못도 절 보고 웃는 것 같네요."

마차가 언덕을 올라가 모퉁이를 돌자 매슈가 말했다.

"집에 거의 다 왔다. 초록 지붕 집은 저기……."

"아, 말하지 마세요."

아이는 약간 치켜든 매슈의 팔을 붙잡고 가리키는 곳을 보지 않으려는 듯 눈을 질끈 감으며 숨 가쁘게 말을 가로막았다.

"제가 맞혀 볼게요. 맞힐 자신 있어요."

아이는 눈을 뜨고 주위를 둘러보았다. 마차는 언덕 마루에 멈춰 서 있었다. 해가 넘어간 지 좀 되긴 했지만 부드러운 노을빛이 아직까지 남아 세상을 선명히 비추고 있었다. 금잔화 빛 서쪽 하늘 위로 교회 뾰족탑이 거무스름하게 솟아 있었다. 아래에는 작은 골짜기가 있고, 그 너머 길고 완만한 비탈길 주변으로는 아담한 농장들이 드문드문 보였다. 아이는 생각에 잠긴 채 여기저기 바쁘게 시선을 던졌다. 마침내 아이의 눈길이 멀리 왼쪽 편으로 길에서 한참 물러난 곳에 가 멈췄다. 주변을 둘러싼 어스름한 숲 사이로 하얗게 핀 꽃나무들이 아련히 보였다. 맑디맑은 남서쪽 하늘 위에 수정같이 아름다운 하얀 별이 길잡이처럼, 약속의 등불인 듯 밝게 빛나고 있었다.

"저기예요, 그렇죠?"

아이가 손가락으로 가리키며 말했다.

매슈가 기쁜 듯이 밤색 말의 등을 고삐로 찰싹 쳤다.

"음, 잘 맞혔다! 스펜서 부인이 말해 줬나 보구나."

"아니에요, 정말 가르쳐 주지 않았어요. 아주머닌 어느 집에나 다 들어맞는 얘기밖에 안 하셨어요. 어떤 곳인지 도무지 짐작도 안 됐다고요. 하지만 저 집을 보는 순간 우리 집이란 생각이 들었어요. 아, 정말 꿈만 같아요. 제 팔꿈치는 지금 시퍼렇게 멍이 들었을 거예요. 오늘 몇 번이나 꼬집었는지 모르거든요. 끔찍한 기분이 잠깐씩 들 때마다 모든 게 꿈이면 어쩌나 겁이 났어요. 그래서 진짜가 아닌가 보려고 꼬집었던 거죠. 그러다 문득 이게 꿈이라면 될 수 있는 대로 오래 꾸어야겠다는 생각이 드는 거예요. 그래서 더 이상 꼬집지 않았어요. 하지만 꿈이 아니었네요. 이렇게 집에까지 다 왔잖아요."

그러고는 기쁨에 겨운 듯 숨을 내쉬고는 다시 침묵에 빠져 들었다. 매슈는 불안했다. 이 집 없는 아이에게 그토록 바라던 집이 결국 네 집이 아니라는 말을 해야 하는 사람이 자신이 아니라 마릴라라는 사실이 다행스러웠다. 마차가 '린드 골짜기'를 지나갔다. 이미 땅거미가 내려앉긴 했어도, 린드 부인이 밖이 잘 내다보이는 창에서 그 모습을 보지 못할 정도는 아니었다. 마차가 언덕을 올라 초록 지붕 집으로 이어진 기다란 오솔길로 접어들었다. 두 사람이 집에 도착할 때까지, 매슈는 사실이 드러날 때가 가까워 온다는 생각에 자신도 모르게 마음이 움츠러들었다. 매슈가 걱정하는 것은 이 일로 인해 겪게 될 마릴라나 자신의 불편이 아니라 아이가 감당해야 할 실망이었다. 아이의 눈에서 기뻐하는 빛이 사라질 생각을 하니 꼭 무언가를 죽이는 일에 동참하듯 마음이 언짢았다. 마치 양이나 송아지나 죄 없는 작은 생명을 죽여야 할 때와 같은 기분이었다.

두 사람이 뜰에 들어섰을 때 주위는 깜깜했고 포플러 잎들이 가볍게 살랑대는 소리를 냈다.

매슈가 아이를 안아서 땅에 내려 주자 아이가 속삭였다.

"나뭇잎들이 잠꼬대하는 소릴 들어 보세요. 멋진 꿈을 꾸고 있는 게 분명해요!"

그런 다음 여자 아이는 '자신의 전 재산'이 든 여행 가방을 꼭 쥐고 매슈를 따라 집 안으로 들어갔다.

03

마릴라 커스버트가 놀라다

매슈가 문을 열자 마릴라가 서둘러 맞으러 나왔다. 하지만 길게 땋아 내린 빨간 머리에, 뻣뻣하고 보기 흉한 원피스를 입고, 눈을 반짝이며 서 있는 이상한 아이를 보고는 깜짝 놀라 우뚝 멈춰 섰다.

마릴라가 버럭 소리를 질렀다.

"매슈 오라버니, 저 아인 누구죠? 남자 아인 어디 있어요?"

매슈가 주눅이 들어 말했다.

"남자 아인 없었어. 이 아이뿐이었다고."

매슈는 아이의 이름도 물어보지 않았다는 사실을 떠올리며 고갯짓으로 아이를 가리켰다.

마릴라가 거세게 말했다.

"남자 아이가 없었다니요! 있어야 하는 거잖아요. 스펜서 부인한테 남자 아이를 데려다 달라고 부탁했잖아요."

"그런데 스펜서 부인이 그러지 않았더라고. 이 여자 아이를 데려왔던걸. 역장한테 물어봤어. 그래서 할 수 없이 이 아이를 데려온 거야. 뭐가 잘못된 건진 몰라도 이 아일 거기 두고 올 수는 없었어."

마릴라가 다시 소리를 질렀다.

"아유, 정말 골치 아프게 생겼네!"

이런 이야기가 오가는 동안, 두 사람을 번갈아 보며 잠자코 듣고 있던 아이의 얼굴에서 생기가 사라져 갔다. 그러다 문득 두 사람이 무슨 이야기를 나누고 있는지 알아챈 모양이었다. 아이가 자신의 소중한 가방을 툭 떨어뜨리더니 한 발자국 앞으로 나와 두 손을 꼭 쥐며 소리쳤다.

"절 원하지 않으셨던 거군요! 제가 남자 아이가 아니라서 필요 없으신 거죠! 생각을 했어야 했는데. 이제껏 절 원한 사람은 아무도 없었으니까. 모든 게 너무 아름다워서 오래가지 못하리라는 걸 알았어야 했는데. 아무도 정말로 날 원하지 않는다는 걸 알았어야 했는데. 아, 전 어쩌면 좋아요? 울고만 싶어요!"

아이가 눈물을 터뜨렸다. 식탁 옆 의자에 앉아 두 팔을 식탁 위에 털썩 얹고는 얼굴을 파묻은 채 펑펑 울어 댔다. 마릴라와 매슈는 난로 너머로 상대방을 나무라는 듯한 눈빛을 보냈다.

두 사람 다 무슨 말을 해야 할지, 어떻게 하면 좋을지 난감하기만 했다. 마침내 마릴라가 어설프나마 구원의 손길을 뻗쳤다.

"자, 자, 그렇게 울 것까진 없단다."

"아뇨, 있어요!"

아이가 머리를 반짝 치켜들며 말했다. 얼굴은 눈물로 얼룩졌고 입술을 파르르 떨고 있었다.

"만약 아주머니가 고아인데, 자기 집이 될 줄 알고 찾아간 집에서 남자 아이가 아니라서 필요 없다는 사실을 알게 됐다면 아주머니도 눈물이 날 거예요. 아, 이렇게 비극적인 일은 여태껏 없었어요!"

오랫동안 지어 보지 않아 어색하긴 해도, 떨떠름한 미소 같은 것이 마릴라의 딱딱한 표정에 부드럽게 떠올랐다.

"자, 이제 그만 울어라. 오늘 밤 널 문밖으로 내쫓진 않을 테니. 어떻게 된 일인지 알 때까진 여기 있어도 좋아. 이름은 뭐니?"

아이가 잠시 머뭇거리더니 간절하게 말했다.

"코딜리어라고 불러 주시겠어요?"

"코딜리어라고 불러 달라니! 그게 네 이름이냐?"

"아……뇨. 제 진짜 이름은 아니지만, 코딜리어라고 불러 주셨으면 해서요. 정말이지 우아한 이름이잖아요."

"도대체 무슨 소린지 모르겠구나. 코딜리어가 아니라면 뭐란 말이냐?"

"앤 셜리예요."

그 이름의 주인이 마지못해 더듬거리며 말했다.

"저, 하지만 제발 코딜리어라고 불러 주세요. 어차피 제가 여기 잠시 있을 거라면 절 뭐라고 부르시든 아주머니한텐 상관없잖아요, 네? 앤이란 이름은 하나도 낭만적이지 않단 말이에요."

"낭만적이지 않다니! 앤이야말로 아주 훌륭하고 반듯한 이름이다. 부끄러워할 것 없어."

마릴라가 차갑게 대꾸했다.

앤이 설명을 덧붙였다.

"어머, 전 부끄러워하는 게 아니에요. 코딜리어라는 이름이 더 좋을 뿐이죠. 전 제 이름이 코딜리어라고 늘 상상해 왔어요. 적어도 최근 몇 년 동안은 그랬어요. 어릴 적엔 제럴딘이라고 상상하기도 했지만, 지금은 코딜리어가 더 좋아요. 그래도 굳이 앤[Ann]이라고 부르시려거든 제발 'e'가 붙은 앤[Anne]으로 불러 주세요."

"그렇게 부르면 뭐가 달라지기라도 하니?"

마릴라가 찻주전자를 들고 어설픈 미소를 지으며 물었다.

"어머, 많이 달라요. 훨씬 근사하게 보이잖아요. 아주머닌 이름을 소리 내어 부를 때, 종이에 인쇄되듯 그 이름이 마음속에 그려지지 않나요? 전 그래요. 앤Ann이란 글자는 정말 끔찍해요. 하지만 'e'가 붙은 앤Anne은 훨씬 품위 있어 보이거든요. 만일 'e'가 붙은 앤으로 불러 주신다면 코딜리어라고 부르지 않아도 참아 볼게요."

"알았다. 그래, 'e'자가 붙은 앤아, 왜 이런 착오가 생겼는지 말해 보겠니? 우린 스펜서 부인한테 남자 아이를 데려다 달라고 부탁했어. 고아원에 남자 아이가 없었던 거니?"

"아, 아니에요. 많이 있었어요. 하지만 스펜서 아주머니는 분명히 열한 살쯤 되는 여자 아이가 필요하다고 말씀하셨어요. 그래서 원장 선생님이 절 추천하셨고요. 제가 얼마나 기뻐했는지 아주머닌 아마 모르실 거예요. 어젯밤엔 너무 기뻐 한숨도 못 잤는걸요."

앤이 매슈 쪽으로 고개를 돌리며 원망하듯 말을 이었다.

"어째서 역에서 제가 아니라고 말하고 떠나지 않으셨어요? **기쁨의 하얀 길**과 **반짝이는 호수**만 보지 않았어도 이렇게까지 힘들진 않을 텐데."

마릴라가 매슈를 쳐다보았다.

"이 아이가 대체 무슨 소릴 하는 거예요?"

매슈가 허둥지둥 대답했다.

"저, 저 아인 우리가 집에 오면서 나눈 얘기를 하고 있는 거야. 마릴라, 난 말을 넣으러 마구간에 가야겠어. 돌아오기 전에 차를 준비해 줘."

매슈가 나가자 마릴라가 다시 질문을 던졌다.

"스펜서 부인이 너 말고 다른 아이도 데려왔니?"

"릴리 존스를 데려오셨어요. 릴리는 다섯 살밖에 안 됐는데 아주 예뻐요. 머리칼도 밤색이고요. 제가 밤색 머리에 예쁘게 생긴 아이라면 절 데리고 있을 건가요?"

"아니. 우린 농장에서 매슈 오라버니 일을 거들 남자 아이가 필요해. 여자 아이는 소용이 없어. 모자를 벗어라. 모자와 가방을 현관 탁자 위에 놓아두마."

앤이 힘없이 모자를 벗었다. 얼마 안 있어 매슈가 돌아오자 다들 자리에 앉아 저녁을 들었다. 하지만 앤은 음식을 먹을 수가 없었다. 버터 바른 빵을 우물거려도 보고, 자기 접시 옆에 놓인 가리비 모양 유리그릇에 담긴 사과 잼도 억지로 입에 대봤지만 소용이 없었다. 음식은 전혀 줄어들 기미가 없었다.

마릴라는 그게 마치 심각한 문제라도 되는 듯 앤을 주의 깊게 살펴보다 엄하게 말했다.

"아무것도 먹지 않는구나."

앤이 한숨을 쉬었다.

"먹을 수가 없어요. 전 지금 절망의 구렁텅이에 빠져 있거든요. 아주머니는 절망의 구렁텅이에 빠져 있을 때 음식이 넘어가세요?"

“난 절망의 구렁텅이에 빠져 본 적이 없어서 모르겠구나.”

마릴라가 대답했다.

“정말이세요? 그럼, 절망의 구렁텅이에 빠졌다고 상상해 보신 적은 있으시겠죠?”

“아니, 없단다.”

“그렇다면 아주머닌 제가 어떤 기분인지 모르시겠네요. 그건 정말 아주 나쁜 기분이에요. 뭘 먹으려고 하면 덩어리 같은 게 목구멍에서 올라와 삼킬 수가 없어요. 초콜릿 캐러멜조차 말이에요. 2년 전에 초콜릿 캐러멜을 하나 먹어 본 적이 있는데 맛이 정말 좋았어요. 그 뒤로 초콜릿 캐러멜을 잔뜩 가진 꿈을 꾸곤 했는데, 그걸 먹으려고만 하면 꿈에서 깨어나는 거예요. 제가 못 먹는다고 너무 언짢아하지 않으시면 좋겠어요. 음식은 더할 나위 없이 맛있지만 도저히 넘어가질 않아요.”

마구간에서 돌아온 후 줄곧 한마디도 않던 매슈가 입을 열었다.

“이 아인 지쳤을 거야. 방에 데려가 재우는 게 좋겠어, 마릴라.”

마릴라는 앤을 어디에다 재워야 할지 고민하고 있었다. 바라고 기다리던 남자 아이를 위해 부엌방에 이미 자리를 봐놓긴 했지만, 그 자리가 아무리 말끔하고 깨끗하다 해도 어쨌든 여자 아이 잠자리로는 맞지 않아 보였다. 그렇다고 집 없는 아이를 손님방에 묵게 하는 것도 말이 안 됐다. 그러다 보니 동쪽에 있는 지붕 밑 다락방만이 남았다. 마릴라는 초를 켜 들고 앤에게 따라오라고 말했다. 앤은 현관 탁자 위에 놓인 모자와 가방을 들고는 시무룩하게 마릴라의 뒤를 따랐다. 복도가 윤이 날 정도로 깨끗했으며, 작은 다락방은 그보다 훨씬 깨끗해 보였다.

마릴라가 세 발 달린 세모 탁자 위에 초를 올려놓고 침대 이불을 젖혔다.

"잠옷은 있겠지?"

마릴라가 물었다.

"네, 두 벌 있어요. 고아원 원장님께서 만들어 주셨어요. 너무 꽉 끼긴 하지만요. 고아원에서는 물건이 남아돌 만큼 넉넉한 적이 없어서 뭐든 빠듯해요. 적어도 제가 있던 고아원처럼 가난한 곳은 다 그래요. 전 꽉 끼는 잠옷이 싫어요. 하지만 목 주위에 레이스가 달리고, 길게 끌리는 멋진 잠옷을 입고 있다고 상상할 순 있어요. 그게 위안이라면 위안이죠."

"자, 어서 옷을 벗고 자거라. 좀 이따가 초를 가지러 올 테니. 널더러 초를 끄라고 하진 못하겠구나. 불이라도 낼 것 같으니 말이다."

마릴라가 나가자 앤이 아쉬운 듯 주위를 둘러보았다. 휑뎅그렁한 하얀 벽이 유난히 눈에 띄었다. 앤은 저 벽들도 아무런 장식이 없는 자신의 처지를 가슴 아파하고 있을 거라는 생각이 들었다. 바닥도 앤이 지금까지 한 번도 보지 못한 둥근 매트만 가운데 깔려 있을 뿐 썰렁하긴 마찬가지였다. 방 한구석엔 짙은 색의 둥근 기둥 네 개가 달린 높다란 구식 침대가 놓여 있었다. 맞은 편 구석에는 앞서 말한 세 발 탁자가 있었는데, 장식이라고는 아무리 뾰족한 바늘이라도 휘어질 만큼 딱딱하고 볼록한 빨간색 벨벳 바늘꽂이가 전부였다. 탁자 위에는 가로 15센티미터, 세로 20센티미터 정도 되는 작은 거울이 걸려 있었다. 탁자와 침대 중간에 눈처럼 하얀 모슬린 레이스 커튼이 달린 창이 있고, 창 반대편에 세면대가 있었다. 방 안 가득 뭐라 말할 수 없는 엄숙한 기운이 들어차 앤의 뼛속까지 오싹하게 만들었다. 앤은 울면서 옷을 아무렇게나 벗어 던지고 꽉 끼는 잠옷으로 갈아입은 뒤 침대에 몸을 던졌다. 그러고는 베개 깊이 얼굴을 파묻고 머리끝까지 이불을 뒤집어썼다. 마릴라가 불을 끄러 와보니 초라한 옷가지들이 바닥에 제멋대로 널브러져 있고, 요란스레 들썩이는 침대만이 누군가 있음을 말해 주었다.

마릴라가 천천히 앤의 옷가지를 집어 노란 의자 위에 가지런히 올려놓고는 초를 들고 침대맡으로 갔다. 그리고 조금 어설프긴 해도 딱딱하지 않은 투로 말했다.

"잘 자거라."

순간 놀랍게도 앤의 하얀 얼굴과 커다란 눈이 이불 밖으로 쑥 튀어나왔다.

"아주머닌 오늘 밤이 제 평생 가장 불행하다는 걸 아시면서 어떻게 잘 자란 말을 하실 수가 있어요?"

앤이 원망하듯 따졌다. 그러고는 다시 이불 속으로 쏙 들어가 버렸다.

마릴라는 부엌으로 천천히 내려와 설거지를 하기 시작했다. 매슈가 담배를 피우고 있었다. 불안해하고 있다는 증거였다. 사실 매슈는 담배를 거의 피우지 않았다. 마릴라가 불결한 습관이라며 강하게 반대했기 때문이다. 하지만 못 견디게 피우고 싶을 때면 마릴라도 슬며시 눈감아 주곤 했는데, 남자에게도 감정을 풀 만한 돌파구가 있어야 한다는 생각에서였다.

마릴라가 화가 잔뜩 난 목소리로 말했다.

"참, 이거 난처하게 됐네요. 직접 가지 않고 말을 전하니까 이런 일이 생기잖아요. 아무튼 로버트 스펜서 가족이 중간에 얘길 잘못 전한 것 같아요. 우리 중 한 사람이 내일 스펜서 부인을 만나러 가야겠어요. 꼭이요. 저 아일 고아원으로 돌려보내야 하니까요."

매슈가 떨떠름하게 대꾸했다.

"그래, 그래야겠지."

"'그래야겠지.'라니요! 몰라서 하는 말씀이세요?"

"글쎄다, 저 앤 정말 좋은 아이야, 마릴라. 그렇게 여기 있고 싶어하는데 다시 돌려보낸다는 게 너무 안됐잖아."

"매슈 오라버니, 설마 저 아이를 데리고 있자는 말은 아니겠죠!"

매슈가 물구나무서기를 좋아한다고 말했어도 마릴라가 이렇게까지 놀라진 않았을 것이다.

자기 뜻을 분명히 밝혀야 하는 궁지에 몰린 매슈가 당황한 듯 말을 더듬었다.

"아니, 뭐, 꼭 그렇다기보다는……, 그러니까 우리가 저 아일 데리고 있을 이유는 없다는 거지."

"맞아요. 저 애가 우리한테 무슨 도움이 되겠어요?"

"우리가 저 애한테 도움이 될 수는 있지."

갑자기 매슈가 뜻밖의 말을 했다.

"매슈 오라버니, 저 아이가 오라버니한테 마법이라도 걸었나 보군요! 오라버니가 저 앨 집에 두고 싶어하는 게 훤히 보이잖아요."

매슈가 끝까지 고집을 부렸다.

"글쎄다, 저 아인 참 재미있는 아이야. 너도 저 아이가 역에서 오면서 했던 얘기를 들어 봐야 하는데."

"네, 말은 정말이지 빨리하더군요. 나도 단번에 알아봤어요. 하지만 그게 장점이 되진 못해요. 나는 말 많은 아이를 좋아하지 않아요. 고아 여자 아이는 필요 없다고요. 또 그렇다 쳐도 저 앤 내가 키우고 싶은 아이가 아니에요. 어딘지 이해가 안 되는 구석이 있어요. 안 돼요, 저 아인 자기가 있던 데로 당장 돌아가야만 해요."

매슈가 말했다.

"농장 일이야 프랑스 남자 아이를 구하면 돼. 그리고 저 앤 네 말동무가 되어 줄 거야."

마릴라가 잘라 말했다.

"말동무가 없어서 심심하진 않아요. 그리고 저 아이를 기를 생각도 없어요."

매슈가 일어나 파이프를 치우며 말했다.

"그래, 물론 네 말이 옳겠지, 마릴라. 난 이만 자러 가마."

매슈가 침실로 갔다. 마릴라도 설거지가 끝나자 냉정하게 찡그린 얼굴로 자기 방으로 들어갔다. 그리고 위층 동쪽 방에서는 외롭고 정에 굶주린 외톨이 아이가 울다 지쳐 잠이 들었다.

04

초록 지붕 집에서의 아침

날이 환히 밝고서야 앤은 잠에서 깨어났다. 앤은 침대에 앉아 싱그러운 햇살이 가득 쏟아져 들어오는 창을 어리둥절한 눈으로 바라보았다. 깃털같이 하얀 것이 파란 하늘 사이로 하늘거리는 모습이 언뜻언뜻 내다보였다.

잠깐 동안 앤은 자기가 어디 있는지 생각이 나지 않았다. 처음엔 아주 즐겁고 가슴이 떨릴 만큼 벅찬 기분이 들었는데, 이내 끔찍한 기억이 되살아났다. 여긴 초록 지붕 집이고 아저씨, 아주머니는 내가 남자 아이가 아니라서 필요 없다고 하셨어!

하지만 지금은 아침이었다. 그래, 창밖엔 꽃이 활짝 핀 벚나무가 있었지. 앤이 침대에서 풀쩍 뛰어내리더니 창가로 달려가 창문을 밀어 올렸다. 오랫동안 열지 않은 듯 뻑뻑한 창문이 끽

끽 소리를 내며 올라갔다. 하도 꽉 끼어 있어서 무얼 받쳐 놓을 필요도 없었다.

앤은 무릎을 꿇고 창가에 기대어 6월의 아침 풍경을 바라보았다. 앤의 눈이 기쁨으로 반짝거렸다. 아, 너무도 아름다운 모습이었다. 이보다 멋진 곳이 또 있을까? 여기서 살 수만 있다면! 앤은 자신이 이곳에 산다고 상상했다. 여긴 상상의 나래를 마음껏 펼칠 수 있는 곳이었다.

밖에는 커다란 벚나무가, 가지가 창에 부딪혀 톡톡 소리를 낼 정도로 가까이 붙어 자라고 있었고, 꽃이 어찌나 가득 피었는지 잎이 거의 보이지 않을 지경이었다. 집 양옆에 있는 큰 과수원에서도 사과나무와 벚나무가 하얗게 꽃잎을 흩날리고, 나무 밑 풀밭에는 노란 민들레가 지천이었다. 정원에 핀 자줏빛 라일락꽃이 풍기는 아찔하게 달콤한 향기가 아침 바람을 타고 창으로 흘러들었다.

정원 아래쪽은 클로버가 무성한 풀밭이었는데, 시내가 흐르고 하얀 자작나무가 가득한 골짜기까지 비스듬히 이어져 있었다. 덤불 속에는 고사리와 이끼와 숲 속 식물들이 싱그럽게 자라고 있을 것 같았다. 저 편 언덕엔 가문비나무와 전나무들이 보송보송한 초록 이파리를 달고 서 있고, 그 사이로 반짝이는 호수 맞은편에서 보았던 작은 회색 집 귀퉁이가 보였다.

왼쪽에서 좀 떨어진 곳에는 커다란 헛간들이 있고, 야트막한 초록빛 언덕 저 아래로 반짝이는 푸른 바다가 어렴풋이 보였다.

아름다운 것을 사랑하는 앤은 그 모든 풍경을 빨아들이기라도 할 듯 잠시도 눈을 떼지 않았다. 가엾게도 앤은 지금까지 아름답지 않은 곳들을 너무 많이 보아 왔다. 하지만 이곳은 앤이 언젠가 꿈꾸던 모습 그대로 아름다웠다.

앤은 그렇게 무릎을 꿇은 채 멋진 광경에 넋을 빼고 있다가 누군가 어깨에 손을 올리는 바람에 퍼뜩 정신을 차렸다. 어느새 마릴라가 소리 없이 들어와 작은 몽상가 옆에 서 있었다.

"아직도 옷을 갈아입지 않았구나."

마릴라가 퉁명스럽게 말했다.

아이에게 어떻게 말을 걸어야 하는지 모르는 탓에 본의 아니게 팍팍하고 무뚝뚝한 말투가 되고 말았다.

앤이 일어나서 한숨을 길게 쉬었다.

"아, 정말 아름답지 않나요?"

멋진 바깥 세상을 향해 크게 손을 흔들며 앤이 말했다.

마릴라가 대꾸했다.

"아주 큰 나무지. 꽃이 많이 피긴 하지만 열매는 볼 게 없어. 작은데다 벌레까지 많거든."

"어머, 제 얘긴 나무만 두고 하는 말이 아니에요. 물론 저 나무는 아름다워요. 그래요, 정말 눈부시게 아름답죠. 나무도 그걸 알고 꽃을 피운 것 같아요. 하지만 전 정원과 과수원과 시내와 숲과 이 드넓은 세상 전부를 말하는 거예요. 이런 아침에는 세상이 온통 사랑스럽지 않나요? 시냇물의 웃음소리가 여기까지 들려와요. 시냇물이 얼마나 유쾌한지 아세요? 언제나 웃고 있어요. 겨울철에도 얼음 밑에서 웃는 소리가 들려요. 초록 지붕 집 근처에 시내가 있어서 얼마나 좋은지 몰라요. 어차피 여기서 살지도 못할 건데 무슨 상관이냐 싶으시겠지만, 그렇지 않아요. 다시는 보지 못한다 해도 전 초록 지붕 집에 시내가 있었다는 사실을 항상 기억할 거예요. 만약 없었다면 그곳에 시내가 꼭 있어야 하는데, 하는 아쉬움이 늘 따라다닐지 모르거든요. 전 오늘 아침엔 절망의 구렁텅이에 빠져 있지 않아요. 아침엔 절대 그럴 수가 없어요. 아침이 있다는 건 정말 멋진 일 아니에요? 하지만 지금은 무척 슬퍼요. 방금 전까지만 해도 아주머니가 바라시던 아이는 바로 저이고, 여기서 언제까지나 살게 되었다는 상상을 하고 있었거든요. 그런 상상을 하는 동안에는 큰 위로가 됐어요. 하지만 상상의 가장 나쁜 점은 깨어날 때 마음이 아프다는 거예요."

말할 틈이 생기자마자 마릴라가 얼른 말했다.

"옷 갈아입고 내려오너라. 상상 같은 건 그만하고. 아침 식사 준비해 놨다. 세수하고 머리도 빗어라. 창문은 그대로 열어 두고 이불은 개서 밑에 놓아두렴. 되도록 빨리 서둘러라."

앤은 자신이 해야 한다는 생각이 들면 무슨 일이든 빨리할 수 있는 아이였다. 10분도 되지 않아 앤은 단정하게 옷을 입고 머리를 빗어 땋고 세수를 한 다음 마릴라가 시킨 일을 다했다는 만족스런 기분으로 아래층으로 내려왔다. 하지만 사실은 이불 개는 걸 깜박했다.

마릴라가 준비해 준 의자에 털썩 앉으며 앤이 말했다.

"오늘 아침엔 배가 많이 고파요. 어젯밤처럼 세상이 온통 세찬 바람이 부는 황야 같진 않거든요. 날씨가 맑아서 정말 다행이에요. 비 오는 아침도 무척 좋아하긴 하지만요. 아침은 언제나 흥미로워요. 그렇게 생각지 않으세요? 하루 동안 어떤 일이 일어날지도 모르고 상상할 거리도 넘쳐 나니까요. 하지만 오늘은 비가 오지 않아서 다행이에요. 괴로움을 견디고 기운을 내는 데는 맑은 날이 더 좋거든요. 전 참고 견뎌야 할 일이 너무 많은 것 같아요. 슬픈 이야기를 읽으며 제가 주인공마냥 씩씩하게 고통을 이겨 낸다고 상상하는 건 재미있지만, 실제로 그런 일을 겪는 건 별로예요, 안 그래요?"

마릴라가 말했다.

"제발 그 입 좀 다물어라. 어린애가 무슨 말이 그리도 많니?"

그러자 앤이 얌전히 입을 다물었다. 하지만 아이가 계속 아무 말이 없자 마릴라는 뭔가 어색한 기분이 들어 오히려 마음이 불안해졌다. 매슈 역시 입을 꾹 다문 채였다. 하지만 적어도 그건 자연스러웠다. 그렇게 조용한 가운데 아침 식사가 이어졌다.

시간이 갈수록 앤의 얼굴이 멍해지더니 기계적으로 음식을 먹었다. 커다란 눈은 꼼짝없이 창밖을 향해 있었지만 아무것도 보고 있지 않은 듯했다. 이 모습을 본 마릴라의 마음이 아까보다 더 초조해졌다. 이 엉뚱한 아이가 몸은 식탁 앞에 앉아 있지만 정신은 상상의 날개를 펴고 저 먼 꿈나라를 헤매 다니는 게 아닐까, 하는 불안함이 밀려왔다. 누가 이런 아이를 집에 두고 싶어한단 말인가?

하지만 매슈는 이 아일 데리고 있고 싶어하니 정말 알다가도 모를 노릇이었다! 마릴라는 매슈가 오늘 아침에도 지난밤과 똑같은 생각을 하고 있으며 앞으로도 계속 그럴 거라는 생각이 들었다. 매슈는 항상 그랬다. 한번 마음을 먹었다 하면 놀랄 정도로 입을 꾹 다문 채 고집을 부렸다. 그렇게 침묵 속에서 끈질기게 버티는 것이 말로 하는 것보다 열 배나 더 효과적이고 호소력이 있었다.

식사를 마치자, 공상에서 깨어난 앤이 설거지를 하겠다고 나섰다.

마릴라가 미덥지 않은 투로 물었다.

"제대로 할 수 있겠니?"

"문제없어요. 물론 아기를 더 잘 보지만요. 아기들을 돌본 경험이 아주 많거든요. 아주머니 댁엔 돌봐 줄 아기가 없어서 정말 안됐지 뭐예요."

"난 지금 있는 아이보다 더 많은 아이는 필요 없다. 너 하나만으로도 충분히 버거우니까. 널 어떻게 다뤄야 할지도 모르겠는걸. 매슈 오라버니도 정말 별난 사람이지."

앤이 불만 섞인 목소리로 말했다.

"아저씨는 좋은 사람이에요. 인정도 아주 많으시고요. 제가 아무리 떠들어도 나무라기는커녕 오히려 좋아하시는 것 같았는걸요. 전 아저씨를 보자마자 마음이 잘 맞을 거라는 느낌을 받았어요."

마릴라가 콧방귀를 뀌며 말했다.

"마음이 맞는다는 게 그런 거라면 둘 다 별난 게지. 그래, 설거지를 해보렴. 뜨거운 물을 듬뿍 쓰고 그릇을 잘 말려야 한다. 오늘 아침엔 할 일이 많구나. 오후에 스펜서 부인을 만나러 화이트 샌즈에 가야 하니까. 함께 가서 네 일을 결정지어야겠다. 설거지 마치거든 2층에 올라가 침대를 정돈하렴."

앤이 설거지하는 모습을 꼼꼼히 쳐다보던 마릴라는 일솜씨가 제법 깔끔하다는 사실을 알았다. 하지만 침대 정돈은 그만큼 잘하지 못했다. 깃털 이불을 정리하는 법은 한 번도 배운 적이 없었던 것이다. 그래도 앤은 요리조리 매만져 나름대로 정리를 마쳤다. 마릴라는 앤이 또 성가시게 굴까 봐 점심때까지 밖에 나가 놀라고 일렀다.

앤이 눈을 빛내며 문 쪽으로 신나게 달려갔다. 하지만 문 바로 앞에서 갑자기 우뚝 멈춰 서더니 몸을 돌려 탁자로 돌아와 앉았다. 누가 찬물이라도 끼얹은 듯, 밝게 빛나던 모습은 온데간데없었다.

마릴라가 물었다.

"이번에 또 뭐가 문제냐?"

앤은 세상 모든 즐거움을 포기한 순교자처럼 말했다.

"밖으로 나갈 용기가 나지 않아요. 여기서 살 수 없다면 초록 지붕 집을 사랑해 봐야 아무 소용이 없으니까요. 만약 제가 밖에 나가 나무와 꽃들과 과수원과 시내를 알게 된다면 도저히 사랑하지 않곤 못 배길 거예요. 지금도 가뜩이나 힘든데, 더 이상 힘들어지긴 싫어요. 물론 나가고 싶은 마음이야 굴뚝같죠. 모두가 절 부르는 것만 같은 걸요. '앤, 앤, 이리 와. 앤, 앤, 친구가 돼줘.' 하지만 나가지 않는 게 좋겠어요. 어차피 헤어질 거라면 사랑해 봐야 무슨 소용이겠어요? 사랑하는 것들을 떠나는 건 또 얼마나 괴로운 일이겠어요, 안 그래요? 여기서 산다고 생각했을 때는 정말 기뻤어요. 누구의 방해도 받지 않고 이 많은 것들을 마음껏 사랑할 수 있다고 생각했거든요. 하지만 그 짧은 꿈은 끝났어요. 이제 제 운명에 따르겠어요. 다시 운명을 거스르는 일이 없도록 밖에 나가지 않을 생각이에요. 그런데 저 창가에 놓인 제라늄은 이름이 뭔가요?"

"사과 향 제라늄이란다."

"아이, 그런 이름 말고요. 아주머니가 지어 주신 이름을 묻는 거예요. 이름을 지어 주지 않으셨어요? 그럼, 제가 지어 줘도 될까요? 저라면, 음…… **보니**가 어떨까요? 제가 여기 있는 동안 **보니**라고 불러도 괜찮겠죠? 제발 부탁드려요!"

"나 참, 맘대로 하려무나. 하지만 제라늄에 이름은 붙여 어쩌자는 게냐?"

"전 단지 제라늄이라 해도 이름이 있는 게 좋아요. 사람처럼 느껴지니까요. 그냥 제라늄이라고만 부른다면 제라늄이 섭섭해할지도 모르잖아요? 아주머니도 이름 없이 그냥 여자라고만 불리는 건 싫으실 거예요. 그래요, 전 **보니**라고 부르겠어요. 오늘 아침 제 방 창에서 보이는 벚나무에게도 이름을 붙여 줬어요. 눈이 부시게 새하얘서 **눈의 여왕**이라고 지었죠. 물론 항상 꽃이 피어 있진 않겠지만 그렇게 상상할 순 있으니까요, 안 그래요?"

마릴라가 감자를 가지러 지하 저장실로 내려가며 중얼거렸다.

"내 평생 저런 애는 듣도 보도 못했어. 하지만 오라버니 말대로 재미있는 아이긴 해. 나까지도 벌써 저 애가 다음엔 무슨 얘길 할까 궁금해질 정도니. 나한테도 마법을 걸 작정인 게지. 오라버니는 벌써 걸려들었지만 말이야. 밭에 나가는 오라버니 얼굴을 보니 지난밤에 나한테 했던 말이 고스란히 쓰여 있던걸.

오라버니가 다른 남자들처럼 툭 터놓고 속내를 말하는 사람이라면 좋으련만. 그러면 말대꾸도 하고 설득도 해볼 수 있을 텐데 말이야. 저렇게 표정으로만 말하는 사람을 붙잡고 무슨 얘길 할 수 있겠어?"

마릴라가 지하실에서 돌아오니 앤이 두 손으로 턱을 받힌 채 하늘을 쳐다보며 다시 공상에 빠져 있었다. 마릴라는 이른 점심을 차리는 동안 앤을 그대로 내버려 두었다.

마릴라가 말했다.

"오늘 오후에 마차를 써도 되겠지요, 오라버니?"

매슈가 아쉬운 듯 앤을 바라보며 고개를 끄덕였다. 마릴라가 그 눈길을 가로채며 차갑게 말했다.

"화이트 샌즈로 가서 이 문제를 해결해야겠어요. 앤을 데려가면 스펜서 부인이 당장 노바스코샤로 돌려보내 줄 거예요. 오라버니가 마실 차는 준비해 두겠어요. 우유 짜는 시간까진 돌아올게요."

매슈는 여전히 아무 말이 없었다. 마릴라는 하나 마나 한 소리를 했다는 생각이 들었다. 아무 대꾸 없는 남자보다 짜증나게 하는 건 없다. 대꾸하지 않는 여자를 제외한다면 말이다.

떠날 시간이 되자 매슈가 마차에 말을 매어 주었고, 곧이어 마릴라와 앤이 출발했다. 매슈가 울타리 문을 열어 주고는 마차가 천천히 지나가자 딱히 누구에게랄 것도 없이 중얼거렸다.

"오늘 아침에 크리크에서 제리 부트라는 남자 아이가 왔기에 여름 동안 밭일을 거들어 줘야 할 것 같다고 말해 두었지."

심통이 난 마릴라가 아무 대꾸 없이 애꿎은 말을 채찍으로 내리쳤다. 한 번도 그렇게 채찍을 맞아 본 적이 없는 살찐 암말이 성난 듯 히힝거리며 불안스레 오솔길을 달려 내려갔다. 마차가 덜커덩거리며 달리자 마릴라가 힐끗 뒤를 돌아보았다. 매슈는 마릴라의 마음을 무겁게 만들어 놓고는 문에 기대선 채 두 사람의 뒷모습을 애처롭게 쳐다보고 있었다.

05

앤의 지난 이야기

앤이 비밀 고백이라도 하듯 입을 열었다.

“있지요, 전 즐거운 기분으로 가기로 결심했어요. 지금까지 마음만 굳게 먹으면 대개 무슨 일이든 즐길 수 있었거든요. 물론 마음을 단단히 먹어야 하지만요. 마차를 타고 가는 동안에는 고아원으로 돌아간다는 생각은 접어 둘래요. 그냥 마차를 타고 간다는 생각만 할 거예요. 어머, 보세요. 벌써 들장미 한 송이가 피어 있네요! 정말 예쁘죠? 저 꽃은 장미라서 무척 기쁠 거예요. 장미들이 얘기를 할 수 있다면 얼마나 멋질까요? 분명 아름다운 얘기일 거예요. 게다가 분홍색은 세상에서 가장 매혹적인 색깔이잖아요. 전 분홍색이 참 좋아요. 하지만 그런 옷을 입을 순 없어요. 머리카락 색이 빨간 사람들은 분홍색을 입으면 안 돼요. 상상 속에서조차 말이에요. 혹시 어릴 땐 머리카락 색이 빨갰는데 자라면서 다른 색깔로 바뀌었다는 이야기를 들어 보신 적 없나요?"

"아니, 한 번도 없다. 그리고 그건 네 경우도 마찬가질 것 같구나."

마릴라가 쌀쌀맞게 대꾸했다.

앤이 한숨을 쉬었다.

"아, 희망 하나가 또 사라졌네요. 제 인생은 그야말로 희망이 묻힌 묘지예요. 이건 언젠가 책에서 읽은 구절인데요. 무언가에 실망할 때마다 되풀이해서 말하며 위안을 얻곤 해요."

"그게 어떻게 위로가 된다는 건지 모르겠구나."

"뭐랄까, 마치 제가 책 속의 주인공이 된 것처럼 근사하고 낭만적으로 들리거든요. 전 낭만적인 것을 아주 좋아해요. 희망이 묻힌 묘지는 누구나 상상할 수 있을 만큼 낭만적인 말이잖아요, 안 그래요? 제가 그렇다는 게 오히려 기쁠 정도예요. 오늘도 **반짝이는 호수**를 지나가나요?"

"배리 연못 쪽으론 가지 않는다. **반짝이는 호수**라는 게 그 연못을 두고 하는 소리라면 말이다. 우린 바닷가 길로 갈 거야."

앤이 꿈꾸듯이 말했다.

"바닷가 길이라니 근사하게 들리네요. 이름처럼 그렇게 멋있을까요? 아주머니가 '바닷가 길'이라고 말씀하시는 순간 아름다운 그림이 떠올랐어요! 화이트 샌즈란 이름도 예뻐요. 하지만 에이번리만큼은 아니에요. 에이번리는 정말 아름다운 이름이에요. 꼭 음악 소리 같거든요. 화이트 샌즈까진 얼마나 멀죠?"

"8킬로미터쯤 된단다. 넌 말하는 걸 무척 좋아하는 것 같으니, 이왕이면 너에 대한 이야기를 해보려무나."

앤이 간곡하게 말했다.

"아, 제가 저에 대해 알고 있는 건 그리 말할 게 못 돼요. 제가 상상하는 걸 들으시는 편이 훨씬 재미있으실 거예요."

"아니, 네 상상 따윈 필요 없단다. 있는 그대로 말해 보렴. 처음부터 시작해 봐. 고향은 어디고, 나이는 몇 살이니?"

앤이 작게 한숨을 내쉬며 사실대로 털어놓기 시작했다.

"지난 3월에 열한 살이 되었어요. 노바스코샤 주의 볼링브로크에서 태어났고요. 아버지 이름은 월터 셜리, 볼링브로크 고등학교 선생님이셨죠. 어머니 이름은 버서 셜리였고요. 월터나 버서도 모두 멋진 이름이죠? 부모님 이름이 좋아서 정말 다행이에요. 만약 아버지 이름이…… 제데디어라면 정말 창피할 거예요, 안 그래요?"

"행실만 바르다면 이름은 그리 중요한 게 아니야."

앤에게 바람직하고 유익한 교훈을 가르쳐야 한다는 생각으로 마릴라가 말했다.

"그럴까요? 전 잘 모르겠어요."

앤이 생각에 잠긴 얼굴로 말을 이었다.

"언젠가 책에서 장미는 장미가 아닌 다른 이름이어도 향기가 좋을 거라는 글을 읽긴 했지만, 전 그 말을 믿을 수가 없어요. 만약 장미가 엉겅퀴나 돼지풀 같은 이름이었다면 그렇게 예쁠 것 같지 않거든요. 아버지 이름이 제데디어라고 해도 여전히 좋은 분이긴 하셨겠지만, 전 무척 괴로웠을 거예요. 아무튼 어머니도 고등학교 선생님이었는데, 아버지와 결혼하신 뒤로는 그만두셨대요. 남편을 내조해야 했으니까요. 토마스 아주머니 말로는, 두 분 다 세상 물정에 어두운데다 찢어지게 가난하셨대요. 부모님은 볼링브로크의 자그마한 노란 집에서 살림을 차리셨다고 해요. 전 그 집을 한 번도 보지 못했지만 상상은 수없이 많이 해봤어요. 거실 창문 위로 인동덩굴이 자라고, 앞뜰엔 라일락이, 대문 바로 안쪽엔 은방울꽃이 피어 있었을 거예요. 틀림없어요. 창문마다 모슬린 커튼이 쳐져 있었을 테고요. 모슬린 커튼은 집안 분위기를 살려 주거든요. 제가 그 집에서 태어났어요. 토마스 아주머닌 저같이 못생긴 아기는 본 적이 없었대요. 어찌나 조그맣고 깡말랐던지 눈밖에 보이지 않았다나요. 하지만 어머니는 제가 정말 예쁘다고 생각하셨대요. 청소하러 오시는 가난한 아주머니보다야 어머니 판단이 더 맞지 않겠어요, 그렇죠? 어쨌든 어머니가 절 마음에 들어 하셨다니 기뻐요. 어머니를 실망시켜 드렸다면 전 정말 너무 슬펐을 거예요. 그 후로 얼마 사시지 못했거든요. 제가 태어난 지 석 달 만에 어머니는 열병으로 세상을 떠나셨어요. 제가 어머니라고 부르던 기억이 날 때까지 만이라도 사셨으면 좋았을 텐데. '어머니'라고 부르는 소리는 참 정겨운 느낌이 들어요, 그렇죠? 나흘 뒤엔 아버지마저 열병으로 돌아가셨어요. 그리고 전 고아가 됐지요. 토마스 아주머니 말로는 다들 절 어떻게 해야 할지 몰랐대요. 그때도 절 원하는 사람은 아무도 없었으니까요. 어쩌면 그게 제 운명인가 봐요. 아버지와 어머니 두 분 다 먼 지역에서 오신데다 친척 한 명 없었거든요. 결국 토마스 아주머니가 절 맡기로 하셨어요. 가난한 살림에 남편이 술주정뱅이였는데도 말이죠. 아주머니가 손수 우유를 먹이며 절 키우셨대요. 직접 보살핌을 받고 자란 아이는 다른 사람보다 더 착해야 한다고 생각하세요? 제가 잘못할 때마다 토마스 아주머니는, 절 손수 키웠는데 어떻게 나쁜 아이가 될 수 있냐고 원망하듯 말씀하셨어요. 토마스 아주머니네는 볼링브로크에서 매리스빌로 이사하셨고, 전 그 집에서 여덟 살까지 살았어요. 아이들을 돌봐 주면서요. 저보다 어린아이가 네 명 있었는데, 이것저것 챙길 게 아주 많았어요. 그러던 어느 날 토마스 아저씨가 기차에서 떨어져 돌아가셨어요. 토마스 아저씨의 어머니가 토마스 아주머니 식구들을 데려가겠다고 했지만 전 원하지 않았어요. 토마스 아주머니는 절 어찌해야 좋을지 몰랐대요. 그때 마침 강 위쪽에 사시는 해먼드 아주머니께서 제가 아이들을 잘 돌보는 걸 알고는 절 맡겠다며 오셨어요. 그래서 전 강 위쪽으로 올라가 잘려진 나무 밑동들로 가득한 좁은 개간지에서 해먼드 아주머니와 함께 살게 됐지요. 정말 너무도 쓸쓸한 곳이었어요. 상상력이 없었다면 결코 견뎌 내지 못했을 거예요. 해먼드 아저씨는 작은 목재소에서 일하셨어요. 아주머니는 아이가 여덟이었는데, 그중에 쌍둥이가 세 쌍이나 됐어요. 전 아이들이 적당히 있는 건 좋아하지만, 연달아 쌍둥이 세 쌍은 너무 많지 뭐예요. 마지막 쌍둥이가 태어났을 때 아주머니께 그렇게 단단히 말씀드렸어요. 아이들 돌보느라 항상 녹초가 되곤 했거든요. 그곳에서 해먼드 아주머니와 2년을 넘게 살았어요. 하지만 해먼드 아저씨가 돌아가시자, 아주머닌 혼자서 살림을 꾸려 나갈 힘이 없었어요. 그래서 아이들을 친척들에게 맡기고 미국으로 가 버리셨죠. 저는 아무도 데려가지 않아서 호프턴에 있는 고아원으로 갈 수밖에 없었어요. 처음엔 고아원에서조차 아이들이 꽉 찼다며 받아 주지 않았는데, 어쩔 수 없이 맡아 주셨죠. 스펜서 아주머니가 오실 때까지 거기서 넉 달을 살았어요."

앤이 이번엔 안도의 한숨을 내쉬며 말을 마쳤다. 외면당하며 살아온 지난날을 얘기하기 싫었던 게 분명했다.

"학교는 다닌 적 있니?"

마릴라가 바닷가 길 쪽으로 말을 몰며 물었다.

"얼마 다니지 못했어요. 토마스 아주머니 댁에서 살던 마지막 해에 잠시 다녔지요. 강 위쪽에서 살 때는 학교가 너무 멀어서 겨울엔 걸어 다닐 수가 없었고, 여름엔 방학이라 봄과 가을에만 갈 수 있었어요. 물론 고아원에 있을 때는 계속 다녔고요. 저는 책도 꽤 잘 읽고, 외우고 있는 시도 아주 많아요. 「호헨린덴의 전투」와 「플로든 전투 후의 에든버러」, 「라인 강변의 빙엔」, 「호수의 여인」 여러 편과 제임스 톰슨이 쓴 「사계」 대부분을 외워요. 아주머니는 등골이 오싹해지는 시를 좋아하세요? 5학년 교과서에 「폴란드의 멸망」이란 시가 실려 있는데, 정말 소름이 끼칠 정도로 감동적이에요. 물론 전 5학년이 아니고 4학년이긴 했지만 언니들이 빌려 주곤 했거든요."

마릴라가 앤을 곁눈질하며 물었다.

"토마스 아주머니나 해먼드 아주머니는 너한테 잘해 주셨니?"

"아……, 네에……."

앤이 머뭇거렸다. 감수성이 예민한 작은 얼굴이 갑자기 빨개지며 당황하는 기색이 역력했다.

"네, 두 분 다 잘해 주려고 하셨어요. 될 수 있는 대로 친절하고 다정하게 대해 주시려 했다고 생각해요. 잘해 주려는 마음이 있다면 항상 그렇게 되지 않더라도 상관없어요. 안 그래도 걱정거리가 많은 분들이었으니까요. 남편이 술주정뱅이라면 얼마나 괴롭겠어요. 세 번씩이나 연달아 쌍둥이를 낳는 건 또 어떻고요. 그래도 저한테 잘해 주시려 했다는 것만은 분명해요."

마릴라는 더 이상 묻지 않았다. 앤은 입을 다문 채 바닷가 길을 황홀하게 바라보았고, 마릴라는 깊은 생각에 잠긴 채 멍하니 말을 몰았다. 마릴라는 이 아이가 갑자기 가여워졌다. 얼마나 메마르고 정에 굶주린 삶을 살아왔을까. 고된 일과 가난 속에 무시당하면서. 눈치 빠른 마릴라는 앤의 이야기에 담긴 진실을 충분히 읽을 수 있었다. 진짜 가정이 생긴다고 그토록 기뻐했던 것도 무리는 아니었다. 다시 고아원으로 돌아가야 한다니 정말 딱한 일이었다. 만약 매슈의 알 수 없는 변덕을 받아들여 저 아일 집에 둔다면 어떨까? 매슈야 이미 마음을 굳힌 상태고, 이 아이도 심성이 착한 게 제대로 가르치면 잘 자랄 것도 같은데.

마릴라는 속으로 생각했다.

'말이 너무 많긴 하지만, 그거야 교육을 못 받아서인지도 모르지. 말투가 무례하거나 상스러운 것도 아니고. 어딘지 품위도 있어 보여. 아무래도 반듯한 집안 아이인가 봐.'

바닷가 길은 나무가 무성하고 황량하고 쓸쓸했다. 오른쪽엔 오랜 세월 바닷바람과 꿋꿋이 맞서 온 전나무들이 빽빽이 들어찼다. 왼쪽으론 깎아지른 듯한 붉은 사암 절벽이 길에 거의 맞붙은 채 이어져, 이 밤색 말처럼 침착한 말이 아니라면 마차에 탄 사람들은 불안에 떨었을지도 몰랐다. 절벽 아래에는 밀려오는 파도에 깎인 바위들과 함께 보석 같은 자갈들이 박힌 작은 모래밭이 있었다. 그 너머로 희미하게 반짝이는 푸른 바다가 펼쳐졌고, 갈매기들이 햇살에 은빛 날개를 반짝이며 바다 위로 날아올랐다.

눈을 크게 뜬 채 한참 동안 아무 말 없이 앉아 있던 앤이 이윽고 입을 열었다.

"바다란 참 멋지죠? 제가 메리스빌에 살 때, 하루는 토마스 아저씨가 사륜마차를 빌려와 16킬로미터나 떨어진 바닷가로 놀러간 적이 있었어요. 늘 그렇듯 아이들을 돌봐야 하긴 했지만, 전 한순간 한순간을 마음껏 즐겼어요. 그리고 그날의 행복했던 기억을 오랫동안 떠올리며 살았죠. 하지만 여기 바닷가는 메리스빌보다 훨씬 아름다워요. 저 갈매기들도 정말 멋있죠? 아주머닌 갈매기가 되고 싶으세요? 전 되고 싶어요. 여자 아이로 태어나지 않았다면 말이죠. 해가 뜰 때 깨어나 물 위로 곤두박질치고 아름답고 푸른 바다 위를 하루 종일 날아다니다 밤이 되어 둥지로 돌아온다면 정말 신나지 않을까요? 아, 마치 제가 그러는 모습이 보이는 것 같아요. 그런데 저 앞에 있는 큰 집은 뭐예요?"

"화이트 샌즈 호텔이란다. 커크 씨가 운영하는데, 아직은 제철이 아니야. 여름에 미국인들이 많이 찾아오지. 이 바닷가가 마음에 드나 봐."

앤이 침울하게 말했다.

"혹시 스펜서 아주머니 댁이면 어쩌나 걱정했어요. 그곳에 도착하고 싶지 않아요. 그 순간 모든 게 끝나 버릴 것만 같거든요."

06

마릴라가 결심하다

앤의 바람과는 상관없이 두 사람은 적당한 시간에 목적지에 닿았다. 스펜서 부인은 화이트 샌즈 만에 있는 커다란 노란색 집에서 살고 있었다. 인정 많아 보이는 스펜서 부인이 놀라움과 반가움이 뒤섞인 얼굴로 현관으로 나오며 외쳤다.

"어머, 세상에. 오늘 오실 줄 몰랐어요. 정말로 반가워요. 말을 안으로 넣으실 거죠? 잘 지냈니, 앤?"

"덕분에 잘 있었어요. 고맙습니다."

앤이 웃음기 없이 대답했다. 어두운 그림자가 무겁게 드리운 얼굴이었다.

마릴라가 말했다.

"말이 쉬는 동안만 잠깐 실례하겠어요. 매슈 오라버니에게 일찍 돌아간다고 했거든요. 사실은 스펜서 부인, 뭔가 착오가 있어서 그걸 알아보려고 왔어요. 오라버니와 저는 남자 아이를 보내 달라고 했거든요. 동생 분인 로버트 씨에게 열 살이나 열한 살쯤 되는 남자 아이를 원한다고 말씀드렸답니다."

스펜서 부인이 난처한 얼굴로 말했다.

"마릴라 커스버트! 무슨 말씀이세요! 로버트가 딸 낸시를 시켜 두 분이 여자 아이를 필요로 한다는 말을 전해 왔던 걸요. 그렇지, 플로라 제인?"

스펜서 부인이 계단에 나와 있던 딸에게 동의를 구했다.

"네, 그랬어요. 커스버트 아주머니."

플로라 제인이 진지하게 확인해 주었다.

스펜서 부인이 말했다.

"이런 일이 생겨 무척 유감이에요. 정말 안됐어요. 하지만 이건 제 잘못이 아니랍니다. 저는 나름대로 최선을 다했고 두 분의 부탁대로 했다고 생각했어요. 낸시는 정말 못 말리는 덜렁이예요. 조심해서 행동하라고 얼마나 꾸짖는지 모른답니다."

마릴라가 어쩔 수 없다는 듯 말했다.

"우리 잘못이에요. 중요한 이야기니까 그렇게 말로 전할 게 아니라 직접 찾아왔어야 했어요. 어쨌든 일이 벌어졌으니 이제 바로잡아야겠지요. 저 아일 고아원으로 돌려보낼 수 있을까요? 다시 받아 줄 것 같은데, 어떠세요?"

스펜서 부인이 생각에 잠긴 얼굴로 말했다.

"아마 그럴 거예요. 하지만 굳이 돌려보낼 필요는 없겠네요. 어제 피터 블루엣 부인이 오셔서 집안일을 도와줄 여자 아이가 꼭 필요하다고 했거든요. 아시다시피 그 댁엔 워낙 식구가 많아서 일할 사람 구하기가 힘들지요. 앤이 그 집에 딱 맞겠네요. 하느님의 뜻인가 봐요."

하지만 마릴라 눈엔 하느님의 뜻과는 아무런 상관이 없어 보였다. 귀찮은 고아를 떼어 낼 좋은 기회가 뜻밖에 찾아왔는데도 마릴라는 전혀 반가운 마음이 들지 않았다.

블루엣 부인이라면 키가 작고 뼈만 남은 듯한 앙상한 몸에 잔소리가 심해 보이는 인상의 여자라는 것밖에 몰랐다. 하지만 '지독한 일벌레에다 사람을 모질게 부려먹는 사람'이라는 소문은 익히 들어 알고 있었다. 그 집에서 일했던 하녀들은 블루엣 부인이 걸핏하면 화를 내고 인색한데다 아이들은 버릇없고 허구한 날 싸움질이라며 치를 떨었다. 앤을 그 무자비한 여자에게 넘겨줄 생각을 하니 마릴라는 양심의 가책이 들었다.

"글쎄요, 들어가서 좀 더 얘기를 나눠 보죠."

마릴라가 말했다.

"어머, 때마침 블루엣 부인이 저기 오는군요."

스펜서 부인이 부산을 떨며 손님들을 응접실로 맞아들였다. 굳게 쳐진 진초록 블라인드가 오랫동안 실내 공기를 가둬 놓은 탓에 따뜻한 온기를 잃어버린 듯 오싹한 냉기가 끼쳐 왔다.

"정말 잘됐어요. 바로 일이 해결되겠네요. 안락의자에 앉으세요, 미스 커스버트. 앤, 너는 여기 긴 의자에 앉으렴. 얌전히 있어야 한다. 모자는 다들 저한테 주시고요. 플로라 제인, 나가서 주전자 좀 올려놓아라. 어서 오세요, 블루엣 부인. 마침 잘 맞춰 오신다고 얘기하던 참이었어요. 소개해 드리죠. 이분은 미스 커스버트랍니다. 잠깐만 실례할게요. 플로라한테 오븐에서 빵을 꺼내 놓으란 말을 안 했군요."

스펜서 부인이 블라인드를 올리고 급히 나갔다. 앤은 말없이 의자에 앉아 무릎 위에 두 손을 꼭 잡은 채 블루엣 부인을 뚫어지게 쳐다보았다. 정말 저렇게 뾰족한 얼굴에 눈초리가 매서운 여자의 집에 가야 한단 말인가? 앤은 뭔가 치밀어 오르는 듯 목이 메고 눈이 시큰거렸다. 이윽고 스펜서 부인이 육체적인 문제든 정신과 영혼에 관한 문제든 간에 어떤 어려움이라도 그 자리에서 당장 해결할 수 있다는 듯 상기되고 웃음 띤 얼굴로 돌아오자 앤은 더 이상 눈물을 참아 내지 못할 것 같았다.

스펜서 부인이 말했다.

"이 아이 일에 착오가 생겼어요, 블루엣 부인. 전 커스버트 댁에서 여자 아이를 입양하려는 줄 알았거든요. 분명히 그렇게 들었고요. 하지만 두 분은 남자 아이를 원하셨다지 뭐예요. 그래서 혹시 어제 말씀하신 대로 일하는 아이가 아직도 필요하다면 이 아이가 꼭 맞을 듯싶은데요.”

블루엣 부인이 앤을 머리에서 발끝까지 샅샅이 훑어보더니 다그치듯 물었다.

“몇 살이고, 이름은 뭐지?”

잔뜩 주눅이 든 아이는 이름 철자에 주의해 달라는 소리 따윈 꺼낼 엄두조차 내지 못한 채 머뭇거리며 대답했다.

“앤 셜리고요. 열한 살이에요.”

“이런! 제대로 못 먹고 자랐나 보구먼. 그래도 강단은 있어 보이는구나. 어쨌거나 강단 있는 애가 제일이지. 그래, 내가 널 데리고 가면 착하게 굴어야 한다, 알겠니? 착하고 싹싹하고 예의 바르게 말이야. 밥값을 제대로 하지 않으면 안 돼. 좋아요. 제가 데려가도록 하죠, 미스 커스버트. 갓난쟁이가 어찌나 보채는지, 그 애 보느라 진이 다 빠졌어요. 괜찮으시다면 지금 당장 데려가고 싶은데요.”

마릴라는 비참한 표정으로 말없이 앉아 있는 아이의 창백한 얼굴을 보자 마음이 흔들렸다. 가까스로 풀려난 덫에 또다시 붙잡히고 만 힘없는 작은 동물 같은 모습이었다. 저 애원하는 얼굴을 외면했다가는 죽을 때까지 그 얼굴이 따라다닐 거라는 불쾌한 확신이 들었다. 게다가 마릴라는 블루엣 부인이 마음에 들지 않았다. 감성적이고 예민한 아이를 저런 여자에게 넘겨주다니! 안 될 일이었다. 도저히 그런 짓은 할 수가 없었다.

마릴라가 천천히 말했다.

"글쎄요, 잘 모르겠네요. 오라버니와 전 이 아이를 데리고 있지 않겠다고 확실히 결정한 건 아니거든요. 사실 오라버니는 이 아이를 두고 싶어한답니다. 전 다만 어쩌다 이런 일이 생겼는지 알아보려고 온 것뿐이에요. 아무래도 이 아이를 다시 집에 데려가서 오라버니와 얘기해 봐야겠어요. 오라버니와 의논하지 않고 혼자서 결정을 내려선 안 될 것 같군요. 아이를 두지 않겠다는 결정이 나면, 내일 밤까지 아이를 댁으로 데려가던지, 아이만 보내든지 하겠어요. 만약 소식이 없으면 우리 집에서 지내는 걸로 아세요. 그래도 되겠죠, 블루엣 부인?"

블루엣 부인이 못마땅한 듯 대꾸했다.

"하는 수 없지요."

마릴라가 얘기하는 동안 앤의 얼굴은 떠오르는 해처럼 환해졌다. 절망의 그림자가 사라지고 희망의 빛이 희미하게 떠올랐으며, 두 눈은 샛별처럼 깊고 초롱초롱하게 빛났다. 조금 전과는 정반대의 모습이었다. 잠시 후, 블루엣 부인이 원래 빌리러 왔던 요리책을 찾으러 스펜서 부인과 함께 나가자 앤이 의자에서 벌떡 일어나 뛸 듯이 방을 가로질러 마릴라에게로 갔다.

앤은 큰 소리로 말하면 거짓말 같은 행운이 달아나기라도 하는 듯 숨을 죽인 채 속삭였다.

"아, 커스버트 아주머니, 제가 초록 지붕 집에서 살게 될지도 모른다는 게 정말이세요? 정말 그렇게 말씀하신 거예요? 아니면 제 상상일 뿐인가요?"

마릴라가 뿌루퉁하게 말했다.

"현실과 상상도 구분 못할 정도라면 네 그 상상이라는 것도 그만두는 게 좋겠구나. 그래, 네가 들은 그대로다. 하지만 아직 결정된 건 아니니, 어쩌면 블루엣 부인에게 보낼지도 모르겠다. 확실히 나보다는 네가 더 필요한 사람 같으니까."

앤이 흥분하며 말했다.

"그 아주머니와 사느니 고아원으로 돌아가는 게 더 나아요. 그 아주머니는 꼭…… 꼭 송곳 같단 말이에요."

마릴라는 피식 터져 나오려는 웃음을 참으며 앤을 나무라야 한다는 생각으로 짐짓 엄하게 말했다.

"너같이 어린애가 알지도 못하는 어른한테 그런 식으로 얘기하다니 부끄러운 줄 알아라. 자리로 돌아가 조용히 입 다물고 얌전하게 앉아 있어."

앤이 고분고분 의자로 돌아가며 말했다.

"절 버리지만 않는다면 아주머니가 시키는 건 뭐든지 하겠어요."

그날 저녁 마릴라와 앤이 초록 지붕 집으로 돌아오자 매슈가 오솔길에서 두 사람을 맞았다. 멀리서부터 매슈가 어슬렁거리는 모습을 본 마릴라는 매슈의 속내를 진즉에 알아차렸다. 결국 자신과 함께 돌아온 앤을 보고 마음을 놓을 매슈의 얼굴이 눈에 선하게 그려졌다. 하지만 매슈와 함께 헛간 뒤뜰에서 소젖을 짤 때가 되어서야 마릴라는 비로소 그 얘기를 꺼냈고, 앤이 자라온 이야기와 스펜서 부인을 만난 결과를 대강 들려주었다.

매슈가 여느 때와 달리 힘 있는 소리로 말했다.

"블루엣 부인한테는 내가 좋아하는 개도 주지 않을 거야."

마릴라도 동의했다.

"저도 그 여자가 마음에 들지 않아요. 하지만 그 집에 보내든지, 우리가 키우든지 간에 결정을 해야 해요. 어쨌거나 오라버니도 그 아일 원하는 눈치고, 저도 그랬으면 싶네요. 곰곰이 생각하다 보니 마음이 절로 그렇게 되어 버렸어요. 어떤 의무감마저 들 정도니까요. 하지만 전 지금껏 한 번도 아이를 키워 본 적이 없잖아요. 특히나 여자 아이는요. 어쩌면 엉망진창이 될지도 몰라요. 하지만 최선을 다해 보겠어요. 그러니까 오라버니, 저 아일 데리고 있어도 될 것 같아요."

숫기 없는 매슈의 얼굴이 기쁨으로 환히 빛났다.

"그래, 그럴 줄 알았다, 마릴라. 그 앤 정말 재미있는 아이란다."

마릴라가 쏘아붙였다.

"그 애가 쓸모 있는 아이라고 말해 주면 더 좋겠군요. 하지만 그 애를 그렇게 만드는 일은 제가 하겠어요. 그러니 오라버니는 제 방식에 참견하지 마세요. 노처녀가 아이 키우는 법을 잘 알 리 없겠지만 그래도 노총각보다는 낫지 않겠어요? 저 아이 교육은 저한테 맡겨 주세요. 저 혼자 힘으로 안 되면 그때 오라버니가 나서도 늦지 않을 테니까요."

매슈가 걱정 말라는 투로 말했다.

"그래, 그래, 마릴라, 너 좋을 대로 하렴. 다만 버릇이 나빠지지 않을 정도로 다정하게 잘 대해 줘. 일단 저 아이가 널 좋아하게만 만들면 무슨 말이든 잘 들을 게야."

마릴라는 매슈가 여자들 일에 이러쿵저러쿵하는 게 우습다는 듯 콧방귀를 뀌고는 우유가 든 통을 들고 자리를 떴다.

마릴라는 크림 분리기에 우유를 부으며 곰곰이 생각했다.

'오늘 밤엔 그 애한테 여기서 살아도 된다는 얘기를 하지 말아야겠어. 너무 흥분해서 한숨도 못 잘 테니까 말이야. 마릴라 커스버트, 넌 이제 꼼짝없이 코가 꿰고 만 거야. 부모 없는 여자 아이를 입양하리라고 한 번이라도 생각해 본 적 있었니? 정말 놀랄 일이지. 하지만 그보다 더 놀라운 건 여자 아이라면 몸서리를 치던 매슈 오라버니가 저 아일 키우겠다고 먼저 발 벗고 나섰다는 거야. 어쨌든 이미 결정을 했으니 앞으로의 일은 두고 보는 수밖에."

07

앤이 기도하다

그날 밤, 마릴라는 앤을 침대로 데리고 가 딱딱하게 말했다.

"앤, 지난밤엔 옷을 벗어 마루 위에 아무렇게나 던져 놓았더구나. 난 그런 지저분한 습관은 봐줄 수가 없어. 옷을 벗으면 곧바로 단정하게 접어서 의자 위에 올려 두어라. 깔끔하지 않은 여자 아이는 아무짝에도 쓸모가 없으니."

"어젯밤에는 너무 괴로워서 옷에 신경 쓸 겨를이 없었어요. 오늘 밤에는 잘 개켜 놓을게요. 고아원에서도 늘 그렇게 하라고 배웠거든요. 잊은 적도 많긴 하지만요. 빨리 침대에 들어가 조용히 멋진 상상을 하고 싶었거든요."

마릴라가 부드럽게 타일렀다.

"이 집에 살게 된다면 더 잘 기억해야 할 게다. 그래, 잘 갰구

나. 이제 기도를 하고 잠자리에 들거라."

그러자 앤이 말했다.

"전 기도를 해본 적이 없는걸요."

마릴라는 소스라치게 놀랐다.

"아니, 앤, 그게 무슨 말이니? 기도하는 법을 배운 적이 없다는 거니? 하느님은 늘 여자 아이들의 기도를 듣고 싶어한단다. 하느님이 누군지는 아니, 앤?"

앤이 곧바로 조잘거렸다.

"'하느님은 영혼이요, 무한하고 영원하고 한결같으며 그 안에 지혜와 힘과 거룩함과 정의와 선과 진리가 있도다.'"

마릴라의 얼굴에 안도의 빛이 어렸다.

"그나마 알고는 있어 다행이구나. 이교도는 아닌 것 같으니 말이야. 그건 어디서 배웠니?"

"고아원 주일학교에서요. 교리 문답서를 모두 외워야 했거든요. 전 그 시간을 아주 좋아했어요. 멋진 말들이 나오곤 했거든요. '무한하고 영원하고 한결같으며', 정말 훌륭하지 않아요? 마치 커다란 오르간 연주 소리 같아요. 시라고 할 수는 없지만 꼭 시처럼 들리잖아요, 그렇죠?"

"우린 시 얘기를 하는 게 아니야, 앤. 기도에 대해 말하는 중이라고. 매일 밤 기도를 하지 않는 게 얼마나 나쁜 일인지 모르겠니? 네가 정말 나쁜 아이는 아닌지 걱정이구나."

앤이 원망 섞인 목소리로 말했다.

"아주머니도 빨간 머리였다면 착한 아이보단 나쁜 아이가 되기 쉽다는 걸 아셨을 텐데요. 빨간 머리가 아닌 사람은 그게 얼마나 큰 괴로움인지 몰라요. 토마스 아주머니는 하느님이 일부러 제 머리를 빨갛게 만드셨대요. 그 이후로 전 하느님을 좋아한 적이 없어요. 밤마다 너무 피곤해서 기도할 정신이 없기도 했지만요. 쌍둥이를 돌봐야 하는 사람에게 기도까지 하라는 건 무리예요. 아주머닌 솔직히 그게 가능하다고 보세요?"

마릴라는 앤에게 당장 종교 교육부터 시켜야겠다고 마음먹었다. 망설이고 자시고 할 시간이 없었다.

"이 집에 있는 한, 넌 반드시 기도를 해야 한다."

앤은 선선히 대답했다.

"네, 물론이죠. 아주머니 말씀이라면 뭐든 따르겠어요. 하지만 어떻게 하는지 한 번은 가르쳐 주셔야 해요. 밤마다 잠자리에 누워 멋진 기도 말을 상상할래요. 생각해 보니 정말 재미있을 것 같아요."

마릴라가 당혹스런 얼굴로 말했다.

"먼저 무릎을 꿇어라."

앤이 마릴라의 무릎께에 꿇어앉아 진지한 얼굴로 올려다보았다.

"왜 기도할 때는 무릎을 꿇어야 하나요? 전 정말로 기도를 올리고 싶은 마음이 들면 이렇게 해요. 혼자서 넓은 들판이나 아주 깊은 숲 속에 들어간 다음 끝없이 펼쳐진 아름다운 푸른 하늘을 높이 높이 올려다보는 거죠. 그러면 꼭 기도하는 느낌이 들거든요. 자, 전 준비 됐어요. 이제 뭐라고 하면 되죠?"

마릴라는 더욱 난처한 기분이 들었다. 사실 마릴라는 '하느님, 이제 잠자리에 들겠습니다.'라는, 어린아이들이 주로 하는 기도를 가르칠 작정이었다. 하지만 앞서 얘기했다시피 마릴라는 어느 정도 유머감각이 있는 사람이었고, 그것은 곧 상황에 맞게 대처하는 재치가 있다는 뜻이기도 했다. 그래서 마릴라는 하얀 잠옷을 입고 엄마 무릎에 앉아 혀 짧은 소리로 하는 그런 단순한 어린이용 기도는, 인간의 사랑을 받지 못한 탓에 그를 통해 알게 되는 하느님의 사랑도 모르고 관심조차 없는 이 영악한 주근깨투성이 여자 아이에게는 전혀 어울리지 않는다는 생각이 문득 들었다.

마침내 마릴라는 이렇게 말했다.

"넌 더 이상 어린애가 아니니 스스로 해보려무나, 앤. 신의 은총에 감사드리고 네가 원하는 바를 겸손하게 말씀드리면 된단다."

앤이 마릴라의 무릎에 얼굴을 묻으며 약속했다.

"네, 열심히 해볼게요. 은혜로우신 하느님 아버지……, 교회에서 목사님이 이렇게 말씀하시던데, 혼자 기도할 때도 괜찮겠

죠, 그렇죠?"

앤이 잠시 머리를 들어 물은 다음 다시 고개를 숙였다.

"은혜로우신 하느님 아버지, **기쁨의 하얀 길**과 **반짝이는 호수**, **보니**와 **눈의 여왕**을 보게 해주셔서 고맙습니다. 정말 얼마나 감사한지 모릅니다. 지금으로선 감사드릴 것이 그것밖에 생각나지 않습니다. 제가 바라는 것에 대해 말하자면, 하도 많아서 시간이 너무 걸리니 가장 중요한 두 가지만 말씀드리겠습니다. 제발 제가 초록 지붕 집에 살게 해주시고, 어른이 되면 예뻐지게 해주십시오. 이상입니다. 존경하는 앤 셜리 올림."

앤이 일어서면서 간절한 눈빛으로 물었다.

"저, 이만하면 잘했나요? 생각할 시간이 좀 더 있었다면 훨씬 멋있게 할 수 있었을 텐데요."

앤의 엉뚱한 기도에 마릴라는 아연했지만, 이 모두가 예의가 없어서라기보다는 그저 기독교에 대해 모르기 때문이라는 생각이 들어 완전히 절망하지는 않았다. 마릴라는 아이를 침대에 눕히며 내일부터 곧바로 기도를 가르쳐야겠다고 속으로 다짐했다. 그런 다음 촛불을 들고 방을 나서려는데 앤이 마릴라를 불렀다.

"방금 생각났는데요. '존경하는 앤 셜리 올림' 대신에 '아멘'이라고 해야 하는 거죠? 목사님이 하시듯 말이에요. 어떻게든 기도를 끝내야 한다는 생각에 깜빡 잊고 다른 말을 했어요. 그래도 기도를 들어주실까요?"

"뭐, 아마 상관없을 게다. 이제 착한 아이답게 자야지. 잘 자거라."

앤이 베개를 꼭 껴안으며 말했다.

"저도 오늘 밤엔 마음 놓고 안녕히 주무시란 인사를 할 수 있겠어요."

부엌으로 돌아온 마릴라는 식탁 위에 초를 단단히 세워 놓은 뒤 매슈를 똑바로 쳐다보았다.

"매슈 오라버니, 저 아인 정말이지 누군가 입양해서 가르치지 않으면 안 될 아이예요. 이교도나 마찬가지라니까요. 오늘 밤에 기도를 처음 했다는 게 믿어지세요? 내일은 목사관에 가서 『새벽』 독본을 빌려 와야겠어요. 꼭 그래야 해요. 그리고 저 애가 입을 만한 옷을 만드는 대로 주일학교에도 보내겠어요. 눈코 뜰 새 없이 바빠지겠군요. 뭐, 어쨌거나 세상에 태어난 이상 제 몫의 어려움을 감당하지 않고 살 수는 없는 일이니까요. 지금까지는 그래도 꽤 편하게 살아왔는데 저한테도 마침내 올 게 왔나 봐요. 한번 열심히 부딪혀 봐야지요."

08

앤의 교육이 시작되다

마음먹은 대로 마릴라는 앤이 초록 지붕 집에 살게 되었다는 사실을 다음날 오후까지 말해 주지 않았다. 오전 내내 마릴라는 앤에게 여러 가지 일을 시키고는 일하는 모습을 유심히 지켜보았다. 그리고 정오가 되자, 앤이 영리하며 말을 잘 듣고 무슨 일에나 자발적이며 빨리 배운다는 결론을 내렸다. 심각한 단점이라면, 툭하면 공상에 빠져 하던 일을 잊고 있다가 꾸지람을 듣거나 큰일을 벌이고 나서야 반짝 정신을 차린다는 점이었다.

앤은 점심 설거지를 마치자 어떤 나쁜 소식도 들을 각오가 되어 있다는 표정으로 마릴라 앞에 섰다. 작고 야윈 몸은 머리에서 발끝까지 떨고 있었고, 붉게 상기된 얼굴에 튀어나올 듯 눈을 크게 뜨고는 두 손을 꼭 모아 쥐고 애원하며 말했다.

"아, 커스버트 아주머니, 절 보내실 건지 말 건지 제발 말씀해 주세요. 아침 내내 참으려고 애썼지만 이제 더 이상은 못 참을 것 같아요. 너무 끔찍한 기분이에요. 부디 가르쳐 주세요."

"넌 내가 시킨 대로 뜨거운 물에 행주를 소독하지도 않았잖아. 뭐든 알고 싶으면 그 일부터 하고 나서 물어라, 앤."

마릴라가 냉정하게 대꾸했다.

앤이 부엌으로 가 뜨거운 물에 행주를 담가 깨끗이 씻었다. 그리고 돌아와 간절한 눈으로 마릴라를 쳐다보았다.

이제 더 이상 미룰 수 없게 되자, 마릴라가 입을 열었다.

"그래, 이젠 말해 주는 게 좋겠구나. 매슈 아저씨와 난 널 데리고 있기로 결정했다. 네가 착한 아이가 되려고 노력하고 감사하는 마음을 가진다면 말이다. 아니, 얘야, 왜 그러니?"

앤이 어쩔 줄 몰라 하며 말했다.

"눈물이 나요. 왜 그런지 모르겠어요. 전 더할 나위 없이 기쁜데 말이에요. 아, 기쁘다는 말만으론 부족해요. **기쁨의 하얀 길**과 벚꽃을 보고 전 기뻐했어요. 하지만 이건 그것과는 달라요! 기쁨 이상이라고요. 전 너무 행복해요. 착한 아이가 되도록 노력할게요. 힘들긴 하겠지만요. 토마스 아주머니가 저더러 지독하게 못된 아이라고 자주 그러셨거든요. 하지만 정말 최선을 다하겠어요. 그런데 왜 자꾸 눈물이 나는 거죠?"

마릴라가 못마땅한 투로 말했다.

"너무 흥분해서 그럴 게다. 저 의자에 앉아서 마음을 좀 가라앉혀라. 넌 너무 쉽게 울고 웃어서 큰일이구나. 그래, 앞으로 넌 여기서 살 테고 우린 널 잘 돌봐 줄 거야. 학교에도 보낼 거란다. 2주 후면 방학이니, 기다렸다가 9월에 개학하면 다니려무나."

"아주머닌 뭐라고 부르죠? 전처럼 커스버트 아주머니라고 불러야 하나요? 아니면 마릴라 이모님이라고 할까요?"

"아니다. 그냥 마릴라 아주머니라고 부르렴. 커스버트 아주머니는 익숙지 않아 불편하단다."

"하지만 그렇게 부르면 너무 예의 없어 보이지 않을까요?"

"네가 공손하게 부른다면 괜찮을 게다. 목사님 말고는 아이든 어른이든 간에 에이번리에 사는 사람들은 모두 날 그렇게 부른단다. 목사님도 어쩌다 생각나실 때만 날 미스 커스버트라고 부르니까."

앤이 간절하게 말했다.

"전 마릴라 이모님이라고 부르고 싶어요. 전 이모님도 다른 친척도 없거든요. 할머니도요. 그렇게 부르면 아주머니가 진짜 가족처럼 느껴질 것 같아요. 마릴라 이모님이라고 불러도 되죠?"

"안 된다. 난 네 이모가 아닐 뿐더러 진짜가 아닌 이름으로 불리는 것도 좋아하지 않아."

"하지만 제 이모님이라고 상상할 순 있잖아요."

"난 못한다."

마릴라가 엄하게 말했다.

"사실과 다르게 상상해 보신 적이 한 번도 없으세요?"

앤이 눈이 동그래지며 물었다.

"없어."

"어머!"

앤이 숨을 깊이 들이마셨다.

"어머, 커스버트……, 아니, 마릴라 아주머니. 그럼 너무 재미가 없잖아요!"

마릴라가 전혀 그렇지 않다는 듯 대꾸했다.

"난 사실과 다르게 상상하는 건 좋아하지 않는다. 하느님이 우리를 어떤 상황에 놓이게 하신 뜻은, 그런 상황이 아니라고 상상하라는 것이 아니야. 그러고 보니 생각나는구나. 앤, 거실에 가서 벽난로 선반 위에 있는 그림 카드를 가져오너라. 발 닦는 거 잊지 말고 파리 안 들어가게 조심해라. 카드에 주기도문이 쓰여 있으니 오후에 짬을 내서 외우도록 해. 어젯밤 같은 기도는 더 이상 하지 않도록 말이다."

앤이 변명하듯 말했다.

"저도 무척 서툴렀다고 생각해요. 하지만 연습 한 번 못해 봤

는걸요. 처음 하는 사람에게 아주 잘하길 기대할 순 없잖아요, 안 그래요? 약속했던 대로 어젯밤 잠자리에 누워 멋진 기도 말을 생각했어요. 목사님의 기도처럼 길고 시적이었죠. 그런데 믿어지세요? 아침에 눈을 뜨니 한 마디도 생각나지 않는 거예요. 그렇게 멋진 기도는 다시는 생각해 내지 못할 거예요. 어쨌거나 두 번째로 생각난 것들은 첫 번째만큼 좋을 수가 없거든요. 혹시 그런 경험 있으세요?"

"네가 알아 둬야 할 게 있다, 앤. 내가 뭘 시키거들랑 당장 가서 해야지, 그렇게 꼼짝 않고 서서 이야기만 늘어놓아선 안 돼. 어서 가서 내가 말한 대로 해라."

앤이 재빨리 복도를 지나 거실로 갔다. 하지만 돌아오지는 않았다. 10분이 지나자 마릴라는 뜨개질감을 내려놓고 굳은 표정으로 앤을 찾으러 갔다. 그리고 두 창문 사이에 걸린 그림 앞에서 두 손을 등 뒤로 깍지 낀 채 몽롱한 눈으로 고개를 든 채 꼼짝 않고 서 있는 앤을 발견했다. 창밖의 사과나무와 담쟁이덩굴 사이로 새어 든 희고 푸른 빛줄기가 넋을 놓고 선 아이의 몸 위로 황홀하게 부서져 내렸다.

"앤, 도대체 무슨 생각을 하고 있니?"

마릴라가 엄한 소리로 다그쳤다.

앤이 깜짝 놀라 정신을 차렸다.

"저 그림이요."

앤은 '아이들을 축복하는 그리스도'라는 제목이 붙은 선명한 석판화를 가리켰다.

"제가 저 아이들 중 하나라고 상상하고 있었어요. 어느 쪽에도 끼지 못하고 구석에 혼자 서 있는 파란 원피스의 저 여자 아이가 꼭 제 모습 같아요. 외롭고 슬퍼 보여요, 안 그래요? 엄마도 아빠도 없을 거예요. 하지만 저 아이도 축복받고 싶은 마음에 수줍어하며 아이들 뒤로 다가섰어요. 예수님 외에는 아무도 눈치 채지 않길 바라면서요. 전 저 아이의 마음을 잘 알아요. 제가 이 집에서 살 수 있는지 아주머니께 물어봤을 때처럼 심장이 쿵쿵 뛰고 손이 싸늘할 거예요. 예수님이 혹시 자기를 못 보면 어쩌나 걱정하면서요. 하지만 예수님은 아시는 것 같아요, 그렇죠? 전 이런 상상을 했어요. 아이가 조금씩 가까이 다가가 예수님 앞에 서고, 아이를 본 예수님이 아이의 머리 위에 손을 얹는 거예요. 아, 정말 얼마나 기쁠까요! 화가가 예수님 얼굴을 저렇게 슬프게 그리지 않았으면 좋았을 텐데요. 잘 보시면 알겠지만, 예수님 그림들은 하나같이 저래요. 하지만 전 예수님 얼굴이 정말 저렇게 슬프다고는 생각지 않아요. 그랬으면 아이들이 예수님을 무서워했을 테니까요."

마릴라는 왜 자신이 진즉에 앤의 이야기를 끊어 내지 못했을까 의아해하며 입을 열었다.

"앤, 그런 식으로 말하면 못쓴다. 그건 아주 버릇없는 행동이야."

앤의 눈이 휘둥그레졌다.

"어머, 전 하느님을 더없이 존경해요. 버릇없이 굴려던 건 아니었어요."

"그래, 나도 네가 그랬을 거라 생각한다. 하지만 하느님에 대해 함부로 얘기하는 건 옳지 않아. 또 한 가지, 내가 뭘 가져오라고 보냈으면 당장 가져와야지, 그림 앞에서 넋을 빼고 상상하고 있으면 안 돼, 앤. 꼭 명심해라. 저 카드 가지고 곧장 부엌으로 오너라. 자, 저기 구석에 앉아 기도문을 외우렴."

앤은 저녁 식탁을 장식하려고 꺾어 온 사과 꽃이 담긴 꽃병에 카드를 기대 세웠다. 마릴라가 곁눈질로 꽃을 쳐다보았지만 말은 하지 않았다. 앤은 두 손을 턱에 받치고 몇 분 동안 조용히 주기도문을 열심히 외웠다.

"마음에 들어요."

앤이 마침내 입을 열었다.

"주기도문은 정말 아름다워요. 전에 고아원 주일학교 교장선생님이 외우시는 걸 한 번 들은 적이 있어요. 하지만 그땐 별로였어요. 갈라진 목소리로 슬프게 기도하셨거든요. 하기 싫은데 의무감에서 억지로 한다는 느낌이 들었어요. 이건 시는 아니지만 시를 읽는 기분이 나요. '하늘에 계신 우리 아버지, 이름을 거룩하게 하오시며' 마치 음악의 한 소절 같아요. 아, 이렇게 아름다운 걸 알게 해주셔서 정말 기뻐요, 커스버트……, 아니, 마릴라 아주머니."

"그래, 그렇다면 잠자코 외우기나 해라."

마릴라가 무뚝뚝하게 말했다.

앤은 사과 꽃이 든 병을 기울여 분홍색 꽃봉오리에 살며시 입을 맞춘 뒤 아까보다 더 오랫동안 열심히 기도문을 외웠다.

이윽고 앤이 입을 열었다.

"마릴라 아주머니, 에이번리에서 제가 마음의 친구를 만날 수 있을까요?"

"뭐, 무슨 친구라고?"

"마음의 친구라고 했어요. 친한 친구 말이에요. 깊은 속을 다 보여 줄 수 있는, 마음이 꼭 들어맞는 친구요. 전 평생 그런 친구를 꿈꿔 왔어요. 정말 생길 거라고 생각한 적은 없지만, 제 소중한 꿈들이 한꺼번에 이루어졌으니 어쩌면 이 소원도 이루어질지 몰라요. 정말 그렇게 될까요?"

"언덕 과수원 집에 다이애나 배리가 사는데, 네 또래일 게다. 아주 착한 아이지. 그 애가 집에 돌아오면 친구로 지내면 되겠구나. 지금은 카모디에 있는 이모 집에 가 있단다. 하지만 조심하게 행동해야 한다. 배리 부인은 무척 까다로운 사람이거든. 착한 아이가 아니면 다이애나와 어울리지 못하게 할 거야."

앤은 호기심으로 눈을 반짝이며 사과 꽃 너머로 마릴라를 쳐다보았다.

"다이애나는 어떻게 생겼어요? 설마 빨간 머리는 아니겠죠, 그렇죠? 아, 아니었으면 좋겠어요. 제가 빨간 머리인 것도 괴로운데 마음의 친구까지 그렇다면 전 정말 못 견딜 거예요."

"다이애나는 아주 예쁘장한 아이란다. 눈과 머리카락은 새까맣고 볼은 장밋빛이지. 착하고 단정하기까지 하고 말이야. 그게 예쁜 것보다 더 좋은 점이란다."

마릴라는 『이상한 나라의 앨리스』에 나오는 공작부인처럼 교훈을 좋아했고, 아이를 키울 때는 무슨 말에나 교훈을 덧붙여야 한다고 굳게 믿고 있었다.

하지만 앤은 엉뚱하게도 교훈에는 관심도 없고 친구가 생길지도 모른다는 기쁨에만 사로잡혀 있었다.

"아, 그 아이가 예쁘다니 정말 다행이에요. 제가 예쁜 것 다음으로요. 저야 그럴 가능성이 없긴 하지만요. 마음 맞는 예쁜 친구가 있다는 건 최고의 기분일 거예요. 토마스 아주머니와 살 때, 거실에 유리문이 달린 책장이 하나 있었어요. 책은 한 권도 꽂혀 있지 않았지만요. 토마스 아주머니는 그 안에 멋진 도자기와 잼을 넣어 두셨어요. 물론 넣어 둘 잼이 남았을 경우에요. 한쪽 유리문은 깨져 있었어요. 어느 밤인가 토마스 아저씨가 술김에 부숴 버렸거든요. 하지만 다른 쪽은 말짱해서, 전 유리에 제 모습을 비춰 보며 그 안에 다른 여자 아이가 살고 있다고 상상하곤 했어요. 그 아이를 케이티 모리스라고 부르며 아주 친하게 지냈죠. 특히 일요일에는 시간마다 케이티에게 말을 걸며 온갖 이야기를 들려주곤 했어요. 케이티는 제 삶의 기쁨이자 위안이었어요. 우리는 책장이 마법에 걸려 있어서 제가 마법을 푸는 주문을 알기만 하면 그 문을 열고 도자기와 잼이 든 선반이 아닌 케이티 모리스가 사는 방안으로 들어갈 수 있다고 생각했어요. 그러면 케이티 모리스가 제 손을 잡고 꽃과 햇빛과 요정들이 가득한 멋진 곳으로 데려가 거기서 둘이 오래오래 행복하게 살 수 있을 거라고요. 해먼드 아주머니 집으로 갈 때 케이트 모리스를 남겨 두고 가야 해서 가슴이 찢어질 듯 아팠어요. 케이티도 무척 괴로워했어요. 케이티에게 작별 키스를 할 때 책장 문 너머로 케이티가 울고 있는 게 보였거든요. 해먼드 아주머니 댁엔 책장이 없었어요. 하지만 집에서 위로 조금 올라가면 초록빛 작은 계곡이 길게 뻗어 있었는데, 그곳에 아름다운 메아리가 살고 있었어요. 크게 소리치지 않아도 무슨 말이든 메아리가 되어 돌아왔지요. 그래서 전 그 메아리가 비올레타라는 여자 아이라고 상상했고, 우리는 좋은 친구가 되었어요. 전 비올레타를 케이티 모리스만큼이나 좋아했어요. 똑같진 않아도 거의 비슷하게 말이죠. 고아원으로 가기 전날 밤, 전 비올레타에게 작별 인사를 했어요. 그러자 비올레타도 말할 수 없이 슬픈 목소리로 제게 작별 인사를 하는 거예요. 전 비올레타를 잊지 못해 고아원에 간 뒤론 마음의 친구를 상상할 기분도 나지 않았어요. 상상할 거리가 아무리 많은 곳이었다 해도 말이에요."

마릴라가 냉담하게 말했다.

"상상할 거리가 많지 않았던 게 오히려 잘된 일 같구나. 난 그런 이상한 행동은 용납할 수가 없어. 넌 네 상상을 반쯤은 사실이라고 생각하는 모양이구나. 네 머릿속에서 그런 말도 안 되는 생각을 몰아내려면 진짜 살아 있는 친구를 사귀는 게 좋겠다. 하지만 배리 부인에게 케이티 모리스나 비올레타 얘기는 꺼내지 말거라. 네가 거짓말을 한다고 생각할 테니까."

"어머, 안 그래요. 모든 사람에게 다 얘기할 순 없어요. 제겐 무척 소중한 기억들이니까요. 하지만 아주머니께는 말씀드리고 싶었어요. 어머, 사과 꽃에서 커다란 꿀벌 한 마리가 뒹굴고 있어요. 사과 꽃 안에 살다니, 얼마나 근사한 집일까요! 바람에 흔들리며 잠이 든다고 생각해 보세요. 전 사람이 아니라면 꿀벌이 되어 꽃에 파묻혀 살고 싶어요."

마릴라가 코웃음을 쳤다.

"어제는 갈매기가 되고 싶다더니, 변덕도 심하구나. 얘기 그만하고 기도문 외우라고 하지 않았니? 하기는 넌 누구라도 들어 줄 사람만 있으면 입을 한시도 다물지 못할 것 같으니 네 방에 올라가서 외우도록 해라."

"아, 이제 거의 다 외웠는걸요. 마지막 한 줄만 빼고요."

"아무튼 그렇더라도 시키는 대로 해라. 네 방에 올라가 끝까지 외워. 차 마실 준비 도와 달랠 때까지 내려오지 말거라."

"사과 꽃을 가져가도 될까요?"

앤이 부탁했다.

"안 된다. 꽃으로 네 방이 어질러지길 바라진 않겠지? 그리고 애당초 넌 그 꽃을 꺾는 게 아니었어."

"저도 그런 생각이 약간 들긴 했어요. 꽃을 꺾어서 아름다운 생명을 빨리 사라지게 해선 안 된다고요. 제가 사과 꽃이었대도 꺾이고 싶지 않았을 거예요. 하지만 전 유혹을 이겨 낼 수가 없었어요. 도저히 이길 수 없는 유혹을 느낄 때 아주머니 어떻게 하세요?"

"앤, 네 방으로 가란 소리 못 들었니?"

앤이 한숨을 쉬며 동쪽 방으로 올라가 창가 의자에 앉았다.

"자, 이 방으로 올라오면서 마지막 한 줄까지 외웠으니 주기도문은 이제 다 알아. 지금부터는 이 방에 넣을 물건들을 상상해 봐야지. 상상대로 있기를 바라면서 말이야. 바닥에는 분홍 장미 무늬가 있는 하얀 벨벳 카펫이 깔려 있고, 창문엔 분홍빛 실크 커튼이 드리워져 있어. 벽에는 금실과 은실로 짠 벽걸이가 걸려 있고, 가구는 마호가니야. 마호가니를 한 번도 본 적은 없지만 아주 호화롭게 들리잖아. 이 의자는 분홍, 파랑, 진홍, 황금색의 화려한 실크 쿠션이 가득 놓인 소파이고, 난 그 위에 우아하게 기대 앉아 있는 거야. 벽에 걸린 멋진 큰 거울에 내 모습이 비치고 있어. 길게 끌리는 하얀 레이스 드레스 차림에, 가슴엔 진주 십자가 목걸이를 하고, 머리에도 진주 장식을 단, 키가 크고 당당한 모습이야. 머리카락 색깔은 칠흑같이 검고, 피부는 투명하고 창백한 상아색이지. 내 이름은 코딜리어 피츠제럴드 아가씨야. 아, 아니야. 그렇게 상상할 순 없어."

앤은 작은 거울 앞으로 춤추듯 달려가 거울을 가만히 들여다보았다. 주근깨투성이 얼굴과 차분한 잿빛 눈동자가 자신을 마주보고 있었다.

앤이 진지하게 말했다.

"넌 그냥 초록 지붕 집의 앤이야. 네가 코딜리어 아가씨라고 상상할 때마다 지금 이 모습을 보게 될 거야. 하지만 집 없는 앤보다는 초록 지붕 집의 앤이 몇 백만 배나 좋지 않니?"

앤이 앞으로 몸을 숙여 거울 속 자신에게 다정하게 입을 맞추고는 열린 창으로 다가갔다.

"안녕하세요, **눈의 여왕**님. 골짜기 아래 자작나무들도 안녕하세요. 언덕 위 회색 집도 반가워요. 다이애나가 내 마음의 친구가 되어 줄까. 그래 주면 좋겠어. 그러면 나도 아주 많이 좋아해 줄 텐데. 하지만 케이티 모리스와 비올레타도 절대 잊지 않을 거야. 내가 잊어버리면 그 애들이 얼마나 상처받겠어. 난 누구의 마음도 아프게 하고 싶지 않아. 그게 책장 속 친구든 메아리 친구든. 그 애들을 기억하며 매일 입맞춤을 보내야겠어."

앤이 손가락 끝에 가볍게 입을 두 번 맞춘 후 벚꽃 너머로 날려 보냈다. 그러고는 두 손으로 턱을 괸 채 눈부신 공상의 바다로 빠져 들었다.

09

레이철 린드 부인이 심한 충격을 받다

린드 부인은 앤이 초록 지붕 집에 온 지 2주가 지나서야 앤을 살피러 왔다. 엄밀히 말해 린드 부인이 이렇게 늦은 것은 부인의 잘못이 아니었다. 이 선량한 부인은 마지막으로 초록 지붕 집을 찾아왔던 날 이후, 때 아닌 독감에 걸려 그동안 집에서 꼼짝할 수가 없었다. 그다지 병치레가 없는 편이라 아픈 사람들을 보란 듯이 무시하던 린드 부인은, 독감이란 이 세상의 여느 병과는 다르며 하느님이 내린 특별한 재앙이라고밖에 설명할 수 없다고 주장했다. 그러다가 외출해도 괜찮다는 의사의 말이 떨어지기가 무섭게 매슈와 마릴라 남매가 데려온 고아를 보고 싶은 마음을 주체하지 못하고 급히 달려왔던 것이다. 에이번리 마을에서는 이미 초록 지붕 집에 대한 온갖 이야기와 추측들이 무성했다.

앤은 그 두 주일 동안 깨어 있는 순간순간을 알차게 보냈다. 주변에 있는 나무들과도 벌써 친해졌다. 사과나무 과수원 아래로 난 오솔길을 따라가면 숲이 나온다는 사실도 알게 되었다. 앤은 그 길을 끝까지 마음 내키는 대로 걸으며 시내와 다리, 전나무 숲, 아치를 이룬 야생 벚나무들, 고사리류가 우거진 덤불, 단풍나무와 마가목이 가지를 뻗고 있는 옆길을 모조리 탐색했다.

앤은 골짜기 아래에 있는 샘과도 친구가 되었다. 아주 깊고 깨끗하고 얼음처럼 차가운 샘이었다. 매끈한 붉은 사암과 함께 커다란 손바닥 모양의 물고사리들이 샘 주변을 둘러 자랐고, 그 너머 시내 위에는 긴 다리가 놓여 있었다.

날 듯한 앤의 발걸음은 다리를 건너 나무가 우거진 언덕으로 이어졌다. 전나무와 가문비나무가 쭉쭉 무성하게 자라 언제나 어둑어둑한 곳이었다. 6월이면 피는 아기자기한 종 모양의 꽃들이 숲 여기저기서 수줍고 사랑스러운 모습을 드러냈고, 지난해에 핀 꽃들의 영혼마냥 창백하고 아련한 별 모양 꽃들이 드문드문 눈에 띄었다. 나무 사이에 걸린 거미줄이 은빛 실처럼 반짝거렸고, 전나무 가지와 잎들은 서로 다정히 이야기라도 나누는 듯 살랑거렸다.

앤은 마릴라가 이따금 나가 놀라고 허락해 준 30분을 이용해 이 황홀한 탐험들을 모두 할 수 있었다. 그리고 자기가 발견해

낸 것들을 매슈와 마릴라에게 귀가 따갑도록 조잘거리곤 했다. 매슈가 성가셔하지 않는 건 분명했다. 매슈는 얼굴 가득 즐거운 미소를 가득 담은 채 말없이 귀를 기울였다. 마릴라는 이 수다쟁이가 늘어놓는 이야기에 어느새 빠져 들고 있다는 사실을 깨닫고 나서야 황급히 입을 다물라며 퉁명스럽게 다그치곤 했다.

린드 부인이 초록 지붕 집을 찾았을 때, 앤은 과수원에 나가 붉게 타는 저녁 햇살 아래 싱그럽게 한들거리는 풀밭을 이리저리 마음껏 돌아다니고 있었다. 덕분에 그 선량한 부인은 자신이 아팠던 이야기를 빠짐없이 늘어놓을 기회가 생긴 셈이었다. 어디가 어떻게 아팠는지, 맥박은 어땠는지 린드 부인이 어찌나 신나게 얘길 했던지, 마릴라는 독감이 그리 나쁜 것만도 아니라는 생각마저 들었다. 이윽고 이야기 밑천이 다 떨어지자 린드 부인이 찾아온 진짜 이유를 말했다.

"당신과 매슈에 대해 놀라운 이야기를 들었어요."

"나보다야 놀랐을까요. 나도 이제 좀 진정이 되고 있는 걸요."

린드 부인이 딱하다는 듯 말했다.

"그런 착오가 있었다니 정말 안됐어요. 그 아일 다시 돌려보낼 순 없었나요?"

"그럴 수도 있었지만 우리가 돌려보내지 않았어요. 매슈 오라버니가 그 아일 마음에 들어 했거든요. 그 애가 결점이 있다는 건 알지만, 솔직히 저도 그 아이가 싫지 않았답니다. 집안 분위기가 벌써 달라진 것 같아요. 아주 밝은 아이거든요."

마릴라가 린드 부인의 얼굴에서 못마땅한 기색을 느끼고는 생각지 않았던 말까지 쏟아 놓았다.

린드 부인이 걱정스레 말했다.

"당신은 스스로 큰 짐을 떠맡은 거예요. 더구나 아이를 키워 본 경험도 없잖아요. 그 아이에 대해, 성격에 대해 제대로 알지도 못할 테고요. 앞으로 어떤 사람이 될지 짐작조차 못하잖아요. 물론 당신을 실망시키고 싶어서 하는 말은 아니에요, 마릴라."

마릴라가 무덤덤하게 대꾸했다.

"실망 같은 건 하지 않아요. 난 한번 마음을 정하면 끝까지 밀고 나가는 성격이거든요. 아마 앤이 보고 싶겠죠? 내가 불러오지요."

즐거운 과수원 나들이를 마친 앤이 생기 있는 얼굴로 집으로 뛰어들어 왔다. 하지만 뜻밖의 낯선 손님을 보고는 당황해하며 문가에 멈춰 섰다. 고아원에서 입었던, 꼭 달라붙는 깡총한 원피스 아래 깡마른 다리가 볼썽사납게 길쭉이 드러난 것이 여간 우스꽝스러운 모습이 아니었다. 주근깨도 오늘따라 유난히 더 많고 도드라져 보였다. 모자를 쓰지 않아 바람에 헝클어진 머리칼은 그야말로 엉망이었고 그 어느 때보다 빨개 보였다.

"이런, 확실히 얼굴을 보고 결정한 건 아니로군요."

린드 부인이 단호하게 말했다. 린드 부인은 아무런 거리낌 없이 속내를 말하는 데 자부심을 느끼며, 그럼으로써 사람들에게 즐거움을 주고 인기를 얻는 그런 사람이었다.

"깡마르고 못생긴 아이로군요, 마릴라. 이리 와봐라, 얘야. 어디 한번 보자. 세상에, 주근깨가 어쩜 이렇게 많니? 머리는 당근같이 빨갛잖아! 자, 이리 와보라니까."

앤은 '그리로' 가긴 했지만 린드 부인이 바라던 대로는 아니었다. 앤은 단숨에 부엌 마루를 가로질러 린드 부인 앞에 섰다. 얼굴이 분노로 벌겋게 달아올랐고 입술은 부들부들 떨렸으며 가녀린 몸은 머리에서 발끝까지 떨고 있었다. 앤이 발로 마루를 쾅쾅 굴리며 목 메인 소리로 울부짖었다.

"아주머니 같은 사람은 싫어요. 싫어. 싫어. 정말 싫어!"

싫다고 소리칠 때마다 발 구르는 소리도 점점 커졌다.

"어떻게 저한테 깡마르고 못생겼다고 할 수 있어요? 어떻게 제가 주근깨투성이에 머리가 빨갛다고 말할 수 있는 거죠? 아주머닌 뻔뻔하고 예의 없고 인정머리 없는 사람이에요!"

"앤!"

마릴라가 깜짝 놀라 외쳤다.

하지만 앤은 조금도 굴하지 않고 머리를 꼿꼿이 치켜들고 번뜩이는 눈으로 주먹을 불끈 쥔 채 증기를 뿜듯 씩씩거리며 린드 부인에게 계속 대들었다.

"어떻게 제게 그런 말을 할 수 있어요?"

앤이 격한 목소리로 반복해서 말했다.

"아주머니한테 그런 식으로 말하면 좋겠어요? 누가 아주머니한테 뚱뚱하고 미련하고 상상력은 눈곱만큼도 없어 보인다고 말하면 기분이 어떻겠냐고요? 그렇게 말해서 아주머니 기분이 상했대도 전 상관없어요! 아주머니가 기분이 상했으면 좋겠어요. 아주머닌 주정뱅이 토마스 아저씨보다 제 마음을 더 아프게 했어요. 아주머닐 절대 용서하지 않겠어요, 절대로, 절대로!"

쾅! 쾅!

린드 부인이 잔뜩 질린 얼굴로 소리쳤다.

"저렇게 고약한 성미를 봤나!"

마릴라가 간신히 이야기할 기운을 내서 말했다.

"앤, 네 방에 가서 내가 올라갈 때까지 기다려라."

앤이 울음을 터뜨리며 복도로 나가는 문을 밀치더니 바깥 현관 위의 함석판이 덜거덕거릴 정도로 세차게 문을 닫았다. 그러고는 쏜살같이 복도를 지나 회오리바람처럼 계단을 뛰어올라 갔다. 위에서 쾅 하는 소리가 둔탁하게 들리는 걸로 보아 동쪽 방문도 거세게 닫은 모양이었다.

린드 부인이 한껏 점잔을 빼며 말했다.

"글쎄요, 마릴라, 난 저런 아일 키우는 당신이 전혀 부럽지 않군요."

마릴라가 어떻게 사과하고 용서를 구해야 할지 몰라 당황해하며 입을 열었다. 하지만 마릴라의 입에서 나온 말은 그때나 나중에 돌이켜 보나 스스로도 놀랄 만한 것이었다.

"생긴 걸 가지고 그렇게 비웃으면 안 돼요, 레이철."

린드 부인이 화를 내며 따졌다.

"마릴라 커스버트, 방금 눈앞에서 저 애의 고약한 짓거리를 보고서도 저 아이 편을 드는 건 아니겠죠?"

마릴라가 천천히 말했다.

"아니에요. 그 애를 두둔하고 싶은 생각은 없어요. 그 아인 몹시 버릇없이 행동했고, 그건 내가 따끔하게 야단치겠어요. 하지만 우린 저 아이에게 너그러워져야 해요. 한 번도 제대로 된 교육을 받아 본 적이 없는 아이니까요. 그리고 당신도 그 애한테 너무 심했어요, 레이철."

마릴라는 그런 말을 하는 자신에게 다시 한 번 놀라면서도 마지막 말을 덧붙이지 않을 수 없었다. 린드 부인은 자존심이 상한 듯 자리에서 일어났다.

"네, 앞으로는 아주 조심해서 말하도록 하지요, 마릴라. 어디서 왔는지도 모르는 고아의 기분을 먼저 생각해야 하니까요. 아, 아녜요. 화나지 않았어요. 염려 마세요. 당신이 너무 안돼서 화도 못 내겠네요. 아무튼 저 아이 때문에 고생깨나 하겠어요. 하지만 아이를 열이나 키우고 두 명을 잃은 내가 굳이 충고를 하자면, 물론 그렇다고 당신이 들을 것 같지도 않지만 그래도 한마디 하자면, 꽤 두꺼운 자작나무 회초리로 혼을 내도록 하세요. 저런 아이한테 그보다 효과적인 방법은 없거든요. 저 아인 성질이나 머리카락 색이나 똑같은 것 같군요. 어쨌거나 잘 지내세요, 마릴라. 보통 때처럼 가끔 우리 집에도 들러 주시고요. 하지만 이런 식으로 비난하고 모욕을 준다면 다시 여기 오긴 힘들 것 같네요. 정말이지 이런 일은 난생 처음이에요."

린드 부인은 말을 마치자마자 휑하니 나가 버렸다. 늘 뒤뚱거리며 걷는 뚱보 부인에게 휑하니 나간다는 표현을 쓸 수 있다면 말이다. 마릴라가 심각한 얼굴로 동쪽 방으로 향했다.

이층으로 올라가며 마릴라는 어떻게 해야 할지 곰곰이 생각했다. 마릴라는 방금 전 일어난 일로 적잖이 당황하고 있었다. 하고 많은 사람 중에 하필이면 린드 부인 앞에서 그렇게 성질을 부리다니, 어쩜 이리도 운이 없을까! 그러다 문득 마릴라는 앤의 성격에서 심각한 결점을 발견한 것이 속상하기보다는 이 일로 자신이 창피했다는 생각이 더 크게 든다는 사실을 깨닫고는 무거운 마음으로 스스로를 나무랐다. 하지만 앤에게는 어떤 벌을 주어야 할까? 회초리를 들라는 린드 부인의 친절한 충고는 그 집 아이들에게는 효과가 있었을지 몰라도 마릴라의 마음에는 들지 않았다. 아이에게 매를 든다는 건 있을 수 없는 일이었다. 그래, 앤이 자신의 무례한 행동을 완전히 뉘우치게 할 뭔가 다른 방법을 생각해 내야 한다.

마릴라는 침대 위에 얼굴을 묻고 엉엉 울고 있는 앤을 보았다. 앤은 진흙투성이 부츠를 벗을 생각도 잊은 채 깨끗한 침대보 위에 엎드려 흐느끼고 있었다.

"앤"

마릴라가 부드럽게 앤을 불렀다.

아무 대답이 없었다.

좀 더 엄한 소리로 마릴라가 말했다.

"앤, 당장 침대에서 일어나 내 말을 들어라."

앤이 쭈뼛거리며 일어나 침대 옆에 놓인 의자에 꼿꼿이 앉더니, 눈물에 젖어 퉁퉁 부은 얼굴로 고집스레 바닥만 쳐다보았다.

"정말 잘했구나, 앤! 부끄럽지도 않니?"

"그 아주머닌 제가 못생기고 빨간 머리라고 말할 권리가 없어요."

앤이 이해할 수 없다는 듯 반항조로 말했다.

"너도 그렇게 화내며 말할 권리는 없다, 앤. 너 때문에 부끄러워 혼났다. 정말 부끄러웠어. 네가 린드 부인에게 친절하게 대해 주길 바랐는데, 오히려 이렇게 날 망신시키다니. 린드 부인이 빨간 머리에 못생겼다고 말한 게 그렇게 화를 낼 일이었는지 나로선 도무지 이해가 안 되는구나. 네 스스로도 그렇게 말하곤 했잖니?"

앤이 울면서 말했다.

"하지만 스스로 말하는 것과 다른 사람이 하는 말을 듣는 것은 아주 달라요. 그 사실을 아무리 잘 알고 있다 해도 다른 사람들은 그렇게 생각해 주지 않았으면 하는 게 사람 마음이잖아요. 아주머닌 제 성격이 고약하다고 생각하시겠지만 저도 어쩔 수가 없었어요. 그 아주머니가 그런 말을 하자 속에서 뭔가 치밀어 오르며 숨이 콱 막혔거든요. 화를 내지 않을 수가 없었다고요."

"아무튼 넌 오늘 좋은 구경거리가 된 게야. 린드 부인이 사방팔방 다니며 네 이야기를 늘어놓을 테니 말이다. 그렇게 화를 낸 건 큰 잘못이었다, 앤."

앤이 눈물을 글썽이며 말했다.

"아주머니도 누군가 아주머니더러 빼빼 마르고 못생겼다고 말하면 기분이 어떨지 한번 생각해 보세요."

문득 오래된 기억 하나가 마릴라의 머리에 떠올랐다. 아주 어렸을 때 친척 아주머니 한 분이 마릴라를 보고, '이렇게 까맣고 못생기다니 가엾기도 해라.' 하고 말하던 소리를 들은 적이 있었던 것이다. 그때 입은 마음의 상처는 오십 년이 지나서야 겨우 아물었을 정도였다.

마릴라가 한층 누그러진 목소리로 앤의 말을 인정했다.

"앤, 나도 린드 부인이 그런 말을 한 게 옳다고는 생각하지 않아. 워낙 말을 함부로 하는 사람이니까. 하지만 그렇다고 해서 네 잘못이 덮어지는 건 아니란다. 린드 부인은 처음 만난 사람인데다 너보다 나이도 많고 우리 집에 온 손님이었잖니. 이 세 가지 이유만으로도 넌 린드 부인에게 공손하게 대해야 했어. 그런데 넌 무례하고 건방지고……."

순간 그럴듯한 벌이 마릴라의 뇌리를 스쳤다.

"그러니까 린드 부인에게 가서 못되게 굴어서 죄송하다고 말하고 용서를 구하고 오너라."

앤이 침통하고 단호한 목소리로 말했다.

"전 절대 그럴 수 없어요. 어떤 벌을 주셔도 좋아요, 아주머니. 뱀과 두꺼비가 사는 어둡고 축축한 지하 감옥에 절 집어넣고 빵과 물만 준대도 아무 소리 않겠어요. 하지만 린드 아주머니에게 가서 용서를 빌 수는 없어요."

마릴라가 차갑게 말했다.

"우린 어둡고 축축한 지하 감옥에 사람을 가두지 않아. 게다가 에이번리에서 그런 지하 감옥은 있지도 않고. 넌 린드 부인에게 꼭 사과를 해야 해. 네 스스로 그러겠다고 할 때까지 이 방에서 한 발짝도 나오지 말거라."

그러자 앤이 애처롭게 말했다.

"그렇다면 전 이 방에 영원히 있어야 할 거예요. 린드 아주머니에게 사과할 일은 없을 테니까요. 어떻게 그러겠어요? 미안하지도 않은데. 마릴라 아주머니를 화나게 한 건 죄송하지만, 그런 말을 한 건 잘했다고 생각해요. 정말 속이 후련했거든요. 미안하지도 않은데 미안하다고 말할 순 없잖아요, 안 그래요? 그런 건 상상조차 안 된다고요."

마릴라가 나가려고 일어서며 말했다.

"아마 내일 아침이면 상상하는 게 좀 쉬워질 게다. 오늘 밤에 네 행동을 잘 생각하면서 마음을 돌려 보렴. 넌 우리가 초록 지붕 집에 있게만 해주면 아주 착한 아이가 되겠다고 약속했지만 오늘 저녁엔 그래 보이지도 않는구나."

마릴라는 분노로 달아오른 앤의 가슴에 날카로운 한 마디를 던지고는 괴롭고 어지러운 마음으로 부엌으로 내려갔다. 마릴라는 앤에게 화가 난 만큼 자신에게도 화가 났다. 린드 부인의 기막혀하던 표정이 떠오를 때마다 웃음이 나와 입술이 씰룩거려졌고, 그러면 안 된다는 걸 알면서도 마구 웃고 싶었기 때문이었다.

10

앤의 사과

그 날 저녁 마릴라는 그 일에 대해 매슈에게 아무 말도 하지 않았다. 하지만 다음날 아침까지도 앤이 말을 듣지 않고 식탁에 나타나지 않자 그 이유를 설명해야만 했다. 마릴라는 앤이 얼마나 잘못된 행동을 했는지 매슈가 느끼도록 애쓰며 모든 이야기를 들려주었다.

"린드 부인이 혼쭐이 났으니 잘됐구먼. 그 여잔 참견만 해대는 수다쟁이 할망구라고."

매슈가 위안이랍시고 한마디 했다.

"매슈 오라버니, 정말 놀랍군요. 앤이 못된 짓을 했다는 걸 알면서도 그 애 편을 들다니요! 다음엔 그 아이에게 벌을 줄 필요도 없다고 말씀하실 테지요."

매슈가 겸연쩍은 듯 말했다.

"글쎄다, 아니……, 꼭 그렇다는 건 아니야. 나도 조금은 벌을 줘야 한다고 생각해. 하지만 너무 심하게 하지는 마, 마릴라. 그 애가 이제껏 누구한테도 제대로 배우지 못했다는 사실을 생각해 봐. 그런데 뭐 먹을 거는 가져다줄 거지, 그렇지?"

마릴라가 화를 내며 쏘아붙였다.

"제가 버릇 고친답시고 누구 굶긴 적 있어요? 식사는 꼬박꼬박 챙겨서 직접 가져다줄 거예요. 하지만 린드 부인에게 사과하겠다고 하기 전엔 저 방에서 나올 수 없어요. 그런 줄 아세요, 오라버니."

앤이 마음을 바꾸지 않는 바람에 아침, 점심, 저녁 식사 시간은 무척 조용하게 지나갔다. 식사를 마칠 때마다 마릴라는 잘 차린 음식 쟁반을 동쪽 방으로 날랐고, 잠시 후 다시 올라가서는 별로 손댄 흔적이 없는 쟁반을 들고 내려왔다. 매슈는 근심스런 눈으로 마릴라가 들고 내려오는 쟁반을 유심히 쳐다보았다. 앤이 조금이라도 먹었을까?

그날 저녁 마릴라가 소를 데리러 방목장으로 나간 사이, 헛간에서 어슬렁거리며 눈치를 살피던 매슈는 도둑처럼 집으로 숨어들어 가 이층으로 살금살금 올라갔다. 매슈는 집에서 주로 부엌과 복도 끝 침실만 오가는 편이었고, 가끔 목사가 차를 마시러 올 때에나 큰맘 먹고 쭈뼛거리며 응접실이나 거실로 나오곤 했다. 거기다 어느 해 봄, 마릴라를 도와 손님 방 벽지를 바르러 올라간 후로 이층에는 아예 발을 끊고 살았는데, 그게 벌써 4년 전 일이었다. 까치발로 복도를 따라간 매슈는 동쪽 방문 앞에 서서 잠시 망설이다가 용기를 내 손가락으로 문을 두드린 다음 빠끔히 안을 들여다보았다.

앤이 창가 옆 노란 의자에 앉아 애처로운 눈길로 정원을 바라보고 있었다. 그 모습이 어찌나 작고 가여워 보이던지 매슈의 마음은 찢어지는 듯했다. 매슈가 조용히 문을 닫고 앤에게 살그머니 다가갔다.

"앤."

누가 엿듣기라도 하듯 매슈가 속삭였다.

"좀 어떠니, 앤?"

앤이 힘없이 웃었다.

"괜찮아요. 상상을 많이 하고 있어요. 그러면 시간이 잘 가거든요. 물론 외롭긴 해요. 하지만 이것도 익숙해져야겠지요."

앤은 자기 앞에 놓인 길고도 외로운 감금 생활을 꿋꿋이 헤쳐 나가겠다는 듯 다시 미소를 지어 보였다.

마릴라가 일찍 돌아올지도 모른다는 생각이 든 매슈는 얼른 할 말을 해야겠다 싶어 앤에게 속삭였다.

"글쎄다, 앤, 그냥 시키는 대로 하고 끝내 버리는 게 낫지 않겠니? 어차피 하긴 해야 할 테니까. 마릴라는 한번 마음먹은 건 절대로 바꾸는 법이 없거든. 고집이 여간 아니야. 그러니 앤, 얼른 하고 끝내 버리렴."

"린드 아주머니한테 사과하라는 말씀이세요?"

매슈가 간곡히 말했다.

"그래, 사과……, 그 사과 말이다. 그냥 부드럽게 잘 해결하자는 거야. 내가 하려던 말이 그거란다."

앤이 생각에 잠긴 채 말했다.

"아저씨를 위해서라면 할 수 있을 것 같아요. 미안하다고 말해도 이젠 거짓말이 아니에요. 지금은 잘못했다는 생각이 드니까요. 하지만 어젯밤에는 하나도 미안하지 않았어요. 밤새도록 머리끝까지 화가 나 있었는걸요. 세 번이나 잠에서 깼는데, 그때마다 화를 내고 있지 뭐예요. 하지만 아침이 되자 모든 게 다 끝났어요. 더 이상 화도 나지 않고 완전히 지쳐 버린 느낌이었죠. 부끄러운 마음이 들었어요. 하지만 린드 아주머니에게 찾아가 사과할 생각은 도저히 못하겠더라고요. 너무 창피할 것 같았거든요. 그러느니 차라리 이 방에 영원히 갇혀 지내겠다고 마음먹었죠. 하지만 아저씨를 위해서라면 뭐든 하겠어요. 제가 정말 그러길 바라신다면 말이에요."

"그럼, 바라고말고. 네가 없으니 아래층이 얼마나 쓸쓸한지 모르겠다. 어서 가서 해결해 버려. 그래야 착한 아이지."

앤이 체념하며 말했다.

"좋아요. 마릴라 아주머니가 들어오시는 대로 제가 잘못을 뉘우친다고 말씀드리겠어요."

"그렇지, 그래야지, 앤. 하지만 마릴라한테 내가 무슨 말했다는 소리는 하지 말거라. 참견하지 않겠다는 약속을 깼다고 생각할지도 모르니."

앤이 진지하게 약속했다.

"하늘이 두 쪽이 나도 비밀을 지키겠어요. 그런데 하늘이 정말 두 쪽이 날 수 있나요?"

하지만 매슈는 혹시라도 일을 그르칠까 하는 두려움에 이미 자리를 뜬 뒤였다. 매슈는 자신이 이층에서 뭘 했는지 마릴라가 의심하지 않도록 방목장에서 가장 먼 구석으로 황급히 몸을 피했다. 집으로 돌아온 마릴라는 계단 난간에서 '마릴라 아주머니'라고 부르는 애처로운 소리가 들리자 놀랍고도 반가운 마음이 들었다.

마릴라가 현관을 들어서며 말했다.

"왜 그러니?"

"화내고 무례하게 굴어서 죄송해요. 린드 아주머니께 가서 그렇게 말씀드리겠어요."

"그러려무나."

안도하는 기색도 없이 마릴라가 쌀쌀맞게 대꾸했다. 하지만 속으로는 앤이 끝까지 고집을 피우면 도대체 어떻게 해야 하나

고민하던 중이었다.

"우유를 짠 다음에 데려다 주마."

우유를 짜고 난 뒤 마릴라와 앤은 오솔길을 내려갔다. 앞사람은 가슴을 펴고 의기양양하게 걸었지만, 뒷사람은 고개를 숙인 채 기운이 없었다. 하지만 중간쯤 가자 마법에라도 걸린 듯 앤의 얼굴에 생기가 돌았다. 고개를 똑바로 들고 저녁 하늘을 바라보며 가볍게 걷는 모습에서 은근한 흥분마저 느껴질 정도였다. 마릴라가 못마땅한 표정으로 앤의 그런 변화를 지켜보았다. 그것은 분명 잘못을 뉘우치고, 화가 난 린드 부인에게 용서를 구하러 가는 사람의 모습이 아니었다.

마릴라가 날카롭게 물었다.

"앤, 무슨 생각을 하는 게냐?"

앤이 꿈꾸듯이 대답했다.

"린드 아주머니께 할 말을 생각하고 있어요."

만족스런 대답이었다. 당연히 만족해야 할 대답이었다. 하지만 마릴라는 앤을 벌주겠다는 자신의 계획이 어딘가 엇나가고 있다는 느낌을 지울 수가 없었다. 그렇다면 저렇게 밝고 기쁨에 들뜬 표정을 지어선 안 되는 거였다.

밝고 기쁨에 찬 앤의 모습은 부엌 창가에 앉아 뜨개질을 하고 있던 린드 부인 앞에 가서야 비로소 바뀌었다. 앤의 얼굴에서 기쁨의 빛이 순식간에 사라졌다. 애처로운 참회의 기운이 온몸에서 배어 나왔다. 앤은 아무런 말없이, 깜짝 놀란 린드 부인 앞에 무릎을 꿇고 애원하듯 손을 내밀며 떨리는 목소리로 말했다.

"아, 린드 아주머니. 정말 너무 죄송합니다. 제 슬픔을 이루 말로 다 표현하지 못할 정도입니다. 그래요, 사전에 있는 단어를 다 쓴다 해도 불가능해요. 그러니 아주머니의 상상에 맡기겠어요. 전 아주머니께 정말 못되게 굴었습니다. 제가 남자 아이가 아닌데도 초록 지붕 집에 있게 해주신 고마운 매슈 아저씨와 마릴라 아주머니를 망신시켰어요. 전 은혜도 모르는 정말 나쁜 아이예요. 벌을 받고 훌륭한 분들에게서 영원히 버림받아야 마땅해요. 아주머니는 사실을 말씀하셨을 뿐인데, 제가 마구 화를 내며 고약하게 굴었습니다. 아주머니 말씀은 모두 사실이에요. 제 머리는 빨갛고 얼굴은 주근깨투성이인데다 빼빼 마르고 못생겼어요. 제가 아주머니께 한 말도 사실이긴 하지만 그렇게 말해선 안 되는 거였어요. 아, 린드 아주머니, 부디 절 용서해 주세요. 아주머니께서 용서해 주시지 않는다면 전 평생 슬퍼하며 살 거예요. 제 성질이 아무리 고약하더라도 불쌍한 고아를 평생 고통 속에 버려두고 싶진 않으시겠죠? 네, 분명 그러실 거라고 믿어요. 제발 용서해 준다고 말해 주세요, 린드 아주머니."

앤은 두 손을 마주 잡고 고개를 숙인 채 처분을 기다렸다.

말 한 마디 한 마디에 진심이 가득 묻어났다. 마릴라와 린드 부인은 앤의 말이 거짓이 아니라는 생각이 들었다. 하지만 마릴라는 실제로는 앤이 이런 굴욕적인 상황을 즐기고 있다는 사실을 눈치 채고 깜짝 놀랐다. 앤은 그야말로 자신을 철저히 깎아내리는 재미에 푹 빠져 있었다. 마릴라가 뿌듯해하던 그 바람직한 벌은 대체 어디로 갔을까? 앤은 그것을 완전히 즐거운 일로 바꿔 버렸다.

하지만 마음 좋은 린드 부인은 통찰력이 그다지 뛰어나지 않아 이를 눈치 채지 못했다. 부인은 오로지 앤이 진심으로 사과하고 있다는 느낌만을 받았고, 참견하기 좋아하긴 해도 다정한 성격인지라 앤에 대한 노여움을 모두 풀었다.

린드 부인이 진심을 담아 말했다.

"자, 자, 일어나라, 얘야. 당연히 용서해 주고말고. 어쨌든 나도 너한테 좀 심하게 대했던 것 같다. 워낙 말을 속에 담아 두지 못하는 성격이라서 말이야. 내 말에 너무 신경 쓰지 말거라. 네 머리가 빨간 건 사실이지만, 내가 어렸을 때 같이 학교 다니던 여자 애도 너처럼 빨간 머리였는데 자라면서 아주 예쁜 적갈색으로 변했단다. 그러니 네 머리가 그렇게 변한대도 조금도 놀랄 일이 아니지."

앤이 길게 숨을 들이마시며 일어났다.

"아, 린드 아주머니! 아주머닌 저한테 희망을 주셨어요. 아주머니는 이제부터 제 은인이에요. 자라서 머리가 예쁜 적갈색이 될 거라고 생각하면 무슨 일이든 참을 수 있을 거예요. 멋진 적갈색 머리라면 착해지기도 훨씬 쉬울 거고요, 안 그래요? 이제 두 분이서 얘기 나누실 동안 정원에 나가서 사과나무 아래 벤치에 앉아 있어도 될까요? 저 밖엔 상상할 거리들이 아주 많거든요."

"그럼, 그럼, 가보거라, 얘야. 마음에 들면 구석에 핀 하얀 6월 수선화를 꺾어도 된단다."

앤이 문을 닫고 밖으로 나가자 린드 부인이 기세 좋게 일어나 램프를 켰다.

"정말 희한한 아이로군요. 이 의자에 앉아요, 마릴라. 이게 더 편할 거예요. 그건 일꾼들이 앉는 의자거든요. 그래요, 저 아인 확실히 별나긴 해요. 하지만 뭔가 마음을 당기는 구석이 있어요. 난 이제 당신과 매슈가 저 아일 키운다는 사실이 더 이상 놀랍지도 않고, 딱하다는 생각도 들지 않아요. 저 애는 잘 자랄 거예요. 물론 누가 억지로 시킨 것처럼, 말하는 모양새가 좀 이상하긴 하지만 이제 교양 있는 사람들 속에서 살게 됐으니 차차 나아지겠죠. 그리고 성미가 급해 보이는데, 원래 그런 아이들이 발끈했다가도 금방 식곤 해요. 오히려 교활하거나 남을 속이지 않지요. 난 교활한 아이는 정말 질색이에요. 어쨌거나 마릴라, 난 저 아이가 마음에 드는군요."

마릴라가 집으로 돌아가려고 나오자, 앤이 두 손에 하얀 수선화 다발을 든 채 황혼 빛에 물든 향기로운 과수원에서 모습을 드러냈다.

오솔길을 걸으며 앤이 자랑스럽게 말했다.

"저 꽤 잘했죠, 그렇죠? 어차피 사과하는 거라면 확실하게 하는 게 좋다고 생각했어요."

"그래, 아주 확실하더구나."

앤이 사과하던 모습을 떠올리며 마릴라는 자꾸만 웃음이 터져 나와 어찌할 바를 몰랐다. 그리고 그렇게 멋지게 사과를 한 앤을 꾸짖어야 한다는 생각에 마음이 불편했다. 따지고 보면 어이없는 일이지 않은가! 마릴라는 엄하게 한마디 하는 걸로 자신의 양심과 타협을 보았다.

"더 이상 이렇게 사과할 일이 없으면 좋겠구나. 앞으로는 감정을 잘 다스리도록 해라, 앤."

앤이 한숨을 쉬며 말했다.

"사람들이 제 외모를 가지고 비웃지만 않으면 괜찮을 거예요. 다른 일엔 화가 안 나는데, 제 머리에 대해 이러쿵저러쿵하는 건 도저히 참을 수가 없어 화가 폭발해 버려요. 어른이 되면 정말 제 머리가 아름다운 적갈색으로 변할까요?"

"외모에 너무 신경 쓰는 건 좋지 않아, 앤. 넌 허영심이 많은 아이 같구나."

앤이 항의했다.

"자기가 못생긴 걸 아는데 어떻게 허영심이 많아지겠어요? 전 예쁜 것들을 좋아할 뿐이에요. 거울 속에서 예쁘지 않은 얼굴을 들여다보는 건 싫어요. 못생긴 것들을 볼 때처럼 너무 슬프거든요. 저는 아름답지 않은 것들이 불쌍해요."

마릴라가 격언을 인용해 말했다.

"행동이 바르면 용모도 아름다워 보이는 법이란다."

앤은 수선화 향기를 맡으며 이해가 가지 않는다는 듯 말했다.

"전에도 그런 말을 듣긴 했지만 전 이해가 잘 안 가요. 아, 꽃향기가 어쩜 이렇게 달콤할까요! 저한테 꽃을 주시다니, 린드 아주머니는 친절한 분이세요. 전 이제 린드 아주머니를 미워하지 않아요. 잘못을 빌고 용서를 받는다는 건 유쾌하고 기분 좋은 일이에요, 그렇죠? 오늘 밤엔 별이 밝게 빛나네요. 만약 별에서 살 수 있다면 아주머닌 어떤 별을 고르시겠어요? 저는 저기 어두운 언덕 위에 높이 뜬 맑고 아름다운 큰 별이 마음에 들어요."

"앤, 이제 그만 입 좀 다물어라."

마릴라는 어디로 튈지 모르는 앤의 생각을 따라다니느라 완전히 지쳐 버렸다. 앤은 초록 지붕 집으로 이어진 오솔길로 접어들 때까지 아무 말도 하지 않았다. 이리저리 떠도는 바람결에 이슬 젖은 어린 고사리의 알싸한 향기가 실려 왔다. 어둠 속 저 멀리로 초록 지붕 집 부엌에서 새어 나온 푸근한 불빛이 나무들 사이로 어슴푸레 반짝였다. 앤이 갑자기 마릴라 옆에 바싹 몸을 붙이더니 늙은 여자의 거친 손바닥에 제 손을 살며시 밀어 넣었다.

"저곳이 집이라는 걸 알고 돌아가는 건 멋진 일이에요. 전 벌써 초록 지붕 집이 좋아졌어요. 전에는 아무 데도 좋아하지 않았어요. 집같이 느껴지는 곳이 없었거든요. 아, 마릴라 아주머니, 전 정말 행복해요. 지금 당장이라도 기도할 수 있어요. 어렵다는 생각도 전혀 들지 않아요."

작고 여윈 손이 마릴라의 손에 닿자 따뜻하고 기분 좋은 감정이 솟구쳤다. 마릴라가 잊고 지내던 모성애가 되살아난 건지도 몰랐다. 이 낯설고도 다정한 느낌에 마릴라는 마음이 어지러웠다. 마릴라는 평소의 안정을 되찾기 위해 서둘러 교훈이 될 만한 말을 생각해 냈다.

"네가 착한 아이가 되면 항상 행복할 거다, 앤. 그리고 기도하는 걸 어렵게 생각해서는 안 돼."

앤이 골똘히 생각하며 말했다.

"소리 내어 기도하는 것과 마음으로 기도하는 것은 조금 달라요. 하지만 저는 제가 저 나무 꼭대기에서 부는 바람이라고 상상할 거예요. 나무 위에 있는 게 싫증나면 아래로 내려와 고사리를 부드럽게 흔들어 줄 거예요. 그리고 린드 아주머니 정원으로 날아가 꽃들을 춤추게 하고, 클로버 풀밭을 휙 한 번 쓸어 준 다음 **반짝이는 호수**로 가서 눈부시게 빛나는 잔물결을 일으키는 거예요. 아, 바람으로 상상할 수 있는 건 너무 많아요! 그러니 지금은 더 이상 얘기를 못하겠어요, 아주머니."

"그거 참 고마운 일이구나."

마릴라가 안도의 한숨을 깊이 내쉬었다.

11

주일학교에 대한 앤의 인상

"그래, 마음에 드니?"

마릴라가 물었다.

다락방에서 앤은 침대 위에 펼쳐 놓은 새 옷 세 벌을 진지한 얼굴로 바라보며 서 있었다. 하나는 작년 여름 마릴라가 행상의 꼬임에 넘어가 튼튼해 보인다는 이유로 샀던 우중충한 색깔의 무명천이었고, 또 하나는 겨울에 할인매장에서 산 흑백 체크무늬 새틴이었으며, 나머지 하나는 보기 싫은 푸른색의 뻣뻣한 염색 천으로, 며칠 전 카모디에 있는 가게에서 산 것이었다.

마릴라가 손수 만든 그 옷들은 모양이 모두 비슷비슷했다. 아무런 장식 없이 허리에 딱 달라붙는 밋밋한 스커트에, 소매마저 허리나 스커트처럼 단순한 것이 팔이 겨우 들어갈 정도로 통이 좁았다.

앤이 민숭민숭하게 대꾸했다.

"마음에 든다고 상상하겠어요."

마릴라는 기분이 상했다.

"난 상상 따윈 듣고 싶지 않다. 옳아, 옷이 마음에 들지 않는 게로구나! 이 옷들이 뭐가 어때서 그러니? 단정하고 깨끗한 새 옷들인데."

"맞아요."

"그런데 왜 싫다는 게냐?"

앤이 마지못해 대답했다.

"옷이…… 안 예쁘잖아요."

"안 예쁘다고!"

마릴라가 콧방귀를 뀌었다.

"난 너한테 예쁜 옷을 만들어 주려던 게 아니야. 똑똑히 말해 두지만, 난 네 허영심을 채워 줄 생각은 없다, 앤. 전부 다 쓸데없는 장식이나 주름 없이, 튼튼하고 편하고 실용적인 옷들이야. 이번 여름은 이 세 벌로 나야 한다. 갈색 무명옷과 파란 염색 옷은 학교에 들어가면 입도록 하고, 새틴 옷은 교회와 주일학교에 갈 때 입어라. 항상 단정하고 깔끔하게 입고 찢어지지 않게 조심해라. 난 네가 여태껏 입고 있던 꼭 끼는 옷만 아니면 어떤 옷이라도 고마워할 줄 알았구나.”

앤이 말했다.

“어머, 물론 고맙게 생각해요. 하지만 이 옷 중에 소매가 불룩한 옷이 한 벌이라도 있었으면……, 그랬으면 훨씬 더 고마웠을 거예요. 소매를 불룩하게 만든 옷이 요즘 유행이거든요. 아마 소매가 불룩한 옷을 입기만 해도 가슴이 마구 두근거릴 거예요, 아주머니.”

“그렇다면 네가 가슴 두근거릴 일은 없겠구나. 그런 소매를 만든답시고 낭비할 옷감은 없으니까. 게다가 내 눈엔 우스꽝스럽게 보이니 말이다. 난 평범하고 편한 옷이 더 좋다고 생각한다.”

앤이 애처로운 목소리로 대꾸했다.

“하지만 저 혼자만 평범하고 편한 옷을 입느니 다른 사람들처럼 우스꽝스럽게 보이는 편이 나아요.”

“좋을 대로 생각하려무나! 아무튼 이 옷들을 옷장에 잘 걸어두고, 자리에 앉아 주일학교 공부를 해라. 벨 장로님에게서 교리 문답서를 얻어 왔다. 내일은 주일학교에 가야 하니까.”

마릴라가 잔뜩 화가 난 채 아래층으로 내려갔다.

앤이 두 손을 잡고 물끄러미 옷을 바라보며 풀 죽은 소리로 중얼거렸다.

“소매가 불룩한 하얀 옷이 생기길 바랐는데. 하긴 기도는 했지만 그다지 기대하진 않았어. 하느님이 고아 여자 아이의 옷까지 신경 쓰실 시간이 있다고는 생각지 않았거든. 마릴라 아주머니 뜻대로 될 줄은 알고 있었어. 그래도 이 중 하나가 아름다운 레이스 주름에 부풀린 삼단 소매가 달린, 눈처럼 하얀 모슬린 드레스라고 상상할 수는 있으니 다행이지 뭐야."

다음날 아침 마릴라는 두통 때문에 앤을 데리고 주일학교에 갈 수가 없었다.

"가는 길에 린드 부인 댁에 들러라, 앤. 린드 부인이 네가 어느 반에 들어갈지 알려주실 거야. 조심해서 행동해야 한다. 나중에 설교시간이 되면 우리 가족석이 어딘지 부인에게 물어보렴. 여기 헌금할 1센트를 주마. 사람들 빤히 쳐다보지 말고 괜히 들썩거리지 말고. 집에 돌아오면 오늘 배운 성경 말씀을 전해다오."

앤은 뻣뻣한 흑백 새틴 옷을 단정히 차려입고 나무랄 데 없는 모습으로 집을 나섰다. 옷 길이야 확실히 모자람이 없이 적당했지만, 앤의 깡마른 몸매를 일부러 구석구석 드러내듯 몸에 딱 달라붙는 모양새였다. 새 모자도 작고 납작하고 반질반질한데다 옷과 마찬가지로 지극히 단순해서, 리본과 꽃이 달렸을 거라 상상했던 앤에게 실망을 안겨 주었다. 하지만 그 문제는 큰길에 다다르기 전에 해결되었다. 오솔길을 걸어가던 앤은 바람에 흔들리는 황금빛 미나리아재비와 아름다운 들장미를 발견했고, 재빨리 꽃을 꺾어 둥그렇게 다발을 만든 다음 모자에 둘렀다. 다른 사람들이야 어떻게 생각하든 앤은 만족스런 마음으로, 분홍색과 노란색으로 꾸민 빨간 머리를 당당하게 치켜든 채 큰길로 경쾌하게 발걸음을 옮겼다.

앤이 린드 부인의 집에 도착하니 린드 부인은 벌써 나간 뒤였다. 앤은 아무렇지 않게 혼자서 교회로 향했다. 교회 현관에 모여 있던 하양, 파랑, 분홍 옷을 예쁘게 차려입은 여자 아이들이 머리에 이상한 장식을 한 낯선 아이가 등장하자 호기심 어린 눈으로 쳐다보았다. 에이번리의 여자 아이들은 앤에 대해 떠도는 희한한 소문을 이미 들어 알고 있었다. 린드 부인은 앤의 고약한 성미에 대해 떠들었고, 초록 지붕 집에서 일하는 제리 부트는 앤이 늘 혼자 중얼거리거나 미친 사람처럼 나무와 꽃에게 이야기를 한다고 했다. 아이들은 앤을 보자 책으로 얼굴을 가리고 서로 쑥덕거리기만 할 뿐, 누구 하나 다정하게 다가오지 않았다. 개회 예배가 끝나고 앤은 로저슨 선생님 반에 들어갔다.

로저슨 선생님은 20년 동안 주일학교에서 아이들을 가르쳐 온 중년의 여자였다. 교리 문답서에 나오는 질문을 하고, 대답해야 한다고 생각하는 아이를 책 너머로 쏘아보는 것이 그 선생님의 교육 방식이었다. 선생님은 앤을 자

주 쳐다보았고, 마릴라가 시킨 공부 덕분에 앤은 재깍재깍 대답할 수 있었다. 하지만 앤이 질문이나 답에 대해 제대로 이해를 했는지는 의문이었다.

앤은 로저슨 선생님이 마음에 들지 않았고, 수업을 듣는 다른 아이들이 모두 소매가 불룩한 옷을 입고 있어 무척 비참한 기분이었다. 소매가 불룩한 옷이 없다면 살 가치가 없다는 생각마저 들었다.

앤이 돌아오자 마릴라가 물었다.

"그래, 주일학교는 어땠니?"

모자에 꽂았던 꽃은 시들어 앤이 오솔길에 버리고 왔기 때문에 당분간 마릴라는 꽃 모자에 대해서는 알지 못할 터였다.

"정말 싫어요. 끔찍했다고요."

"앤 셜리!"

마릴라가 나무라듯 소리쳤다.

앤은 한숨을 길게 내쉬고 안락의자에 앉아 **보니**의 이파리에 입을 맞추고 활짝 핀 수령초에 손을 흔들었다.

"제가 없는 동안 외로웠을 거예요."

앤이 입을 열었다.

"이제 주일학교 얘기를 해드릴게요. 전 아주머니 말씀대로 얌전하게 행동했어요. 린드 아주머니가 가시고 안계셨는데도 혼자서 잘 찾아갔죠. 다른 여자 아이들과 함께 교회에 들어가 예배를 보는 동안 창가 쪽 구석 자리에 앉아 있었어요. 벨 장로님이 어찌나 기도를 길게 하던지, 창가에 앉지 않았더라면 기도가 끝나기 전에 지치고 말았을 거예요. 다행히 창밖으로 **반짝이는 호수**가 곧장 내다보였어요. 그래서 호수를 바라보며 멋진 것들을 상상했지요."

"그런 짓을 해서는 안 돼. 벨 장로님의 기도를 들었어야지."

앤이 볼멘소리를 했다.

"하지만 벨 장로님은 저한테 말씀하신 게 아니었어요. 하느님께 얘기하고 있었고, 기도를 그렇게 좋아하는 것 같지도 않았어요. 하느님이 너무 멀리 계셔서 소용없다고 생각하셨나 봐요. 그래도 전 혼자 짧은 기도를 드렸어요. 호수 주변으로 하얀 자작나무들이 길게 늘어서 있고, 나뭇가지 사이로 새어 든 햇살이 아래로 아래로 물속 깊이까지 비쳐 들었어요. 아, 아주머니, 마치 아름다운 꿈을 꾸는 것 같았어요! 전 가슴이 벅차올라 '하느님, 감사합니다.' 하고 두세 번 소리 내어 말했답니다."

마릴라가 걱정스러운 듯 말했다.

"큰 소릴 내진 않았겠지?"

"어머, 아니에요. 소곤소곤 말했어요. 마침내 벨 장로님 기도가 끝나자 사람들이 저더러 로저슨 선생님 반으로 가라고 했어요. 여자 아이들이 아홉 명 있었어요. 모두 소매가 불룩한 옷을 입고서요. 전 저도 소매가 불룩한 옷을 입고 있다고 상상하려고 애썼지만 잘 안 됐어요. 왜 그랬을까요? 제 방에 혼자 있을 때는 쉽게 상상이 됐는데, 진짜로 소매가 불룩한 옷을 입은 아이들 틈에 있으니 너무너무 어렵지 뭐예요."

"주일학교에서 소매 생각이나 하고 그러면 못쓴다. 수업을 잘 들어야지. 너도 그 정도는 알겠지?"

"네, 그럼요. 전 질문에도 많이 대답했어요. 로저슨 선생님이 저한테 몇 번이나 물으셨거든요. 그런데 선생님만 그렇게 질문하는 건 불공평한 것 같아요. 저도 묻고 싶은 게 많았거든요. 하지만 그 선생님과는 마음이 잘 통하지 않는 것 같아 그만뒀어요. 그리고 아이들 모두 종교시를 암송했어요. 선생님이 저한테 아는 게 있냐고 물어보셨어요. 전 모른다고 했고, 원하시면 「주인 무덤가의 개」는 외울 수 있다고 대답했어요. 3학년 교과서에 나오는 시인데, 종교시라고 할 순 없어도 아주 슬프고 우울해서 적당하지 않을까 생각했거든요. 하지만 선생님은 됐다고 하시며 다음 주 일요일까지 열아홉 번째 시를 외워 오라고 하셨어요. 나중에 교회에서 읽어 봤는데, 정말 멋진 시더라고요. 특히 이 두 줄이 감동적이었어요.

학살당한 기병대가 쓰러지듯 그렇게 순식간에 무너졌나니.

미디안 재앙의 날이여.

'기병대'나 '미디안'이 뭔지는 모르지만 아주 비극적으로 들리잖아요. 그 시를 배울 생각을 하니 다음 주 일요일이 무척 기다려져요. 이번 주 내내 연습할 생각이에요. 주일학교 수업이 끝나고 나서 로저슨 선생님께 가족석이 어디인지 여쭤 봤어요. 린드 아주머니가 너무 멀리 계셔서요. 전 될 수 있는 대로 조용히 앉아 있었어요. 오늘 성경 말씀은 요한 계시록 3장 2절과 3절이었는데, 무척 길었어요. 제가 목사님이었다면 짧고 멋진 부분을 골랐을 텐데. 설교도 엄청나게 길었어요. 목사님은 설교도 성경 말씀에 맞춰서 길게 해야 한다고 생각하셨나 봐요. 설교는 재미가 하나도 없었어요. 아마 상상력이 부족해서 그런 게 아닐까 싶어요. 전 그냥 건성으로 들었어요. 그리고 생각이 흘러가는 대로 내버려 둔 채 놀라운 것들을 상상했지요."

마릴라는 어쨌거나 앤을 엄하게 꾸짖어야 한다는 생각이 들었다. 하지만 앤이 말한 것 중 몇 가지는 엄연한 사실이었으므로 차마 그럴 수가 없었다. 특히 목사님의 설교나 벨 장로의 기도에 대한 얘기는 마릴라 자신도 오랫동안 속으로 느끼고 있었지만 입 밖으로 내지 못하던 것이었다. 마치 지금껏 숨겨 왔던 은밀한 비판적인 생각들이 이 솔직하고 철없는 아이의 입을 통해 명백한 비난의 말이 되어 갑자기 튀어나온 느낌이 들었다.

12

엄숙한 맹세와 약속

다음 주 금요일이 되어서야 마릴라는 꽃 모자에 대한 이야기를 듣게 되었다. 마릴라는 린드 부인의 집에서 돌아오자마자 해명을 듣기 위해 앤을 불렀다.

"앤, 린드 부인 말로는 네가 지난 일요일에 장미와 미나리아재비를 얹은 우스꽝스런 모자를 쓰고 교회에 갔다더구나. 도대체 그렇게 제멋대로 굴어 어쩔 셈이니? 정말 볼만했겠구나!"

앤이 입을 열었다.

"네, 저도 분홍과 노랑이 저한테 어울리지 않는다는 건 알아요."

"어울리지 않는다고! 색깔이 어떻든지 간에 모자에다 꽃을 다는 건 우스꽝스런 짓이야. 정말 대책이 안 서는 아이로구나!"

"옷에는 꽃을 꽂으면서 모자에 꽃을 달면 왜 우스꽝스럽다고 하는지 모르겠어요. 옷에 꽃을 단 여자 아이들이 얼마나 많았는데요. 뭐가 다른 거죠?"

하지만 마릴라는 이런 애매하고 추상적인 이야기에 걸려들지 않고 확실하고 구체적인 생각을 지켰다.

"그렇게 되묻지 마라, 앤. 아주 멍청한 짓이야. 잔꾀로 날 어떻게 해볼 생각은 버려. 네가 그런 꼴로 들어오는 걸 보고 린드 부인은 마루가 꺼져 버리는 줄 알았다더라. 꽃을 떼라고 말해 주려 해도 너무 멀리 떨어져 있어 그럴 수가 없었다면서. 사람들이 그 일로 쓴소리를 많이 했다더구나. 보나마나 널 그 꼴로 보낸 날 분별없는 사람이라고 흉을 봤겠지."

앤이 눈물을 글썽이며 말했다.

"아, 정말 죄송해요. 아주머니께서 언짢아하실 줄은 몰랐어요. 장미와 미나리아재비가 너무 향기롭고 예뻐서 모자에 얹으면 멋질 거라고만 생각했어요. 다른 아이들은 주로 모자에 조화를 꽂으니까요. 저 때문에 아주머니가 힘들어지시면 어쩌죠? 어쩌면 절 고아원으로 다시 돌려보내시는 게 나을지도 몰라요. 너무 끔찍한 일이라 도저히 못 견딜 것 같긴 하지만요. 전 아마 폐병에 걸리고 말겠죠. 지금도 이렇게 비쩍 말랐는걸요. 하지만 아주머니께 고통을 드리는 것보단 그 편이 나을 거예요."

마릴라는 아이를 울리고 만 자신이 못마땅했다.

"무슨 말도 안 되는 소리냐. 널 고아원으로 돌려보낼 생각은 조금도 없다. 난 네가 다른 아이들처럼 행동하고 자신을 웃음거리로 만들지 않길 바랄 뿐이야. 이제 그만 울어라. 너한테 알려 줄 소식이 있다. 오늘 오후에 다이애나 배리가 집에 돌아왔다는구나. 배리 부인에게 스커트 본을 빌리러 갈 참인데, 너도 내키면 같이 가서 다이애나를 만나 보렴."

앤이 볼에 눈물이 채 마르지 않은 얼굴로 두 손을 잡으며 벌떡 일어섰다. 가장자리를 감치고 있던 행주가 바닥으로 떨어졌다.

"아, 아주머니, 두려워요. 드디어 때가 왔다 생각하니 겁이 나요. 다이애나가 절 좋아하지 않으면 어쩌죠! 아마 제 평생 가장 비극적이고 절망적인 일이 될 거예요."

"자, 수선 피우지 말거라. 그리고 제발 장황하게 말하지 않으면 좋겠구나. 어린아이가 그러니 이상하게 들려. 다이애나는 널 좋아할 거야. 네가 신경 써야 하는 사람은 그 아이 엄마란다. 배리 부인이 널 마음에 들어 하지 않으면 다이애나가 아무리 널 좋아해도 소용없으니까. 린드 부인에게 대든 얘기며, 미나리아재비를 두른 모자를 쓰고 교회에 간 얘기를 듣는다면 배리 부인이 어떻게 생각할지 모르겠구나. 예의 바르고 착하게 굴어야 한다. 엉뚱한 소리를 해서 깜짝 놀라게 하지도 말고. 세상에나, 얘가 정말로 떨고 있네!"

앤은 부들부들 떨고 있었다. 얼굴은 하얗게 질려 잔뜩 굳은 채였다.

앤이 급히 모자를 가지러 가며 말했다.

"아, 마릴라 아주머니, 아주머니도 마음의 친구가 되길 바라는 아이를 만나러 가는데, 그 애 어머니가 아주머닐 싫어할지도 모른다는 생각을 하면 저처럼 흥분이 될 거예요."

앤과 마릴라는 시내를 건너고 비탈진 전나무 숲을 지나, 지름길을 따라 언덕 과수원 집으로 갔다. 마릴라가 문을 두드리자 배리 부인이 부엌문을 열고 나왔다. 큰 키에 검은 눈동자, 검은 머리, 단호해 보이는 입매가 인상적인 모습이었다. 배리 부인은 자식들에게 엄하기로 소문이 나 있었다.

"안녕하세요, 마릴라. 어서 들어오세요. 이 아이가 입양했다는 아이로군요?"

배리 부인이 친절하게 말했다.

"네, 앤 셜리라고 해요."

마릴라가 소개했다.

"끝에 'e'가 붙어요."

앤은 떨리고 흥분되긴 했지만 중요한 점에 오해가 생겨서는 안 된다는 굳은 결심으로 가쁘게 덧붙였다.

배리 부인은 못 들은 건지, 이해를 못한 건지 그저 악수만 청하며 상냥하게 말했다.

"잘 지내니?"

앤이 진지하게 대답했다.

"정신적으로는 무척 뒤죽박죽이지만 몸은 건강해요. 고맙습니다, 아주머니."

그러고는 주위에 다 들릴 만한 소리로 마릴라에게 속삭였다.

"저 별로 이상한 말 안 했죠, 아주머니?"

소파에 앉아 책을 읽고 있던 다이애나가 손님이 들어오자 책을 내려놓았다. 다이애나는 엄마처럼 눈과 머리가 검고, 뺨이 발그레했으며, 아버지를 닮아 표정이 밝고, 예쁜 아이였다.

배리 부인이 말했다.

"얘가 다이애나란다. 다이애나, 앤을 데리고 정원에 나가 꽃을 보여 주렴. 눈 나빠지게 책만 보는 것보단 훨씬 나을 거야."

아이들이 나가자, 배리 부인이 마릴라에게 말했다.

"저 앤 책을 너무 많이 읽어요. 애 아버지까지 부추기니 제가 말릴 방도가 있어야지요. 책 읽는 게 일이랍니다. 친구가 생겨 정말 다행이에요. 아무래도 밖에서 보내는 시간이 더 많아지겠죠?"

정원에서는 앤과 다이애나가 서쪽 편에 자라는 오래된 전나무들 사이로 부드러운 저녁 노을빛이 가득 비쳐드는 가운데, 아름다운 참나리 덤불 너머로 수줍게 서로를 바라보며 서 있었다.

배리 씨네 정원에는 여러 가지 꽃들이 가득했다. 지금처럼 운명과 관계된 중요한 때만 아니라면, 언제든 앤의 마음을 즐겁게 해줄 것 같았다. 정원 주위엔 커다란 늙은 버드나무와 키 큰 전나무가 빙 둘러 자랐고, 나무 아래엔 그늘을 좋아하는 꽃들이 앞 다투어 피었다. 조개껍질로 깔끔하게 가장자리를 두른 반듯한 흙길이 빨간 리본처럼 정원을 직각으로 나누었고, 길 사이로 난 꽃밭에는 오래된 품종의 꽃들이 만발해 있었다. 장밋빛 금낭화와 화려한 진홍빛 작약, 향기로운 흰 수선화, 가시가 많고 아름다운 스코틀랜드 장미, 분홍과 파랑과 흰색의 매발톱꽃, 연보랏빛 비누풀꽃, 개사철쑥과 흰줄갈풀과 박하 덤불, 보랏빛 난초인 아담과 이브, 수선화, 아기자기하고 줄기가 깃털같이 하얗고 향긋한 클로버 무리, 하얀 사향꽃 위로 불타는 창을 던지는 듯한 주홍빛 센트란투스가 한데 어우러졌다. 햇살이 아쉬운 듯 남아 정원을 비추었고, 벌들이 윙윙 날아다니고, 바람이 기분 좋게 살랑대며 여기저기를 기웃거렸다.

마침내 앤이 두 손을 꼭 잡으며 들릴 듯 말 듯한 목소리로 말했다.

"저, 다이애나, 너 혹시……, 혹시 나를 조금이라도 좋아할 수 있을 것 같니? 내 마음의 친구가 될 만큼?"

다이애나가 웃었다. 다이애나는 말하기 전에 늘 웃기부터 했다. 다이애나가 솔직하게 대답했다.

"그래, 그럴 것 같아. 난 네가 초록 지붕 집에 살게 돼서 얼마나 기쁜지 몰라. 같이 놀 친구가 있으면 무척 즐거울 거야. 이

근처엔 함께 놀 다른 여자 아이가 없거든. 여동생은 아직 어리고 말이야."

앤이 간절하게 말했다.

"영원히 내 친구가 되겠다고 맹세해 주겠니?"

다이애나가 깜짝 놀란 얼굴로 나무라듯 말했다.

"어머, 그건 아주 나쁜 거야."

"아, 아냐, 난 그런 맹세를 말하는 게 아니야. 맹세에도 두 가

지 맹세를 뜻하는 'swear'에는 저주라는 의미도 있음 – 옮긴이 가 있잖아.”

다이애나가 의심쩍은 듯 말했다.

“난 한 가지밖에 모르겠는걸.”

“분명 한 가지가 더 있어. 이건 전혀 나쁜 게 아니야. 그냥 엄숙하게 약속을 하는 거라고.”

다이애나가 안심하며 말했다.

“그래, 그렇다면 좋아. 어떻게 하는 건데?”

앤이 엄숙하게 말했다.

“일단 손을 잡아야 해. 원래는 흐르는 물 위에서 해야 하지만, 이 길에 물이 흐르고 있다고 상상하자. 내가 먼저 맹세할게. 해와 달이 사라지지 않는 한, 내 마음의 친구 다이애나 배리에게 충실할 것을 엄숙히 맹세합니다. 자, 이제 네가 내 이름을 넣어 말해 봐.”

다이애나가 웃으며 맹세를 했고, 맹세를 마치자 또 웃었다.

“넌 참 이상한 아이야, 앤. 네가 별나다는 소린 들었어. 하지만 난 널 무척 좋아하게 될 것 같아.”

마릴라와 앤이 집으로 돌아가려 하자 다이애나가 통나무 다리가 있는 곳까지 배웅해 주었다. 아이들은 팔짱을 끼고 함께 걸었다. 시내에 이르자 두 아이는 내일 오후에 다시 만나자는 약속을 몇 번이나 한 후 헤어졌다.

초록 지붕 집 정원으로 들어서며 마릴라가 물었다.

"그래, 다이애나랑은 마음이 잘 통하든?"

"네, 그럼요."

앤은 기쁨에 취한 나머지 마릴라가 비꼬고 있다는 것도 눈치채지 못한 채 한숨을 쉬며 말했다.

"아, 마릴라 아주머니, 지금 이 순간 전 프린스에드워드 섬에서 가장 행복한 아이예요. 오늘 밤에는 정말 열심히 기도를 드릴 거예요. 다이애나와 전 내일 윌리엄 벨 아저씨의 자작나무 숲에서 '놀이 집'을 만들기로 했어요. 장작 창고에 있는 깨진 그릇들을 가져가도 될까요? 다이애나의 생일은 2월에 있고, 전 3월에 있어요. 정말 묘한 우연이죠? 다이애나가 책을 빌려 준댔어요. 아주 놀랍고 흥미진진한 책이래요. 숲 뒤에 야생 나리가 있는 곳도 보여 준다고 했어요. 다이애나의 눈은 참 감정이 풍부한 것 같지 않아요? 제 눈도 그러면 좋을 텐데. 저한테 〈개암나무 골짜기의 넬리〉 노래를 가르쳐 줄 거래요. 방에 걸어 놓을 그림도 주고요. 연청색 실크 드레스를 입은 멋진 여인이 그려진 그림인데, 아주 아름답대요. 재봉틀 가게에서 선물로 얻은 거래요. 저도 다이애나한테 뭔가 줄 수 있으면 얼마나 좋을까요? 제가 키는 다이애나보다 2센티미터 정도 크지만, 몸집은 다이애나가 더 통통해요. 다이애나는 마른 게 우아해 보인다며 자기도 살이 빠졌으면 좋겠다고 말했지만, 아무래도 절 위로하려고 한 말 같아요. 이다음엔 조개껍질을 주우러 바닷가에도 갈 거예요. 우리는 통나무 다리 아래에 있는 샘을 **드라이어드 샘**이라고 부르기로 했어요. 정말 우아한 이름이죠? 언젠가 그런 이름을 가진 샘 이야기를 읽은 적이 있거든요. 드라이어드는 아마 숲의 요정이 아닐까 싶어요."

마릴라가 끼어들었다.

"그래, 언제까지 그렇게 다이애나 얘기만 늘어놓을 셈이냐? 아무튼 무슨 계획을 세우든 이건 기억해라, 앤. 넌 그렇게 항상 놀 수만은 없단다. 먼저 네가 해야 할 일을 해놓고 그다음에 놀아야 해."

그리고 이렇게 행복으로 가득 찬 앤의 마음은 매슈로 인해 최고에 이르렀다. 카모디에 있는 가게에 갔다 이제 막 돌아온 매슈는 쑥스러운 듯 주머니에서 작은 꾸러미를 꺼내 마릴라의 눈치를 살피며 앤에게 건넸다.

"네가 초콜릿 과자를 좋아한다고 해서 좀 사왔단다."

마릴라가 코웃음을 쳤다.

"나 참, 그런 건 이와 위장에 나빠요. 이런, 이런, 그렇게 울상 짓지 마라, 얘야. 매슈 아저씨가 이왕 사오셨으니 몇 개는 먹어도 된다. 박하사탕이 몸에 더 좋긴 하다만 말이다. 한꺼번에 다 먹고 배탈이나 나지 않게 하렴."

앤이 생기 있게 말했다.

"어머, 아뇨. 안 그래요. 오늘 밤엔 하나만 먹겠어요, 아주머니. 절반은 다이애나한테 주고 싶은데, 그래도 될까요? 다이애나에게 반을 준다면 나머지 절반은 두 배로 더 맛있을 거예요. 다이애나에게 줄 게 있다고 생각하니 정말 기뻐요."

앤이 다락방으로 올라가자 마릴라가 입을 열었다.

"저 아인 말이죠, 인색하지 않아 다행이에요. 전 인색한 아이가 제일 싫거든요. 이거야 원, 저 아이가 온 지 겨우 3주밖에 안 됐는데 마치 오래전부터 같이 살았다는 느낌이 드네요. 저 애가 없는 집은 이젠 상상조차 할 수가 없어요. 그렇다고 '그러게, 내가 뭐랬니.' 하는 표정은 짓지 마세요, 오라버니. 여자가 그래도 기분 나쁜데, 남자가 그러는 건 더 못 참아요. 어쨌든 솔직히 털어놓자면, 오라버니 뜻대로 아이를 데리고 있길 잘했다 싶어요. 저 아이가 점점 좋아지는군요. 하지만 이 일 가지고 계속 놀려 댈 생각은 말아요, 매슈 오라버니."

13

즐거운 기대

"이제 들어와 바느질할 시간인데……."

마릴라가 시계를 흘긋 보고는 밖으로 시선을 돌렸다. 8월 오후의 열기에 모든 것이 축 늘어져 있었다.

"들어오라고 한 시간보다 30분이나 더 다이애나랑 놀고 와서는, 이젠 일해야 한다는 걸 뻔히 알면서도 장작더미 위에 앉아 오라버니한테 쉴 새 없이 지껄이고 있잖아. 저 애 말에 바보처럼 귀 기울이고 있는 오라버니는 또 뭐람. 저렇게 흠뻑 빠져 있는 사람은 또 처음 보겠네. 앤이 조잘거리고 엉뚱한 얘기를 늘어놓을수록 오라버니는 더 즐거워한단 말이야. 앤 셜리, 당장 이리로 오지 못하겠니? 내 말 들리니?"

마릴라가 서쪽 창문을 연달아 톡톡 두드리자, 앤이 눈을 반짝이며 뜰에서 쏜살같이 뛰어왔다. 뺨은 분홍빛으로 발그레했고, 풀어 헤친 머리칼이 등 뒤에서 눈부시게 물결쳤다.

앤이 숨을 헐떡이며 소리쳤다.

"아, 아주머니, 다음 주에 주일학교에서 소풍을 간대요. **반짝이는 호수** 근처에 있는 하먼 앤드루스 씨네 목초지로 말이에요. 벨 아주머니와 린드 아주머니께서 아이스크림을 만들어 주신대요. 생각해 보세요, 아주머니, 아이스크림이에요! 마릴라 아주머니, 저도 가도 되나요?"

"제발 시계 좀 보거라, 앤. 내가 몇 시까지 들어오랬니?"

"2시요. 하지만 소풍은 너무 신나는 일이잖아요, 아주머니? 저도 가도 되죠? 전 한 번도 소풍을 못 가봤거든요. 꿈을 꾼 적은 있지만요……."

"그래, 2시까지 오라고 했다. 그런데 지금은 3시 15분 전이야. 왜 내 말을 어겼는지 알고 싶구나, 앤."

"그게, 저도 될 수 있으면 지키려고 했어요, 아주머니. 하지만 **한적한 숲**이 얼마나 아름다운지 모르실 거예요. 또 매슈 아저씨께도 소풍 얘기를 해야 했고요. 매슈 아저씨는 정말 이야기를 잘 들어 주세요. 저도 가도 되죠?"

"너는 한적한 뭣인가 하는 것의 아름다움을 참을 줄 알아야 해. 내가 몇 시에 오라고 하면 그 시간에 맞춰서 오란 소리지 30분 늦게 오라는 소리가 아니야. 또 네 말을 잘 들어 주는 사람한테 들러 이야기를 할 필요도 없고 말이야. 소풍이라면 물론 가도 좋아. 넌 주일학교 학생이고, 다른 아이들이 다 가는데 너만 못 가게 하지는 않을 테니까."

"하지만…… 하지만……."

앤이 머뭇거리며 말을 이었다.

"다이애나가 그러는데, 모두들 바구니에 먹을 걸 담아 가야 한다고 했어요. 그런데 전 요리를 못하잖아요. 마릴라 아주머니, 있지요, 전 소매가 불룩하지 않은 옷을 입고 소풍을 가는 건 괜찮지만, 바구니 없이 간다면 너무너무 창피할 것 같아요. 다이애나한테 그 말을 듣고 나서부터 그게 계속 마음에 걸렸어요."

"그건 염려할 것 없다. 음식은 내가 만들어 주마."

"어머, 고마우셔라. 아, 아주머닌 저한테 너무 잘해 주세요. 아, 정말 고맙습니다."

앤은 너무 기쁜 나머지 감탄사를 연발하며 마릴라의 품으로 뛰어들어 야윈 뺨에 입을 맞췄다. 어린아이가 스스로 마릴라의 얼굴에 입을 맞춘 것은 평생 처음 있는 일이었다. 또다시 놀랍도록 푸근한 감정이 마릴라의 가슴에 가득 차올랐다. 마릴라는 앤의 갑작스런 입맞춤에 속으론 말할 수 없이 기뻤지만 짐짓 무뚝뚝하게 말했다.

"저런, 저런, 이러지 않아도 된다. 내가 시키는 대로나 잘하렴. 요리는 그렇잖아도 조만간 가르치려고 했단다. 네가 워낙

덤벙대니까 좀 차분해지고 끈기가 생길 때까지 기다리고 있었던 게지. 요리할 때는 정신을 똑바로 차리고 중간에 엉뚱한 생각을 하느라 손을 놓아선 안 된단다. 자, 이제 바느질감을 가져와서 차 마실 시간까지 조각보를 잇도록 해라."

앤이 우울한 얼굴로 바느질 바구니를 찾아와서는 빨갛고 하얀색의 천 무더기 앞에 앉으며 한숨을 내쉬었다.

"전 조각보 만드는 게 싫어요. 바느질은 한편으론 재미있어요. 하지만 조각보 만들기는 상상할 거리가 전혀 없다고요. 솔기를 계속 이어 붙이기만 하니 아무런 보람이 없잖아요. 물론 놀기만 하고 아무것도 하지 않는, 다른 곳에 있는 앤보다야 조각보를 잇는 초록 지붕 집의 앤이 낫긴 하지만요. 다이애나랑 놀 때처럼 이 시간도 후딱 지나가면 얼마나 좋을까요. 아, 우린 정말 멋진 시간을 보냈어요, 아주머니. 상상은 거의 제가 해야 했지만, 그거야 자신 있으니까요. 다이애나는 다른 건 아주 잘했어요. 우리 농장과 배리 아저씨네 농장 사이로 흐르는 시내 건너편에 있는 작은 땅 아시죠? 윌리엄 벨 아저씨네 땅 말이에요. 그 한쪽에 하얀 자작나무가 둥글게 늘어선 아주 낭만적인 공간이 있어요. 다이애나와 제가 그곳에 함께 놀 집을 만들었어요. 우리는 거길 **한적한 숲**이라고 불러요. 참 시적이죠? 그 이름을 생각해 내느라 시간이 좀 걸렸어요. 거의 밤을 새우다시피 했다니까요. 그런데 막 잠이 들려는 순간 번개처럼 머리를 스치지 뭐예요. 그 이름을 듣고 다이애나가 얼마나 좋아했는지 몰라요. 우리는 집을 아주 우아하게 꾸몄어요. 와서 꼭 한번 보세요, 아주머니, 네? 이끼 낀 커다란 돌을 의자로 삼고, 나무와 나무 사이에 판자를 얹어 선반을 만들었어요. 그리고 그 위에 접시를 올려놓았죠. 물론 다 깨지긴 했지만 멀쩡하다고 상상하는 건 하나도 어렵지 않아요. 빨갛고 노란 담쟁이 그림이 있는 접시가 특히 아름다워요. 우리는 그 접시와 함께 **요정의 거울**을 거실에 놓았어요. **요정의 거울**은 정말 환상적이에요. 다이애나가 닭장 뒤 숲에서 찾았대요. 무지개가 잔뜩 그려져 있는데, 아직 영글지 않은 어린 무지개처럼 보여요. 예전에 집에 있던 벽걸이 등 조각이라고 다이애나 엄마가 그러셨대요. 하지만 우린 요정들이 어느 날 밤 무도회에서 잃어버린 거라고 상상하는 게 더 좋아서 **요정의 거울**이라고 부르기로 했어요. 매슈 아저씨는 식탁을 만들어 주신대요. 참, 배리 아저씨네 목초지 너머에 있는 동그란 작은 연못은 **버드나무 연못**이라고 지었어요. 다이애나가 빌려 준 책에 나오는 이름이에요. 정말 감동적인 이야기였어요, 아주머니. 여자 주인공 애인이 다섯 명이나 됐어요. 저라면 한 명만 있어도 충분할 텐데 말이에요, 아주머니도 그렇죠? 그 여자는 무척 아름답지만 온갖 시련을 겪어요. 그리고 툭하면 기절을 하지요. 저도 기절할 수 있으면 좋겠어요. 아주머닌 안 그러세요? 너무 낭만적이잖아요. 하지만 전 이렇게 말랐어도 건강 하나는 끝내 주니까요. 그래도 요즘은 살이 조금씩 붙는 것 같아요. 그래 보이지 않아요? 전 매일 아침 일어나면 팔꿈치에 보조개가 생겼나 쳐다봐요. 다이애나는 엄마가 반소매 옷을 만들어 주신대요. 이번 소풍에 입을 거래요. 아, 다음 주 수요일엔 날씨가 맑아야 할 텐데요. 혹시라도 소풍을 못 가게 되면 전 실망감을 견딜 수 없을 거예요. 결국 이겨 내기야 하겠지만 평생 슬픔으로 남을 게 분명해요. 다음에 소풍을 백 번 간다 해도 소용없어요. 이번에 못 간 한 번을 보상해 주진 못할 테니까요. **반짝이는 호수**에서 배를 탈거래요. 그리고 아까 말한 아이스크림도 먹고요. 전 지금까지 한 번도 아이스크림을 먹어 본 적이 없어요. 다이애나가 어떤 맛인지 설명해 주려 했지만 아이스크림 맛은 상상으로 느낄 수는 없는 건가 봐요."

"앤, 시계를 보니 넌 10분 동안이나 줄곧 떠들었구나. 이제 그 시간만큼 조용히 할 수 있는지 한번 보자꾸나."

앤은 마릴라가 시키는 대로 입을 다물었다. 하지만 그 주 내내 앤은 소풍을 입에 달고 살았고, 소풍 생각에 빠져 지냈으며, 소풍에 관한 꿈을 꾸었다. 그러다 토요일에 비가 내리자, 수요일까지 비가 계속 오면 어쩌나 하는 걱정으로 거의 정신을 차리지 못할 지경이었다. 마릴라는 앤의 마음을 진정시킬 요량으로 조각보 바느질을 더 시켰다.

일요일에 교회 갔다 돌아오는 길에 앤은 마릴라에게, 목사님이 설교단에서 소풍을 간다고 발표했을 때 소름이 돋았었다고 털어놓았다.

"찌릿찌릿한 느낌이 등을 타고 흘렀어요, 아주머니! 소풍을 간다는 말을 듣기 전까지 솔직히 실감이 안 났었나 봐요. 그냥 지어 낸 상상이면 어쩌나 겁이 났었거든요. 하지만 목사님이 그렇게 말씀하셨으니 이젠 믿을 수 있어요."

마릴라가 한숨을 쉬며 말했다.

"넌 무슨 일에나 그렇게 열을 내는구나, 앤. 앞으로 살면서 실망할 일이 얼마나 많을지 걱정이구나."

"어머, 어떤 일이든 기대하는 데 그 즐거움의 반이 있는 걸요. 혹시 일이 잘못된다 해도 기대하는 동안의 기쁨은 누구도 뺏을 수 없는 거예요. 물론 린드 아주머니는 '아무것도 기대하지 않는 사람은 실망할 일도 없으니 다행이다.'라고 말씀하셨지만, 전 실망하는 것보다 아무것도 기대하지 않는 쪽이 더 나쁘다고 생각해요."

그날도 마릴라는 여느 때처럼 자수정 브로치를 달고 나갔다. 교회에 갈 때면 늘 달고 다니는 것이었다. 성경책이나 헌금 10센트를 잊는 것보다 브로치를 꽂지 않고 가는 것이 더 큰 죄라고 생각하는 것 같았다. 그 자수정 브로치는 마릴라가 가장 아끼는 물건이었다. 선원이었던 삼촌이 어머니에게 준 것을, 어머니가 유품으로 마릴라에게 물려준 것이었다. 타원 가장자리에 아주 정교한 자수정이 박혀 있는 구식 브로치로, 안에는 어머니의 머리카락이 들어 있었다. 마릴라는 보석에 대해서는 거의 아는 바가 없었으므로 그 자수정들이 얼마나 값진 것인지는 몰랐지만, 무척 아름답다고 여겼다. 그리고 자기 눈에는 보이지 않아도 밤색 새틴 드레스 목에서 보랏빛으로 은은하게 반짝이는 브로치를 생각하면 늘 즐거웠다.

앤은 그 브로치를 처음 봤을 때 기쁨의 탄성을 내질렀다.

"어머, 마릴라 아주머니, 정말 우아한 브로치예요. 이걸 달고 어떻게 설교나 기도에 집중할 수 있으세요? 저라면 못할 거예요. 자수정이란 무척 아름다운 보석이네요. 예전에 제가 그려 보던 다이아몬드와 비슷해요. 오래전에 다이아몬드를 한 번도 본 적이 없을 때, 전 책을 보며 다이아몬드가 어떻게 생겼을까 상상했어요. 자줏빛으로 빛나는 아주 아름다운 보석일 거라고 생각했죠. 그런데 어떤 부인이 진짜 다이아몬드 목걸이를 한 걸 보고는 너무 실망해서 울어 버렸어요. 물론 무척 아름답긴 했어요. 하지만 제가 생각하던 것과는 달랐어요. 잠깐만 만져 봐도 돼요, 아주머니? 자수정은 착한 제비꽃의 영혼이라는 생각 안 드세요?"

14

앤의 고백

소풍을 앞둔 월요일 저녁, 마릴라가 낭패한 표정으로 자기 방에서 내려왔다. 그러고는 말끔한 식탁 앞에 앉아 콩깍지를 까며, 다이애나가 가르쳐 준 그대로 감정을 실어 〈개암나무 골짜기의 넬리〉를 부르고 있는 어린아이를 불렀다.

"앤, 내 자수정 브로치 못 봤니? 어제 저녁 교회에서 돌아와 바늘꽂이에 분명히 꽂아 둔 것 같은데, 아무 데도 보이지 않는구나."

앤이 뜸을 들이며 말했다.

"제가……, 오늘 오후에 아주머니께서 봉사회에 가셨을 때, 제가 봤어요. 방문 앞을 지나가는데 바늘꽂이에 꽂혀 있기에 보려고 들어갔어요."

마릴라가 엄하게 물었다.

"브로치를 만졌니?"

"네, 어떤지 보려고 제 가슴에 한번 꽂아 봤어요."

앤이 순순히 시인했다.

"넌 그런 짓을 해서는 안 돼. 남의 물건에 손을 대는 건 아주 나쁜 행동이야. 먼저 내 방에 들어간 것부터가 잘못이었다. 그리고 네 것이 아닌 남의 브로치를 건드려서도 안 되는 거야. 브로치는 어디에 두었니?"

"탁자 위에 다시 놓아 뒀어요. 1분도 안 꽂고 있었어요. 정말 만질 생각은 없었어요, 아주머니. 방에 들어가서 브로치를 달아 보는 게 잘못인지 몰랐어요. 하지만 이제 알았으니까 다시는 그러지 않을게요. 그게 저의 장점이에요. 같은 잘못은 두 번 다시 하지 않거든요."

"넌 그걸 제자리에 두지 않았어. 브로치는 탁자 위에 없으니까. 네가 가지고 나갔거나 어떻게 한 게지, 앤."

"틀림없이 그 자리에 뒀어요."

앤이 다급하게 말하자, 마릴라는 더욱 의심이 들었다.

"바늘꽂이에 꽂았는지 도자기 접시에 올려놓았는지는 잘 모르겠지만, 그 자리에 둔 건 확실해요."

마릴라는 분명히 해야겠다고 마음먹었다.

"가서 다시 찾아보마. 네가 다시 두었다면 아직도 그 자리에 있겠지. 만약 없다면 네가 제자리에 두지 않았다는 뜻이야!"

마릴라는 자기 방으로 가서는 탁자 위뿐만 아니라 브로치가 있을 만한 곳이면 어디든지 샅샅이 뒤졌다. 하지만 아무 데도 보이지 않자 부엌으로 다시 돌아왔다.

"앤, 브로치는 없다. 네가 인정했다시피 그걸 마지막으로 손댄 사람은 너야. 자, 브로치를 어떻게 했니? 당장 사실대로 털어놔. 밖에 들고 나갔다 잃어버렸니?"

앤은 마릴라의 화난 시선을 똑바로 쳐다보며 진지하게 말했다.

"아뇨, 그러지 않았어요. 전 아주머니 방에서 브로치를 가지고 나가지 않았어요. 단두대로 끌려간다 해도 거짓말이 아니라고요. 단두대가 뭔지 잘은 모르지만요. 그게 다예요, 아주머니."

'그게 다예요.'란 말은 앤이 자신의 주장을 강조하기 위해서 한 말이었지만, 마릴라는 반항적인 태도로 받아들였다.

"넌 나한테 거짓말을 하고 있어, 앤."

마릴라가 날카롭게 말했다.

"난 다 알고 있다. 사실대로 털어놓지 않으려거든 입도 벙긋하지 마라. 네 방에 가서 실토할 마음이 생길 때까지 나오지 말거라."

앤이 풀 죽은 소리로 물었다.

"완두콩을 가져갈까요?"

"아니다, 나머지는 내가 까마. 넌 내가 시키는 대로나 해."

앤이 자리를 뜨자, 마릴라는 어지러운 마음으로 저녁 준비를 했다. 마릴라는 아끼는 브로치 때문에 속이 탔다. 앤이 잃어버렸으면 어쩌지? 누가 봐도 그 애 짓이 분명한데 저렇게 시치미를 떼다니 정말 못된 아이야! 게다가 저 태연한 표정이라니!

마릴라는 초조하게 콩깍지를 까며 생각했다.

'이런 일이 이렇게 빨리 일어날 줄은 몰랐어. 물론 브로치를 훔치겠다거나 하는 그런 뜻은 없었을 거야. 그냥 가지고 놀고 싶었거나 상상을 하는 데 무슨 도움을 얻으려고 그랬겠지. 앤이 가져간 게 분명해. 앤 말마따나 그 아이가 방에 들어간 다음 내가 올라가기 전까지 방에 들어간 사람은 아무도 없으니까 말이야. 그런데 브로치가 없어졌으니 빤한 거 아니겠어. 잃어버리고는 혼날까 봐 겁이 나서 고백하지 못하는 거야. 거짓말을 하다니 정말 끔찍하군. 이건 불같은 성미보다 훨씬 더 나빠. 믿을 수 없는 아이를 집에 둔다는 건 정말 위험천만한 일이야. 앤은 교활하고 정직하지 못했어. 솔직히 브로치보다도 그게 더 속상해. 사실대로만 말해 줬어도 이렇게 속상하진 않을 텐데.'

마릴라는 저녁 내내 짬짬이 방으로 올라가 브로치를 찾아보았지만 아무 소용이 없었다. 잠잘 시간이 되어 찾아간 동쪽 방에서도 결과는 마찬가지였다. 앤은 브로치에 대해서는 모른다고 끝까지 주장했으며, 마릴라는 앤의 짓이 분명하다는 확신만 굳혔다.

다음 날 아침 마릴라는 매슈에게 그 이야기를 했다. 매슈가 난처하고 당황한 표정을 지었다. 앤에 대한 믿음이 그렇게 빨리 사라지진 않았지만, 상황이 앤에게 불리하다는 건 인정해야만 했다.

"탁자 뒤로 떨어진 건 확실히 아니지?"

매슈가 할 수 있는 말은 이게 다였다.

"탁자도 옮기고, 서랍도 다 꺼내 보고, 틈새 구석구석까지 다 봤어요. 브로치는 없어요. 저 아이가 가져가 놓고 거짓말을 하고 있는 거라고요. 끔찍하지만 분명한 사실이에요, 오라버니. 그냥 받아들이는 게 좋아요."

"글쎄다, 그래서 어떻게 할 생각이니?"

문제를 처리해야 할 사람이 자신이 아니라 마릴라라는 사실에 안도하며, 매슈가 씁쓸하게 물었다. 이번에는 아무런 간섭도 하고 싶지 않았다.

"자백할 때까지 방에서 못 나오게 할 거예요."

마릴라가 지난번에 이런 방법으로 성공했다는 사실을 떠올리며 엄하게 말했다.

"조만간 털어놓겠죠. 앤이 브로치를 어디로 가져갔는지 말하기만 하면 찾을 수 있을지도 몰라요. 하지만 어쨌든 단단히 혼을 내야 해요, 오라버니."

매슈가 모자를 집어 들며 말했다.

"글쎄다, 벌이야 받아야겠지. 난 상관하지 않으마. 나더러 간섭하지 말라고 했으니까."

마릴라는 모두에게 버려진 기분이었다. 린드 부인을 찾아가 조언을 구할 수도 없는 노릇이었다. 마릴라는 심각한 얼굴로 동쪽 방으로 갔다가 더 심각한 얼굴로 방을 나왔다. 앤은 털어놓을 게 없다며 끈질기게 버텼다. 브로치를 가져가지 않았다며 한사코 고집을 꺾지 않았다. 앤은 울고 있었던 게 분명했다. 마릴라는 가엾다는 생각이 들었지만 꾹 참았다. 밤이 되자 마릴라는 자신의 표현대로, 그야말로 '녹초'가 되었다.

마릴라가 단호하게 말했다.

"사실대로 얘기할 때까지 이 방에 계속 있어야 한다, 앤. 잘 생각해서 결정해."

앤이 울부짖었다.

"하지만 내일은 소풍날이잖아요, 마릴라 아주머니. 설마 소풍도 못 가게 하려는 건 아니겠죠, 그렇죠? 오후에만 잠깐 나갔다 오게 해주시면 안 될까요, 네? 그 다음부터는 아주머니가 있으라고 하는 대로 기꺼이 여기 있을게요. 하지만 소풍은 꼭 가야 해요."

"털어놓을 때까진 소풍이고 뭐고 아무 데도 못 간다, 앤."

"아, 아주머니."

앤은 숨이 턱 막혔다.

하지만 마릴라는 문을 닫고 휑하니 나가 버렸다.

수요일 아침은 마치 소풍을 위해 일부러 만든 날처럼 맑고 화창했다. 새들은 초록 지붕 집 주위에서 노래했고, 정원에 핀 하얀 백합 향기는 보이지 않는 바람결에 실려 문이며 창으로 들어와 축복의 영혼처럼 방과 복도를 떠다녔다. 골짜기의 자작나무들이 동쪽 방에서 언제나 아침 인사를 건네던 앤을 기다리기라도 하듯 즐거이 손을 흔들었다. 하지만 앤은 창가로 가지 않았다. 마릴라가 아침 식사를 들고 방에 들어섰을 때, 앤은 창백하면서도 단호한 얼굴로 입술을 꾹 다문 채 눈을 빛내며 침대에 꼿꼿이 앉아 있었다.

"마릴라 아주머니, 모두 털어놓겠어요."

"그래!"

마릴라가 쟁반을 내려놓았다. 또 한 번 자신의 방법이 통한 것이다. 하지만 기분은 씁쓸하기 그지없었다.

"무슨 말인지 해보거라, 앤."

마치 공부한 내용을 외우듯 앤이 말했다.

"제가 브로치를 가져갔어요. 아주머니 말씀대로 제가 가져갔어요. 방에 들어갔을 땐 그럴 생각이 아니었어요. 하지만 브로치가 너무 아름다워서 가슴에 꽂는 순간 유혹을 뿌리칠 수가 없었어요. 한적한 숲에 가져가서, 제가 코딜리어 피츠제럴드 공주라고 생각하며 놀면 얼마나 멋있을까 생각했어요. 진짜

자수정 브로치를 달면 코딜리어 공주라고 상상하기가 훨씬 쉬울 것 같았거든요. 다이애나와 제가 로즈베리 꽃으로 목걸이를 만들긴 했지만, 어디 자수정만 하겠어요? 그래서 브로치를 가져갔어요. 아주머니가 돌아오시기 전에 갖다 놓을 생각으로요. 전 조금이라도 더 가지고 있고 싶은 마음에 길 여기저기를 돌아다녔어요. 그리고 **반짝이는 호수** 위 다리를 건너가면서 다시 한 번 보려고 브로치를 뺐어요. 아, 햇살을 받아 빛나는 모습이라니! 그런데 제가 다리에 몸을 기대는 순간 브로치가 손에서 미끄러져 떨어지고 말았어요. 아래로 아래로 자줏빛을 가득 빛내며 **반짝이는 호수** 속으로 영원히 가라앉고 만 거예요. 이게 제가 할 수 있는 최선의 고백이에요, 마릴라 아주머니."

마릴라의 가슴에 다시 화가 부글부글 솟아올랐다. 이 아이는 마릴라가 아끼는 자수정 브로치를 가져가 잃어버리고서도 양심의 가책이나 후회하는 기색도 없이 태연하게 자초지종을 얘기하고 있었다.

마릴라가 침착하려 애쓰며 말했다.

"앤, 정말 어이가 없구나. 너같이 못된 아이는 내 평생 처음이야."

앤이 차분하게 말했다.

"네, 저도 그렇게 생각해요. 벌을 받아야 한다는 것도 알고요. 당연히 벌을 주셔야지요, 아주머니. 그런데 제가 홀가분한 마음으로 소풍을 갈 수 있게 지금 당장 벌을 주시면 안 될까요?"

"소풍이라고, 세상에! 오늘 소풍은 못 간다. 앤 셜리! 그게 네 벌이야. 네가 한 짓에 비하면 절반도 안 되게 가벼운 벌이지!"

"소풍을 못 간다고요!"

앤이 튀듯이 일어나더니 마릴라의 손을 와락 움켜잡았다.

"하지만 보내 준다고 약속하셨잖아요! 아, 마릴라 아주머니, 전 소풍을 꼭 가야 해요. 그래서 이렇게 고백했잖아요. 그거만 빼고 어떤 벌이라도 달게 받을게요. 아, 부디 제발 소풍만은 보내 주세요. 아이스크림을 생각해 보세요! 어쩌면 제 평생에 아이스크림을 맛볼 기회가 두 번 다시 없을지도 모른다고요."

마릴라가 매달리는 앤의 손을 차갑게 뿌리쳤다.

"애원해도 소용없다, 앤. 넌 소풍을 갈 수 없어, 절대로. 그러니 더 이상 아무 소리 마라."

앤은 마릴라의 마음이 바뀌지 않으리라는 걸 깨달았다. 갑자기 앤이 두 손을 맞잡고 날카로운 비명을 지르며 침대에 얼굴을 묻더니 절망과 좌절감으로 완전히 자포자기해서는 몸부림을 치며 울부짖었다.

마릴라가 급히 방을 나오며 혀를 내둘렀다.

"맙소사! 정신이 어떻게 됐나 봐. 정상적인 아이라면 저럴 리가 없어. 만약 제정신이라면 정말로 나쁜 아이인 게지. 오, 이런, 린드 부인이 처음에 한 말이 맞으면 어쩌지. 하지만 일단 시작했으니 뒤돌아보진 않을 거야."

정말 우울한 아침이었다. 마릴라는 무섭도록 일에 매달렸고, 딱히 할 일이 없어지자 현관 바닥과 우유 짜는 곳의 선반까지 벅벅 문질러 닦았다. 선반도 현관도 굳이 청소할 필요가 없었지만, 마릴라는 그렇게 했다. 그런 다음 밖으로 나가 갈퀴로 뜰을 정리했다.

점심이 준비되자 마릴라가 계단참으로 가 앤을 불렀다. 눈물로 얼룩진 얼굴이 난간 너머로 비죽 나오더니 슬프게 내려다보았다.

"내려와서 점심 먹어라, 앤."

앤이 훌쩍이며 말했다.

"생각 없어요, 아주머니. 아무것도 먹을 수가 없는걸요. 가슴이 찢어지는 것 같아요. 제 마음을 이렇게 아프게 하셨으니, 아주머니도 언젠가 양심의 가책을 느끼실 날이 올 거예요. 하지만 전 용서하겠어요. 그때가 됐을 때 제가 용서했다는 사실을 잊지 마세요. 하지만 절더러 뭘 먹으라는 소리는 하지 마세요. 특히 돼지고기와 야채 요리는요. 괴로움에 빠진 사람에게 돼지고기와 야채 요리는 너무 낭만적이지 않거든요."

화가 난 마릴라는 부엌으로 돌아가 매슈에게 넋두리를 늘어놓았다. 매슈는 앤이 벌을 받는 게 타당하다는 생각과 인간적인 동정심 사이에서 곤혹스러워하고 있었다.

"글쎄다, 앤이 브로치를 가져가고, 또 거짓말을 한 건 잘못이긴 해."

매슈는 앤과 마찬가지로 돼지고기와 야채 요리가 감정적으로 힘든 상황에 맞지 않는다고 생각하는 듯, 침통한 눈길로 접시를 물끄러미 바라보며 고개를 끄덕였다.

"하지만 그 애는 어리고…… 워낙 호기심이 많은 아이잖니. 그렇게 가고 싶어하는 소풍을 못 가게 하는 건 너무한 게 아닐까?"

"매슈 오라버니, 정말 놀랍군요. 난 오히려 그 앨 너무 쉽게 봐줬다고 생각해요. 그 앤 자기가 얼마나 나쁜 짓을 저질렀는지 깨닫지도 못한다고요. 난 그게 가장 걱정스러워요. 잘못을 진심으로 뉘우친다면 이렇게 심각하진 않을 거예요. 오라버니는 그 점을 모르고 있어요. 그저 저 아이 편만 들려고 하잖아요."

매슈가 힘없이 같은 말을 반복했다.

"글쎄, 그 앤 아직 어려. 좀 너그럽게 봐줘야 하지 않을까, 마릴라. 제대로 된 교육을 받아 본 적도 없잖아."

"네, 그래서 지금 교육받고 있잖아요."

마릴라가 톡 쏘아붙였다.

매슈는 마릴라의 반박에 입을 다물긴 했지만 그 말에 수긍해서는 아니었다. 점심 식사 시간은 무척 우울한 분위기였다. 일꾼으로 고용한 제리 부트만 싱글벙글하는 통에 마릴라는 모욕이라도 당한 듯 부아가 치밀었다.

설거지를 하고, 빵 반죽을 만들고, 닭 모이를 주고 난 마릴라는 월요일 오후에 봉사회에서 돌아와 자신이 가장 좋아하는 검정 레이스 숄을 벗다가 조금 찢어진 곳을 봤던 게 문득 생각났다. 마릴라는 수선을 하려고 방으로 올라갔다.

숄은 트렁크 안 상자에 들어 있었다. 마릴라가 숄을 꺼내 들자, 숄에 붙어 있던 무언가가 창가에 우거진 담쟁이덩굴 사이로 비쳐 드는 햇빛을 받아 보랏빛으로 반짝였다. 마릴라가 숨을 멈춘 채 그것을 움켜잡았다. 레이스 올에 매달려 있는 것은 바로 자수정 브로치였다!

마릴라가 멍한 표정으로 말했다.

"세상에, 이게 어찌 된 일이람? 배리 연못 바닥에 있을 줄 알았던 브로치가 멀쩡하게 여기 있다니. 도대체 저 아인 왜 자기가 가져가서 잃어버렸다고 했을까? 초록 지붕 집이 뭔가에 홀린 게 틀림없어. 월요일 오후에 숄을 벗어서 탁자 위에 잠깐 둔 게 이제야 생각나는군. 그때 브로치가 숄에 걸렸던 거야. 이런!"

마릴라는 브로치를 들고 동쪽 방으로 갔다. 앤은 실컷 울고 난 뒤 풀이 죽어 창가에 앉아 있었다.

마릴라가 엄숙하게 말했다.

"앤 셜리, 방금 내 검정 레이스 숄에 브로치가 매달려 있는 걸 찾아냈다. 이제 오늘 아침에 왜 그런 말도 안 되는 얘기를 했는지 말해 보렴."

앤은 지친 듯이 대꾸했다.

"제가 고백할 때까지 이 방에서 못 나오게 하신댔잖아요. 그래서 꼭 소풍을 가야겠다는 생각으로 고백을 결심했던 거예요. 어젯밤 자리에 누워 어떻게 고백할까 생각했어요. 되도록 재미있게 지어 내려고 했죠. 그리고 잊어버리지 않게 몇 번이고 반복해서 연습했어요. 하지만 결국 소풍을 못 가게 됐으니, 모두가 물거품이 되고 말았죠."

마릴라는 자기도 모르게 웃음을 터뜨릴 뻔했다. 하지만 한편으론 양심의 가책을 느꼈다.

"앤, 정말 못 말리겠구나! 하지만 내가 잘못했다. 이제 그걸 알겠어. 지금껏 한 번도 속인 적이 없으니 네 말을 믿었어야 했는데. 물론 하지도 않은 일을 고백한 너도 잘못은 있어. 그건 아주 나쁜 짓이었어. 하지만 내가 널 그렇게 만들었다. 앤, 네가 날 용서해 주면 나도 널 용서하마. 그리고 다시 잘 지내 보자꾸나. 자, 이제 소풍 갈 준비를 해야지."

앤이 튀듯이 자리에서 일어났다.

"아, 아주머니, 너무 늦지 않았을까요?"

"아니다, 이제 겨우 2시인걸. 아직 다 모이지도 않았을 테고,

차도 한 시간이나 있어야 마실 거야. 세수하고 머리 빗고 체크무늬 옷을 입어라. 난 바구니에 음식을 챙겨 주마. 구워 놓은 과자가 많이 있단다. 제리한테 마차로 소풍 장소까지 태워다 주라고 이르마."

앤이 세면대로 뛰어가며 소리쳤다.

"아, 마릴라 아주머니, 5분 전만 해도 전 차라리 태어나지 말아야 했다며 비참한 기분에 빠져 있었는데, 지금은 천사가 되게 해준대도 사양할 것 같아요!"

그날 저녁, 앤은 완전히 지친 모습이었지만 마음만은 말할 수 없는 축복을 입은 듯 행복에 가득 차 초록 지붕 집으로 돌아왔다.

"아, 마릴라 아주머니, 정말 기가 막힌 시간을 보냈어요. '기가 막히다.'는 말은 오늘 새로 배운 거예요. 매리 앨리스 벨이 하는 말을 들었어요. 아주 멋진 표현이죠? 모든 게 좋았어요. 맛있는 차를 마신 다음, 하몬 앤드루스 아저씨가 **반짝이는 호수**에서 노를 저어 배를 태워 줬어요. 여섯 명을 한꺼번에요. 제인 앤드루스는 하마터면 물에 빠질 뻔했어요. 수련을 꺾으려고 몸을 숙였을 때, 마침 앤드루스 아저씨가 허리띠를 붙잡지 않았더라면 물에 빠져 죽었을지도 몰라요. 제가 그랬다면 좋았을 텐데. 물에 빠져 죽을 뻔했다는 건 정말 낭만적인 경험일 거예요. 아슬아슬한 이야깃거리도 되고요. 그리고 우린 아이스크림을 먹었어요. 아이스크림 맛은 말로는 도저히 표현할 수가 없어요. 마릴라 아주머니, 정말 최고였다고요."

그날 밤 마릴라는 양말 바구니를 앞에 두고 매슈에게 앤이 했던 이야기를 모두 들려주었다.

그리고 솔직하게 말했다.

"제가 잘못했다는 건 기꺼이 인정하겠어요. 저도 한 가지를 배운 셈이죠. 어쨌든 앤의 고백을 생각하면 웃음을 참을 수가 없어요. 거짓말을 했으니 웃을 일이 아니라는 건 알지만요. 그리고 그렇게 잘못했다는 생각도 들지 않아요. 아무튼 제 책임이니까요. 저 애한텐 이해하기 힘든 구석이 있어요. 하지만 잘 자랄 것 같아요. 한 가지 확실한 건, 저 애가 있는 집은 결코 지루할 틈이 없을 거라는 사실이에요."

15

학교에서 일어난 소동

앤이 길게 숨을 들이마시며 말했다.

"아, 정말 멋진 날이야! 이런 날엔 살아 있다는 것만으로도 행복하지 않니? 아직 태어나지 않아서 이 기쁨을 맛보지 못하는 사람들이 안됐어. 물론 그 사람들한테도 좋은 날이 오긴 하겠지만 오늘 같은 날은 다시없을 거야. 게다가 학교 가는 길도 이렇게 아름다우니 얼마나 환상적이야, 안 그래?"

"큰길로 돌아서 가는 것보다는 훨씬 좋아. 큰길은 너무 먼지가 많고 덥거든."

다이애나가 있는 사실을 그대로 말하며 점심 바구니를 들여다보았다. 다이애나는 즙 많고 맛있는 딸기 파이 세 개를 여자아이 열 명이 나눠 먹으면 각자 얼마나 먹을 수 있을까 속으로

계산하는 중이었다.

에이번리 학교 여학생들은 항상 점심을 같이 나눠 먹었다. 딸기 파이 세 개를 혼자서 먹거나 제일 친한 친구하고만 나눠 먹었다가는 평생 '쩨쩨하다.'는 꼬리표를 달고 다녀야 할 터였다. 하지만 파이를 열 명하고 나눠 먹는다는 것은 여간 감질나는 일이 아니었다.

앤과 다이애나가 걸어가는 학교 길은 무척 아름다웠다. 앤은 다이애나와 함께 학교를 오가는 일보다 더 멋진 일은 상상할 수가 없었다. 큰길로 돌아가는 것은 낭만적이지 않았다. 하지만 **연인의 오솔길**과 **버드나무 연못**, **제비꽃 골짜기**와 **자작나무 길**은 어디를 지나든 낭만적이었다.

연인의 오솔길은 초록 지붕 집 과수원 아래에서 시작해 커스버트 농장 끄트머리 숲까지 쭉 이어진 길이었다. 그 길을 따라 뒤편 방목장까지 소를 몰고 가기도 하고, 겨울에는 집까지 장작을 운반하기도 했다. **연인의 오솔길**이란 앤이 초록 지붕 집에 온 지 한 달이 채 되기 전에 붙인 이름이었다.

앤은 마릴라에게 이렇게 설명했다.

"연인들이 진짜로 다닌다는 뜻은 아니에요. 다이애나와 제가 읽고 있던 멋진 책에 연인들의 오솔길이란 말이 나오거든요. 그래서 우리도 그런 길이 있으면 좋겠다고 생각한 거예요. 정말 예쁜 이름이죠, 안 그래요? 얼마나 낭만적이에요! 연인들이야 있다고 상상하면 되는 거고요. 마음속 생각을 큰 소리로 말해도 이상하게 쳐다보는 사람이 없어서 전 그 길이 참 좋아요."

앤은 아침이면 혼자서 **연인의 오솔길**을 걸어 시내가 있는 곳까지 갔다. 거기서 다이애나를 만나면 단풍나무 잎이 둥그렇게 아치를 이룬 길을 따라 통나무 다리까지 함께 걸었다.

앤이 말했다.

"단풍나무는 참 다정한 나무야. 언제나 바스락대며 사람들에게 속삭이거든."

그리고 둘은 오솔길을 벗어나 배리 씨네 뒷밭을 거쳐 **버드나무 연못**을 지나갔다. **버드나무 연못**을 넘어서면 **제비꽃 골짜기**가 나왔다. 그것은 앤드루 벨 씨의 커다란 숲 속에 오목하게 자리한 조그만 풀밭이었다.

앤이 마릴라에게 말했다.

"물론 지금은 제비꽃이 없어요. 하지만 봄이면 제비꽃이 수도 없이 핀다고 다이애나가 그랬어요. 아, 마릴라 아주머니, 상상이 가세요? 전 숨이 막힐 것 같아요. 그래서 이름을 **제비꽃 골짜기**라고 지었어요. 다이애나는 저보다 멋진 이름을 생각해내는 사람은 본 적이 없대요. 뭔가 잘하는 게 있다는 건 좋은 일이에요, 그렇죠? 하지만 **자작나무 길**은 다이애나가 지었어요. 다이애나가 그렇게 부르고 싶다기에 그러라고 했죠. 하지만 저라면 평범한 **자작나무 길**보다는 좀 더 시적인 이름을 생각해 냈을 거예요. 누구라도 떠올릴 수 있는 그런 이름 말고요. 그래도 **자작나무 길**은 세상에서 가장 아름다운 길이에요, 아주머니."

그건 사실이었다. 앤뿐만 아니라 우연히 그 길에 들어선 사람이라면 누구나 그렇게 생각할 터였다. 좁고 꾸불꾸불한 길은 긴 언덕을 감아 내려가 벨 씨의 숲으로 곧바로 이어졌고, 병풍처럼 둘러친 수많은 에메랄드 빛 나무 그늘 사이로 다이아몬드처럼 투명한 햇살이 비쳐 들었다. 길가에는 가늘고 하얀 줄기에 부드러운 가지를 매단 어린 자작나무들이 줄지어 서 있었다. 고사리류와 별꽃, 나리꽃과 주홍빛 열매를 매단 피전 베리도 무성하게 자랐다. 기분 좋은 향기가 늘 공기 중에 감돌았고, 새들의 노랫소리와 함께 머리 위 나무에서 바람이 속살대는 소리와 웃음소리가 들려왔다. 조용히 걸으면 껑충거리며 길을 가로지르는 토끼가 눈에 띄기도 했지만, 그런 경우는 다이애나와 앤에게는 아주 드물었다. 골짜기 아래로 내려가면 큰길과 만나고, 거기서 가문비나무 언덕을 죽 올라가면 학교가 나왔다.

에이번리 학교는 처마가 낮고 창문이 넓은 회벽 건물이었다. 교실에는 편하고 튼튼한 구식 여닫이 책상이 있고, 책상 뚜껑에는 3대에 걸친 학생들의 이름 첫 글자와 비밀 낙서들이 가득했다. 길에서 안으로 들어간 곳에 자리한 학교 뒤편으로는 거무스름한 전나무 숲이 있고 시내가 흘렀다. 아이들은 아침마다

시냇물에 우유병을 담가 점심때까지 차고 신선하게 보관하곤 했다.

9월 첫날, 마릴라는 학교에 가는 앤을 불안한 마음으로 바라보았다. 앤은 엉뚱한 아이였다. 그런 애가 다른 아이들과 잘 지낼 수 있을까? 도대체 수업 시간에는 어떻게 입을 다물고 있으려나?

하지만 앤은 마릴라가 걱정했던 것보다 잘해 내고 있었다. 그날 저녁 앤은 기분 좋게 집으로 돌아왔다.

"학교가 마음에 들어요. 선생님은 별로지만요. 선생님은 온종일 콧수염을 배배 꼬면서 프리시 앤드루스만 쳐다보세요. 프리시는 나이가 많아요. 열여섯 살인데, 내년에 샬럿타운에 있는 퀸스 아카데미에 들어가려고 입학시험 공부를 하고 있어요. 틸리 볼터 말로는 선생님은 프리시한테 푹 빠졌대요. 프리시는 아름다운 피부에 구불대는 갈색 머리를 우아하게 올리고 있어요. 교실 뒤에 있는 긴 의자에 앉는데, 선생님도 대부분 거기 앉아 계세요. 공부를 가르친다면서요. 하지만 선생님이 프리시의 석판에 뭐라고 적자 프리시 얼굴이 새빨개지면서 킥킥거리는 걸 루비 길리스가 봤대요. 분명 공부하고는 관계없는 얘기 같았대요."

마릴라가 따끔하게 말했다.

"앤 셜리, 선생님에 대해 두 번 다시 그런 식으로 말하지 마

라. 넌 선생님 흉을 보려고 학교에 가는 게 아니야. 선생님이 가르치는 걸 배우면 되는 거야. 내 말 잘 새겨듣고, 앞으로는 집에 와서 선생님 험담을 하는 일이 없도록 해라. 그런 짓은 옳지 않아. 그래, 학교에서는 얌전하게 행동했겠지?"

앤이 흔쾌히 대답했다.

"그럼요. 아주머니가 상상하시는 것처럼 많이 힘들진 않았어요. 전 다이애나와 짝이 되었어요. 우리 자리는 창가 쪽이라 **반짝이는 호수**가 내다보여요. 여자 아이들은 대부분 착했고, 점심시간엔 무척 재미있게 놀았어요. 같이 놀 친구들이 많다는 건 아주 즐거운 일이에요. 물론 전 다이애나를 제일로 좋아하고 앞으로도 그럴 거지만요. 전 다이애나가 너무 좋아요. 그런데 전 다른 아이들보다 공부가 한참 뒤처져 있어요. 다들 5학년 과정을 배우는데, 전 아직 4학년 과정이거든요. 그래서 좀 창피했어요. 하지만 상상력만큼은 절 따라올 사람이 없어요. 전 그걸 단번에 알아봤어요. 오늘은 읽기와 지리와 역사와 받아쓰기를 했어요. 필립스 선생님은 저더러 받아쓰기가 엉망이라며, 틀린 글자를 잔뜩 고쳐 놓은 석판을 모두가 볼 수 있게 높이 들었어요. 얼마나 비참했는지 몰라요. 전 선생님이 새로 온 아이에게는 더 예의를 갖추어야 한다고 생각해요. 루비 길리스는 저한테 사과를 줬고, 소피아 슬론은 '너희 집에 놀러가도 되니?'라는 글이 적힌 예쁜 분홍색 카드를 빌려 줬어요. 내일 돌려주면 돼요. 그리고 틸리 볼터는 자기 구슬 반지를 오후 내내 끼고 있으라고 했어요. 다락방 바늘꽂이에 있는 진주 구슬을 빼서 반지를 만들어도 될까요? 참, 그리고 마릴라 아주머니, 미니 맥퍼슨이 제인 앤드루스한테 그랬대요. 프리시 앤드루스가 사라 길리스에게 내 코가 아주 예쁘게 생겼다고 하는 소릴 들었다고요. 아주머니, 그건 제가 태어나서 처음으로 들어 본 칭찬이에요. 그 소리를 듣고 기분이 얼마나 이상했는지 아주머닌 상상도 못하실 거예요. 마릴라 아주머니, 제 코가 정말 그렇게 예쁜가요? 아주머닌 솔직하게 말씀해 주시겠죠?"

마릴라가 짧게 대답했다.

"그런대로 생긴 편이지."

마릴라는 속으로는 앤의 코가 아주 예쁘다고 생각했지만 그렇게 말해 주고 싶지는 않았다.

이 일은 3주 전에 있었던 일로, 그 후로는 모든 게 순조로웠다. 그리고 까슬까슬한 9월의 어느 날 아침, 에이번리 마을에서 가장 행복한 앤과 다이애나는 즐겁게 **자작나무 길**을 걷고 있었다.

다이애나가 말했다.

"길버트 블라이스가 오늘 학교에 올 것 같아. 여름 동안 뉴브런즈윅에 있는 사촌 집에 가 있었는데, 토요일 밤에 돌아왔대. 아주 잘생긴 친구야, 앤. 그리고 여자 아이들을 골탕 먹이길 좋

아해. 얼마나 못살게 군다고."

하지만 다이애나의 목소리는 길버트가 괴롭히는 걸 좋아하는 것처럼 들렸다.

"길버트 블라이스? 혹시 현관 벽에 '시선집중'이라고 크게 써놓은 글 밑에 줄리아 벨이랑 같이 쓰여 있던 남자 이름 아니니?"

다이애나가 머리를 치켜들며 말했다.

"맞아. 하지만 길버트는 줄리아 벨을 그다지 좋아하지 않는 게 분명해. 줄리아의 주근깨를 갖고 구구단을 공부했다고 하는 소릴 들었거든."

앤이 애원하듯 말했다.

"아, 제발 내 앞에서 주근깨 얘기는 하지 말아 줘. 주근깨투성이인 나한텐 너무 심한 소리니까. 하지만 벽에다 그런 식으로 남자 애와 여자 애 이름을 써놓는 건 정말 멍청한 짓이야. 누가 감히 내 이름을 남자 이름 옆에 써놓을지 한번 보고 싶은걸."

그러고는 황급히 이렇게 덧붙였다.

"물론 그럴 사람도 없겠지만 말이야."

앤이 한숨을 쉬었다. 자기 이름이 써지길 바란 건 아니었지만, 아예 걱정할 일조차 없다고 생각하니 조금 창피한 생각이 들었다.

"말도 안 돼."

새까만 눈과 윤기 나는 탐스런 머릿결로 에이번리 남학생들의 가슴을 흔들어 놓아 여섯 번이나 현관 벽에 이름이 올랐던 다이애나가 말했다.

"그건 그냥 장난일 뿐이야. 그리고 네 이름이 적힐 리 없다고 단정 짓지 마. 찰리 슬론이 너한테 푹 빠져 있거든. 있잖아, 걔가 자기 엄마한테, 네가 학교에서 제일 똑똑한 아이라고 그랬대. 그건 예쁘다는 말보다 더 좋은 말이잖아."

하지만 앤도 여자인지라 이렇게 말했다.

"아니, 그렇지 않아. 난 똑똑한 것보다 예쁜 게 더 좋아. 그리고 난 찰리 슬론이 싫어. 눈이 퉁방울만한 남자는 질색이라고. 누구라도 그 애 이름 옆에 내 이름을 써놓으면 절대 가만두지 않을 거야, 다이애나 배리. 하지만 반에서 계속 1등을 하는 건 좋은 일이긴 해."

다이애나가 말했다.

"길버트는 너랑 같은 반에 들어갈 거야. 그 앤 반에서 1등을 도맡아 하곤 했어. 나이는 열네 살이 다 됐지만 4학년 과정을 들어. 4년 전에 아버지가 편찮으셔서 앨버타에 가야 했는데, 그때 길버트도 따라갔거든. 거기 있는 3년 동안 학교를 거의 다니지 못했다나 봐. 이제 계속 1등하기가 쉽진 않을 거야, 앤."

앤이 재빨리 말했다.

"잘됐네. 솔직히 겨우 아홉 살이나 열 살 된 아이들 틈에서 1등 하는 게 그리 자랑스럽지만은 않았거든. 어제는 받아쓰기로 '비등'이라는 단어를 썼어. 조시 파이가 제일 먼저 쓰기 시작했는데, 글쎄, 걔가 책을 훔쳐보지 뭐야. 필립스 선생님은 프리시 앤드루스를 보느라 조시를 보지 못했어. 하지만 난 똑똑히 봤어. 내가 경멸하는 눈으로 차갑게 쏘아보자 그 앤 얼굴이 새빨개져서는 결국 철자를 잘못 쓰고 말았지."

큰길 울타리를 넘으면서 다이애나가 화를 냈다.

"파이네 여자 아이들은 속이기 선수들이야. 어제만 해도 거티 파이가 자기 우유를 내 자리에 떡 하니 담가 놓았지 뭐야. 정말 별꼴 아니니? 난 이제 걔랑은 말도 안 해."

필립스 선생님이 교실 뒤에서 프리시 앤드루스의 라틴어 낭독을 듣고 있을 때, 다이애나가 앤에게 속삭였다.

"통로를 사이에 두고 네 건너편에 앉아 있는 애가 길버트 블라이스야, 앤. 잘생겼는지 어떤지 한번 봐."

앤이 그쪽을 쳐다보았다. 길버트 블라이스는 마침 앞자리에 앉은 루비 길리스의 길게 땋은 금발을 의자 등받이에 핀으로 고정하느라 정신이 없었으므로 앤은 마음껏 볼 수 있었다. 길버트는 키가 컸고 갈색 곱슬머리에 갈색 눈엔 장난기가 가득했으며 입술은 짓궂은 미소로 삐죽거렸다. 이윽고 루비 길리스가 선생님께 수학 문제 답을 얘기하려고 일어서는 순간 머리카락이 통째로 빠지는 듯한 고통에 비명을 지르며 의자에 도로 주저앉았다. 모두의 시선이 루비에게 쏠렸고, 필립스 선생님이 엄한 눈으로 쳐다보자 루비는 그만 울음을 터뜨렸다. 길버트는 보이지 않게 얼른 핀을 치우고는 세상에서 가장 진지한 얼굴로 역사 공부를 하는 척했다. 하지만 소란이 가라앉자 앤을 바라보며 익살스런 몸짓으로 한쪽 눈을 찡긋해 보였다.

앤이 다이애나에게 솔직히 말했다.

"네가 말한 길버트 블라이스는 잘생기긴 했어. 하지만 아주

뻔뻔한 것 같아. 처음 보는 여자에게 윙크를 하는 건 예의 없는 짓이야."

하지만 진짜 사건이 터진 것은 오후가 되어서였다.

필립스 선생님은 교실 뒤편에서 프리시 앤드루스에게 수학 문제를 설명하고 있었고, 나머지 학생들은 각자 하고 싶은 대로 사과를 먹거나 서로 얘기를 주고받거나 석판에 그림을 그리거나 귀뚜라미를 줄로 묶어 통로를 오르락내리락하게 하면서 놀고 있었다. 길버트 블라이스는 앤 셜리의 시선을 끌려고 애썼지만 완전히 실패였다. 앤은 그 순간 길버트뿐만 아니라 에이번리 학교 학생 모두와 학교 그 자체를 깡그리 잊고 있었다. 양손으로 턱을 받치고, 서쪽 창으로 내다보이는 **반짝이는 호수**의 파란 물빛에 시선을 고정한 채 머나먼 환상의 꿈나라를 돌아다니기에 바빠 자신만의 아름다운 풍경 이외에는 아무것도 들리지도 보이지도 않았다.

길버트 블라이스는 여자 아이들의 시선 끌기에 실패한 적이 거의 없었다. 따라서 뾰족한 턱에, 에이번리의 다른 여학생들 같지 않게 눈이 유난히 큰 빨간 머리 앤 셜리도 자신을 보아야 한다고 생각했다.

길버트가 통로 건너로 팔을 뻗어 길게 땋은 앤의 빨간 머리끝을 들어 올리고는 날카롭게 속삭였다.

"홍당무! 홍당무!"

순간 앤이 잡아먹을 듯 길버트를 쏘아보았다.

앤은 쏘아보는 것만으로 그치지 않았다. 자리에서 벌떡 일어남과 동시에 눈부신 환상도 처참하게 무너져 버렸다. 앤의 눈에서 이글거리던 분노의 불꽃이 어느새 흘러내린 눈물에 빛을 잃었다.

앤이 흥분해서 소리쳤다.

"이 비열하고 나쁜 놈아! 어떻게 그런 소리를 해!"

그런 다음 '퍽!' 하는 소리가 났다. 앤이 석판을 길버트의 머리에 내리쳐서 두 동강을 내버렸다. 머리가 아니라 석판을.

에이번리 학교 아이들은 항상 소동을 좋아했다. 그리고 이번 일은 특히나 재미있는 사건이었다. 모두들 '와!' 하며 두려우면서도 기쁨에 찬 탄성을 내질렀다. 다이애나는 너무 놀라 숨이 막힐 지경이었다. 워낙 감정 조절이 잘 안 되는 루비 길리스는 울음을 터뜨렸다. 토미 슬론은 가지고 놀던 귀뚜라미가 몽땅 도망을 가거나 말거나, 입을 떡 벌린 채 그 극적인 장면을 멀거니 바라보았다.

필립스 선생님이 성큼성큼 통로로 걸어오더니 앤의 어깨에 손을 털썩 올리며 화난 목소리로 말했다.

"앤 셜리, 이게 무슨 짓이냐?"

앤은 아무 대답도 하지 않았다. 아이들이 앞에서 자신이 '홍당무'라는 놀림을 받았다고 얘기하는 것은 차마 못할 일이었다.

길버트가 먼저 용감하게 입을 열었다.

"제 잘못입니다, 필립스 선생님. 제가 앤을 놀렸어요."

필립스 선생님은 길버트의 말에는 아랑곳하지 않았다. 일단 자신의 제자라면 누구나 보잘 것 없고 불완전한 인간의 마음속에 깃든 나쁜 감정들을 모조리 뿌리 뽑아야 한다는 듯 엄하게 말했다.

"내 학생 중에 이렇게 고약하고 못된 아이가 있다니 안타까운 일이구나. 앤, 남은 오후 시간 동안 칠판 앞 교단 위에 서 있어라."

앤은 이런 벌을 받느니 차라리 매를 맞는 편이 훨씬 낫겠다는 생각이 들었다. 섬세한 앤의 영혼은 채찍으로 맞는 것만큼이나 파르르 떨렸다. 앤은 하얗게 굳은 얼굴로 선생님의 말을 따랐다. 필립스 선생님이 앤의 머리 위 칠판에다 분필로 이렇게 썼다.

'앤 셜리는 성질이 고약합니다. 앤 셜리는 화를 참는 법을 배워야 합니다.'

그리고는 글을 읽을 줄 모르는 1학년 아이들까지 알아들을 수 있게 큰 소리로 읽었다.

앤은 그 글씨 아래서 오후 내내 서 있었다. 하지만 울거나 고개를 숙이지는 않았다. 화가 부글부글 끓어올라 괴로운 수치심도 견딜 수 있을 정도였다. 두 눈 가득 화를 품고 빨은 흥분으로 빨갛게 달아오른 채 앤은 다이애나의 동정 어린 눈빛과 찰리 슬론의 분개하는 고갯짓과 조시 파이의 심술궂은 미소를 고스란히 받아 냈다. 하지만 길버트 블라이스는 거들떠보지도 않았다. 앤이 길버트 블라이스를 볼 일은 두 번 다시 없을 터였다! 말을 거는 일도 절대 없을 터였다!

수업이 끝나자 앤은 빨간 머리를 빳빳이 들고 밖으로 나왔다. 길버트 블라이스가 현관문에서 앤을 막아서려 했다.

길버트가 잘못을 뉘우치며 속삭였다.

"네 머리 갖고 놀려서 정말 미안해, 앤. 진심이야. 이제 그만 화 풀어."

앤은 본 척도 들은 척도 않고 경멸하듯 휙 지나가 버렸다. 길에 접어들자 다이애나가 부러움 반 질책 반으로 말했다.

"어떻게 그럴 수가 있니, 앤?"

다이애나는 자기라면 길버트의 사과를 거절하지 못했을 거라는 생각이 들었다.

"난 길버트 블라이스를 절대 용서하지 않을 거야."

앤이 단호하게 말했다.

"그리고 필립스 선생님은 내 이름에서 'e'를 빼먹고 적었어. 내 영혼은 철창 속에 갇혀 버린 거라고, 다이애나."

다이애나는 앤이 무슨 말을 하는지 전혀 알아듣지 못했지만 뭔가 끔찍한 뜻일 거라고 이해했다.

다이애나가 앤을 달래며 말했다.

"길버트가 머리 갖고 놀려 댄 건 신경 쓰지 마. 그 앤 여자 아이들은 모두 놀려 댄다고. 나한테도 머리카락 색이 까맣다고 비웃었는걸. 몇 번이나 까마귀라고 불렀단 말이야. 게다가 난 그 애가 사과하는 걸 한 번도 본 적이 없어."

앤이 정색을 하며 말했다.

"까마귀라고 불리는 것과 홍당무라고 불리는 것은 전혀 달라. 길버트 블라이스는 내 마음을 갈가리 찢어 놓았단 말이야, 다이애나."

다른 일이 일어나지 않았다면 그 문제는 더한 고통 없이 지나갈 수도 있었을 것이다. 하지만 일이란 한번 시작되면 여간해선 멈추기가 힘든 법이다.

에이번리 학생들은 보통 점심시간에 언덕 너머에 있는 벨 씨의 넓은 목초지 맞은편 가문비나무 숲에서 송진을 받아 껌처럼 씹곤 했다. 거기서 아이들은 필립스 선생님이 하숙하는 이븐 라이트 씨 집을 지켜볼 수 있었다. 필립스 선생님이 집을 나서는 모습이 보이면 아이들은 학교로 쏜살같이 내달렸다. 하지만 그 거리는 선생님이 라이트 씨 집에서 학교까지 오는 거리보다 세 배나 멀었으므로, 아이들은 숨이 턱에 닿을 듯 헐떡이며 학교에 도착하기 십상이었고, 어떤 아이들은 3분쯤 늦기도 했다.

다음날 필립스 선생님은 문득 아이들의 버릇을 다잡아야겠다는 생각이 들었는지, 점심을 먹으러 가면서 아이들에게 자기가 돌아올 때까지 모두 제자리에 앉아 있으라고 일렀다. 그리고 늦게 오는 사람은 벌을 주겠다고 덧붙였다.

모든 남자 아이들과 몇몇 여자 아이들은 단지 '한 번 씹을 만큼만' 송진을 모아 오겠다는 생각으로 여느 때처럼 벨 씨의 가문비나무 숲으로 향했다. 하지만 가문비나무 숲은 아름다웠고 노란 송진 덩어리를 찾는 일은 너무 재미있어서 아이들은 송진을 채집하며 이곳저곳을 어슬렁거렸다. 그리고 지미 글로버가 평소처럼 오래된 가문비나무 꼭대기에서 '선생님 오신다!'라고 소리치기 전까지 시간이 그렇게 빨리 지났는지도 모르고 있었다.

나무 밑에 있던 여자 아이들이 제일 먼저 뛰기 시작해 1초도 늦지 않고 학교에 가까스로 도착했다. 나무 위에서 허겁지겁 내려와야 했던 남자 아이들은 그보다 조금 늦었다. 그리고 송진은 전혀 따지 않고 숲 깊숙이까지 행복하게 돌아다니며, 허리까지 올라오는 고사리 덤불 속에서 나무 그늘에 사는 숲의 여신이라도 된 듯 머리에 백합 화관을 쓰고 흥얼흥얼 노래를 부르고 있던 앤이 가장 늦었다. 하지만 앤은 사슴처럼 달려 귀신같이 남자 아이들을 문간에서 따라잡았고, 필립스 선생님이 모자를 거는 순간 함께 휩쓸려 교실로 들어갔다.

아이들을 다잡겠다는 필립스 선생님의 열성은 사라졌다. 열두 명이나 되는 아이들을 벌하는 것은 성가신 일이었다. 하지만 그래도 꺼낸 말이 있으니 어떻게든 벌을 주긴 해야 했다. 희생양을 찾아 교실을 둘러보던 필립스 선생님의 눈에, 백합 화관도 미처 못 빼고 귀에 비스듬히 걸친 채 유난히 헝클어진 모습으로 숨을 헐떡이며 자리에 앉는 앤이 들어왔다.

필립스 선생님이 빈정거리며 말했다.

"앤 셜리, 넌 남자 아이들을 좋아하는 것 같으니 오늘 오후에 널 기쁘게 해주마. 머리에서 그 꽃들 치우고, 길버트 블라이스 옆에 가서 앉아라."

남자 아이들이 낄낄거렸다. 다이애나는 안쓰러운 마음에 얼굴이 하얘져서는 앤의 머리에서 화관을 끌어 내리고 손을 꼭 잡아 주었다. 앤은 돌처럼 굳은 채로 선생님을 쳐다보았다.

필립스 선생님이 엄하게 다그쳤다.

"내 말 못 들었니, 앤?"

앤이 천천히 말했다.

"아뇨, 들었습니다. 하지만 진심으로 하신 말씀은 아니라고 생각했어요."

"틀림없이 진심이다. 당장 내 말대로 해."

여전히 모든 아이들이 싫어하는, 특히 앤이 질색하는 빈정거리는 말투였다. 아픈 상처를 또 한 번 찌르는 식이었다.

한순간 앤은 선생님 말을 따르지 않으려는 듯 보였다. 하지만 어쩔 수 없다는 걸 깨달았는지 도도하게 일어나 통로를 가로질러 길버트 블라이스 옆에 가 앉더니 책상 위에 팔을 올리고 얼굴을 묻었다. 앤이 엎드리는 모습을 힐끗 봤던 루비 길리스는 집에 가는 길에 다른 아이들에게 이렇게 말했다.

"정말 그런 얼굴은 처음 봤어. 새하얀 얼굴에 깨알같이 빨간 점들이 바글바글하더라니까."

앤으로서는 모든 게 끝난 것이나 마찬가지였다. 똑같이 잘못했는데 혼자만 벌을 받는 것도 기분 나쁜데, 남자 아이 옆에 앉으라는 것은 더욱 속상한 일이었다. 거기다 그 아이가 하필이면 길버트 블라이스라니, 상처에 모욕감까지 더해 앤은 도저히 참을 수가 없었다. 참으려고 해봤자 아무 소용없다는 생각이 들었다. 수치와 분노와 굴욕감으로 온몸이 부글부글 끓어올랐다.

처음에 아이들은 앤을 쳐다보고 수군거리고 킥킥거리고 팔꿈치를 찔러 댔다. 하지만 앤이 고개를 들지 않고, 길버트도 분수 공부에 빠져 있자 이내 제 할 일로 돌아가 앤을 잊어버렸다. 필립스 선생님이 역사 시간이라고 소리쳤을 때는 앤도 수업을 들으러 가야 했지만 꼼짝도 하지 않았다. 수업을 시작하기 전에 '프리시에게'라는 시를 짓고 있던 필립스 선생님은 까다로운 시구의 운을 떠올리느라 앤이 빠진 것도 몰랐다.

한번은 아무도 보지 않는 틈에 길버트가 책상에서 '너는 달콤해[달콤하다는 뜻의 'sweet'에는 사랑스럽다는 뜻도 있음 – 옮긴이]'라는 금색 글씨가 써진 분홍색 하트 사탕을 꺼내 앤의 팔꿈치 밑으로 슬쩍 밀어 넣었다. 그러자 앤이 일어나 손가락 끝으로 조심스레 분홍 사탕을 집어 바닥에 떨어뜨리더니 발꿈치로 짓밟아 가루로 만들어 버렸다. 그러고는 길버트에게는 눈길 한 번 주지 않은 채 다시 책상에 엎드렸다.

수업이 모두 끝나자 앤은 자기 책상으로 돌아가 책상 안에 든 책, 필기 판, 펜, 잉크, 성경책, 수학책을 보란 듯이 몽땅 꺼내서는 깨진 석판 위에 가지런히 올렸다.

"그건 왜 전부 집으로 가져가는 거야, 앤?"

다이애나가 길가로 나오자마자 앤에게 물었다. 그 전에는 물어볼 엄두조차 내지 못했던 것이다.

앤이 대답했다.

"난 이제 다시는 학교에 안 갈 거야."

다이애나가 숨 막힐 듯 놀라며 정말인가 싶어 앤을 빤히 쳐다보았다.

"마릴라 아주머니가 그냥 집에 있으라고 하실까?"

"그러셔야 할 거야. 난 그 선생님이 있는 학교엔 절대로 가지 않을 테니까."

"아, 앤!"

다이애나는 금방이라도 울 것 같은 얼굴이었다.

"그건 너무해. 그럼 난 어떡하니? 필립스 선생님은 내 옆에 고약한 거티 파이를 앉힐 게 분명해. 그 애가 지금 혼자 앉아 있으니 말이야. 제발 학교에 와줘, 앤."

앤이 슬픈 목소리로 말했다.

"다이애나, 널 위해서라면 난 무슨 일이든 할 수 있어. 너한테 도움이 된다면 내 팔다리도 떼어 줄 거야. 하지만 이건 안 돼. 그러니 제발 그런 부탁만은 하지 말아 줘. 그러면 내가 너무 힘들어져."

다이애나가 안타깝게 말했다.

"즐거운 일들을 다 놓친다고 생각해 봐. 우린 시냇가에 멋진 새 집을 지을 거야. 다음 주엔 공놀이도 한다고. 넌 한 번도 해 본 적 없잖아, 앤. 얼마나 재미있는지 몰라. 또 새로운 노래도 배울 거야. 제인 앤드루스가 지금 연습하고 있어. 앨리스 앤드루스는 다음 주에 새 책을 가져올 거랬어. 우리 모두 시냇가에서 한 장씩 큰 소리로 읽을 거야. 넌 책 낭독하는 거 정말 좋아하잖아, 앤."

하지만 앤은 조금도 흔들리지 않았다. 앤의 마음은 단단히 굳어 있었다. 다시는 필립스 선생님이 있는 학교에 가지 않을 작정이었다. 집으로 돌아온 앤은 마릴라에게 제 뜻을 밝혔다.

마릴라가 대꾸했다.

"말도 안 되는 소리야."

앤이 진지하고도 원망 어린 눈빛으로 마릴라를 바라보며 말했다.

"말이 안 되는 소리가 아니에요. 이해 못하시겠어요, 아주머니? 전 모욕을 당했다고요."

"모욕이라니! 넌 내일도 다름없이 학교에 가야 해."

앤이 가만히 고개를 저으며 말했다.

"아뇨. 전 가지 않겠어요, 아주머니. 집에서 공부하면서 정말 착하게 지낼게요. 할 수만 있다면 하루 종일 입도 다물고 있을게요. 하지만 학교는 절대로 가지 않겠어요."

마릴라는 앤의 작은 얼굴에서 결코 굽히지 않을 완강한 고집을 읽었다. 그리고 그 고집을 꺾으려면 꽤나 애를 먹을 거라는 사실을 깨달았다. 결국 마릴라는 현명하게도 지금은 아무 말도 않는 게 상책이라는 결론을 내렸다.

'오늘 오후에 레이철을 찾아가 봐야겠군. 지금은 저 애랑 실랑이를 벌여 봤자 아무 소용없겠어. 워낙 흥분해 있는데다 한번 마음먹었다 하면 여간해선 고집을 꺾지 않는 아이니까. 저 아이 말을 들어 보면 필립스 선생님이 너무 심했던 것 같군. 하지만 저 애한테 그렇게 얘기할 수야 없지. 레이철과 의논을 해 봐야겠어. 아이를 열 명이나 학교에 보냈으니 무슨 방법을 알고 있겠지. 지금쯤이면 레이철도 앤에 관한 소문을 들어 알고 있을 거야.'

마릴라가 찾아갔을 때 린드 부인은 여느 때처럼 부지런하고 활기차게 침대보를 만들고 있었다.

마릴라가 약간 쑥스러워하며 입을 열었다.

"내가 왜 왔는지 알고 있겠죠?"

린드 부인이 고개를 끄덕였다.

"학교에서 앤이 일으킨 소동 때문이죠? 틸리 볼터가 집에 가는 길에 들러 얘기해 주더군요."

"그 아일 어떻게 해야 좋을지 모르겠어요. 다시는 학교에 가지 않겠대요. 그렇게 흥분하는 아인 처음 봤어요. 저 아이를 학교에 보내고 나서부터 무슨 문제가 일어나리라는 건 짐작했어요. 이렇듯 순탄한 날이 오래가지 않으리라는 것도 알았고요. 지금 얼마나 흥분해 있는지 몰라요. 어떻게 하면 좋을까요, 레이철?"

린드 부인은 조언해 달라는 소리를 워낙 좋아하는 사람인지라, 상냥하게 대답했다.

"글쎄요, 내 생각을 물어보니 말인데요, 마릴라. 나라면 일단 그 아이 뜻대로 내버려 두겠어요. 난 필립스 선생님이 잘못했다고 생각해요. 물론 아이들한테는 그렇게 말하면 안 되겠지만요. 어제 앤이 성질을 부린 데 대해 벌을 준 것은 물론 잘한 일이에요. 하지만 오늘은 사정이 달라요. 늦게 들어온 다른 아이들도 앤처럼 벌을 줬어야죠. 게다가 벌로 여자 아이를 남자 아이와 같이 앉히는 건 옳지 않아요. 적당한 방법이 아니라고요.

틸리 볼터가 화가 단단히 났던걸요. 그 앤 완전히 앤 편인데다가 다른 아이들도 그렇다고 말하더군요. 어쨌거나 앤이 아이들 사이에 인기는 좋은가 봐요. 앤이 아이들이랑 그렇게 잘 지낼 줄은 정말 몰랐어요."

마릴라가 놀라며 물었다.

"그러면 앤을 집에 있게 하는 게 좋다는 말이에요?"

"네, 그래요. 나라면 아이 스스로 학교에 가겠다고 말하기 전까지 그 얘기는 꺼내지 않을 거예요. 염려 말아요, 마릴라. 1주일쯤 지나면 앤은 마음을 가다듬고 제 입으로 학교에 가겠다고 할 테니까요. 하지만 지금 당장 억지로 학교에 보냈다가는 어떤 말썽이나 화가 일어날지, 더 큰 골칫거리가 생길지 모른다고요. 제 생각엔 조용히 넘어가는 게 나을 것 같아요. 학교에 가지 않는다고 해서 그리 손해 볼 것도 없을 거예요. 필립스 선생님은 교사로서는 자격 미달이에요. 교육 방식에 다들 말들이 많아요. 어린아이들은 그냥 내버려 두고 퀸스 아카데미에 들어갈 큰 아이들한테만 온통 신경을 쓴다고요. 그 선생님 삼촌이 이사만 아니었다면 학교에 계속 있지도 못했을 거예요. 그 이사란 사람이 다른 이사 두 명도 휘어잡고 있으니까요. 정말이지 이 섬의 교육이 어떻게 되어가고 있는지 모르겠어요."

린드 부인이 고개를 절레절레 흔들며 말했다. 마치 자기가 이 지역 교육계의 책임자라면 훨씬 더 잘할 수 있다는 투였다.

마릴라는 린드 부인의 충고에 따라 앤에게 학교에 가라는 소리는 한마디도 하지 않았다. 앤은 집에서 공부를 했고, 집안일을 했으며, 자줏빛 서늘한 가을 황혼 속에서 다이애나와 함께 놀았다. 그리고 길버트 블라이스를 길에서 만나거나 주일학교에서 우연히 마주치면 길버트가 아무리 앤의 화를 풀어 주려 애써도 조금도 누그러지지 않고 차갑게 무시하며 지나치곤 했다. 다이애나가 중간에서 어떻게든 화해시켜 보려고 했지만 아무 소용이 없었다. 앤은 죽을 때까지 길버트 블라이스를 미워하기로 작정한 게 분명했다.

하지만 사랑도 미움도 대충하지 않는 앤은 길버트를 미워하는 만큼 작은 마음 한가득 열정적으로 다이애나를 사랑했다. 어느 날 저녁 마릴라는 과수원에서 사과를 한 바구니 따서 들어오다 앤이 황혼이 지는 동쪽 창에 홀로 앉아 슬프게 우는 모습을 보았다.

마릴라가 물었다.

"이번엔 또 왜 그러니, 앤?"

"다이애나 때문이에요."

앤은 더 크게 흐느꼈다.

"전 다이애나를 너무 사랑해요, 아주머니. 다이애나 없인 하루도 못 살아요. 하지만 우리가 자라면 다이애나는 결혼을 해서 제 곁을 아주 멀리 떠나겠죠. 아, 그러면 전 어떻게 하죠? 전

다이애나의 남편이 미워요. 화가 날 만큼 미워요. 전 결혼식이며 모든 걸 상상해 봤어요. 눈처럼 하얀 드레스를 입고 베일을 쓴 다이애나는 여왕처럼 아름답고 품위 있는 모습이에요. 신부 들러리인 저도 소매가 불룩한 예쁜 드레스를 입고는 있지만, 미소 띤 얼굴 뒤로 찢어질 듯한 마음의 고통을 감추고 있어요. 그리고 다이애나에게 '안녕…….' 하고 마지막 작별 인사를 하는 거예요."

여기까지 말한 앤은 완전히 슬픔에 잠겨 더욱 구슬프게 울었다.

웃음이 터져 나오려는 얼굴을 감추려 마릴라가 얼른 고개를 돌렸다. 하지만 소용이 없었다. 마릴라는 가까운 의자에 무너지다시피 앉아 평소와 달리 미친 듯 웃음을 터뜨렸다. 그 소리에 뜰을 지나던 매슈가 깜짝 놀라 멈춰 섰다. 마릴라가 저렇게 웃는 걸 언제 들어 봤던가?

겨우 웃음을 그친 마릴라가 말했다.

"앤 셜리. 그렇게 사서 걱정이 하고 싶거들랑 눈앞에 있는 일에나 좀 신경 쓰렴. 네 상상력은 정말 알아줘야겠구나."

16

비극으로 끝난 앤의 초대

초록 지붕 집의 10월은 아름다웠다. 골짜기의 자작나무들은 햇빛 같은 황금빛을 띠었고, 과수원 뒤편의 단풍나무들은 화려한 진홍빛으로 물들었으며, 길가에 늘어선 벚나무들은 검붉은 색과 청동 빛 초록색으로 아름답게 단장을 했다. 두 번째 수확을 마친 들판도 따스한 햇볕을 쬐고 있었다.

앤은 색색의 화려한 세상을 마음껏 즐겼다.

어느 토요일 아침, 앤이 곱게 물든 나뭇가지를 한아름 안고 춤추듯 들어서며 소리쳤다.

"아, 마릴라 아주머니. 10월이 있는 세상에 살고 있어서 너무 기뻐요. 9월에서 11월로 그냥 건너뛴다면 정말 끔찍할 거예요, 안 그래요? 이 단풍나무 가지 좀 보세요. 감동으로 가슴이 떨리지 않으세요? 이걸로 제 방을 꾸밀 거예요."

미적 감각이라곤 길러 본 적이 없는 마릴라가 말했다.

"지저분하다. 너는 걸핏하면 밖에서 뭘 들고 와 네 방을 온통 어지럽히는구나, 앤. 침실은 잠을 자는 곳이야."

"네, 그리고 꿈도 꾸지요. 예쁜 것들이 있는 방에서는 더 좋은 꿈을 꿀 수 있어요. 전 이 가지들을 낡고 파란 단지에 꽂아 제 탁자 위에 올려놓을 거예요."

"계단 위에 이파리가 떨어지지 않도록 해라. 난 오후에 봉사회 모임 때문에 카모디에 갔다가 날이 어두워져서야 돌아올 게다. 매슈 오라버니와 제리 저녁 차려 주고, 지난번처럼 잊지 말고 식탁에 앉기 전에 차를 미리 준비해 두어라."

앤이 미안한 듯 말했다.

"그땐 잊어버려서 저도 당황했어요. 오후에 **제비꽃 골짜기** 이름을 짓느라 다른 생각은 할 틈이 없었거든요. 매슈 아저씨는 정말 좋은 분이세요. 절 조금도 야단치시지 않으셨어요. 직접 차를 담그시곤 조금만 기다리면 된다고 하셨죠. 그래서 전 기다리는 동안 아저씨께 재미있는 요정 이야기를 해드렸고, 아저씨는 전혀 지루해하지 않으셨어요. 아주 아름다운 요정 이야기였어요, 아주머니. 마지막 부분은 생각이 안 나서 제가 지어냈는데, 아저씬 어디부터가 지어낸 부분인지 감쪽같이 몰랐다고 그러시더라고요."

"매슈 오라버니는 네가 한밤중에 일어나 저녁을 준비한대도 괜찮다고 하실 게다, 앤. 하지만 이번에는 실수가 없어야 해. 그리고…… 내가 잘하는 건지, 아니면 괜히 네 정신만 더 빼놓는 건 아닌지 모르겠다만, 오후에 다이애나를 불러서 차를 마시며 놀아도 좋단다."

앤이 두 손을 꼭 맞잡았다.

"어쩜, 마릴라 아주머니! 너무 근사해요! 그러니까 아주머니도 상상을 하실 수 있는 거네요. 안 그러고서야 그게 제가 얼마나 바라던 일이었는지 알 턱이 없잖아요. 손님을 초대한다면 정말 멋지고 어른 같은 기분이 들 거예요. 손님이 있으니 차 준비를 잊을 염려도 없겠어요. 아, 아주머니, 장미꽃 무늬 찻잔을 써도 될까요?"

"당치 않아! 장미꽃 찻잔이라니! 다음엔 또 뭘 바랄 테냐? 목사님이나 봉사회 사람들이 올 때 빼고는 절대 쓰지 않는다는 걸 몰라서 그러니? 넌 낡은 갈색 찻잔을 쓰도록 해라. 하지만 체리 잼이 든 노란 항아리는 열어도 된다. 맛이 들 때가 됐으니 먹어도 될 거야. 과일 케이크와 쿠키와 생강과자도 먹으렴."

앤이 황홀한 듯 스르르 눈을 감으며 말했다.

"제가 식탁 윗자리에 앉아 차를 따르는 모습이 그려져요. 다이애나에게 설탕이 필요한지 묻고 있어요! 다이애나는 물론 설탕을 넣지 않지만 그래도 모르는 척 물어보는 거지요. 그리고 과일 케이크와 잼을 더 먹으라고 권하는 거예요. 아, 아주머니, 생각만 해도 정말 신나요. 다이애나가 오면 손님방으로 데려가 모자를 벗으라고 해도 되나요? 그런 다음 응접실에 앉아도 돼요?"

"아니. 너와 네 손님은 거실이 좋겠다. 하지만 요전 날 밤 교회 손님들을 대접하고 남은 딸기 주스가 반병쯤 있단다. 거실 벽장 두 번째 선반 위에 있으니, 먹고 싶으면 오후에 과자와 함께 마시렴. 매슈 오라버니는 감자를 배에 실어 주러 가서 아마 차 마시러 늦게 오실 거야."

앤은 쏜살같이 골짜기를 내려가 **드라이어드 샘**을 지나고 가문비나무 길을 올라 언덕 과수원 집에 간 다음 다이애나를 초대했다. 마릴라가 카모디로 떠나자마자, 다이애나는 초대받은 사람에게 걸맞게 옷 중에서 두 번째로 좋은 옷을 입고 찾아왔다. 그리고 평소 같으면 노크도 하지 않고 부엌으로 뛰어들었겠지만, 지금은 현관에서 한껏 얌전을 빼며 노크를 했다. 그러자 두 번째로 좋은 옷을 입은 앤이 거드름을 피우며 문을 열었다. 두 소녀는 처음 만나기라도 하는 듯 정중하게 악수를 나누었다. 이 어색한 행동은 다이애나가 동쪽 방으로 가 모자를 벗어 놓고 거실에서 발을 모은 채 10분 동안 앉아 있을 때까지 계속되었다.

"어머니는 안녕하신가요?"

앤은 그날 아침 배리 부인이 건강하고 활기찬 모습으로 사과를 따고 있던 걸 보지 못한 것처럼 예의 바르게 물었다.

"네, 아주 잘 계세요. 고맙습니다. 오늘 오후에 커스버트 씨가 감자를 가지고 릴리 샌즈에 가신다면서요?"

그날 아침 매슈의 마차를 타고 하먼 앤드루스 집까지 갔다 왔던 다이애나가 말했다.

"네. 올해 감자 농사가 아주 잘됐거든요. 댁의 감자도 그렇길 바랍니다."

"저희도 아주 좋아요. 감사합니다. 사과는 많이 따셨나요?"

"그럼, 아주 많이 땄지."

앤이 점잔 빼는 것도 잊고 자리에서 발딱 일어났다.

"우리 과수원에 빨간 사과 따러 가자, 다이애나. 마릴라 아주머니가 나무에 남아 있는 사과는 다 따 먹어도 된다고 하셨어. 얼마나 친절한 분이신지 몰라. 과일 케이크와 체리 잼도 차랑 같이 먹으래. 하지만 손님한테 뭘 대접할지 미리 얘기하는 건 예의가 아니니까, 마릴라 아주머니가 우리더러 마시라고 한 음료수는 말하지 않을래. 빨간 색깔에 이름이 '딸'로 시작한다는 것만 알려 줄게. 난 빨간색 음료가 참 좋아, 넌 안 그러니? 다른 색깔보다 두 배는 더 맛있거든."

가지가 땅에 늘어질 만큼 사과를 주렁주렁 매단 과수원에서 노는 게 어찌나 재미있던지 어린 소녀들은 그곳에서 오후 시간을 거의 다 보냈다. 아직 서리를 맞지 않은 초록빛 풀밭 한구석에 앉아 부드럽고 따스한 가을 햇살 아래 사과를 먹으며 마음껏 이야기를 나누었다. 다이애나는 학교에서 일어난 많은 일을 얘기했다. 다이애나는 결국 거티 파이와 앉게 되었다며 속상해했다. 거티가 항상 연필로 끽끽 소리를 내서 소름이 끼친다고 했다. 루비 길리스는 크리크에 사시는 메리 조 할머니한테서 받은 마술 조약돌로 사마귀를 없애서 예뻐졌다. 그 조약돌로 사마귀를 문지른 다음 초승달이 뜨는 밤에 왼쪽 어깨 너머로 던지면 사마귀가 모두 없어진다는 것이다. 현관 벽에다 누가 찰리 슬론의 이름과 엠 화이트의 이름을 나란히 써놓는 바람에 엠 화이트가 엄청나게 화를 냈다. 샘 볼터는 수업 시간에 필립스 선생님께 건방지게 말대꾸를 했다가 매를 맞았는데, 샘의 아버지가 학교로 찾아와서 다시는 자기 아이들에게 손대지 말라며 으름장을 놓았단다. 매티 앤드루스가 빨간 모자에 파란색 술이 달린 새 옷을 입고 와서 어찌나 잰 체하던지 정말 눈 뜨고 못 봐줄 정도였다고 했다. 메이미 윌슨의 언니가 남자 문제로 리지 라이트의 언니와 절교하는 바람에 리지 라이트는 이제 메이미 윌슨과 말을 하지 않는다고 했다. 그리고 모두들 앤을 무척 그리워하며 다시 학교에 나오길 바라고 있다고 전했다. 그리고 길버트 블라이스는…….

하지만 앤은 길버트 블라이스의 소식은 듣고 싶지 않았다. 앤이 자리에서 벌떡 일어나더니 들어가서 딸기 주스를 마시자고 말했다.

앤은 거실 벽장 두 번째 선반을 보았지만 딸기 주스 병은 없었다. 이리저리 찾아보니 맨 위 선반 저 안쪽에 놓여 있었다. 앤은 병을 쟁반에 받쳐 큰 컵과 함께 식탁 위에 놓았다.

앤이 예의를 차려 말했다.

"자, 많이 드세요, 다이애나. 난 지금은 마시고 싶지 않네요. 사과를 너무 많이 먹었나 봐요."

다이애나는 컵 가득 주스를 붓고, 빨간빛을 황홀하게 바라보고는 우아하게 조금씩 마셨다.

"정말 맛있는 주스예요, 앤. 딸기 주스가 이렇게 맛있는 줄 몰랐네요."

"맛있다니 정말 다행이에요. 마음껏 드세요. 난 나가서 불을 좀 살피고 올게요. 살림을 하려면 이것저것 신경 써야 할 일이 많아요, 안 그래요?"

앤이 부엌에서 돌아오니 다이애나가 주스를 두 잔째 마시고 있었다. 앤이 또 권하자 마다하지도 않고 세 잔째를 마셨다. 그렇게 많이 마시는 걸 보니 딸기 주스가 확실히 맛있긴 한 모양이었다.

다이애나가 말했다.

"내가 마신 것 중 최고야. 린드 아주머니가 아무리 자기 집 주스가 맛있다고 자랑해도 이게 훨씬 나아. 전혀 다른 맛이라고."

앤이 맞장구를 쳤다.

"나도 마릴라 아주머니의 딸기 주스가 린드 아주머니네 것보다 맛있다고 생각해. 마릴라 아주머니는 훌륭한 요리사야. 나한테도 요리를 가르쳐 주시려고 하는데, 정말이지 이만저만 힘든 게 아니야. 요리를 할 땐 상상할 게 별로 없어. 정해진 대로만 해야 하니까. 지난번엔 케이크를 만들면서 밀가루 넣는 걸 깜박 잊기도 했단다. 너와 내가 나오는 아주 멋진 이야기를 생각하고 있었거든. 네가 천연두에 걸려 위독해지자 사람들이 널 버렸어. 하지만 난 용감하게 네 곁에 남아 간호를 해서 널 살려 냈지. 그런데 그만 내가 천연두에 걸려 죽고 마는 거야. 난 포플러 나무 아래 묘지에 묻히고, 넌 내 무덤가에 장미나무를 심고 네 눈물로 물을 주었단다. 그리고 자신을 위해 목숨을 바친 어린 날의 그 친구를 영원히 잊지 못하는 거야. 아, 정말 얼마나 가슴 아픈 이야기였는지 몰라, 다이애나. 케이크 재료를 섞는데 눈물이 볼을 타고 줄줄 흘러내렸어. 그러다가 밀가루 넣는 걸 깜박했고, 케이크는 실패가 되어 버린 거야. 케이크에 밀가루는 필수 아니겠니. 마릴라 아주머니는 무척 언짢아하셨지만, 그러실 만도 하지. 난 아주머니한테는 골칫덩이야. 지난주엔 푸딩 소스 때문에 톡톡히 망신을 당하셨어. 화요일에 점심식사 때 자두 푸딩을 먹고, 푸딩 절반과 소스 한 주전자가 남았거든. 마릴라 아주머니가 다음에 또 먹을 수 있다면서 뚜껑을 덮어 찬장 선반 위에 올려 두라고 하셨어. 그래서 나도 그러려고 들고 갔는데, 그때 갑자기 내가 수녀가 된 모습이 떠오르는 거야. 물론 난 기독교 신자긴 하지만 가톨릭 신자라고 상상한 거지. 상처받은 마음을 달래기 위해 수녀원에서 묻혀 산다고 말이야. 그러다 푸딩 소스에 뚜껑 닫는 걸 까맣게 잊어 버린 거야. 다음날 아침 생각이 난 나는 찬장으로 뛰어갔어. 아, 다이애나, 푸딩 소스 안에 쥐가 한 마리 빠져 있는 걸 보고 내가 얼마나 놀랐는지 상상할 수 있겠니! 난 숟가락으로 쥐를 건져 내 뜰에 버리고는 숟가락을 세 번씩이나 물로 씻었단다. 마릴라 아주머니가 우유를 짜러 밖에 나가 계셔서 아주머니가 들어오시면 돼지에게 그 소스를 줘도 좋을지 물어볼 참이었지. 하지만 아주머니가 들어오셨을 때 난 서리의 요정이 되어 숲을 돌아다니며 나무들이 원하는 대로 빨갛고 노랗게 물을 들여 주는 상상을 하고 있었지 뭐야. 그래서 또 푸딩 소스 일은 잊어버렸고, 아주머니는 사과를 따오라며 심부름을 시켰지. 그런데 그날 아침 스펜서베일에서 체스터 로스 부부가 집에 오신 거야. 너도 그 멋진 분들 알지? 특히 체스터 로스 부인은 정말 멋쟁이시지. 마릴라 아주머니가 불러서 들어가니 점심 식사가 이미 차려져 있고 다들 식탁에 앉아 계셨어. 난 아주 예의 바르고 얌전하게 굴려고 노력했어. 예쁘진 않아도 숙녀 같다는 인상을 체스터 로스 부인에게 주고 싶었거든. 마릴라 아주머니가 한 손에 자두 푸딩을, 또 한 손엔 따뜻하게 데운 푸딩 소스 단지를 들고 나타나기 전까진 모든 게 순조로웠어. 다이애나, 그 순간 얼마나 끔찍했는지 넌 모를 거야. 무슨 상황인지 알아차린 내가 자리에서 벌떡 일어나 날카롭게 외쳤어. '마릴라 아주머니, 푸딩 소스는 먹으면 안 돼요. 그 안에 쥐가 빠져 있었어요. 말씀드린다는 게 깜박했어요.' 하고 말이야. 아, 다이애나, 내가 백 살을 산다 해도 그 아찔했던 순간을 결코 잊지 못할 거야. 체스터 로스 부인이 날 쳐다보는데, 너무 부끄러워 마루 밑으로 숨어 버리고 싶더라니까. 완벽한 주부인 부인 눈에 우리가 어떻게 비쳤겠니? 마릴라 아주머니는 얼굴이 빨개지긴 했지만, 그 순간엔 한마디도 하지 않으셨어. 소스와 푸딩을 도로 가져가시고 딸기 잼을 들고 오셨지. 나한테도 먹으라고 하셨지만 난 한 입도 삼킬 수가 없었어. 머리 위에 활활 타는 석탄 덩어리가 얹혀 있는 것 같았어. 그리고 체스터 로스 부인이 가신 뒤, 마릴라 아주머니는 날 호되게 꾸짖으셨지. 어머, 다이애나, 너 왜 그러니?"

다이애나가 비틀거리며 일어섰다가 두 손으로 머리를 움켜쥐고는 도로 주저앉았다.

다이애나가 약간 혀가 감기는 소리로 말했다.

"나, 나…… 기분이 아주 나빠. 지…… 집에 가야겠어."

앤이 난처해하며 말했다.

"어머, 차도 안 마시고 집에 갈 수는 없어. 지금 당장 가져올게. 가서 바로 차를 담가 놓을게."

다이애나가 어눌하긴 해도 단호하게 되풀이해 말했다.

"나 집에 갈 거야."

앤이 애원했다.

"어쨌든 점심은 먹고 가. 과일 케이크랑 체리 잼을 가져올게. 그동안 소파에 잠시 누워 있으면 나아질 거야. 어디가 아픈 거니?"

"나 집에 갈래."

다이애나는 오로지 그 말뿐이었다. 앤의 간청도 소용이 없었다.

앤이 애처롭게 말했다.

"차도 안 마시고 집에 가는 손님이 어디 있니? 아, 다이애나, 너 혹시 정말 천연두에 걸린 거 아니니? 만약 그렇다면 내가 널 간호해 줄게. 정말이야. 난 널 절대 버리지 않아. 하지만 차는 마시고 가면 안 될까? 어디가 안 좋은 거니?"

다이애나가 말했다.

"머리가 너무 어지러워."

그러고 보니 다이애나는 정말 비틀비틀 걸었다. 실망한 앤이 눈물을 글썽이며 다이애나의 모자를 들고 배리 씨 댁 뜰 울타리까지 바래다주었다. 그리고 초록 지붕 집으로 돌아오는 내내

눈물을 흘렸다. 앤은 슬픔에 젖어 남은 딸기 주스를 찬장에 도로 갖다 놓고는 맥없이 매슈와 제리의 차를 준비했다.

다음 날은 일요일이었고, 아침부터 저녁까지 비가 억수같이 쏟아져 앤은 초록 지붕 집에서 한 발짝도 나가지 못했다. 월요일 오후 마릴라는 린드 부인 집에 앤을 심부름 보냈다. 얼마 지나지 않아 앤이 눈물 바람으로 오솔길을 다시 달려왔다. 앤은 부엌으로 뛰어들어 오더니 소파에 엎드려 괴로워하며 울부짖었다.

당황한 마릴라가 물었다.

“이번엔 대체 뭐가 문제니, 앤? 또 린드 부인에게 버릇없이 군 건 아니겠지?”

앤은 아무 대답도 하지 않고 큰 소리로 더욱 격렬하게 울었다.

“앤 셜리, 물으면 대답을 해야지. 당장 똑바로 앉아서 이유를 말해 봐라.”

몸을 일으킨 앤의 모습은 비극 그 자체였다.

앤이 울먹이며 말했다.

“오늘 린드 아주머니가 배리 아주머니를 만나러 갔는데, 배리 아주머니가 화가 잔뜩 났더래요. 토요일에 제가 다이애나를 취하게 만들어서 볼썽사나운 꼴로 집에 보냈다면서요. 제가 말도 못하게 나쁘고 못된 아이니까 다시는, 다시는 다이애나와 놀지 못하게 하겠다고 하셨대요. 아, 아주머니, 전 지금 괴로워 죽을 것만 같아요.”

마릴라가 놀라서 앤을 멍하니 쳐다보았다.

이윽고 말문이 트인 마릴라가 말했다.

"다이애나를 취하게 했다고! 앤, 네가 정신이 이상한 거니, 배리 부인 정신이 어떻게 된 거니? 도대체 다이애나한테 뭘 주었니?"

앤이 흐느꼈다.

"딸기 주스밖에 안 줬어요. 전 딸기 주스가 사람을 취하게 하는 줄 정말 몰랐어요. 아무리 다이애나가 큰 컵으로 세 잔 가득 마셨다고는 해도요. 아, 마치…… 마치…… 토마스 아저씨 같았어요! 하지만 전 다이애나를 취하게 하려던 게 아니었어요."

"취하다니, 말도 안 되는 소리!"

마릴라가 거실 찬장으로 걸어가며 말했다. 그리고 선반 위에 놓인 병이 자신이 3년 전에 직접 담근 포도주라는 걸 이내 알아보았다. 에이번리에서 마릴라의 포도주 담그는 솜씨는 유명했다. 배리 부인처럼 엄격한 사람들은 마릴라가 술을 담그는 걸 두고 강하게 비난했지만 말이다. 마릴라는 순간 딸기 주스 병을 앤에게 말해 준 거실 찬장이 아니라 지하실에 두었다는 생각이 떠올랐다.

마릴라가 포도주병을 들고 부엌으로 돌아왔다. 웃음을 참느라 절로 얼굴이 실룩거렸다.

"앤, 넌 확실히 말썽 피우는 데는 천재로구나. 넌 다이애나에게 딸기 주스 대신 포도주를 줬어. 맛이 다르지 않던?"

"전 마시지 않았어요. 딸기 주스인 줄만 알았어요. 전 정말…… 정말…… 대접을 잘하고 싶었어요. 다이애나는 기분이 아주 안 좋다면서 집으로 갔어요. 배리 아주머니는 다이애나가 곤드레만드레였다고 린드 아주머니께 말했대요. 무슨 일이냐고 물으니까 바보처럼 실실 웃기만 하다가 몇 시간이나 곯아떨어졌대요. 냄새를 맡아 보고서야 술에 취한 걸 아셨다고요. 다이애나는 어제 온종일 심한 두통에 시달렸대요. 배리 아주머니가 단단히 화가 났나 보더라고요. 아주머니는 제가 일부러 그랬다고 생각하실 거예요."

마릴라가 퉁명스럽게 말했다.

"그게 뭐든지 간에 세 잔씩이나 게걸스럽게 마셔 댄 다이애나도 벌을 좀 받아야겠구나. 세상에, 큰 컵으로 세 잔이라면 그게 딸기 주스였다고 해도 탈이 났을 게다. 아무튼 포도주를 만든다고 날 고깝게 생각하던 사람들한테 좋은 얘깃거리가 되겠구나. 목사님이 반대하셔서 3년 동안 담지도 않았는데 말이야. 저 병은 아플 때 쓰려고 남겨 둔 거였어. 자, 자, 울지 마라, 얘야. 일이 이렇게 돼서 안 되긴 했다만 네 잘못은 아니야."

"울지 않을 수가 없어요. 가슴이 찢어지는걸요. 하늘은 제 편이 아닌가 봐요, 아주머니. 다이애나와 절 영원히 갈라놓았어요. 아, 아주머니, 우리가 처음 우정의 맹세를 했을 때 이런 일이 일어나리라고는 꿈에도 생각지 못했어요."

"바보같이 굴지 마라, 앤. 네 잘못이 아니란 걸 알면 배리 부인도 마음이 풀어질 게다. 아마도 네가 장난으로 그런 짓을 했다고 생각하는 모양이구나. 오늘 저녁에 가서 자초지종을 말하는 게 좋겠다."

앤이 한숨을 쉬었다.

"화가 잔뜩 난 다이애나 어머니를 대할 용기가 없어요. 아주머니가 가주시면 안 될까요? 저보다는 훨씬 믿음이 가게 말씀하시잖아요. 제가 말하는 것보다 아주머니 말을 더 잘 들어 주실 거예요."

마릴라도 그편이 낫겠다고 생각했다.

"그래, 그러마. 그러니 이제 그만 울어라, 앤. 다 잘될 거야."

하지만 마릴라가 언덕 과수원 집에서 돌아왔을 때 그 생각은 바뀌어 있었다. 앤은 마릴라가 오는 모습을 보자 현관으로 뛰어가 마릴라를 맞았다.

앤이 슬프게 말했다.

"아, 마릴라 아주머니, 아주머니 얼굴을 보니 아무 소용이 없었다는 걸 알겠어요. 배리 아주머니가 절 용서하지 않으신 거죠?"

마릴라가 투덜댔다.

"배리 부인도 참! 배리 부인같이 꽉 막힌 여자는 보다 보다 처음이구나. 모두 내 잘못이라고, 네 책임이 아니라고 그렇게 말했는데도 도무지 믿지를 않아. 그러고는 내가 만든 포도주를 들먹이며, 늘 포도주가 사람들에게 해롭지 않다고 말하지 않았느냐고 비난을 퍼붓는 거야. 그래서 내가, 포도주는 한 번에 큰 컵으로 세 잔씩 들이마시는 게 아니라고 똑똑히 말했지. 만약 내 아이가 그렇게 욕심을 냈다면 정신이 번쩍 들게 매로 다스렸을 거라고 말이야."

흥분이 가시지 않는지 마릴라는 괴로워 어쩔 줄 모르는 어린 영혼을 남겨 둔 채 휑하니 부엌으로 가버렸다. 앤은 곧바로 모자도 쓰지 않고 어스름이 깔린 쌀쌀한 가을 길로 나섰다. 마음을 단단히 먹고 시든 클로버 풀밭을 지나 통나무 다리를 건너 서편 숲 위에 나지막이 걸린 창백한 달빛을 받으며 가문비나무 숲을 올라갔다. 희미한 노크 소리를 듣고 문을 연 배리 부인은 입술이 새파랗게 질린 채 애원하는 듯 간절한 눈으로 문간에 서 있는 앤을 보았다.

배리 부인의 얼굴이 굳어졌다. 배리 부인은 편견이 심하고, 싫어하는 게 분명한 사람인데다 화가 나면 쌀쌀맞고 무뚝뚝해지는 게 여간 까다로운 성격이 아니었다. 정말로 배리 부인은 앤이 순전히 고의로 못된 마음을 먹고 다이애나를 취하게 만들었다고 믿었다. 그래서 자기 딸을 그런 아이와 가까이 지내게 했다가 혹시라도 물들지 않을까 걱정이었다.

배리 부인이 딱딱하게 물었다.

"무슨 일이니?"

앤이 두 손을 맞잡았다.

"아, 배리 아주머니, 제발 절 용서해 주세요. 전 다이애나를 취…… 취하게 하려던 게 아니었어요. 제가 어떻게 그러겠어요? 만약 아주머니가 불쌍한 고아인데, 친절한 분들이 입양해 주셔서 세상에서 하나밖에 없는 마음의 친구를 얻었다고 생각해 보세요. 그런 친구를 일부러 취하게 할 수 있겠어요? 전 정말 딸기 주스인 줄만 알았어요. 딸기 주스라고 철석같이 믿었다고요. 아, 제발 다이애나랑 더 이상 놀지 못한다는 말씀은 말아 주세요. 그러시면 제 인생은 고통의 검은 구름으로 뒤덮이고 말 거예요."

마음 좋은 린드 부인의 마음을 순식간에 누그러뜨렸던 앤의 말솜씨도 배리 부인에게는 화만 돋울 뿐 전혀 통하지 않았다. 앤의 과장된 말과 연극적인 몸짓은 오히려 더 수상해 보였고, 자신을 놀리고 있다는 생각마저 들었다. 배리 부인이 차갑고 잔인하게 말했다.

"넌 다이애나한테 어울리는 친구가 아닌 것 같구나. 집에 돌아가서 얌전하게 있는 게 좋겠다."

앤의 입술이 바들바들 떨렸다.

"작별 인사를 하게 한 번만 다이애나를 볼 수 없을까요?"

앤이 애원했다.

"다이애나는 아버지하고 카모디에 가고 없다."

말을 마친 배리 부인이 안으로 들어가 문을 닫았다.

앤은 절망에 빠진 채 초록 지붕 집으로 돌아왔다.

앤이 마릴라에게 말했다.

"마지막 희망마저 물거품이 되었어요. 배리 아주머니를 뵈러 갔다가 심한 모욕만 받고 돌아왔어요. 아무래도 배리 아주머니는 이해심이 없는 분인가 봐요. 이제 기도하는 수밖에 없어요. 하지만 그다지 기대하진 않아요. 배리 아주머니같이 고집불통인 사람은 하느님도 감당하기 힘드실 테니까요."

"앤, 그런 말하면 못써."

버릇없는 앤의 말에 마릴라가 터져 나오려는 웃음을 애써 참으며 앤을 꾸짖었다. 그리고 그날 밤 매슈에게 앤이 겪고 있는 시련에 대해 이야기하면서 결국 한바탕 크게 웃음보를 터뜨렸다.

하지만 잠자리에 들기 전 슬그머니 다락방으로 가 울다 잠이 든 앤을 바라보는 마릴라의 얼굴에는 여간해선 보기 힘든 부드러움이 배어 나왔다.

"가여운 것."

마릴라가 눈물로 얼룩진 앤의 얼굴 위로 흐트러진 머리칼을 쓸어 올리며 낮게 중얼거렸다. 그러고는 베개 위로 몸을 굽혀 발그레한 볼에 입을 맞추었다.

17

인생의 새로운 재미

다음 날 오후 부엌 창가에서 부지런히 조각보를 만들던 앤은 **드라이어드 샘**가에서 다이애나가 이상야릇하게 손짓을 하고 있는 모습을 보았다. 순간 앤은 두 눈 가득 놀라움과 희망을 담은 채 집을 나와 골짜기로 쏜살같이 달려갔다. 하지만 풀 죽은 다이애나의 표정을 보자 희망이 사라져 버렸다.

앤이 숨을 헐떡이며 말했다.

"너희 엄마 화가 아직 풀리지 않았구나."

다이애나가 슬프게 고개를 끄덕이며 말했다.

"응. 너랑 다시는 놀지 말래, 앤. 내가 울며불며 네 잘못이 아니라고 얘기했는데도 아무 소용이 없었어. 너한테 작별 인사를 하고 오겠다는 핑계를 대고 겨우 나왔어. 10분만 주겠다면서 지금 시간을 재고 계셔."

앤이 눈물이 그렁그렁해서는 말했다.

"영원한 작별 인사를 하는데 10분은 너무 짧아. 아, 다이애나, 더 좋은 친구가 생기더라도 어린 시절 친구인 날 결코 잊지 않겠다고 진심으로 약속해 주겠니?"

다이애나가 울먹였다.

"꼭 그럴게. 마음의 친구는 이제 사귀지 않을 거야. 사귀고 싶지도 않아. 그 누구도 너만큼 사랑할 순 없을 거야."

앤이 두 손을 모으며 소리쳤다.

"아, 다이애나, 너 정말 날 사랑하니?"

"그럼, 물론이지. 몰랐단 말이야?"

앤이 숨을 깊이 들이마셨다.

"응. 네가 날 좋아하는 줄은 알았지만 사랑까진 생각지도 못했어. 날 사랑해 줄 사람은 아무도 없다고 생각했거든. 누구도 날 사랑해 준 기억이 없으니까. 아, 정말 멋져! 이건 우리 사이에 가로놓인 어두운 길을 영원히 비춰 줄 한 줄기 빛이야, 다이애나. 아, 다시 한 번만 말해 줘."

다이애나가 진심을 담아 말했다.

"난 널 진심으로 사랑해, 앤. 앞으로도 항상 그럴 거야. 믿어도 좋아."

앤이 진지하게 손을 내밀었다.

"나 또한 그대를 영원히 사랑하겠소, 다이애나. 그대와의 추억은 우리가 마지막으로 함께 읽은 이야기처럼, 내 고독한 인생에 별처럼 환히 빛날 것이오. 다이애나, 이별의 정표로 영원히 간직할 수 있게 그대의 칠흑 같은 머리칼을 내게 조금 주시겠소?"

앤의 감동적인 말에 흐르던 눈물을 훔치던 다이애나가 현실로 돌아와 물었다.

"자를 만한 게 있니?"

"응. 마침 앞치마 주머니에 조각보 만들 때 쓰던 가위가 있어."

앤이 엄숙하게 다이애나의 곱슬머리를 조금 잘랐다.

"내 사랑하는 친구여, 안녕히. 이제 우리는 곁에 있으면서도 이방인처럼 살아야 하오. 하지만 마음만은 영원히 변치 않을 것이오."

앤은 다이애나가 보이지 않을 때까지 그 자리에 서서 다이애나가 뒤돌아볼 때마다 안타까이 손을 흔들었다. 집으로 돌아온 앤은 이 낭만적인 이별 덕분에 잠시나마 적지 않은 위안을 얻었다.

앤이 마릴라에게 말했다.

"모든 게 끝났어요. 이제 다시는 친구를 사귀지 않을 거예요. 전 예전보다 훨씬 비참해요. 케이티 모리스도 비올레타도 곁에 없어요. 하긴 있다고 해도 옛날 같진 않겠죠. 진짜 친구를 사귄

뒤라 상상 속의 친구들에게 만족하긴 힘들 테니까요. 다이애나와 전 **드라이어드 샘**가에서 애절한 이별을 했어요. 제 기억 속에 영원히 잊지 못할 소중한 추억으로 남을 거예요. 전 머릿속에 떠오르는 가장 슬픈 말들을 했고, '그대'라는 표현도 썼어요. '너'라는 말보다는 '그대'라는 표현이 훨씬 낭만적인 것 같아서요. 다이애나가 저한테 머리카락을 조금 줬는데, 전 그걸 작은 주머니에 넣어 평생 목에 걸고 다닐 생각이에요. 전 오래 못 살 것 같으니, 부디 이 머리칼을 저와 함께 묻어 주세요. 배리 아주머니도 싸늘하게 죽어 있는 절 보면 양심의 가책을 느끼고 제 장례식에 다이애나를 보내 줄 거예요."

마릴라가 냉담하게 대꾸했다.

"그렇게 재잘거리는 걸 보니 네가 슬퍼서 죽을 걱정은 안 해도 될 것 같구나, 앤."

다음 월요일, 마릴라는 팔에 책 바구니를 끼고 뭔가 단단히 결심한 듯 입술을 꾹 다문 채 방에서 내려오는 앤을 보고 깜짝 놀랐다.

앤이 입을 열었다.

"학교에 다시 가겠어요. 제 친구를 잔인하게 떼어 놓았으니 이제 제게 남은 건 학교뿐이에요. 학교에 가면 다이애나를 보며 지난날들을 생각할 수 있겠죠."

마릴라는 이렇게 일이 풀리는 것이 기쁘면서도 내색은 하지 않으며 말했다.

"공부나 수학 생각을 하는 게 더 나을 게다. 학교 가서 또 석판으로 남의 머리를 때리거나 엉뚱한 짓은 하지 않을 거라 믿으마. 얌전히 굴고 선생님 말씀을 잘 따르도록 해라."

앤이 처량한 소리로 대답했다.

"모범생이 되도록 노력할게요. 재미는 없겠지만요. 필립스 선생님은 미니 앤드루스가 모범생이라고 말씀하셨지만, 그 애한테는 상상력이나 활기가 전혀 없어요. 그저 무덤덤하고 굼뜬 데다 재미라곤 통 모르는 애 같아요. 하지만 전 너무 우울하니까 쉽게 모범생이 될지도 몰라요. 길을 둘러 가야겠어요. **자작나무 길**을 혼자 걷는다는 건 견딜 수 없으니까요. 아마 너무 슬퍼 펑펑 울고 말 거예요."

학교로 돌아간 앤은 큰 환영을 받았다. 아이들은 놀이를 할 땐 앤의 상상력을, 노래를 할 땐 앤의 목소리를, 점심시간에 큰 소리로 책을 낭독할 땐 앤의 연극적인 몸짓과 말투를 그리워했다. 루비 길리스는 성서 낭독 시간에 앤에게 파란 자두 세 개를 몰래 주었고, 엘라 메이 맥퍼슨은 식물 책자 표지에서 오려

낸 커다란 노란 팬지 사진을 주었다. 그것은 에이번리 학교에서 책상을 장식하는 데 아주 인기가 많은 것이었다. 소피아 슬론은 앞치마 가장자리에 꼭 어울리는 우아한 레이스 뜨개 패턴을 가르쳐 주겠다고 했다. 케이티 볼터는 석판용 물통에 향수를 담아 주었다. 줄리아 벨은 가장자리가 부채꼴로 둥근 연분홍 편지지에 시를 적어 보내 주었다.

앤에게
황혼의 커튼이 내리고
별 하나 외로이 걸려도
기억하라, 네겐 친구가 있음을
멀고 먼 방랑의 길일지라도.

그날 밤 앤은 기쁨에 가득 찬 얼굴로 한숨을 내쉬며 마릴라에게 말했다.

"인정받는다는 건 정말 기분 좋은 일이에요."

앤을 인정해 준 것은 여자 아이들만이 아니었다. 필립스 선생님은 앤을 모범생 미니 앤드루스 옆에 앉혔고, 점심시간이 끝나 자리로 돌아왔을 땐 책상 위에 크고 먹음직스러운 사과가 놓여 있었다. 사과를 집어 한 입 베어 물려던 앤은 에이번리에서 이런 종류의 사과를 키우는 곳은 **반짝이는 호수** 맞은편에 있는 블라이스 씨네 과수원뿐이라는 생각이 떠올랐다. 앤은 사과가 빨갛게 달아오른 석탄이라도 되는 듯 황급히 내려놓고는 손수건으로 보란 듯이 손을 닦았다. 다음 날 아침까지 사과는 아무도 건드리지 않은 채 책상 위에 그대로 있었고, 학교 청소를 하고 난로를 피우는 티모시 앤드루스가 부수입으로 챙겨 갔다. 점심시간이 끝나자 찰리 슬론이 빨갛고 노란 줄무늬 종이로 감싼 석판 연필을 주었다. 보통 연필이 1센트인데 비해 그것은 2센트짜리였고, 사과보다 더 좋은 반응을 얻었다. 앤이 연필을 고맙게 받으며 답례로 방긋 미소를 짓자, 앤에게 흠뻑 빠져 있던 소년은 곧장 기쁨의 천국으로 날아올랐고, 행복에 겨운 나머지 받아쓰기를 엉망으로 치러 필립스 선생님으로부터 방과 후에 남아 다시 쓰라는 벌을 받았다.

> 시저의 화려한 날들은 브루투스의 일격에 스러졌나니.
> 허나 로마를 더욱 생각나게 하는 것은 로마 최고의 아들일 뿐.

하지만 위의 시구처럼, 정작 거티 파이 옆에 앉은 다이애나 배리로부터는 어떤 인사나 반가움의 말도 듣지 못했기에 이런 작은 기쁨들이 오히려 쓰라리게 느껴졌다.

그날 밤 앤이 애처로운 소리로 마릴라에게 말했다.

"그래도 다이애나가 절 보고 한 번은 웃었을지도 몰라요."

하지만 다음 날 아침, 앤은 꼼꼼하게 접은 쪽지와 작은 꾸러미 하나를 전해 받았다.

앤에게(앞 사람에게 전달)

엄마는 학교에서도 너랑 놀거나 말하면 안 된대. 내 마음이 아니니까 날 너무 원망하진 말아 줘. 난 변함없이 널 사랑해. 너한테 내 속마음을 모두 털어놓고 싶어 미칠 지경이야. 거티 파이는 마음에 드는 구석이 하나도 없어. 너 주려고 빨간 종이로 새 책갈피를 만들었어. 요즘 유행하는 건데, 학교 여자 애들 중엔 세 명밖에 못 만들어. 이걸 볼 때마다 날 기억해 줘.

너의 진실한 친구

다이애나 배리

쪽지를 읽은 앤은 책갈피에 입을 맞춘 다음 재빨리 답장을 써서 반대편에 앉은 다이애나에게로 전달했다.

내 사랑 다이애나

물론 난 널 원망하지 않아. 당연히 엄마 말씀을 따라야겠지. 그래도 우리의 마음은 통할 수 있잖아. 네가 준 멋진 선물은 영원히 간직할게. 미니 앤드루스는 상상력은 없어도 아주 좋은 아이야. 하지만 마음의 친구는 다이애나 너니까 미니에게 내 마음을 주진 않을 거야. 많이 나아지긴 했어도 아직 맞춤법이 서툰 점 이해해 줘.

죽음이 우리를 갈라놓을 때까지
너의 친구, 앤 또는 코딜리어 셜리

추신 : 오늘 밤 베개 밑에 네 편지를 넣고 잘 거야.

A. 또는 C. S.

마릴라는 앤이 다시 학교에 다니기 시작하자, 더 큰 말썽을 피우지는 않을까 무척 걱정했다. 하지만 아무 일도 일어나지 않았다. 어쩌면 모범생 미니 앤드루스의 영향을 받아서인지도 몰랐다. 그 후로는 필립스 선생님과도 아주 잘 지냈다. 앤은 무슨 과목이든 길버트 블라이스에게 지지 않겠다는 굳은 결심으로 공부에 매달렸다. 둘의 경쟁은 곧 누구나 알 수 있을 정도가 되었다. 하지만 길버트 쪽에서는 순전히 선의의 경쟁이었지만 증오의 감정을 버리지 못한 앤은 그렇지 않았다. 앤은 사랑만큼이나 미움도 강렬했다. 앤은 자신이 길버트와 일부러 경쟁하고 있다는 사실을 인정하려 들지 않았다. 그것은 고집스레 무시하고 있는 길버트의 존재를 스스로 인정하는 셈이 되기 때문이었다. 하지만 두 사람은 경쟁을 했고, 일등 자리를 주거니 받거니 했다. 길버트가 맞춤법에서 일등을 하면 다음엔 빨간 머리를 길게 땋은 앤이 길버트를 눌렀다. 어느 날 아침 수학 계산을 만점 받은 길버트의 이름이 영광스럽게 칠판에 오를라치면, 앤은 밤새도록 소수와 씨름을 해서 다음 날 아침 일등을 거머쥐었다. 두 사람의 이름이 나란히 적히는 끔찍한 날도 있었다. 그것은 현관 벽에 이름이 적히는 것만큼이나 기분 나쁜 일이었다. 길버트가 만족스러워하는 만큼 앤은 눈에 띄게 치욕스러워했다. 매달 치르는 월말시험 때는 그 긴장감이 이루 말할 수 없을 정도였다. 첫 달에는 길버트가 3점을 앞섰다. 둘째 달에는 앤이 5점차로 길버트를 이겼다. 하지만 모두 보는 앞에서 길버트가 진심으로 축하해 주는 바람에 앤의 승리감은 엉망이 되어버렸다. 앤 입장에서는 길버트가 자신의 패배를 속상해하는 편이 훨씬 고소하고 좋았을 것이다.

필립스 선생님은 그다지 좋은 선생님은 아니었지만, 앤같이 배우려는 의지가 굳건한 학생이라면 어떤 선생님에게 배우든 실력이 나아지지 않을 수가 없을 터였다. 앤과 길버트는 학기 말에 둘 다 5학년으로 올라갔으며 라틴어, 기하, 프랑스어, 대수같이 모든 학문의 기초가 되는 과목들을 배우게 되었다. 기하에서 앤은 참패를 했다.

앤이 투덜거렸다.

"정말이지 끔찍한 과목이에요, 아주머니. 도무지 이해가 안 돼요. 상상할 여지가 하나도 없다고요. 필립스 선생님은 저 같은 열등생은 처음 봤대요. 하지만 길버……, 그러니까 어떤 아이들은 아주 잘해요. 정말이지 분하고 화가 나요, 아주머니. 다이애나도 저보다는 잘해요. 하지만 다이애나보다 못하는 건 상관없어요. 모르는 남처럼 지내긴 해도 전 다이애나를 여전히 뜨겁게 사랑하니까요. 가끔 다이애나 생각에 아주 슬퍼지곤 해요. 하지만 이렇게 재미있는 세상에서 너무 오래 슬퍼해서는 안 되겠죠, 아주머니?"

18

생명을 구한 앤

큰 사건은 작은 일에 영향을 끼치기 마련이다. 언뜻 생각하면, 캐나다 총리가 정치적 순방 일정에 프린스에드워드 섬을 넣기로 한 결정이 초록 지붕 집에 사는 앤의 운명과 무슨 연관이 있을까 싶기도 하다. 하지만 분명 상관이 있었다.

총리가 자신의 충실한 지지자들과 지지자는 아니어도 대연설회에 참석할 기회를 얻은 사람들에게 연설을 하기 위해 샬럿타운을 찾은 것은 1월이었다. 에이번리 사람들은 대부분 정치적으로 총리의 편이어서, 연설회가 있는 밤에 거의 모든 남자들과 꽤 많은 여자들이 40킬로미터나 떨어진 샬럿타운으로 갔다. 레이철 린드 부인도 갔다. 린드 부인은 정치에 대해 관심이 무척 많았고, 정치적으로 총리와 반대편이긴 했어도 자신이 빠진 정치 모임은 있을 수 없다고 생각했다. 그래서 말을 돌봐 줄 남편 토마스와 함께 길을 나섰고, 마릴라 커스버트도 함께 갔다. 내심 정치에 관심을 두고 있던 마릴라는 총리의 얼굴을 볼 수 있는 처음이자 마지막 기회라는 생각으로, 다음 날 돌아오겠다며 앤과 매슈를 집에 남겨 두고 서둘러 따라나섰다.

마릴라와 린드 부인이 연설회에서 알찬 시간을 보내는 동안 초록 지붕 집 부엌에는 앤과 매슈 두 사람이 기분 좋은 저녁을 보내고 있었다. 구식 난로에서는 장작불이 활활 타올랐고, 유리창에는 하얀 수정 같은 서리가 파르라니 반짝였다. 매슈는 소파에 앉아 《농민의 지지자》라는 잡지를 보며 꾸벅꾸벅 졸았고, 앤은 그날 제인 앤드루스가 빌려 준 새 책이 놓인 괘종시계 선반을 애틋한 눈길로 흘끔거리면서도 마음을 다부지게 먹고 식탁에서 공부에 열중하고 있었다. 감동적인 내용에 멋진 단어도 많이 나온다며 제인이 자신 있게 말했던 터라 앤은 책을 집어 들고 싶은 마음이 굴뚝같았다. 하지만 그랬다간 내일 일등 자리는 길버트 차지가 될 터였다. 앤은 시계 선반을 등지고 앉아 책이 없다고 상상하려고 애썼다.

"매슈 아저씨, 아저씨도 학교 다닐 때 기하를 배우셨어요?"

졸고 있던 매슈가 깜짝 놀라며 대답했다.

"글쎄다, 아니, 안 배웠다."

앤이 한숨을 쉬었다.

"아저씨도 배웠으면 좋았을 텐데. 그랬다면 절 딱하게 여기셨을 거예요. 하지만 공부하신 적이 없다니 제 심정을 모르시겠죠. 기하는 제 인생에 드리운 먹구름이에요. 전 정말이지 기하는 젬병이에요, 매슈 아저씨."

매슈가 달래며 말했다.

"글쎄다, 난 모르겠구나. 넌 뭐든지 잘하는 것 같은데. 지난주에 카모디에 있는 블레어 상점에서 필립스 선생님이 네가 학교에서 제일 똑똑하고 실력도 몰라보게 늘고 있다고 하셨단다. '몰라보게 늘고 있다.'고 직접 그러셨어. 소문엔 테디 필립스가 교사로서의 자질이 별로라고들 하지만 난 괜찮아 보이더구나."

매슈는 앤을 칭찬하기만 하면 누구든 '괜찮은 사람'이라고 생각했을 터였다.

앤이 투덜거렸다.

"선생님이 기호만 바꾸지 않아도 더 잘할 수 있을 텐데요. 제가 명제를 외우고 나면 선생님이 칠판에다가 책에 나온 것과 다른 기호를 쓰셔서 몽땅 헷갈려 버리거든요. 선생님이라고 해서 그렇게 마음대로 하면 안 되는 거잖아요, 안 그래요? 요즘은 농업을 배워요. 그래서 길이 왜 붉은색인지 드디어 알게 됐어요. 프린스에드워드 섬의 토양에는 철이 많이 들어 있어 산화된 붉은 녹빛을 띰-옮긴이 알고 나니 속이 다 시원해요.

마릴라 아주머니와 린드 아주머니는 어쩌고 계신지 궁금하네요. 린드 아주머니는 모든 게 오타와와 같은 상황이 된다면 캐나다는 가망이 없으니, 유권자들이 심각한 경고로 받아들여야 한다고 하셨어요. 여자들도 투표를 할 수 있다면 나라가 더 좋은 쪽으로 발전할 거라면서요. 아저씨는 어느 쪽에 투표하실 거예요?"

"보수당."

매슈가 곧바로 대답했다. 보수당에게 투표하는 것은 매슈에겐 일종의 신앙과도 같았다.

앤이 단호하게 말했다.

"그렇다면 저도 보수당 편이에요. 아저씨가 보수당이라니 기뻐요. 길버……, 그러니까 학교에 자유당을 지지하는 남자 애들이 있거든요. 필립스 선생님도 아마 자유당일 거예요. 프리시 앤드루스의 아버지가 그쪽이거든요. 루비 길리스가 그러는데, 남자가 구혼할 때는 종교는 어머니 쪽을, 정치는 아버지 쪽을 따라야 한대요. 그게 사실이에요, 아저씨?"

"글쎄다, 난 잘 모르겠는데."

"아저씨도 구혼해 보신 적 있으세요?"

"글쎄다, 아니, 그랬는지 어땠는지 모르겠구나."

평생 그런 일이라곤 생각해 본 적도 없는 매슈가 대꾸했다.

앤은 손으로 턱을 받친 채 생각에 잠겼다.

"아주 흥미진진할 거예요, 안 그래요, 아저씨? 루비 길리스는 어른이 되면 멋진 남자들을 마음대로 조종해 자기한테 홀딱 빠지게 할 거래요. 하지만 그건 너무 문란한 것 같아요. 전 차라리 착실한 남자 한 명이 좋겠어요. 루비 길리스는 큰 언니들이 많아서 그런지 이런 얘기라면 훤해요. 린드 아주머니가 그러시는데, 길리스 씨 댁 딸들은 옛날부터 남자들한테 인기가 많아서 시집을 잘 갔대요. 필립스 선생님은 거의 매일 저녁 프리시 앤드루스를 만나러 가요. 공부를 봐주러 간다고는 하지만, 그렇게 따지자면 미랜더 슬론도 퀸스 아카데미에 가려고 공부 중인걸요. 프리시보다 머리가 더 나쁜 미랜더가 훨씬 도움이 필요해 보이는데도 필립스 선생님은 미랜더한테는 한 번도 가신 적이 없어요. 세상에는 제가 이해할 수 없는 일들이 참 많아요, 매슈 아저씨."

매슈도 앤의 말에 동의했다.

"그렇지, 나도 전부 이해하긴 힘들더구나."

"아무튼 전 공부를 마쳐야 해요. 공부를 다 할 때까지는 제인이 빌려 준 새 책은 보지 않을 거예요. 하지만 정말 견디기 어려운 유혹이에요, 아저씨. 선반을 등지고 앉았는데도 선반 위에 놓인 책이 똑똑히 보여요. 제인은 그 책을 읽고 얼마나 울었는지 모른대요. 전 사람들을 울리는 책이 좋아요. 하지만 저 책을 잼이 든 거실 찬장에 넣고 문을 잠근 다음 열쇠를 아저씨께 드릴게요. 공부를 다 할 때까지는 제가 무릎을 꿇고 빈다 해도 저한테 열쇠를 주지 마세요, 아저씨. 유혹을 이기면 제일 좋겠지만, 열쇠가 없다고 생각하면 훨씬 견디기 쉬울 거예요. 지하실에 내려가 적갈색 사과를 좀 가져올까요, 매슈 아저씨? 사과 드시겠어요?"

매슈는 적갈색 사과는 절대 먹지 않지만 앤이 좋아한다는 것을 알고는 이렇게 대답했다.

"글쎄다, 먹어 보고 싶구나."

접시에 사과를 가득 담아 신나게 지하실을 올라오던 앤은 얼어붙은 길을 다급하게 뛰어오는 발자국 소리를 들었다. 다음 순간 부엌문이 왈칵 열리며 숄로 머리를 대강 감싼 다이애나 배리가 하얗게 질린 얼굴로 숨을 헐떡이며 달려들어 왔다. 깜짝 놀란 앤이 초와 접시를 놓쳐 버렸다. 접시와 초와 사과가 지하실 계단을 굴러 바닥으로 떨어졌고 촛농이 흘렀다. 그리고 이튿날 마릴라는 그것들을 집어 들고 올라오며 불이 나지 않은 게 다행이라며 가슴을 쓸어내렸다.

앤이 소리쳤다.

"무슨 일이야, 다이애나? 너희 엄마 화가 드디어 풀린 거야?"

다이애나가 파르르 떨며 애원했다.

"오, 앤, 빨리 와줘. 미니 메이가 너무 아파. 메리 조가 그러는데 후두염이래. 엄마 아빠는 멀리 시내에 가셔서 의사를 부르러 갈 사람이 없어. 미니 메이는 아파 죽을 지경인데, 메리 조는 어째야 할지를 모르겠대. 아, 앤, 나 너무 무서워!"

매슈가 아무 말 없이 모자와 코트를 챙겨 들고는 다이애나 곁을 지나 어두운 뜰로 나갔다. 앤이 모자와 재킷을 허겁지겁 걸치며 말했다.

"매슈 아저씨는 마차를 타고 카모디에 의사를 부르러 가셨어. 말씀을 안 하셔도 난 알아. 우린 마음이 잘 통해서 아무 말 없이도 무슨 생각을 하는지 읽을 수 있거든."

다이애나가 흐느끼며 말했다.

"카모디에 가도 의사 선생님은 안 계실 거야. 블레어 선생님은 시내에 가셨고, 스펜서 선생님도 아마 가셨을 거야. 메리 조는 후두염에 걸린 사람은 한 번도 본 적이 없대. 게다가 린드 아주머니도 안 계시잖아. 아, 어쩜 좋아, 앤!"

앤이 기운을 돋우며 말했다.

"울지 마, 다이애나. 후두염이라면 내가 잘 알아. 해먼드 아주머니네 집에 쌍둥이가 세 쌍이나 있었다고 했지. 쌍둥이를 세 쌍이나 돌보게 되면 이런저런 일을 겪기 마련이야. 걔네들도 후두염을 번갈아 가며 앓았거든. 너희 집엔 없을지도 모르니 내가 토근(꼭두서닛과의 상록 관목으로 가래 치료제로 쓰임 - 옮긴이) 병을 가져올게, 기다려. 자, 이제 가자."

두 아이는 손을 꼭 잡고 서둘러 집을 나와 **연인의 오솔길**을 지나 얼어붙은 들판을 숨차게 달렸다. 숲 속 지름길은 눈이 너

무 많이 쌓여 갈 수가 없었다. 앤은 미니 메이가 진심으로 걱정되면서도 이 상황이 무척 낭만적이며, 그 낭만을 마음이 통하는 친구와 다시 한 번 나누고 있다는 달콤한 기쁨에 젖어 들지 않을 수 없었다.

매섭도록 춥고 맑은 밤이었고, 칠흑 같은 어둠 속에 눈에 덮인 언덕만이 은빛으로 빛났다. 커다란 별들이 고요한 들판을 비추었고, 가지마다 눈가루를 하얗게 이고 여기저기 시커멓게 서 있는 전나무들 사이로 바람이 씽씽 소리를 내며 불었다. 앤은 오랫동안 떨어져 있던 마음의 친구와 함께 이 신비롭고도

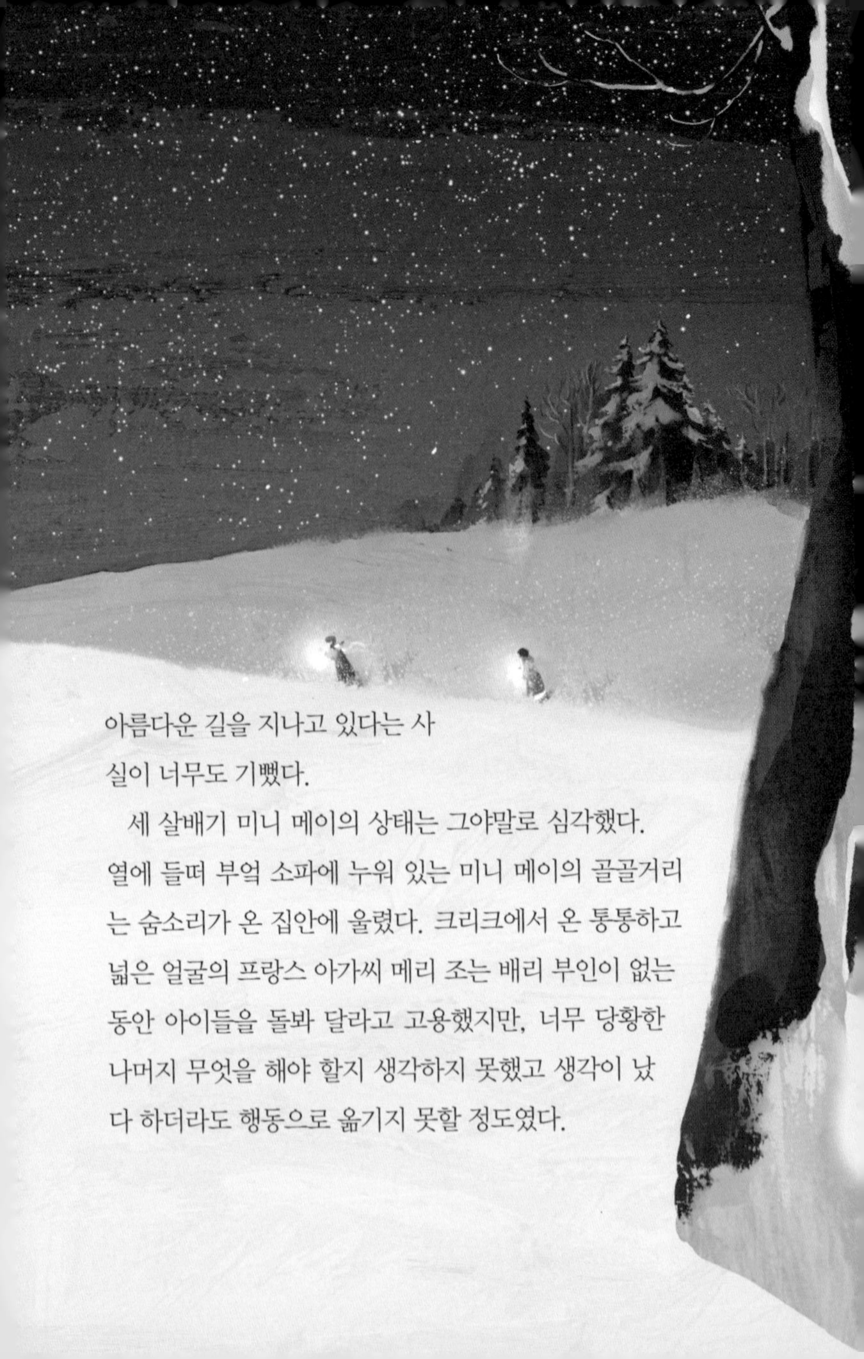

아름다운 길을 지나고 있다는 사실이 너무도 기뻤다.

세 살배기 미니 메이의 상태는 그야말로 심각했다. 열에 들떠 부엌 소파에 누워 있는 미니 메이의 골골거리는 숨소리가 온 집안에 울렸다. 크리크에서 온 통통하고 넓은 얼굴의 프랑스 아가씨 메리 조는 배리 부인이 없는 동안 아이들을 돌봐 달라고 고용했지만, 너무 당황한 나머지 무엇을 해야 할지 생각하지 못했고 생각이 났다 하더라도 행동으로 옮기지 못할 정도였다.

앤이 신속하고 솜씨 있게 일을 시작했다.

"미니 메이는 후두염이 맞아. 상태가 아주 안 좋긴 하지만, 난 더 나쁜 경우도 봤어. 먼저 뜨거운 물이 많이 필요해. 세상에, 다이애나, 주전자에 물이 한 컵 정도밖에 없잖아! 자, 이제 내가 가득 채웠으니까, 메리 조는 난로에 장작을 좀 넣어 줘요. 기분 상하게 할 마음은 없지만, 상상력이 조금만 있었다면 이 정도는 미리 해놓지 않았을까 싶네요. 이제 내가 미니 메이의 옷을 벗기고 침대에 눕힐 테니 넌 부드러운 천을 찾아봐, 다이애나. 난 우선 토근즙을 먹여야겠어."

미니 메이는 토근즙을 거부했지만, 쌍둥이를 세 쌍이나 돌본 앤에게 이런 일쯤은 아무것도 아니었다. 길고 불안한 밤 동안 앤은 몇 번씩이나 토근즙을 먹였고, 두 아이는 아파하는 미니 메이를 정성껏 간호했다. 메리 조도 걱정스런 마음으로 열심히 불을 지폈고, 후두염 환자 병동에서 필요한 것보다 더 많은 양의 물을 데웠다.

매슈가 의사와 함께 돌아온 시각은 새벽 3시였다. 의사를 데리러 스펜서베일까지 가야 했던 것이다. 하지만 위험한 고비는 이미 넘긴 상태였다. 미니 메이는 한결 나아진 모습으로 깊이 잠들어 있었다.

앤이 설명했다.

"너무 절망적이라 포기할 뻔했어요. 상태가 점점 나빠져서

해먼드 아주머니네 마지막 쌍둥이들보다 더 아팠거든요. 미니 메이가 숨이 막혀 죽을 거라는 생각이 들었어요. 저 병에 든 토근즙을 다 먹였어요. 마지막 즙을 먹이며 전 속으로 말했어요. '이게 마지막 희망이야. 희망이 헛되지 않아야 할 텐데.' 하고요. 혹시라도 걱정할까 봐 다이애나와 메리 조에게는 말하지 않았지만, 제 마음을 추스르기 위해서라도 전 그래야 했어요. 그런데 3분쯤 지나자 미니 메이가 기침을 하며 가래를 뱉더니 곧바로 좋아지기 시작하는 거예요. 제가 얼마나 마음이 놓였는지 말로는 설명할 수가 없어요. 의사 선생님이 상상해 주실 밖에요. 세상에는 말로는 표현할 수 없는 게 있잖아요."

"그럼, 있고말고."

의사가 고개를 끄덕였다. 그러고는 앤을 바라보며 말로는 표현할 수 없는 무언가를 생각하는 듯했다. 하지만 나중에 배리 부부에게 그것을 말로 표현했다.

"커스버트 씨 댁에 있는 그 빨간 머리 여자 아이는 참 영특하더군요. 그 아이가 따님의 생명을 구했습니다. 제가 여기 도착한 다음 손을 썼다면 이미 늦었을 테니까요. 어린 나이인데도 수완이 있고 침착한 게 아주 기특해요. 저한테 상황을 설명하는 그런 눈빛은 어디서도 본 적이 없답니다."

앤은 하얗게 서리가 내린 멋진 겨울 아침에 집으로 돌아왔다. 한숨도 자지 못해 눈꺼풀은 무거웠지만, 길게 뻗은 하얀 들판을 가로질러 연인의 오솔길에서 아름답게 반짝이는 단풍나무 아치 밑을 걸으며, 앤은 매슈에게 끊임없이 재잘거렸다.

"아, 매슈 아저씨, 정말 아름다운 아침이죠? 하느님 스스로 즐기시려고 상상해서 만든 세상 같아요, 안 그래요? 저 나무들은 제가 '후!' 하고 불면 날아가 버릴 것 같아요. 하얀 서리가 있는 세상에 살고 있어서 정말 기뻐요, 그렇죠? 그리고 해먼드 아주머니가 쌍둥이를 세 번씩이나 낳은 것도 결국엔 잘된 일이었어요. 안 그랬으면 저도 미니 메이에게 어떻게 해줘야 할지 몰랐을 테니까요. 쌍둥이 때문에 해먼드 아주머니께 짜증 부렸던 게 정말 미안해요. 아, 매슈 아저씨, 너무 졸려요. 학교에 못 가겠어요. 눈을 제대로 뜨지 못해 바보 같을 거예요. 하지만 집에 있는 건 싫어요. 길버…… 아니 다른 아이들이 일등을 차지하면 다시 따라잡기가 너무 힘들거든요. 물론 힘들면 힘들수록 따라잡았을 때의 만족감도 더 크겠지만요, 그렇죠?"

매슈가 앤의 창백한 얼굴과 눈 밑의 그림자를 보며 말했다.

"글쎄다, 난 너라면 잘해 낼 것 같은데. 그냥 곧장 침대로 가서 푹 자려무나. 다른 일은 내가 다 하마."

앤은 매슈의 말에 따라 잠자리에 들었고 오래도록 푹 잠을 잤다. 눈을 뜨니, 눈 덮인 하얀 오후가 장밋빛으로 물들고 있었다. 부엌에서는 앤이 잠든 사이 돌아온 마릴라가 뜨개질을 하고 있었다.

마릴라를 보고 앤이 소리쳤다.

"어머, 총리는 보셨어요? 어떻게 생겼던가요, 마릴라 아주머니?"

"글쎄, 외모로 봐선 전혀 총리 같지 않더라. 코가 어찌나 우스꽝스럽던지! 그래도 연설 하나는 잘하더구나. 내가 보수당인 게 자랑스러웠어. 물론 린드 부인이야 자유당이니 총리를 싫어했지만 말이다. 네 점심은 오븐 안에 있다, 앤. 찬장에서 자두 잼을 꺼내 먹으렴. 배고프겠다. 어젯밤 일은 매슈 오라버니한테 들었단다. 네가 방법을 알고 있어서 천만다행이었구나. 나도 후두염에 걸린 사람은 본 적이 없어서 어쩌지 못했을 거야. 자, 점심 먹기 전에는 아무 말도 마라. 할 애기가 산더미같이 쌓여 있다고 네 얼굴에 쓰여 있긴 하다만 잠시만 참아라."

마릴라도 앤에게 할 애기가 있었지만 바로 말하진 않았다. 앤이 그 말을 들었다가는 너무 흥분해서 식욕이니 점심이니 하는 육체적인 문제는 깡그리 무시해 버릴 게 뻔했기 때문이었다. 마릴라는 앤이 접시를 다 비우고 나서야 비로소 입을 열었다.

"오후에 배리 부인이 왔다 가셨다. 널 보고 싶다고 했지만 내가 안 깨우고 그냥 뒀어. 네가 미니 메이의 생명을 구했다면서 포도주 일은 정말 미안하다고 하더구나. 다이애나를 일부러 취하게 한 게 아니라는 걸 알았으니, 자길 용서하고 다시 예전처럼 다이애나랑 사이좋게 지내길 바란다고 말이다. 다이애나가 어젯밤에 심한 감기에 걸려 밖에 나오지 못한다니, 가고 싶거든 저녁에 한번 들르려무나. 이런, 앤 셜리, 제발 너무 흥분하지 마라."

그렇게 주의를 주지 않을 수가 없었다. 자리에서 벌떡 몸을 일으킨 앤은 감격에 겨워 꿈만 같다는 표정을 지었고, 얼굴은 타오르는 격정으로 환하게 빛났다.

"아, 마릴라 아주머니, 지금 당장 가도 될까요? 설거지는 놔두고 말이에요. 돌아와서 할게요. 이렇게 가슴 벅찬 순간에 설거지같이 낭만적이지 않은 일에 묶여 있을 수는 없잖아요."

마릴라가 너그럽게 말했다.

"그래, 그래, 다녀오너라. 앤 셜리, 너 제정신이니? 당장 와서 뭘 걸치고 가거라. 차라리 바람한테 소리치는 게 낫지. 모자도 외투도 안 입고 가버렸구먼. 머리카락을 날리며 눈물 바람으로 과수원을 달려가는 것 좀 봐. 지독한 감기에나 걸리지 않으면 다행이지."

자줏빛 겨울 땅거미가 질 무렵 앤은 눈 덮인 하얀 길을 지나 춤추듯 집으로 돌아왔다. 하얗게 빛나는 들판과 어두운 가문비나무 골짜기 위로 연한 황금빛과 옅은 장밋빛이 어우러진 먼 남서쪽 하늘엔 진주같이 영롱한 저녁 별 하나가 아름답게 깜빡거리고 있었다. 차가운 공기를 가르며 눈 덮인 언덕 사이에서 들려오는 썰매 방울 소리가 꼬마 요정의 종소리 같았다. 하지만 그 소리도 앤의 마음과 입술에서 흘러나오는 노랫소리보다는 달콤하지 못했다.

앤이 큰 소리로 말했다.

"마릴라 아주머니, 아주머니는 지금 더할 나위 없이 행복한 사람을 보고 계세요. 전 완전히 행복해요. 네, 머리털이 빨간데도 그래요. 지금은 빨간 머리 따윈 아무래도 좋아요. 배리 아주머니는 제게 입을 맞추시고 울면서 너무 미안하다고, 은혜를 갚을 길이 없다고 말씀하셨어요. 전 무척 당황했지만 아주 예의 바르게 말했어요. '배리 아주머니, 전 아주머니를 나쁘게 생각하지 않아요. 다이애나를 취하게 하려던 게 아니었다고 한 번 더 자신 있게 말씀드리겠어요. 그리고 앞으로 지난 일은 망각의 장막으로 덮어 버리겠어요.' 하고 말이죠. 꽤 품위 있게 말했죠. 그렇죠, 아주머니? 마치 원수를 은혜로 갚아 배리 아주머니의 잘못을 뉘우치게 하는 기분이었어요. 그리고 다이애나와 전 행복한 오후를 보냈어요. 다이애나가 카모디에 있는 숙모에게 배웠다며 멋진 코바늘뜨기를 가르쳐 주었어요. 에이번리에서는 우리 둘밖에 몰라요. 아무에게도 알려 주지 말자며 엄숙하게 맹세했어요. 다이애나가 장미 화관이 그려진 예쁜 카드를 줬는데, 이런 시가 적혀 있었어요.

내가 당신을 사랑하듯 당신이 날 사랑한다면

죽음이 아니고는 우릴 갈라놓지 못하리.

그건 사실이에요, 아주머니. 우린 학교에 가면 필립스 선생님께 다시 함께 앉게 해달라고 부탁할 생각이에요. 거티 파이는 미니 앤드루스랑 앉으면 되니까요. 우린 우아하게 차를 마셨어요. 배리 아주머니가 제일 좋은 찻잔을 꺼내셔서 진짜 손님이 된 기분이었죠. 그 잔을 받았을 때 제 가슴이 얼마나 두근거렸는지 말로는 표현할 수가 없어요. 제일 좋은 찻잔으로 대접한 건 제가 처음이래요. 그리고 과일 케이크와 파운드케이크, 도넛과 두 종류의 잼을 먹었어요. 배리 아주머니는 제게 차를 더 마실 건지 물어보시고는, '여보, 앤한테 비스킷 좀 건네주실래요?' 하고 말씀하셨어요. 어른이 된다는 건 틀림없이 멋진 일일 거예요, 아주머니. 어른인 것처럼 대접받는 것만으로도 이렇게나 좋은걸요."

마릴라가 짧게 한숨을 쉬며 말했다.

"난 잘 모르겠구나."

앤이 분명하게 말했다.

"음, 아무튼 전 어른이 되면 여자 아이들에게도 어른에게 하듯 말할 거예요. 거창하게 말해도 절대 웃지 않을 거예요. 그게 얼마나 상처를 주는지 쓰라린 경험으로 알고 있으니까요. 차를 마신 다음에 다이애나와 전 사탕을 만들었어요. 다이애나나 저나 처음 만들어 보는 거라 그렇게 잘 만들진 못했어요. 다이애나가 접시에 버터를 바르는 동안 저더러 저으라고 했는데, 제가 깜박 잊어 태워 버렸지 뭐예요. 그리고 식히려고 올려놓은 접시 위를 고양이가 지나가는 통에 결국 버릴 수밖에 없었죠. 하지만 만드는 건 정말 재미있었어요. 집으로 갈 때가 되자 배리 아주머니는 되도록 자주 놀러오면 좋겠다고 하셨어요. 다이애나는 창가에 서서 제가 **연인의 오솔길**을 걸어가는 내내 입맞춤을 보내줬고요. 마릴라 아주머니, 오늘 밤엔 기도가 무척 하고 싶을 것 같아요. 오늘을 기념하는 의미로 특별히 새로운 기도를 생각해야겠어요."

19

발표회, 불행한 사건, 고백

"마릴라 아주머니, 다이애나 만나러 잠깐 다녀와도 돼요?"

2월 어느 날 저녁, 앤이 제 방에서 허겁지겁 뛰어내려 오며 물었다.

마릴라가 무뚝뚝하게 대답했다.

"날도 어두운데 왜 돌아다니려는지 모르겠구나. 학교에서 집까지 다이애나와 함께 걸어와 30분이 넘게 눈 속에서 신나게 재잘대지 않았니? 그러고도 부족해서 또 만나겠다는 거냐?"

"하지만 다이애나가 보고 싶어해요. 아주 중요하게 할 얘기가 있대요."

앤이 간청했다.

"그걸 어떻게 아니?"

"다이애나가 창가에서 저한테 신호를 보냈거든요. 우린 초와 판지로 신호 보내는 방법을 정했어요. 창문턱에 초를 올려놓고 판지를 앞뒤로 흔들어 깜박거리게 하는 거예요. 깜박거리는 횟수가 많을수록 중요한 일이지요. 제가 생각해 냈어요, 마릴라 아주머니."

마릴라가 힘주어 말했다.

"당연히 네가 했겠지. 다음엔 말도 안 되는 신호 법 때문에 커튼이라도 불태우겠구나."

"어머, 우린 아주 조심하고 있어요, 아주머니. 그리고 정말 재미있어요. 두 번 깜박이면 '거기 있니?'란 뜻이고요. 세 번은 '맞다.' 네 번은 '아니다.'란 뜻이에요. 다섯 번은 '되도록 빨리 와. 중요한 얘기가 있어.'란 뜻이지요. 방금 다이애나는 다섯 번 신호를 보내 왔고, 전 그게 뭔지 궁금해서 참을 수가 없어요."

마릴라가 비꼬듯 말했다.

"그래, 이젠 더 이상 안 참아도 된다. 가도 좋아. 하지만 딱 10분만이다. 잊지 마라."

앤은 잊지 않고 약속대로 돌아왔다. 다이애나와의 중요한 대화를 10분 만에 하는 게 앤에게 얼마나 힘든 일일지 안 봐도 뻔했지만, 앤은 용케 시간을 잘 지켰다.

"아, 마릴라 아주머니, 어떻게 생각하세요? 내일이 다이애나

의 생일이에요. 그래서 다이애나 엄마가 저더러 학교에서 돌아오면 집에서 놀다가 자고 가라고 하셨대요. 또 다이애나 사촌들이 뉴브리지에서 커다란 썰매를 타고 와서 내일 밤 회관에서 토론 클럽 회원들이 여는 발표회에 가는데, 다이애나와 저도 데려가겠다고 그랬대요. 아주머니가 보내 주시기만 하면요. 허락해 주실 거죠, 아주머니? 아, 정말 가슴이 콩닥콩닥 뛰어요."

"가슴은 진정될 게다, 넌 못 갈 테니까. 집에 와서 네 침대에서 자는 게 좋아. 클럽 음악회라니, 말도 안 된다. 어린 여자 애들은 그런 데 가는 게 아니야."

앤이 애원했다.

"토론 클럽은 아주 훌륭한 모임이에요."

"모임이 나쁘다는 소리가 아니야. 벌써부터 발표회나 다니며 남의 집에서 밤을 보내서는 안 된다는 거지. 아이들이 그러면 못써. 배리 부인이 다이애나를 그런 데 보내다니 놀랍구나."

앤은 금방이라도 눈물이 쏟아질 듯한 눈으로 애처롭게 말했다.

"하지만 이건 아주 특별한 경우잖아요. 1년에 한 번밖에 없는 다이애나의 생일이라고요. 생일은 평범한 날이 아니잖아요, 아주머니. 프리시 앤드루스가 「오늘 밤 종을 울리지 마세요」를 암송할 거예요. 아주 도덕적인 작품이에요. 그 시를 들으면 저한테 도움이 많이 될 거예요. 합창단이 거의 찬송가처럼 아름답고 감동적인 노래 네 곡을 불러요. 참, 그리고 목사님도 참석하신대요. 정말이에요. 연설을 하실 거래요. 목사님의 연설은 설교나 마찬가지잖아요. 제발 부탁이에요. 저도 가면 안 될까요, 마릴라 아주머니?"

"내 말 못 들었니, 앤? 당장 부츠를 벗고, 올라가 자거라. 여덟 시가 넘었어."

"한 가지 더 있어요, 아주머니."

앤이 마지막 수단이라는 투로 말했다.

"배리 아주머니가 다이애나에게 손님방에서 자도 된다고 하셨대요. 아주머니가 키우는 꼬마 앤이 손님방에서 자는 영광을 누린다고 한번 생각해 보세요."

"손님방에서 안 자고 잘 지내는 게 더 영광일 게다. 그만 자라, 앤. 더 이상 아무 얘기도 하지 말고."

앤이 뺨 위로 눈물을 흘리며 슬픔에 잠겨 위층으로 올라가자, 두 사람이 대화하는 동안 의자에서 곤히 잠든 줄만 알았던 매슈가 눈을 뜨고는 단호하게 말했다.

"글쎄다, 마릴라. 난 앤을 보내 줘야 한다고 생각해."

마릴라가 쏘아붙였다.

"안 돼요. 저 아이를 키우는 사람이 누구예요? 오라버니예요, 저예요?"

"뭐, 그야 너지."

매슈가 인정했다.

"그럼 간섭하지 마세요."

"글쎄, 난 간섭하는 게 아니야. 자기 의견을 말하는 건 간섭이 아니니까. 그리고 내 의견은 앤을 보내야 한다는 거야."

마릴라가 차근차근 얘기했다.

"오라버닌 앤이 가고 싶다면 달나라에라도 보내 주라고 할 분이세요. 다이애나 집에서 하룻밤 묵는 거야 봐줄 수 있다고 쳐요. 하지만 발표회는 안 돼요. 거기 갔다간 감기에 걸리기 십상일 테고, 머릿속이 온통 엉뚱한 생각과 흥분으로 가득 차서 돌아올 거라고요. 마음을 잡으려면 일주일은 걸리겠죠. 그 아이 성질이 어떤지, 그 아이에게 뭐가 좋은지는 오라버니보다 제가 더 잘 알아요, 아시겠어요?"

매슈가 고집스레 같은 말을 반복했다.

"난 앤을 보내 줘야 한다고 생각해."

매슈는 논쟁에는 약했지만 자신의 의견만큼은 절대로 굽히지 않는 사람이었다. 마릴라는 두 손 들었다는 듯 입을 다물어 버렸다. 다음 날 아침, 앤이 부엌에서 설거지를 하고 있을 때, 매슈가 헛간으로 나가다 말고 마릴라에게 다시 말했다.

"앤을 보내 주는 게 좋겠어, 마릴라."

마릴라는 기가 차서 잠시 할 말을 잃었다. 그러다 어쩔 수 없다는 듯 마음을 접고는 뾰족하게 말했다.

"좋아요, 보내 줄게요. 그래야 오라버니 마음이 편하겠다면 말이에요."

앤이 물이 뚝뚝 떨어지는 행주를 든 채 부엌에서 뛰어나왔다.

"아, 아주머니, 마릴라 아주머니, 그 축복같이 행복한 말씀 다시 한 번 해주세요."

"한 번 말했으면 됐다. 이건 매슈 오라버니 생각이지 내 뜻과는 상관없다. 네가 한밤중에 후끈한

회관에서 나오다가, 아니면 남의 집에서 자다가 폐렴에 걸리더라도 오라버니를 원망하지 날 원망하진 마라. 앤 셜리, 기름기 있는 물이 바닥에 떨어지잖니. 너처럼 조심성 없는 애는 정말이지 처음 봤구나."

앤이 뉘우치며 말했다.

"네, 제가 아주머니께 큰 골칫거리라는 거 알아요. 워낙 실수를 많이 하니까요. 하지만 모든 실수가 제 탓만은 아니라는 점을 생각해 주세요. 학교 가기 전에 모래를 가져와서 싹싹 문질러 지울게요. 아, 마릴라 아주머니, 제 마음은 이제 발표회에 갈 생각으로 가득 차버렸어요. 전 한 번도 발표회에 가본 적이 없어서 학교에서 다른 아이들이 발표회 얘길 할 때면 소외감이 들곤 했어요. 그런 제 기분을 아주머닌 모르셨지만 매슈 아저씨는 알아주셨어요. 매슈 아저씨는 절 이해하세요. 이해받는다는 건 정말 근사한 일이에요, 마릴라 아주머니."

그날 아침 앤은 너무 흥분한 나머지 학교에서 제대로 공부를 할 수가 없었다. 길버트 블라이스가 철자법에서 앤을 눌렀고, 암산은 아예 경쟁이 안 됐다. 하지만 발표회와 손님방 생각에 그런 굴욕감도 보통 때보다 훨씬 덜했다. 앤과 다이애나는 하루 종일 발표회로 이야기꽃을 피웠고, 필립스 선생님이 좀 더 엄한 분이었다면 톡톡히 벌을 받고도 남았을 터였다. 앤은 발표회에 못 가게 되었다면 정말 견디기 힘들었을 거라 생각하며, 학교에서 다른 얘기는 꺼내지도 않았다. 겨울 동안 2주에 한 번 열리는 에이번리 토론 클럽은 그동안 여러 차례 작은 무료 공연을 해왔다. 하지만 이번에는 도서관을 후원하기 위해 10센트의 입장료를 받는 큰 행사였다. 에이번리에 있는 젊은이들이 몇 주에 걸쳐 연습을 했고, 학생들도 자기 형이나 언니들이 참가하는 까닭에 특히 관심이 높았다. 학교에서는 캐리 슬론만 빼고 아홉 살이 넘는 아이들은 모두 가기로 했다. 캐리 슬론의 아버지는 마릴라와 마찬가지로 여자 아이가 밤에 발표회에 가는 걸 반대했던 것이다. 캐리 슬론은 오후 내내 문법 책 위에 엎드려 울었고, 살 가치도 없다는 생각마저 들었다.

수업이 끝나면서 앤은 본격적으로 흥분하기 시작했고, 시간이 갈수록 점점 더 흥분하다가 발표회가 시작될 즈음엔 최고조에 이르렀다. 앤과 다이애나는 더할 나위 없이 우아하게 차를 마셨고, 다이애나의 이층 작은 방에서 즐겁게 옷을 갈아입었다. 다이애나가 앤의 앞머리를 새로운 스타일로 볼록하게 빗어 올렸고, 앤은 자신만의 독특한 솜씨를 발휘해 다이애나의 리본을 매주었다. 뒷머리는 적어도 여섯 번은 이랬다저랬다 하며 모양을 바꿔 댔다. 마침내 준비가 끝났다. 아이들은 흥분으로 볼이 빨갛게 달아올랐으며 눈망울은 반짝반짝 빛났다.

솔직히 앤은 자신의 밋밋한 검정 모자며 집에서 만든 볼품없고 소매가 좁은 잿빛 코트와 다이애나의 멋진 털모자며 귀여운 재킷을 비교해 보며 어쩔 수 없이 속상한 마음이 들기도 했다. 하지만 이내 상상력을 발휘하면 된다는 생각이 들었다.

뉴브리지에서 다이애나의 사촌인 머레이 집안 아이들이 왔다. 다들 밀짚과 털 담요에 둘러싸인 채 커다란 썰매에 빽빽이 앉아 있었다. 앤은 회관까지 가는 길이 무척 즐거웠다. 비단처럼 매끄러운 눈길을 지날 때 썰매 아래서 뽀드득거리는 소리가 났다. 해가 지는 모습은 더없이 아름다웠다. 눈 덮인 언덕과 세인트로렌스 만의 깊고 푸른 물이 화려하게 석양 주위를 감쌌다. 진주와 사파이어로 만든 거대한 그릇 속에 포도주와 불꽃이 가득 담긴 듯한 모습이었다. 딸랑거리는 썰매 종소리와 숲의 요정들이 흥겹게 웃는 듯한 소리가 먼 사방에서 들려왔다.

앤이 털 담요 아래서 장갑 낀 다이애나의 손을 꼭 잡으며 숨을 내쉬었다.

"아, 다이애나, 모든 게 아름다운 꿈같지 않니? 내가 정말 평소하고 똑같아 보여? 너무 느낌이 달라서 왠지 내 모습도 달라졌을 것 같아."

방금 전 사촌으로부터 예쁘다는 칭찬을 들은 다이애나는 그 말을 앤에게도 해주어야겠다고 생각하며 말했다.

"아주 아름다워. 그 어느 때보다 사랑스러운 얼굴이야."

그날 밤 프로그램은 적어도 한 사람에게는 감동의 연속이었으며, 앤이 다이애나에게 장담했듯 시간이 흐를수록 감동은 점점 더 커졌다. 프리시 앤드루스가 분홍색 새 실크 블라우스 차림에 하얗고 매끈한 목에는 진주 목걸이를 하고, 필립스 선생님이 프리시를 위해 시내에서 주문했다고들 수군대는 진짜 카네이션을 머리에 꽂고, 한 줄기 빛도 없는 어둠 속에서 계단을 올라왔을 때 앤은 프리시가 곧 낭송할 시 속의 주인공이 떠올라 연민으로 몸을 떨었다. 합창단이 〈고결한 데이지 꽃은 저 높은 하늘로〉를 부르자 앤은 천사가 그려진 벽화가 있기라도 하듯 천장을 올려다보았다. 샘 슬론이 「소케리가 암탉을 둥지에 앉히는 방법」을 그림을 곁들여 얘기할 때에는 어찌나 웃어 댔던지 주변에 앉은 사람들마저 따라 웃을 정도였다. 에이번리에서도 한물간 얘기를 듣고 즐거워서 웃었다기보다는 앤을 보고 덩달아 웃은 사람이 더 많았다. 필립스 선생님이 마크 안토니우스가 시저의 주검 앞에서 했던 연설을, 한 소절이 끝날 때마다 프리시 앤드루스를 보며 열정적으로 웅변하자, 앤은 로마 시민이 한 명이라도 앞장선다면 그 자리에서 당장 일어나 반란을 일으킬 수 있을 것 같은 느낌에 사로잡혔다.

오직 한 프로그램만이 앤의 관심을 끌지 못했다. 길버트 블라이스가 「라인 강변의 빙겐」을 암송할 때, 앤은 시가 다 끝날 때까지 로다 머레이가 도서관에서 빌려 온 책을 읽었고, 다이애나가 손바닥이 얼얼하도록 박수를 치는 동안에도 꼼짝 않고 뻣뻣이 앉아 있기만 했다.

앤과 다이애나가 집으로 돌아온 시각은 11시였다. 그렇게 지치도록 놀았으면서도 둘은 아직 남아 있는 커다란 즐거움을 생각하며 쉴 새 없이 재잘거렸다. 다들 잠이 들었는지 집안은 캄캄하고 고요했다. 앤과 다이애나는 까치발을 하고 손님방으로 통하는 길고 좁은 응접실로 들어갔다. 응접실은 기분 좋게 따뜻했고 벽난로에서는 타다 남은 불씨가 희미하게 빛나고 있었다.

다이애나가 입을 열었다.

"우리 여기서 옷 벗자. 정말 따뜻하고 좋다."

앤이 행복에 젖어 한숨을 내쉬었다.

"오늘 정말 재미있지 않았니? 무대에 서서 시를 낭송하는 건 아주 멋진 일일 거야. 우리에게도 그럴 기회가 있을까, 다이애나?"

"그럼, 물론이지. 언젠가 그럴 날이 올 거야. 항상 상급생들에게 시를 낭송하게 하니까. 길버트 블라이스는 우리보다 두 살밖에 많지 않은데도 몇 번이나 참가했는걸. 참, 앤, 너 왜 길버트가 낭송할 때 듣지 않는 척했니? 길버트는 '제게는 누이가 아닌, 또 다른 여자가 있습니다.'라는 구절을 읊을 때 널 똑바로 쳐다봤어."

앤이 진지하게 말했다.

"다이애나, 넌 내 마음의 친구야. 하지만 그 애 얘기만은 하지 말아 줘. 자, 잘 준비 다 됐니? 침대까지 누가 먼저 가나 시합할까?"

다이애나도 앤의 생각이 마음에 들었다. 하얀 옷을 입은 두 아이는 긴 응접실을 날듯이 가로질러 손님방으로 들어가서는 동시에 침대로 뛰어들었다. 순간 밑에서 무언가 꿈틀하더니 숨 막힌 듯 '아이쿠!' 하고 외치는 소리가 희미하게 새어 나왔다.

앤과 다이애나는 너무 놀란 나머지 어떻게 침대에서 내려와 방을 나왔는지 기억도 나지 않았다. 정신을 차려 보니 미친 듯이 방을 나온 뒤 벌벌 떨며 살금살금 이층으로 올라가고 있는 중이었다.

앤이 추위와 두려움으로 이빨을 부딪치며 소곤거렸다.

"세상에, 그게 누구……, 아니 뭐였니?"

다이애나가 숨이 넘어갈 정도로 웃었다.

"조세핀 할머니야. 어떻게 거기 계시는지 모르겠지만 조세핀 할머니가 맞아. 어쩌나, 할머니가 화를 많이 내실 텐데. 큰일 났네. 정말 큰일이야. 그래도 너무 웃기지 않니, 앤?"

"조세핀 할머니가 누구야?"

"우리 아빠 숙모 되시는 분인데 샬럿타운에 사셔. 연세가 일흔 쯤 되셨나, 아무튼 아주 많아. 그분에게도 어린 시절이 있었을까 싶을 정도로 말이야. 우리 집에 오실 거라는 건 알았지만 이렇게 빨리 오실 줄은 몰랐어. 워낙에 깐깐하고 엄한 분이시라 이 일로 호되게 야단을 치실 게 분명해. 우린 미니 메이 방에서 자야겠다. 걔가 얼마나 몸부림을 치는지 넌 상상도 못할 거야."

조세핀 배리 할머니는 다음 날 이른 아침 식사 시간에 나타나지 않았다. 배리 부인은 두 아이를 보며 상냥하게 미소를 지었다.

"어젯밤에는 재미있었니? 조세핀 할머니가 오시는 바람에 너희 올 때까지 기다렸다가 이층에서 자야한다고 말해 주려고 했는데, 너무 피곤해서 그만 잠이 들고 말았구나. 할머니 귀찮게 한 건 아니지, 다이애나?"

다이애나는 신중하게 침묵을 지켰지만 식탁 너머로 앤과 양심에 찔리면서도 재미있다는 듯 은근한 미소를 주고받았다. 아침을 먹고 난 후 앤은 급히 집으로 돌아왔기 때문에 그 후에 배리 집안에서 일어난 소동에 대해서는 까맣게 모른 채 행복한 시간을 보냈고, 오후 늦게 마릴라 심부름으로 린드 부인의 집에 가서야 그 사실을 알게 되었다.

"그래, 어젯밤 불쌍한 배리 할머니가 너하고 다이애나 때문에 놀라 돌아가실 뻔했다며? 좀 전에 배리 부인이 카모디에 가는 길에 여기 들렀단다. 걱정이 이만저만 아니더구나. 배리 할머니가 오늘 아침에 일어나 노발대발하셨단다. 그분 성미가 보통 아니거든. 다이애나랑 한마디도 하지 않는다지 뭐냐."

린드 부인은 엄한 말투와는 달리 호기심으로 가득 찬 눈을 반짝거렸다.

앤이 잘못을 뉘우치며 말했다.

"다이애나 잘못이 아니에요. 저 때문이에요. 침대까지 누가 먼저 가나 시합하자 그랬거든요."

"그럴 줄 알았다!"

자신의 예감이 적중해서 무척 기쁜 듯 린드 부인이 뻐기며 말했다.

"네 머리에서 나온 생각인 줄 알았어. 어쨌든 그 일로 골치 아프게 됐구나. 배리 할머니는 원래 다이애나 집에서 한 달간 묵을 예정이었지만 하루도 더 있기 싫나면서 일요일인 내일 당장 돌아가겠다고 했단다. 데려다 줄 사람만 있었으면 오늘이라도 가셨을 거야. 다이애나를 위해 석 달 치 음악 수업료를 대주시겠다고 약속했는데, 그런 선머슴 같은 애한테는 이젠 한 푼도 줄 수 없다고 했다더구나. 그 집 사람들 오늘 아침에 진땀 꽤나 흘렸을 게다. 다들 속이 좀 쓰렸을걸. 배리 할머니가 돈 많은 부자라 잘 보이고 싶어하거든. 물론 배리 부인이 그런 말을 한 건 아니지만 사람 마음이란 게 다 그런 거 아니겠니?"

앤이 기가 죽어 말했다.

"전 정말이지 재수가 없는 아이예요. 스스로 곤경에 빠지는 것도 모자라 가장 친한 친구들까지 난처하게 만들거든요. 목숨도 바칠 수 있는 그런 사람들을 말이에요. 도대체 이유가 뭘까요, 린드 아주머니?"

"얘야, 그건 네가 조심성이 없고 충동적이라서 그래. 한 번이라도 깊이 생각하는 법이 없잖니. 무슨 일이든 머리에 떠올랐다 하면 잠시도 돌아보지 않고 바로 말하거나 행동에 옮겨 버리니 말이야."

앤이 반박했다.

"어머, 하지만 그게 가장 좋은 방법인걸요. 무언가 멋진 생각이 머리에 떠오르면 다 쏟아 내야 해요. 자꾸만 생각하다 보면 모두 망쳐 버리거든요. 그랬던 적 없으세요, 린드 아주머니?"

아니, 없었다. 린드 부인이 점잖게 고개를 저었다.

"넌 좀 더 생각하는 법을 배워야 해, 앤. 너한테 꼭 맞는 격언이 있다. '뛰기 전에 먼저 살펴보라.' 특히 손님방 침대라면 말이다."

린드 부인은 자신의 가벼운 농담이 마음에 드는지 웃었다. 하지만 앤은 여전히 우울했다. 이런 상황에 웃을 일이 뭐가 있느냐는 듯 두 눈은 사뭇 심각해 보였다. 린드 부인 집을 나온 앤은 황량한 들판을 지나 언덕 과수원 집으로 걸음을 옮겼다. 다이애나가 부엌 문간에서 앤을 맞았다.

앤이 속삭였다.

"조세핀 할머니 화가 이만저만 아니라던데, 진짜니?"

다이애나가 어깨 너머로 문 닫힌 거실 쪽을 불안스레 흘끔거리며 나직이 킬킬거렸다.

"응. 길길이 뛰며 화를 내셨어, 앤. 아유, 어찌나 야단을 치시던지. 내가 천하에 돼먹지 못한 아이라며, 부모님더러 날 이렇게 키웠으니 부끄러운 줄 알라고 그러시는 거야. 당장 가시겠다고 했지만, 난 상관 안 해. 하지만 엄마 아빠 생각은 다르신가 봐."

앤이 다그쳤다.

"왜 나 때문이었다고 말하지 않았니?"

다이애나가 뾰로통하게 말했다.

"내가 그럴 것 같니? 난 고자질쟁이가 아니야, 앤. 어쨌든 나한테도 잘못이 있잖아."

앤이 단호하게 말했다.

"그럼, 내가 가서 말씀드리겠어."

다이애나가 눈을 동그랗게 떴다.

"앤 셜리, 그건 안 돼! 할머닌 널 산 채로 잡아먹으려 들 거라고!"

앤이 사정했다.

"안 그래도 무서운데 너까지 겁주지 마. 차라리 호랑이 굴에 들어가는 게 낫겠다. 그래도 난 해야 해, 다이애나. 내 잘못이니까 고백하는 게 옳아. 고백이라면 다행히 몇 번 해봤으니까 괜찮을 거야."

"할머니는 거실에 계셔. 네가 그렇게 원한다면 들어가 봐. 난 엄두가 안 나. 아마 네가 가도 별 소용은 없을 거야."

다이애나의 격려 같지 않은 격려를 들으며 앤은 호랑이 굴속으로 들어갔다. 앤은 거실 문까지 꿋꿋이 걸어가 살며시 문을 두드렸다. 들어오라는 날카로운 목소리가 들렸다.

마르고 깐깐하고 완고한 조세핀 배리 할머니는 아직도 화가 가라앉지 않았는지 금테 안경 너머로 날카롭게 눈을 빛내며 난롯가에서 한창 바느질을 하고 있었다. 다이애나인 줄 알고 의자를 돌려 앉던 할머니는 커다란 두 눈에 극도의 공포와 필사적인 용기를 가득 담고 하얗게 질린 채 서 있는 여자 아이를 보았다.

조세핀 배리 할머니가 다짜고짜 물었다.

"넌 누구냐?"

어린 방문객이 특유의 자세로 두 손을 맞잡고는 떨리는 목소리로 대답했다.

"전 초록 지붕 집의 앤이라고 합니다. 괜찮으시다면 고백을 하고 싶습니다."

"무슨 고백?"

"어젯밤 할머니 침대에 뛰어든 건 모두 제 잘못이었습니다. 제가 그러자고 했거든요. 다이애나는 결코 그런 생각을 할 아이가 아닙니다. 정말이에요. 다이애나는 아주 얌전해요, 배리 할머니. 그러니 다이애나를 나무라시면 안 돼요."

"나무라면 안 된다고? 하지만 다이애나도 같이 뛰어들지 않았느냐? 체통 있는 집안에서 그런 경망스런 짓을 해도 된단 말이냐!"

앤은 끝까지 주장했다.

"하지만 우린 재미로 그런 거예요. 이렇게 사과드리니 한 번만 용서해 주세요, 배리 할머니. 제발 다이애나를 용서하시고 음악 수업을 들을 수 있게 해주세요. 다이애나가 음악 수업을 얼마나 고대했는데요. 무언가를 할 거라고 잔뜩 기대하고 있다가 그것을 못하게 될 때의 기분을 전 아주 잘 알아요. 화를 내시려거든 저한테 내세요. 전 어렸을 때부터 사람들이 저한테 화내는 것에 익숙해서 다이애나보다 훨씬 잘 참을 수 있거든요."

날카롭게 쏘아보던 노부인의 눈빛이 누그러지며 재미있다는 듯 반짝거렸다. 하지만 엄한 말투는 그대로였다.

"재미로 그랬다고 모두 용서가 되는 건 아니야. 내가 어릴 적엔 여자 아이들이 재미로라도 그런 짓을 하면 절대 안 됐으니까. 길고 힘든 여행을 마치고 곤히 잠들어 있다가 갑자기 다 자란 여자 아이 둘이 몸 위로 뛰어들어 잠을 깨는 기분이 어떤지 넌 모른다."

앤이 진지하게 말했다.

"잘은 모르지만 상상할 수는 있어요. 무척 당황하셨을 거예요. 하지만 그건 저희도 마찬가지였어요. 할머니도 상상하실 수는 있으시죠? 만약 그렇다면 저희 입장이 되어 한 번 생각해 보세요. 저희는 침대에 누가 있는 줄 몰랐다가 까무러쳐 죽는 줄 알았다고요. 얼마나 놀랐는데요. 게다가 저희는 허락받은 손님방에서 자지도 못했어요. 할머니야 손님방에서 주무신 적이 많겠지요. 하지만 할머니가 한 번도 그런 대접을 받지 못한 어린 고아였다면 어떤 기분이었을지 한번 상상해 보세요."

이제 노부인의 노여움은 모두 사라졌다. 배리 할머니가 웃음을 터뜨렸다. 문 밖 부엌에서 가슴을 졸이며 말없이 기다리던 다이애나는 할머니의 웃음소리를 듣고 안도의 한숨을 크게 내쉬었다.

"내 상상력이 녹슬지 않았는지 모르겠다. 쓴 지가 하도 오래되어서 말이야. 듣고 보니 네 말도 일리가 있는 것 같구나. 모든 게 보는 입장에 따라 다른 법이니까. 그래, 자리에 앉아서 네 얘기나 좀 해보려무나."

앤이 단호하게 말했다.

"정말 죄송하지만 그럴 수가 없어요. 저도 할머니가 재미있는 분 같고 보기와 달리 마음도 잘 통할 것 같아서 계속 이야기를 나누고 싶어요. 하지만 전 마릴라 아주머니께 돌아가야 해요. 마릴라 아주머니는 저를 맡아 올바르게 키워 주시는 아주 친절한 분이세요. 아주머니는 늘 최선을 다하시지만 저 때문에 실망하실 때가 많죠. 제가 침대에 뛰어들었다고 아주머니를 탓하시면 안 돼요. 하지만 제가 가기 전에 다이애나를 용서해 주시고, 예정하신 만큼 에이번리에 머무르시겠다고 말씀해 주시면 좋겠어요."

"네가 가끔 들러 얘기를 해준다면 그래 보도록 하마."

그날 저녁 배리 할머니는 다이애나에게 은팔찌를 주었고, 집안 어른들에게는 여행 가방을 다시 풀었노라고 말했다.

배리 할머니가 솔직하게 말했다.

"앤이라는 아이와 좀 더 친해지고 싶어서 마음을 바꾸었단다. 참 재미있는 아이야. 내 나이가 되면 재미있는 말동무를 찾기가 힘든 법이거든."

마릴라는 그 이야기를 전해 듣고 단지 한마디만 했다.

"그러게 제가 뭐랬어요."

이 말은 매슈를 두고 한 말이었다.

배리 할머니는 예정보다 더 오래 머물렀다. 앤이 할머니를 즐겁게 해준 덕분에 다른 때처럼 대접하기도 어렵지 않았다. 두 사람은 든든한 친구가 되었다.

배리 할머니는 떠나면서 앤에게 말했다.

"앤, 샬럿타운에 오거든 나를 꼭 찾아오너라. 그러면 내가 제일 좋은 손님방에 널 재워 주마."

앤이 마릴라에게 마음을 털어놓았다.

"배리 할머니는 결국 마음이 잘 통하는 분이었어요. 모습만 보면 그런 생각이 들지 않을지 몰라도 사실은 그랬던 거예요.

매슈 아저씨처럼 처음 보고 딱 알아차릴 순 없었지만 시간이 흐르면서 알게 됐어요. 제가 생각했던 것처럼 마음 맞는 사람이 그렇게 드문 건 아닌가 봐요. 세상에 그런 사람이 많다는 걸 알게 돼서 정말 기뻐요."

20

빗나간 상상

초록 지붕 집에 다시 봄이 찾아왔다. 올 듯 말 듯 변덕을 부리며 찾아오는 캐나다의 아름다운 봄은 4월과 5월 동안 따스하고 신선하고 서늘한 날이 계속되면서 분홍빛 황혼녘 속에 만물이 소생하고 성장하는 기적을 보여 주었다. **연인의 오솔길**에 늘어선 단풍나무엔 붉은 새순이 돋았고, **드라이어드 샘** 주위에는 돌돌 말린 어린 고사리들이 땅 위로 고개를 쑥 내밀었다. 사일러스 슬론 씨네 집 뒤편, 버려진 땅 너머에는 산사나무 꽃들이 갈색 잎 아래서 분홍색, 흰색의 별 모양을 귀엽게 뽐내며 활짝 피었다. 학생들은 저마다 꽃을 모으며 즐거운 오후를 보냈고, 팔이며 바구니에 꽃을 가득 담아 눈부신 석양빛을 받으며 집으로 돌아왔다.

앤이 말했다.

"산사나무가 없는 곳에 사는 사람들은 정말 안됐어요. 다이애나는 그 사람들이 더 좋은 걸 가지고 있을지 모른다고 말했지만, 아무리 그래도 산사나무만 하겠어요, 안 그래요? 다이애나는 또 산사나무가 어떤 건지 처음부터 모른다면 아쉬워하지도 않을 거라고 말했어요. 하지만 전 그보다 슬픈 일은 없다고 생각해요. 산사나무 꽃이 어떻게 생겼는지도 모르고, 보고 싶어하지도 않는다는 건 그야말로 비극이에요. 제가 산사나무 꽃을 어떻게 생각하는지 아세요, 아주머니? 전 그게 지난여름에 져버린 꽃들의 영혼이며, 여긴 그 영혼들의 천국이라고 생각해요. 오늘은 정말 재미있었어요. 오래된 웅덩이 옆에 이끼로 뒤덮인 우묵하고 넓은 곳에서 점심을 먹었어요. 아주 낭만적인 장소예요. 찰리 슬론이 아티 길리스에게 웅덩이를 뛰어넘어 보라고 하자 아티가 뛰어넘었어요. 비겁하게 뺄 수는 없으니까요. 학교에선 누구나 다 그래요. 도전하는 게 요즘 유행이거든요. 그리고 필립스 선생님이 산사나무 꽃을 프리시에게 한 아름 안기며 '아름다운 그대에게 아름다운 꽃을'셰익스피어의 『햄릿』에 나오는 말 – 옮긴이이라고 말하는 소리를 들었어요. 전 선생님이 책에 나오는 말을 인용했다는 걸 알았지만, 그건 선생님이 조금은 상상력이 있다는 뜻이 아닐까 싶어요. 저도 누군가에게서 꽃을 받긴 했지만 차갑게 거절했어요. 저 스스로 그 애 이름을 절대 입에 올리지 않겠다고 맹세했기 때문에 이름을 말할 수는 없어요. 우린 산사나무 꽃으로 화관을 만들어 모자에 얹었어요. 집으로 돌아올 땐 꽃다발을 들고 머리엔 화관을 쓴 채 〈언덕 위의 집〉을 부르며 둘씩 짝을 지어 걸었어요. 아, 가슴이 얼마나 두근거렸는지 몰라요, 아주머니. 사일러스 슬론 씨네 사람들이 모두 달려 나와 우리를 쳐다보았고 길에서 만나는 사람들도 다들 걸음을 멈추고 우리가 지나가는 모습을 뚫어져라 바라보았어요. 대단한 화젯거리였다고요."

마릴라가 대꾸했다.

"당연하지! 그런 멍청한 짓을 하고 다녔으니!"

산사나무 꽃이 지자 제비꽃이 피어나 **제비꽃 골짜기**가 온통 보랏빛으로 물들었다. 앤은 성지를 걷듯 경건한 발걸음과 숭배하는 눈빛으로 **제비꽃 골짜기**를 지나 학교로 갔다.

앤이 다이애나에게 말했다.

"어쩐 일인지 이곳을 지날 때면 우리 반에서 길버…… 아니, 누가 나보다 공부를 잘하든 못하든 전혀 신경이 쓰이지 않아. 하지만 학교에만 도착하면 모든 게 달라지면서 전처럼 신경이 쓰이는 거야. 아무래도 내 속엔 여러 가지 모습의 앤이 들어 있나 봐. 그래서 내가 말썽을 잘 피우는 게 아닌가 싶기도 하고. 내 안에 앤이 하나만 있다면 훨씬 편할 텐데. 하지만 지금의 절반만큼도 재미가 없을 거야."

6월 어느 날 저녁, 앤은 제 방 창가에 앉아 있었다. 과수원마다 다시 분홍 꽃이 피어나고, **반짝이는 호수** 위 습지에서는 개구리가 맑게 노래했으며, 클로버 들판과 전나무 숲이 뿜어내는 싱그러운 향기가 공기 중에 가득했다. 공부를 하고 있던 앤은 날이 어두워져 책을 볼 수 없을 정도가 되자, 눈을 크게 뜨고는 다시 꽃을 활짝 피운 **눈의 여왕**의 가지를 내다보며 몽상에 빠졌다.

앤의 작은 방은 실제로는 달라진 게 거의 없었다. 여전히 벽은 하얀색이었고, 바늘꽂이는 딱딱했고, 의자도 단단한 모습 그대로 노란색으로 곧게 서 있었다. 하지만 방의 전체적인 분위기는 달라졌다. 신선하고 활기차고 톡톡 튀는 개성이 방안 곳곳에서 물씬 배어 나왔다. 그것은 여학생의 책, 옷, 리본과는 상관없는, 탁자 위에 놓인 사과 꽃이 가득 담긴 파란 단지와도 상관없는 것이었다. 생기발랄한 방주인이 밤낮없이 꾸는 모든 꿈들이, 실체는 없어도 눈에 보이는 형태가 되어 무지개와 달빛으로 엮은 아름다운 얇은 천으로 텅 빈 방을 덮고 있는 듯했다. 얼마 뒤 마릴라가 방금 다린 앤의 학교 앞치마를 들고 방으로 들어왔다. 마릴라는 앞치마를 의자 위에 걸쳐 놓고 자리에 앉으며 짧게 한숨을 쉬었다. 그날 오후 마릴라는 두통을 앓았다. 이제 통증은 사라졌지만 영 기운을 차리지 못했고, 마릴라의 표현대로 '녹초'가 되어 있었다. 앤이 맑은 눈으로 마릴라를 걱정스럽게 바라보았다.

"제가 대신 아플 수 있다면 얼마나 좋을까요, 아주머니. 전 아주머니를 위해서라면 기쁘게 참을 수 있어요."

"네가 도와줘서 쉴 수 있었단다. 이젠 일도 제법 잘하고 실수도 많이 준 것 같구나. 그렇다고 매슈 오라버니의 손수건에 풀을 먹일 것까지는 없었지만 말이다! 그리고 보통 사람들이 오븐에 파이를 넣는 건 데워서 점심 식사 때 따뜻하게 먹으려고 하는 거지 완전히 태우려는 게 아니란다. 하지만 넌 확실히 생각이 다른가 보구나."

두통을 앓을 때면 늘 그러듯 마릴라가 약간 빈정대는 투로 말했다.

앤이 미안해하며 말했다.

"어머, 정말 죄송해요. 오븐에 파이를 넣고 나서 지금까지 까맣게 잊고 있었어요. 그래서 저도 모르게 점심 식탁에 뭔가 빠졌다는 생각이 들었나 봐요. 오늘 아침에 아주머니가 저한테 일을 맡기셨을 때 전 상상 같은 건 절대 하지 말고 일에만 열중하자고 굳게 결심했어요. 파이를 오븐에 넣기 전까지는 제법 잘했는데, 그만 유혹을 이기지 못한 채 제가 마법에 걸린 공주가 되어 외로운 탑에 갇혀 있고 흑마를 탄 멋진 기사가 구하러 온다는 상상에 빠지고 말았어요. 그래서 파이를 잊어버린 거예요. 손수건에 풀을 먹인 건 저도 몰랐어요. 다림질하는 내내 다이애나와 제가 시내 위쪽에서 발견한 섬의 이름을 생각하고 있었거든요. 얼마나 황홀한 곳인지 몰라요, 아주머니. 섬 위엔 단풍나무 두 그루가 서 있고 시냇물이 섬 주위를 휘감아 흘러요. 저는 결국 멋진 이름을 생각해 냈어요. 빅토리아 여왕님의 생일에 발견했으니, **빅토리아 섬**이라고 부르는 게 좋겠다고요. 다이애나와 전 애국심이 아주 강하거든요. 파이와 손수건 일은 정말 죄송해요. 오늘은 기념일이라 특별히 더 잘하고 싶었는데. 작년 오늘 무슨 일이 있었는지 기억하세요, 아주머니?"

"아니, 특별히 생각나는 게 없는걸."

"어머, 아주머니, 바로 제가 초록 지붕 집에 온 날이잖아요. 전 그날을 절대 잊을 수가 없어요. 제 인생이 뒤바뀐 날이니까요. 물론 아주머니에겐 그렇게 중요한 일이 아닐 수도 있겠죠. 여기서 지낸 1년은 정말 행복했어요. 물론 말썽을 많이 피우긴 했지만 시간이 지나면 나아질 거예요. 절 키우기로 하신 거 후회하세요, 아주머니?"

마릴라는 초록 지붕 집에 앤이 없었을 때는 어떻게 살았는지 궁금할 때가 가끔 있었다.

"아니, 후회하지 않는다. 그럼, 후회하지 않고말고. 앤, 공부 다 했거든 배리 씨 댁에 가서 다이애나 앞치마 본을 빌려 줄 수 있는지 여쭤 보아라."

앤이 소리쳤다.

"어머, 이렇게…… 이렇게 어두운데요?"

"어둡다고? 이제 겨우 초저녁인걸. 넌 해지고 나서도 잘만 다녔잖니?"

앤이 간절하게 말했다.

"내일 아침 일찍 다녀올게요. 해가 뜨자마자 갈게요, 아주머니."

"지금 무슨 말을 하는 게냐, 앤 셜리? 난 오늘 저녁에 그 본으로 네 앞치마를 만들 생각이다. 바보 같은 소리 말고 당장 갔다 오너라."

앤이 마지못해 모자를 집어 들며 말했다.

"그럼 큰길로 돌아서 가겠어요."

"돌아서 가면 30분이나 더 걸려! 도대체 왜 그러는지 모르겠구나!"

앤이 생각다 못해 털어놓았다.

"**유령의 숲**을 지나갈 수가 없어서 그래요, 아주머니."

마릴라의 눈이 동그래졌다.

"**유령의 숲**이라고! 정신이 어떻게 되기라도 했니? 도대체 **유령의 숲**이 뭐냐?"

앤이 기어들어 가는 소리로 말했다.

"시내 너머에 있는 가문비나무 숲이에요."

"바보 같은 소리! **유령의 숲** 같은 건 어디에도 없다. 누가 그런 쓸데없는 소릴 하더냐?"

앤이 솔직히 말했다.

"아무도 말하지 않았어요. 저와 다이애나 둘이서 그 숲에 유령이 나온다고 상상한 거예요. 사실 이 근처는 너무…… 너무 평범하잖아요. 그래서 재미로 그런 얘기를 지어 냈어요. 4월부터 그랬죠. **유령의 숲**은 무척 낭만적인 곳이에요, 아주머니. 분위기가 음침해서 가문비나무 숲이 제격이라고 생각했지요. 그리고 아주 끔찍한 얘기를 상상했어요. 저녁 이맘때쯤에 하얀 옷을 입은 여자가 두 손을 꽉 쥐고 마구 흐느끼며 시내를 따라 걸어요. 그 여자가 나타나면 가족 중에 누군가가 죽게 되지요. 그리고 살해당한 아이의 유령이 **한적한 숲** 언저리를 어슬렁거려요. 그 유령이 뒤에서 스르르 다가와 싸늘한 손가락으로 손을 잡는 거예요. 아주머니, 전 생각만 해도 소름이 끼쳐요. 또 머리 없는 남자가 그 길을 오르락내리락하고 나뭇가지 사이로 해골들이 무섭게 노려보고 있어요. 아, 마릴라 아주머니, 전 어떤 일이 있어도 해가 진 다음엔 **유령의 숲**을 지나가지 않을 거예요. 나무 뒤에서 하얀 유령이 손을 뻗쳐 절 붙잡고 말 거예요."

어이없다는 듯 멍하니 듣고 있던 마릴라가 버럭 소리를 질렀다.

"앤 셜리, 넌 지금 그 말도 안 되는 공상을 믿고 있다는 소리냐?"

앤이 더듬거리며 말했다.

"꼭 그런 건 아니고요. 그러니까 낮에는 믿지 않아요. 하지만 어두워지면 달라요. 그땐 유령이 돌아다니니까요."

"유령 따위는 없다, 앤."

앤이 절박하게 말했다.

"아니, 있어요, 아주머니. 유령을 봤다는 사람을 알고 있는 걸요. 다들 성실한 사람들이었어요. 찰리 슬론이 그러는데, 1년 전에 돌아가신 할아버지가 어느 날 밤 소를 몰고 집으로 오는 걸 자기 할머니가 봤다고 그랬대요. 찰리 슬론 할머니가 거짓말 안 하는 분이라는 건 아주머니도 잘 아시잖아요. 그분은 정말 신앙심이 깊은 분이세요. 또 토마스 아주머니의 아버지는 어느 날 밤에 잘린 목을 가죽에 덜렁덜렁 매달고 온몸에 불이 붙은 양에게 쫓겨 집으로 돌아왔대요. 할아버지는 양이 죽은 형의 영혼이라며, 앞으로 9일 안에 자기가 죽는다는 경고라고 그랬대요. 9일은 아니었지만, 결국 2년 후에 돌아가셨고요. 그러니 정말이잖아요. 게다가 루비 길리스는……"

마릴라가 단호하게 말을 막았다.

"앤 셜리, 이제 그런 얘기는 다시는 꺼내지 마라. 네 상상력이라는 것에 대해 전부터 께름칙한 느낌이 들긴 했다만 이런 식으로 도를 넘어선다면 가만 두고 볼 수가 없구나. 당장 배리 씨 댁에 가거라. 정신을 차리기 위해 꼭 가문비나무 숲을 지나서 가도록 해. 그리고 다시는 **유령의 숲** 같은 소리는 입에 담지도 마라."

앤은 울면서 매달리고 싶었다. 너무 두려운 나머지 실제로 그렇게 했다. 앤의 상상력은 날개를 달고 어둠이 내린 무시무시한 가문비나무 숲으로 앤을 데려갔다. 하지만 마릴라는 매정했다. 마릴라는 겁에 질린 아이에게, 샘까지 내려간 다음 다리를 건너 흐느끼는 여인과 머리 없는 유령이 있는 어둑한 숲 안쪽으로 똑바로 걸어가라고 명령했다.

앤이 울면서 말했다.

"아, 마릴라 아주머니, 어쩜 그렇게 잔인하실 수가 있어요? 하얀 유령이 덤벼들어 절 끌고 가도 괜찮으세요?"

마릴라가 차갑게 대꾸했다.

"각오해야지. 내가 언제 허튼 소리 하는 거 봤니? 이참에 네 상상 속 유령들을 모두 몰아내야겠다. 자, 어서 가거라."

앤이 집을 나섰다. 비틀거리며 다리를 건너고 몸을 부들부들 떨며 끔찍한 그 길을 걸어갔다. 앤은 그때 일을 결코 잊지 못했다. 자신의 무한한 상상력이 그렇게 원망스러울 수가 없었다. 어둠 속 여기저기 숨어 있던 앤의 상상 속 괴물들이 차갑고 앙상한 손을 내밀어 자신들을 만들어 낸 겁에 질린 어린 소녀를 잡으려고 했다. 골짜기에서 날아온 하얀 자작나무 껍질이 갈색 바닥 위에 있는 걸 보고 앤은 그만 심장이 멎는 줄 알았다. 오래된 나뭇가지 두 개가 서로 몸을 비비며 울부짖듯 윙윙대는 소리를 길게 낼 때는 이마에 식은땀이 맺혔다. 어둠 속에서 머리 위를 휙휙 날아다니는 박쥐들도 앤의 눈에는 무시무시한 괴물로 보였다. 윌리엄 벨 씨의 들에 이르자 앤은 하얀 유령들이 쫓아오기라도 하듯 총알같이 내달려 배리 씨 부엌에 도착했고 어찌나 숨이 차던지 앞치마 본을 빌려 달라는 말도 겨우 했을 정도였다. 다이애나가 집에 없어서 더 있을 핑계도 없었다. 곧바로 그 끔찍한 길을 돌아가야만 했다. 앤은 나무에 머리를 부딪치는 한이 있어도 하얀 유령을 보는 것보단 낫겠다며 눈을 질끈 감은 채 걸었다. 마침내 더듬거리며 통나무 다리를 건너자, 앤이 몸을 부르르 떨며 길게 안도의 한숨을 내쉬었다.

마릴라가 태연하게 말했다.

"이런, 아무도 널 잡아가지 않았나 보지?"

앤이 이를 딱딱 부딪치며 말했다.

"아, 마…… 마릴라 아주머니. 아, 앞으로는 펴…… 평범한 데 만족하겠어요."

21

새로운 맛의 탄생

6월의 마지막 날, 앤이 부엌 식탁에 석판과 책을 내려놓고 흠뻑 젖은 손수건으로 빨개진 눈을 닦으며 말했다.

"아, 이 세상엔 만남과 이별뿐이라는 린드 아주머니의 말이 맞아요. 오늘 학교에 손수건을 하나 더 가져가길 정말 잘했지요, 아주머니? 왠지 그래야 한다는 예감이 들었어요."

"네가 필립스 선생님을 그렇게 좋아하는 줄 몰랐구나. 선생님이 가신다고 눈물을 닦을 손수건이 두 장씩이나 필요하다니 말이다."

"선생님을 너무 좋아해서 울었던 건 아니에요. 다른 아이들이 울어서 저도 따라 운거죠. 루비 길리스가 맨 먼저 울었어요. 루비 길리스는 늘 필립스 선생님이 싫다고 그래 놓고선 선생님이 작별 인사를 하려고 일어서자마자 울음을 터뜨렸어요. 그러자 다른 여자 아이들도 잇따라서 울기 시작하는 거예요. 저는 꾹 참으려고 했어요, 아주머니. 필립스 선생님이 절 길버……, 아니 남자 애와 앉혔던 일이며 칠판에 'e'자를 빼고 제 이름을 썼던 일, 기하 시간에 저 같은 멍청이는 본 적이 없다고 말하고, 철자법이 엉망이라고 비웃던 일, 항상 무섭게 굴고 빈정대던 일을 떠올리려고 했다고요. 그런데 웬일인지 아무 생각도 나지 않으면서 그냥 눈물이 나오는 거예요. 제인 앤드루스는 필립스 선생님이 학교를 떠난다는 사실을 알고 나서는 한 달 내내 좋다고 하며 절대 울지 않을 거라고 선언했어요. 그래 놓고는 남동생한테 손수건까지 빌리며 제일 심하게 울어 댔어요. 필요 없을 거라며 자기 손수건은 안 가져왔거든요. 남자 애들은 당연히 아무도 울지 않았고요. 아, 마릴라 아주머니, 가슴이 찢어질 것만 같아요. 필립스 선생님은 '이제 작별의 시간이 왔습니다.'라며 인사말을 아주 멋지게 시작했는데, 무척 감동적이었어요. 그리고 선생님 눈에도 눈물이 어렸어요. 그동안 제가 학교에서 떠들고 석판에다 선생님 그림을 그리고 선생님과 프리시 사이를 놀려 댄 일이 너무 후회되고 죄송스러웠어요. 저도 미니 앤드루스 같은 모범생이라면 얼마나 좋았을까요. 미니 앤드루스라면 양심에 꺼릴 게 아무것도 없을 거잖아요. 여자 아이들은 집으로 오는 동안에도 내내 울었어요. 캐리 슬론은 우리가 울음을 그칠 만하면, '이제 작별의 시간이 왔습니다.' 하고 선생님 말씀을 흉내 내서는 다시 눈물이 터져 나오게 만들었어요. 정말 너무 슬퍼요, 아주머니. 하지만 두 달간의 방학이 눈앞에 있는데 절망의 구렁텅이에만 빠져 있어선 안 되겠죠, 그렇죠, 아주머니? 게다가 우리는 역에서 오시던 새 목사님 부부를 만났어요. 필립스 선생님이 가시는 건 가슴 아픈 일이었지만 새로 오신 목사님에게 관심이 가는 건 어쩔 수 없었어요. 목사님 부인은 참 아름다운 분이셨어요. 물론 화려하게 아름다운 건 아니었지만요. 목사님 부인이 화려하게 아름답다는 건 사람들한테 나쁜 보기가 될지도 모르니, 그래서도 안 될 것 같아요. 린드 아주머니가 그러시는데, 뉴브리지의 목사님 부인은 너무 멋을 부리고 다녀 아주 나쁜 본을 보였대요. 새 목사님 부인은 소매가 예쁘게 부푼 파란색 모슬린 드레스를 입고 장미꽃으로 장식한 모자를 쓰고 있었어요. 제인 앤드루스는 불룩한 소매 옷이 목사님 부인이 입기엔 너무 점잖지 못하다고 했지만 전 그렇게까지 심하단 생각은 안 들었어요. 불룩한 소매를 입고 싶은 마음이 어떤 건지 잘 아니까요. 게다가 그분은 목사님 부인이 된 지 얼마 되지도 않았으니 우리가 이해를 해야지요, 안 그래요? 두 분은 목사관이 정리될

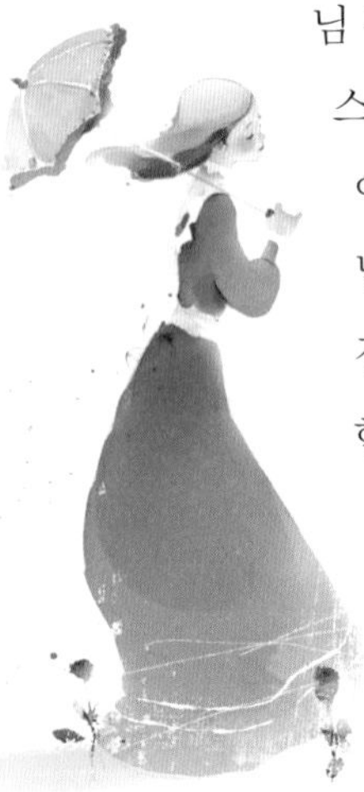

때까지 린드 아주머니 댁에 머무르신대요."

그날 저녁 마릴라가 린드 부인 집을 찾은 데는, 지난 겨울에 빌린 조각보 틀을 돌려주겠다는 목적 이외에도 다른 이유가 있었다. 그것은 에이번리 사람들 대부분이 지닌 인간적인 관심이었다. 린드 부인은 사람들에게 물건을 많이 빌려 주었고, 그중에는 돌려받을 생각조차 않고 있는 것들도 있었는데, 그날 밤 그런 물건들이 잇달아 집으로 돌아왔다. 흥밋거리가 거의 없는 이 작고 조용한 마을에서 새로 부임한 목사, 그것도 부인과 함께 온 목사가 호기심의 대상이 되는 건 지극히 당연한 일이었다.

앤에게서 상상력이 없다는 평을 들은 벤틀리 목사는 18년 동안 에이번리 마을 목사로 있었다. 미혼으로 부임했던 목사는 해마다 이 여자, 저 여자와 결혼한다는 소문만 무성했을 뿐 끝내 결혼은 하지 않았다. 지난 2월, 목사는 목사직을 그만두고 신도들의 아쉬움을 뒤로 한 채 에이번리를 떠났다. 설교는 잘하지 못했지만, 오랫동안 함께 지내오면서 사람들의 마음속엔 선량한 노목사에 대한 정이 쌓여 있었던 것이다. 그 후로 에이번리 사람들은 주일마다 시험설교를 하러오는 수많은 목사 후보들과 지원자들의 설교를 들으며 종교적으로 흥미진진하고 다양한 즐거움을 만끽했다. 결정권이야 교회 장로들의 몫이었지만, 오래된 커스버트 씨네 가족석 한구석에 얌전하게 앉은 빨간 머리 여자 아이에게도 나름대로 의견은 있어서 매슈와 함께 이 문제를 열심히 의논하곤 했다. 마릴라는 어떤 식으로든 목사들을 비평하는 데는 반대하였다.

앤이 마지막 결론을 내렸다.

"스미스 목사님은 안 될 거예요, 매슈 아저씨. 린드 아주머니는 설교가 너무 서툴다고 하시지만, 제 생각엔 벤틀리 목사님처럼 상상력이 없는 게 제일 큰 문제 같아요. 그에 반해 테리 씨는 지나치게 많지요. 제가 **유령의 숲**을 상상했던 것처럼 상상에 너무 끌려 다녀요. 게다가 기독교관도 건전하지 않다고 린드 아주머니가 그랬어요. 그레셤 목사님은 선량하고 신앙심도 두터운 분이지만, 너무 웃기는 얘기를 많이 해서 교회를 웃음바다로 만드니 위엄이 없어요. 목사님이라면 어느 정도 위엄이 있어야 하잖아요, 안 그래요, 아저씨? 마셜 목사님은 확실히 사람의 마음을 끄는 힘이 있어요. 그래서 린드 아주머니가 특별히 알아봤다는데, 미혼이고 약혼도 안 하셨더래요. 린드 아주머니는 혹시라도 신도 중 누군가와 결혼하면 일이 복잡해진다며 에이번리에 젊은 독신 목사님은 절대 안 된다고 하셨어요. 린드 아주머니는 참 멀리까지 생각하는 분이세요, 그렇죠, 아저씨? 교회에서 앨런 목사님을 초청해서 무척 기뻐요. 그분은 설교도 재미있게 하시고, 기도도 습관적으로 하는 게 아니라 진심을 담아 하셔서 마음에 들어요. 린드 아주머니는 그분도 완벽하진 않지만 1년에 750달러로 최고의 목사를 바라는 건 무리라고 하셨어요. 아주머니가 교리에 대해 꼬치꼬치 물어 보셨는데, 어쨌든 기독교관도 흠잡을 데가 없대요. 그리고 목사님 부인 집안사람들을 아는데, 다들 존경할 만한 분들이시고 여자들도 훌륭한 가정주부래요. 린드 아주머니는 올바른 기독교관을 가진 남편과 좋은 가정주부 아내야말로 이상적인 목사 가정을 이룰 수 있다고 말씀하셨어요."

새 목사와 그 부인은 젊고 인상이 밝은 부부로, 아직 신혼이었으며, 자신들이 선택한 평생의 임무를 잘해 내겠다는 성실하고 아름다운 열정으로 가득 차 있었다. 에이번리 사람들은 처음부터 두 사람에게 마음의 문을 열었다. 노인, 젊은이 할 것 없이 다들, 높은 이상을 지닌 이 솔직하고 쾌활한 젊은 남자와 목사관을 맡은 밝고 상냥한 젊은 숙녀를 좋아했다. 앤은 이내 앨런 부인을 진심으로 좋아하게 되었다. 마음이 통하는 또 다른 동반자를 발견한 것이었다.

어느 일요일 오후 앤이 말했다.

"앨런 사모님은 정말 멋진 분이세요. 주일학교에서 우리 반을 맡으셨는데, 아주 훌륭한 선생님이신 것 같아요. 그분은 선생님만 일방적으로 질문을 하는 건 공평하지 않다고 하셨어요. 아주머니, 그건 바로 제가 늘 생각해 오던 거잖아요. 그리고 묻고 싶은 게 있으면 뭐든지 물어보라고 하셔서 전 아주 많이 여쭤 보았어요. 제가 질문이라면 자신이 있거든요, 아주머니."

"그거야 나도 알지."

마릴라가 힘주어 말했다.

"저 말고 질문한 사람은 루비 길리스뿐이었어요. 여름에 주일학교에서 소풍을 가는지 물어보더라고요. 수업하고 아무 상관없는 내용이라 적당한 질문 같진 않았어요. 사자굴 속에 들어간 다니엘에 대해 배우고 있었거든요. 그런데도 앨런 사모님은 웃으면서 갈 것 같다고 대답하셨어요. 앨런 사모님은 웃는 모습이 참 예뻐요. 두 뺨에 아주 아름다운 보조개가 생기거든요. 저도 보조개가 있으면 얼마나 좋을까요. 여기 처음 왔을 때보다 많이 통통해지긴 했지만 보조개는 아직 없거든요. 만약 보조개가 있었으면 저도 사람들에게 좋은 영향을 줄 수 있었을 거예요. 앨런 사모님은 우리가 항상 다른 사람들에게 좋은 영향을 주도록 노력해야 한다고 말씀하셨어요. 그밖에도 좋은 말씀을 많이 해주셨어요. 종교가 그렇게 즐거운 건지 예전엔 몰랐어요. 종교란 항상 좀 우울하다고 생각했는데 앨런 사모님이 말씀하시는 종교는 그렇지 않았어요. 저도 그분같이 될 수 있다면 기독교인이 되고 싶어요. 벨 장로님 같은 기독교인은 말고요."

마릴라가 엄하게 나무랐다.

"벨 장로님에 대해 그렇게 말하는 건 아주 버릇없는 태도야. 그분은 아주 좋은 분이시다."

앤이 동의했다.

"아, 물론 좋은 분이시죠. 하지만 종교를 즐겁게 생각하진 않는 것 같아요. 전 착한 사람이 될 수 있다면 너무 기뻐서 하루 종일 춤추고 노래할 거예요. 앨런 사모님은 어른이고 목사님 부인으로서 체면도 있으니 그러진 않겠지만요. 하지만 전 그분이 기독교인이라는 사실을 기뻐하신다는 걸 느낄 수 있어요. 아마 기독교인이 아닌 채 천국에 가셨다 해도 기독교인이 되셨을 거예요."

마릴라가 생각에 잠겨 말했다.

"우리도 조만간 목사님 부부를 초대해 차를 대접해야겠구나. 우리 집 말고는 다 들러 보신 것 같던데. 어디 보자. 다음 주 수요일이 좋겠구나. 매슈 오라버니한테는 말하지 마라. 미리 알았다가는 요리조리 핑계를 대며 집을 비우려 들 게야. 벤틀리 목사님이야 워낙 익숙해서 괜찮았지만 새 목사님하고는 친해지기도 어렵고, 목사님 부인을 보면 기겁을 할 테니까."

앤이 확신했다.

"입도 벙긋하지 않을게요. 아, 그런데 마릴라 아주머니, 그날 케이크는 제가 만들면 안 될까요? 앨런 사모님을 위해 뭔가 해 드리고 싶어요. 요즘엔 저도 케이크를 곧잘 만들잖아요."

마릴라가 약속했다.

"그럼 잼과 크림을 층층이 바른 케이크를 만들어 보렴."

월요일과 화요일, 초록 지붕 집은 목사님 내외를 맞을 준비로 부산했다. 목사와 부인에게 차를 대접한다는 것은 중요하고 의미 있는 일이었다. 마릴라는 에이번리의 어떤 집보다도 더 잘 대접하겠다고 다짐했다. 앤은 흥분과 기쁨으로 야단법석을 떨었다. 화요일 저녁 땅거미가 질 무렵에 앤은 다이애나와 함께 **드라이어드 샘**가에 있는 붉은 바위 위에 걸터앉아 전나무 진을 바른 작은 나뭇가지로 물 위에 무지개를 그리며 이야기를 나누었다.

"내일 아침에 내가 만들 케이크를 빼고는 모든 게 준비됐어. 비스킷은 마릴라 아주머니가 차 마시기 바로 전에 만드실 거야. 아주머니와 난 이틀 동안 눈코 뜰 새 없이 바빴어, 다이애나. 목사님 부부를 초대한다는 건 정말 대단한 일인가 봐. 난 한 번도 이런 경험이 없었잖니. 네가 우리 집 찬장 안을 한번 봐야 해. 아마 눈이 휘둥그레질걸. 우린 젤리를 바른 닭고기와 차가운 혓바닥 요리를 대접할 거야. 빨강, 노랑의 두 가지 젤리, 생크림과 레몬 파이, 체리 파이, 쿠키 세 종류와 과일 케이크, 마릴라 아주머니가 목사님을 위해 특별히 보관해 온 유명한 노란 자두 설탕절임, 파운드케이크, 층층케이크 그리고 아까 말한 비스킷에 혹시 목사님이 위가 안 좋아서 새 빵을 못 드실 때를 대비해 새 빵과 묵은 빵을 함께 준비했어. 목사님들은 대개 소화불량인 경우가 많다고 린드 아주머니가 그러셨거든.

하지만 앨런 목사님은 목사가 된 지 얼마 되지 않았으니 그렇진 않을 것 같아. 내가 만들 층층케이크만 생각하면 온몸이 얼어붙는 것 같아. 아, 다이애나. 혹시 잘못되기라도 하면 어떡하지! 어젯밤엔 머리에 층층케이크를 얹은 무시무시한 괴물들이 쫓아오는 꿈까지 꿨어."

늘 친구의 마음을 편안하게 해주는 다이애나가 앤을 안심시켰다.

"잘될 거야, 걱정 마. 2주 전에 **한적한 숲**에서 점심으로 먹었던 기막힌 케이크도 네가 만든 거였잖아."

특별히 나무진이 많이 묻은 가지를 물에 띄우며 앤이 한숨을 쉬었다.

"맞아. 하지만 케이크는 항상 더 잘 만들어야지 하고 생각할 때 오히려 엉망이 되곤 한단 말이야. 어쨌든 신의 뜻에 맡기고 밀가루 넣는 걸 안 잊게 조심하는 수밖에. 어머, 다이애나, 이것 좀 봐. 정말 아름다운 무지개야! 우리가 간 다음에 숲의 요정이 나와 스카프로 쓰려고 가져가지 않을까?"

다이애나가 말했다.

"숲의 요정 같은 건 없어."

다이애나의 엄마는 **유령의 숲**에 대한 이야기를 듣고 무섭게 화를 냈다. 그래서 다이애나는 더 이상 앤을 따라 상상의 날개를 펼치지 않기로 마음먹었고, 아무런 해도 끼치지 않는 요정 얘기도 믿지 않는 게 좋다고 생각했다.

“하지만 있다고 상상하는 건 별로 어렵지 않아. 매일 밤 난 잠들기 전에 창밖을 보면서 요정이 정말 여기 앉아 샘물을 거울삼아 머리를 빗고 있을까 궁금해하는걸. 가끔은 아침 이슬 위에 요정 발자국이 나 있나 찾아볼 때도 있어. 아, 다이애나, 제발 요정이 없다고 생각하지 마!”

수요일 아침이 밝았다. 앤은 너무 흥분이 되어 제대로 잠도 못 잔 채 해가 뜨자마자 자리에서 일어났다. 어제 저녁 샘에서 물장난을 치며 논 탓에 감기가 심하게 걸려 머리가 아팠다. 하지만 폐렴에 걸리지 않은 이상, 그날 아침 요리를 하겠다는 앤의 열의를 막지는 못할 터였다. 아침 식사를 마치자마자 앤은 케이크를 만들기 시작했다. 이윽고 오븐 뚜껑을 닫으며 앤이 숨을 깊이 들이마셨다.

“이번엔 하나도 빼먹지 않았어요, 아주머니. 하지만 잘 부풀어 오를까요? 베이킹파우더가 안 좋은 거면 어쩌죠? 새 통에 있는 걸 쓰긴 했는데요. 린드 아주머니 말씀이 요즘엔 뭐든 품질이 낮아서 좋은 베이킹파우더인지 아닌지 믿을 수가 없대요. 정부가 나서야 할 때라고요. 하지만 보수당이 집권하고 있는 한 기대하긴 글렀대요. 마릴라 아주머니, 케이크가 부풀지 않으면 어쩌죠?”

마릴라가 대수롭지 않게 말했다.

"그거 아니라도 먹을 게 얼마든지 있잖니?"

하지만 케이크는 잘 부풀어 올랐고, 황금빛 거품처럼 가볍고 폭신폭신하게 오븐에서 구워져 나왔다. 앤이 기쁨에 찬 얼굴로 켜켜이 빨간 젤리를 발랐다. 케이크를 맛본 앨런 부인이 한 조각 더 청하는 모습이 눈에 보이는 듯했다.

앤이 물었다.

"물론 제일 좋은 찻잔을 쓰실 거죠, 마릴라 아주머니? 제가 고사리와 들장미로 식탁을 장식해도 될까요?"

마릴라가 코웃음을 쳤다.

"어리석은 짓이야. 난 식탁에서 중요한 건 음식이지 쓸데없는 장식이 아니라고 본다."

"배리 아주머니도 식탁을 장식하셨다는데요."

앤이 뱀같이 머리를 굴리는 자신에 대해 약간 켕기는 마음으로 말을 이었다.

"목사님이 멋지다고 칭찬하셨대요. 입뿐만 아니라 눈까지 즐겁다면서요."

마릴라는 배리 부인이든 누구에게든 지고 싶지 않았다.

"그래, 좋을 대로 하렴. 하지만 접시와 음식 놓을 자리는 충분히 남겨 놓아야 한다."

앤은 배리 부인 저리 가라 할 정도로 식탁을 장식하기 위해 밖으로 나갔다. 그리고 뛰어난 예술 감각으로 풍성한 장미와 고사리를 이용해 식탁을 아름답게 꾸몄고, 목사 부부는 식탁에 앉자마자 입을 모아 그 아름다움을 칭찬했다.

"앤이 했답니다."

마릴라가 딱딱하게 대답했다. 하지만 앨런 부인의 만족해하는 미소를 본 앤의 마음은 하늘에라도 오를 듯 행복했다.

매슈도 그 자리에 있었는데, 어찌된 영문인지는 하느님과 앤만이 알 터였다. 매슈는 워낙 수줍음이 많고 소심한 사람이라 마릴라도 두 손 두 발 다 든 상태였다. 하지만 앤이 매슈의 마음을 움직인 덕에 이렇게 제일 좋은 양복에 하얀 칼라를 단 차림으로 식탁에 앉아 신기하게도 목사에게 말을 걸고 있는 것이었다. 앨런 부인에게는 한마디도 하지 않았지만, 어쩌면 그걸 바라는 게 무리일지도 몰랐다.

앤이 만든 층층케이크를 대접하기 전까지는 모든 것이 흥겨웠다. 앨런 부인은 이미 눈이 휘둥그레질 정도로 갖가지로 차려 놓은 음식을 먹은 뒤라 케이크를 사양했다. 하지만 실망하는 앤의 얼굴을 본 마릴라가 미소를 지으며 말했다.

"한 조각만 드셔 보시지요, 앨런 부인. 앤이 부인을 위해 특별히 만든 거랍니다."

"그럼 맛을 봐야겠네요."

앨런 부인이 웃으며 두툼한 케이크 한 조각을 집었고, 목사와 마릴라도 한 쪽씩 덜었다.

케이크를 한 입 베어 물던 앨런 부인의 얼굴에 야릇한 표정이 스쳤다. 하지만 부인은 아무 말 없이 계속 먹었다. 그 표정을 읽은 마릴라가 얼른 케이크를 먹어 보고는 소리 쳤다.

"앤 셜리! 도대체 케이크 안에 뭘 넣었니?"

"요리 책에 써진 대로 했는데요, 아주머니. 뭐가 이상하세요?"

앤이 괴로운 표정으로 울먹였다.

"이상하냐고! 말도 못하게 끔찍해. 앨런 부인, 그만 드세요. 네가 한번 먹어 봐라, 앤. 무슨 향료를 쓴 거냐?"

"바닐라요."

케이크를 맛 본 앤의 얼굴이 수치심으로 새빨갛게 달아올랐다.

"바닐라밖에 안 넣었어요. 아, 아주머니, 베이킹파우더가 문제였나 봐요. 베이킹파우더가 이상하게 자꾸 찜찜하……."

"베이킹파우더가 아냐! 네가 썼다는 바닐라 병을 가져와 봐라."

앤이 찬장으로 달려가 '최고급 바닐라'라고 노란 상표가 붙은, 갈색 액체가 조금 든 작은 병을 가져왔다.

마릴라가 병을 받아 들고는 뚜껑을 열어 냄새를 맡았다.

"세상에, 앤, 넌 케이크에 진통제를 넣은 거야. 지난주에 진통제 병을 깨뜨리는 바람에 나머지를 빈 바닐라 병에 부어 놓았거든. 나한테도 책임이 있구나. 너한테 미리 말했어야 했는데 말이야. 그나저나 넌 도대체 냄새도 맡지 못했니?"

앤이 거듭된 망신에 하염없이 눈물을 흘렸다.

"맡을 수가 없었어요. 감기에 걸렸거든요!"

앤은 말을 마치자마자 제 방으로 도망치듯 올라가서는 침대에 몸을 던지고 어떤 위로도 소용없다는 듯 펑펑 울었다.

곧 계단을 오르는 가벼운 발걸음 소리가 들리더니 누군가 방으로 들어왔다.

앤이 고개도 들지 않은 채 흐느끼며 말했다.

"아, 마릴라 아주머니, 전 영원히 놀림감이 될 거예요. 여기서는 도저히 살 수가 없어요. 모두에게 알려질 거예요. 에이번리에 비밀이란 없으니까요. 다이애나는 어떻게 된 일인지 물어볼 테고, 그럼 전 사실대로 말해야겠죠. 케이크에 향료 대신 진통제를 넣은 아이로 평생 손가락질을 받을 거라고요. 길버……, 아니 남학생들도 두고두고 절 놀릴 거예요. 아, 마릴라 아주머니, 기독교인으로서 동정심이 조금이라도 있다면 지금 내려가 설거지하라는 말씀은 말아 주세요. 목사님과 사모님이 돌아가시고 나면 치울게요. 이제 전 앨런 사모님을 뵐 낯이 없어요. 그분은 아마 제가 독살하려 했다고 생각할지도 몰라요.

자기를 돌봐 준 은인을 독살하려 한 여자 고아를 알고 있다고 린드 아주머니가 그러셨어요. 하지만 진통제는 독약이 아니잖아요. 케이크에 넣으면 안 되더라도 먹으라고 만든 거잖아요. 앨런 사모님에게 그렇게 전해 주시면 안될까요, 마릴라 아주머니?"

"일어나서 네가 직접 말하지 그러니?"

기분 좋은 목소리가 들렸다.

앤이 벌떡 일어나 보니 앨런 부인이 침대 옆에 서서 미소 띤 눈으로 바라보고 있었다.

앨런 부인이 슬퍼하는 앤의 얼굴을 보고 진심으로 걱정하며 말했다.

"귀여운 꼬마 아가씨, 그렇게 울면 쓰나. 그건 누구나 저지를 수 있는 재미있는 실수일 뿐이야."

앤이 풀 죽은 소리로 말했다.

"아니에요. 그런 실수는 저만 저질러요. 하지만 전 사모님께 정말 맛있는 케이크를 만들어 드리고 싶었어요."

"그래, 알아. 난 모든 게 좋았다는 생각이 들 만큼 너의 친절과 세심한 배려에 고마워하고 있는걸. 그러니 이제 그만 울고 함께 내려가 네 꽃밭을 보여 주지 않겠니? 커스버트 아주머니 말씀으로는 네가 가꾸는 작은 꽃밭이 있다던데. 난 꽃에 무척 관심이 많아서 보고 싶구나."

그래서 앤은 아래층으로 내려갔고, 앨런 부인이 마음이 잘 통하는 사람이어서 정말 행운이라고 생각하며 마음의 위안을 얻었다. 아무도 진통제가 든 케이크 얘기는 꺼내지 않았고, 손님들이 돌아갔을 때 앤은 끔찍한 사건이 있었음에도 기대 이상으로 즐거운 오후를 보냈다고 생각했다. 하지만 그러면서도 깊은 한숨이 새어 나오는 건 어쩔 수 없었다.

"마릴라 아주머니, 내일은 아무런 실수도 저지르지 않은 새날이라고 생각하니 기쁘지 않으세요?"

"넌 분명히 내일도 실수를 많이 저지를 거야. 너 같은 실수투성이는 본 적이 없으니까, 앤."

앤이 서글프게 고개를 끄덕였다.

"맞아요. 저도 잘 알아요. 하지만 좋은 점도 있다는 거 아세요, 마릴라 아주머니? 전 절대 같은 실수는 하지 않아요."

"그 대신 날마다 새로운 실수를 저지르는데, 뭐가 좋은 점이라는 거냐."

"어머, 모르세요, 아주머니? 한 사람이 저지를 수 있는 실수에는 틀림없이 한계가 있다고요. 제가 그 한계까지 간다면 더 이상 실수할 일은 없을 거예요. 그렇게 생각하면 정말 마음이 놓여요."

"그래, 이제 나가서 그 케이크를 돼지한테 주는 게 좋겠다. 사람은 도저히 못 먹겠더구나. 제리 부트라 해도 말이야."

22

앤이 목사관에 초대받다

"아니, 이번엔 또 무슨 일로 눈이 튀어나오려고 하니? 마음이 통하는 사람이라도 또 찾은 게냐?"

우체국에 갔던 앤이 뛰어들어 오자 마릴라가 물었다.

앤은 흥분에 휩싸인 채 눈을 반짝거렸고 온몸에서는 빛이 났다. 8월 저녁의 부드러운 햇살과 천천히 밀려드는 어둠을 뚫고 앤은 바람을 타고 오는 요정처럼 춤을 추며 오솔길을 달려온 참이었다.

"그런 거 아니에요, 아주머니, 하지만 뭐라고 생각하세요? 저요, 내일 오후에 목사관에 차 마시러 오라는 초대를 받았어요! 앨런 사모님이 우체국에 편지를 남겨 놓으셨지 뭐예요. 이거 보세요, 아주머니. '초록 지붕 집의 앤 셜리 양에게' 누가 저한테 '양'이라고 한 건 태어나서 처음이에요. 가슴이 얼마나 두근거렸는지 몰라요! 전 이 편지를 제가 아끼는 보물들 속에 넣어 영원히 간직할 거예요."

마릴라는 이렇게 놀라운 사건에 대해 냉정하게 말했다.

"앨런 부인은 주일학교 학생들을 모두 차례로 초대할 생각이라고 하더구나. 그러니 그렇게 들뜰 것 없다. 넌 무슨 일이든 차분하게 받아들이는 습관을 길러야 해, 앤."

하지만 앤에게 차분해지라는 말은 천성을 바꾸라는 말이나 마찬가지였다. 앤같이 풍요로운 영혼과 불꽃같은 정열, 이슬처럼 맑은 성격을 지닌 사람에게 삶의 기쁨과 고통은 세 배나 더 강렬하게 느껴지는 법이었다. 마릴라도 이런 사실을 알았기에 이 감정적인 아이가 세상의 기쁨과 슬픔을 감당해 내지 못할 것 같은 막연한 불안감이 들었고, 기쁨에 대한 보상도 고통만큼이나 똑같은 크기로 돌아올까 하는 의구심이 들었다. 그래서 마릴라는 앤에게 한결같이 조용한 성품을 길러 주는 것이 자신의 의무라고 생각했다. 하지만 그것은 얕은 시내 위에서 춤추는 햇빛을 멈추게 하는 것만큼이나 불가능해 보였다. 그리고 마릴라도 서글프게 인정했듯 크게 나아지지도 않았다. 간절한 희망이나 계획이 깨지면 앤은 '고통의 나락'에 빠졌다. 반대로 그 소원이 이루어졌을 때는 아찔한 기쁨의 천국으로 날아올랐다. 이 천방지축 말괄량이를 얌전하고 차분한 소녀로 바꾸겠다는 마릴라의 생각은 거의 절망적인 수준에 이르렀다. 게다가 마릴라 자신도 앤의 바뀐 모습을 본래 모습보다 좋아할 것 같지는 않았다.

북동풍이 불어 내일 비가 올지도 모르겠다는 매슈의 말을 듣고, 그날 밤 앤은 울적한 마음으로 말없이 잠자리에 들었다. 집 주위에서 바스락대는 포플러 이파리 소리가 빗방울 듣는 소리처럼 들려와 앤은 불안했다. 저 멀리 세인트로렌스 만에서 들려오는 파도 소리도 다른 때 같으면 마음을 파고드는 야릇하고 낭랑한 리듬에 빠져 기쁘게 귀를 기울였을 테지만, 특별히 맑은 날을 기대하고 있는 여자 아이에게는 폭풍과 재난을 예고하는 소리처럼 들렸다. 앤은 아침이 결코 오지 않을 것만 같았다.

하지만 모든 일에는 끝이 있기 마련이고 목사관에 초대받은 전날 밤도 마찬가지였다. 매슈의 예보와 달리 날씨가 맑아 앤은 하늘을 날 듯 기분이 최고였다.

앤이 아침 설거지를 하며 큰 소리로 말했다.

"아, 아주머니, 오늘은 누구를 만나든 모두 사랑할 것 같아요. 제 기분이 얼마나 좋은지 아주머닌 모르실 거예요! 계속 이런 기분이라면 얼마나 좋을까요? 매일 이렇게 초대를 받는다면 저도 모범적인 아이가 될 수 있을 거예요. 하지만 아주머니, 격식을 차려야 하는 자리잖아요. 전 너무 걱정이 돼요. 제대로 행동하지 못하면 어쩌죠? 전 목사관에서 차를 마셔 본 적이 한 번도 없거든요. 여기 온 뒤부터 《패밀리 헤럴드》 신문의 에티켓 난을 읽고 여러 가지 예절들을 익히긴 했지만 다 알고 있는지는 모르겠어요. 멍청한 짓을 하거나 꼭 해야 할 일을 잊어버리지나 않을까 걱정이에요. 음식이 맛있어 한 접시 더 먹는 건 실례가 아니겠죠?"

"앤, 네 문제는 말이다, 네 자신에 대해 너무 많이 생각한다는 거야. 앨런 부인 입장이 되어 어떻게 하면 앨런 부인이 기뻐하고 만족해할지 생각하도록 해라."

이번만큼은 마릴라도 아주 사려 깊고 도움 되는 충고를 했다. 앤도 곧바로 그걸 깨달았다.

"맞아요, 마릴라 아주머니. 제 생각은 조금도 하지 않도록 노력할게요."

앤은 큰 실수 없이 무사히 방문을 마친 게 분명했다. 노랗고 붉게 물든 구름이 화려하게 여운을 남기는 넓고 높은 하늘 아래 행복한 얼굴로 집으로 돌아온 걸 보면 말이다. 앤은 부엌문가에 있는 크고 붉은 사암 위에 앉아 피곤한 곱슬머리를 마릴라의 무명 치맛자락에 기댄 채 그날의 이야기를 즐겁게 들려주었다.

전나무가 우거진 서쪽 언덕에서 차가운 바람 한 줄기가 길게 펼쳐진 수확 철의 들판 위를 불어와 포플러 잎사귀를 흔들었다. 과수원 위로는 초롱초롱한 별 하나가 떠 있고, 반딧불이가 **연인의 오솔길** 위를 날아다니며 고사리와 살랑대는 가지 사이를 들락날락거렸다. 앤은 얘기를 하며 그 모습을 바라보았고, 바람과 별과 반딧불이가 한데 어우러진 모습이 말할 수 없이 사랑스럽고 환상적이라고 생각했다.

"아, 마릴라 아주머니, 정말 즐거운 시간이었어요. 지금까지 살아온 보람이 느껴질 정도로요. 다시는 목사관에 초대받지 못한다 해도 항상 그런 기분일 것 같아요. 목사관에 도착하니 앨런 사모님이 문간에서 절 맞아 주었어요. 주름이 풍성하고 소매가 팔꿈치까지 오는 연분홍색 아름다운 모슬린 드레스를 입고 있었는데, 마치 천사 같았어요. 저도 어른이 되면 꼭 목사 부인이 되고 싶어요, 아주머니. 목사들은 세상일과는 거리가 먼 사람들이니 빨간 머리도 신경 쓰지 않을지 몰라요. 하지만 목사 부인이 되려면 천성이 아주 착해야 할 텐데, 전 전혀 그렇지 못하니 생각해 봤자 소용없는 일이긴 해요. 태어날 때부터 착한 사람이 있는가 하면 그렇지 않은 사람들도 있잖아요. 전 그렇지 않은 쪽이죠. 린드 아주머니는 제가 원죄로 가득 차 있대요. 전 아무리 착해지려고 노력해도 천성이 착한 사람들을 따라가진 못할 거예요. 기하처럼 말이에요. 하지만 열심히 노력한다면 조금은 효과가 있어야 한다고 생각지 않으세요? 앨런 사모님은 천성이 착한 사람이에요. 전 그분을 열렬히 사랑해요. 사람들 중에는 매슈 아저씨나 앨런 사모님처럼 별 어려움 없이 단번에 사랑할 수 있는 사람들이 있어요. 그리고 린드 아주머니처럼 좋아하려고 아주 많이 노력해야 하는 사람들도 있지요. 린드 아주머니는 아는 것도 많고 교회에서 열심히 활동하시니까 마땅히 좋아해야겠지만, 늘 생각하지 않으면 잊어버리고 말아요. 목사관엔 화이트 샌즈 주일학교에서 온 어떤 여자 아이도 와 있었어요. 이름은 로레타 브래들리이고, 아주 좋은 아이였어요. 마음이 통하는 정도는 아니었지만, 그래도 무척 마음에 들었어요. 우리는 우아하게 차를 마셨고, 전 예절을 꽤 잘 지켰다고 생각해요. 차를 마신 다음엔 앨런 사모님이 피아노를 치며 노래를 불렀고, 로레타와 저도 함께 부르자고 하셨어요. 그런데 사모님이 제 목소리가 예쁘다며 주일학교 성가대에 들라는 거예요. 생각만으로도 가슴이 얼마나 두근거렸는지 아주머닌 모르실 거예요. 예전부터 다이애나처럼 주일학교 성가대에서 노래하고 싶은 마음이야 굴뚝같았지만 저한텐 넘볼 수 없는 자리라고 여겼거든요. 로레타는 오늘 밤 화이트 샌즈 호텔에서 열리는 큰 발표회에서 자기 언니가 시 낭독을 한다며 집에 일찍 가봐야 된댔어요. 로레타 말로는 호텔에 있는 미국인들이 샬럿타운 병원을 돕기 위해 2주마다 발표회를 열고 있고, 화이트 샌즈 주민들이 출연 요청을 많이 받는대요. 로레타도 언젠가 출연하게 될 것 같다고 말했어요. 전 존경 어린 눈빛으로 로레타를 쳐다봤어요. 로레타가 가고 난 후 앨런 사모님과 전 마음을 터놓고 이야기를 나눴어요. 전 모든 애길 했어요. 토마스 아주머니와 쌍둥이들, 케이티 모리스와 바이올렛 이야기, 초록 지붕 집에 오게 된 일과 기하 때문에 고민이라는 얘기까지 모조리 다요. 그런데 믿어지세요, 아주머니? 앨런 사모님도 기하 점수가 엉망이었다지 뭐예요. 그 말이 얼마나 큰 위로가 되었는지 아주머니는 모르실 거예요. 목사관을 나서려는데 린드 아주머니가 오셨어요. 무슨 일인지 아시겠어요, 아주머니? 이사회에서 새 선생님을 모셔 왔는데 여선생님이래요. 이름은 뮤리엘 스테이시. 정말 낭만적인 이름이죠? 린드 아주머니는 에이번리에 여선생님은 처음이라며 너무 파격적이라 염려스럽대요. 하지만 전 여선생님이 오시는 게 정말 멋진 일이라고 생각해요. 개학할 때까지 2주일을 어떻게 견뎌야 할지 모르겠어요. 선생님이 너무너무 보고 싶어요."

23

앤이 자존심을 지키려다 곤경에 빠지다

하지만 앤은 어떤 사건으로 인해 2주가 넘게 기다려야만 했다. 진통제 케이크 소동이 일어난 지 거의 한 달이 지났으므로 뭔가 새로운 말썽을 일으킬 때가 되기는 했다. 물론 그동안에도 돼지 먹이통에 부어야 할 탈지우유를 뜨개실이 든 바구니에 부어 버린다거나 쓸데없는 공상에 빠져 통나무 다리를 걷다가 시내에 빠졌다든가 하는 사소한 실수들은 있었다.

목사관에서 차 대접을 받고 난 일주일 후 다이애나 배리가 파티를 열었다.

앤이 마릴라에게 자신 있게 말했다.

"몇 명만 와요. 전부 우리 반 여자 애들이고요."

모두들 즐거운 시간을 보냈고, 차를 마실 때까지는 모든 게 순조로웠다. 배리 씨 댁 정원으로 나간 아이들은 이런저런 놀이가 싫증이 나자 슬슬 못된 장난을 하고 싶은 충동을 느꼈다. 그리고 이내 '무한도전'이라는 놀이를 생각해 냈다.

'무한도전'은 당시 에이번리 아이들 사이에서 한창 유행하는 놀이였다. 시작은 남자 아이들이 했지만 곧 여자 아이들에게도 퍼졌고 도전받은 아이들은 무슨 일이건 하려고 덤벼들었으므로, 그해 여름 에이번리에는 책 한 권을 써도 될 만큼 어처구니없는 일들이 많이 일어났다.

제일 먼저 캐리 슬론이 루비 길리스에게 문 앞에 있는 오래된 큰 버드나무를 가리키며 어느 부분까지 올라가 보라고 했다. 루비 길리스는 나무에 살찐 초록색 애벌레들이 버글거리는 게 소름 끼칠 만큼 싫고, 새 모슬린 드레스가 찢어지면 화를 내실 엄마 얼굴이 눈앞에 아른거려 잔뜩 겁이 났지만 날쌔게 나무를 기어올랐고, 캐리 슬론을 보기 좋게 이겼다.

다음엔 조시 파이가 제인 앤드루스에게 왼발로만 뛰어 정원을 한 바퀴 돌아오되, 쉬지도 말고 오른발을 땅에 대지도 말라고 했다. 제인 앤드루스는 용감하게 시도했지만 세 번째 모퉁이에서 힘이 빠지는 바람에 패배를 인정해야만 했다.

조시가 이겼다며 지나치게 으스대자, 앤 셜리는 조시에게 정원 동쪽을 에워싼 판자 울타리 위를 걸어 보라고 도전했다. 판자 울타리를 걷는 일은 경험 없는 사람이 막연히 짐작하는 것보다 더한 기술이 필요하며 머리에서 발끝까지 흐트러짐이 없어야 했다. 하지만 조시 파이는 인기를 얻는 데는 소질이 없어도 판자 울타리를 걷는 일에서만큼은 타고난 재주를 가지고 있었고 충분히 단련도 되어 있었다. 조시는 이런 일은 '도전'할 가치도 없다는 듯 점잔을 빼며 태연하게 울타리 위를 걸어갔다. 아이들은 마지못해 조시의 승리에 찬사를 보냈다. 울타리를 걷는 게 얼마나 어려운 일인지 대부분 경험으로 알고 있었기에 그 능력을 인정하지 않을 수 없었던 것이다. 조시는 승리감에 상기된 얼굴로 울타리에서 내려와 앤에게 거만한 눈길을 던졌다.

앤이 빨간 갈래 머리를 뒤로 휙 넘기며 말했다.

"작고 야트막한 판자 울타리를 건너는 건 그리 대단한 일이 못 돼. 메리스빌에 사는 어떤 여자 애는 지붕 마룻대도 걸었다던걸."

조시가 단호하게 말했다.

"거짓말 마. 지붕 마룻대를 걸을 수 있는 사람은 없어. 너도 못할걸."

앤이 생각 없이 발끈했다.

"내가 못한다고?"

조시가 거만하게 말했다.

"그렇다면 네가 해봐. 저기 올라가서 다이애나 집 부엌 지붕 마룻대를 걸어보라고."

앤의 얼굴이 하얗게 변했다. 하지만 하지 않을 도리가 없었다. 앤은 사다리가 걸쳐 있는 부엌 지붕 쪽으로 걸음을 옮겼다. 5학년 여자 아이들이 흥분과 놀람이 뒤섞인 얼굴로 '어머나!' 하고 소리를 질렀다.

다이애나가 애원했다.

"하지 마, 앤. 떨어져 죽을지도 몰라. 조시 파이 말은 무시해 버려. 그렇게 위험한 짓을 시키는 게 어디 있어."

앤이 진지하게 말했다.

"난 해야 해. 내 자존심이 걸린 문제야. 마룻대를 걸어가든지 떨어져 죽든지 결판을 내야 해, 다이애나. 만약 내가 죽거든 내 진주 반지는 네가 가져."

모두가 숨을 죽인 가운데 앤이 사다리를 올라가 마룻대를 붙잡고는 건들거리는 발판 위에 균형을 잡고 서서 걷기 시작했다. 하지만 앤은 자신이 너무 높은 곳에 올라와 있으며, 상상력도 마룻대를 걷는 데는 아무 소용이 없다는 사실을 깨닫고는 눈앞이 아찔해졌다. 그래도 앤은 문제의 비극이 찾아오기 전에 용케도 몇 발자국을 내디뎠다. 하지만 다음 순간 몸이 휘청하더니 중심을 잃었고 햇볕에 뜨겁게 달아오른 지붕 위로 미끄러지며 담쟁이덩굴 속으로 '쿵!' 하고 떨어지고 말았다. 밑에서 마음을 졸이며 동그랗게 모여 있던 아이들이 겁에 질려 동시에 비명을 질러 댔다.

만약 앤이 올라갔던 쪽으로 떨어졌다면 다이애나는 그 자리에서 진주 반지의 주인이 되었을지도 모른다. 하지만 다행히도 앤은 그 반대쪽으로 떨어졌고, 그쪽은 지붕이 현관 위로 이어져 땅에서 아주 가까웠던 덕에 큰일은 일어나지 않았다. 다이애나와 다른 아이들이 정신없이 반대방향으로 달려갔다. 루비 길리스만이 이성을 잃은 채 붙박인 듯 제자리에 서 있었다. 앤은 흐트러진 담쟁이덩굴 속에서 핏기 하나 없는 얼굴로 축 늘어져 있었다.

다이애나가 친구 옆에 무릎을 꿇으며 부르짖었다.

"앤, 죽은 거니? 아, 앤, 제발 뭐라고 한마디만 해줘. 죽었는지 살았는지 말해 줘."

앤이 비틀거리며 일어나 앉자 아이들은 그제야 마음을 놓았다. 특히 조시 파이는 모자라는 상상력에도 불구하고 앤 셜리를 어린 나이에 비참하게 죽게 한 아이로 낙인 찍혀 살아야 한다는 끔찍한 상상에 사로잡혀 있던 터라 그 안도감은 이루 말할 수 없었다. 앤이 희미한 목소리로 대답했다.

"아냐, 다이애나. 나 죽지 않았어. 근데 왠지 감각이 없어."

캐리 슬론이 훌쩍이며 물었다.

"어디? 어디가 그런데, 앤?"

앤이 대답하기도 전에 배리 부인이 나타났다. 배리 부인을 본 앤은 간신히 몸을 일으키려 했지만 고통에 찬 비명을 지르며 다시 주저앉고 말았다.

배리 부인이 다그쳐 물었다.

"왜 그러니? 어디를 다친 거니?"

앤이 숨을 헐떡이며 말했다.

"발목이에요. 다이애나, 너희 아빠한테 날 집까지 데려다 달라고 말씀드려 주겠니? 도저히 걸어가지 못할 것 같아. 제인은 정원도 한 바퀴 못 돌았는데, 내가 한 발로 거기까지 어떻게 가겠니?"

과수원에서 여름 사과를 한 바구니 따고 있던 마릴라는 배리 씨가 통나무 다리를 지나 비탈길을 올라오는 모습을 보았다. 옆에는 배리 부인이, 뒤에는 여자 아이들이 줄줄이 따라오고 있었다. 앤은 배리 씨 팔에 안긴 채 그의 어깨에 힘없이 머리를 기대고 있었다.

그 순간 마릴라는 뜻밖의 사실을 깨달았다. 갑작스런 두려움이 마릴라의 가슴을 뚫고 지나갔고, 앤이 자신에게 어떤 존재인지가 사무치게 느껴졌다. 앤을 좋아하고 있다는, 아니 사랑하고 있다는 건 마릴라도 이미 인정하는 바였다. 하지만 비탈길을 정신없이 뛰어내려 가며, 마릴라는 앤이 이 세상 무엇보다도 소중한 존재라는 사실을 알게 되었다.

언제나 자제력 강하고 분별력 있는 마릴라가 하얗게 질린 얼굴로 몸을 부들부들 떨며 숨넘어가는 소리로 물었다.

"배리 씨, 앤이 어떻게 된 거예요?"

앤이 고개를 들며 대답했다.

"너무 놀라지 마세요, 아주머니. 마룻대를 걷다가 떨어졌어요. 발목을 삔 것 같아요. 그래도 목이 안 부러진 게 어디에요. 불행 중 다행이잖아요."

"널 파티에 보낼 때부터 무슨 일 낼 줄 알았다."

마릴라가 한시름 놓으며 거칠게 잔소리를 했다.

"배리 씨, 이쪽으로 와서 소파에 좀 눕혀 주세요. 에구머니, 아이가 기절을 했어요!"

정말이었다. 고통을 이기지 못한 앤은 그렇게 또 한 가지 소원을 이루었다. 죽은 듯이 기절을 했던 것이다.

밭에서 수확을 하고 있던 매슈가 급히 달려와 당장 의사를 부르러 갔고 잠시 후 의사가 도착했다. 앤의 상처는 생각보다 심했다. 발목이 부러졌던 것이다.

그날 밤 마릴라가 동쪽 방에 들어서자 파리한 얼굴로 침대에 누워 있던 앤이 마릴라에게 애처롭게 말을 건넸다.

"제가 너무 안됐죠, 아주머니?"

"다 네 잘못이잖아."

마릴라가 블라인드를 내리고 램프를 켜며 대꾸했다.

"그러니까 절 가엾게 여기셔야죠. 모든 게 제 잘못이라고 생각하니 너무 힘들어요. 탓할 사람이라도 있다면 기분이 훨씬 나을 텐데요. 아주머닌 누가 마룻대를 걸어가 보라고 하면 어떻게 하시겠어요?"

"나라면 딱 버티고 서서 아이들이 뭐라고 하든 상관하지 않겠다. 그런 어리석은 짓이 어디 있니!"

앤이 한숨을 내쉬었다.

"아주머닌 정말 마음이 강한 분이세요. 하지만 전 그렇지 못해요. 전 조시 파이의 비웃음을 참아 낼 자신이 없었거든요. 조시는 아마 제 앞에서 평생 뻐겼을 거예요. 게다가 이렇게 벌도 받았으니 너무 화내지 마세요, 아주머니. 어쨌든 기절하는 건 하나도 좋은 게 아니에요. 의사 선생님이 발목을 고정시킬 땐 얼마나 아팠는지 몰라요. 6주나 7주 동안 돌아다니지 못한다니, 새 여선생님도 못 보게 됐어요. 제가 학교에 갈 때쯤에는 더 이상 새 선생님이 아니잖아요. 그리고 공부도 길버…… 아니, 다른 아이들보다 뒤처질 거라고요. 아, 전 너무 괴로워요. 하지만 아주머니가 저한테 화만 안 내신다면 씩씩하게 참아 내도록 노력하겠어요."

"저런, 저런, 난 화가 난 게 아니야. 네가 운이 없었던 건 분명하다. 하지만 네 말대로 이래저래 괴로움을 겪게 될 거야. 자, 이제 저녁을 좀 먹어 보렴."

"제가 상상력이 있어서 다행이죠? 견디는 데 큰 힘이 될 거예요. 상상력이 없는 사람들은 뼈가 부러졌을 때 어떻게 할까요, 아주머니?"

그후 지루한 7주 동안 앤은 몇 번이나 자신의 상상력에 대해 고마워했다. 그렇다고 상상력에만 기댔던 건 아니었다. 많은 사람들이 문병을 왔으며, 여자 친구들이 매일같이 한명 이상씩은 들러 꽃이며 책을 전해 주고 에이번리 아이들의 생활을 말해 주었다.

"다들 너무 친절하고 잘 대해 줬어요, 아주머니."

처음으로 절뚝거리며 마루를 걸을 수 있게 된 날 앤이 행복한 듯 한숨을 내쉬었다.

"누워 지내는 건 그리 즐거운 일이 아니에요. 하지만 좋은 면도 있어요. 친구가 얼마나 많은지 알게 되거든요. 벨 장로님까지 절 보러 오셨더라고요. 정말 좋은 분이세요. 물론 마음이 통하는 정도는 아니지만요. 그래도 전 그분이 좋아요. 예전에 기도 가지고 뭐라 그래서 너무 죄송해요. 기도는 진심으로 하시지만, 그렇지 않은 것처럼 기도하는 습관이 있는 것뿐이었어요. 조금만 노력하면 잘하실 수 있을 거예요. 그래서 장로님께 기분 나쁘지 않게 넌지시 알려 드렸어요. 제가 혼자 기도를 할 때 재미있게 하려고 얼마나 노력하는지를 말이에요. 벨 장로님은 어렸을 때 발목이 부러졌던 일을 말씀해 주셨어요. 장로님이 아이였던 적이 있다고 생각하니 이상했어요. 제 상상력에도 한계가 있는지 도무지 상상이 안 되더라고요. 어린 시절을 상상하려고만 하면 몸집만 작아진 채로 주일학교에서처럼 회색 구레나룻에 안경을 쓰고 있는 아이가 보이는 거예요. 하지만 앨런 사모님이 아이였다고 상상하는 건 아주 쉬워요. 사모님은 열네 번이나 절 보러 오셨어요. 정말 뿌듯해할 만한 일이죠, 아주머니? 목사님 부인으로서 할 일이 얼마나 많으시겠어요! 사모님은 아주 기분 좋은 분이세요. 제 잘못이라는 말씀은 한 번도 않으시고 이 일로 제가 더 좋은 아이가 되길 바란다고 말씀하세요. 린드 아주머니는 절 보러 오실 때마다 제 잘못이라며 뭔가 느끼는 게 있을 거라고 해요. 제가 더 나은 아이가 되길 바라지만 그럴 것 같지는 않다는 듯 말씀하시죠. 조시 파이도 왔어요. 저한테 지붕 마룻대를 걸으라고 한 걸 미안하게 생각하는 것 같아 최대한 친절하게 맞아 주었어요. 제가 만약 죽었다면 조시는 평생 무거운 죄책감을 안고 살아야 했을 거예요. 다이애나는 아주 든든한 친구예요. 제가 쓸쓸해할까 봐 매일 찾아와 기운을 북돋워 주었어요. 하지만 학교에 갈 수 있으면 정말 좋겠어요. 새 선생님에 대한 재미있는 얘기를 많이 들었거든요. 다들 아주 상냥한 분이라고 그랬어요. 다이애나 말로는 아름다운 금빛 곱슬머리에 눈이 아주 매력적이래요. 옷도 예쁘게 입으시고, 소매는 에이번리에서 제일 불룩하대요. 2주마다 금요일 오후에 발표 수업을 하는데, 모두들 시를 낭송하거나 대화극을 해야 한대요. 아, 생각만 해도 정말 멋져요. 조시 파이는 상상력이 별로 없어서 그런지 그 시간이 싫대요. 다이애나와 루비 길리스와 제인 앤드루스는 다음 주 금요일에 발표할 〈아침의 왕진〉이라는 대화극을 연습 중이래요. 그리고 발표 수업이 없는 금요일 오후엔 스테이시 선생님이 아이들을 숲으로 데리고 나가 야외 수업을 하는데, 고사리류와 꽃과 새를 관찰한대요. 또 날마다 오전 오후에는 신체를 단련하기 위해 체조를 하고요. 린드 아주머니는 그런 이상한 수업은 들어 본 적도 없다며 그게 모두 선생님이 여자인 탓이래요. 하지만 전 아주 훌륭하다고 생각해요. 스테이시 선생님과도 마음이 잘 맞을 것 같고요."

마릴라가 말했다.

"이거 한 가지는 확실하구나, 앤. 배리 씨네 지붕에서 떨어졌을 때 넌 혀는 전혀 다치지 않았어."

24

스테이시 선생님과 제자들이 학예회를 열다

다시 10월이 오자 앤은 학교에 갈 수 있게 되었다. 모든 것이 빨갛고 노랗게 물든 화려한 10월, 싱그러운 아침마다 골짜기에는 가을의 요정이 햇빛에 말리려고 쏟아 부은 듯한 자줏빛, 진줏빛, 은빛, 장밋빛, 푸른빛 연한 안개가 가득 떠다녔다. 송알송알 맺힌 이슬이 들판을 적셔 은빛 천을 두른 듯 반짝거렸고, 저지대에는 가지 많은 나무에서 떨어진 잎들이 수북이 쌓여 지나갈 때마다 바스락 소리를 냈다. **자작나무 길**은 노란 장막을 덮은 듯했고 길가에 있는 고사리들은 갈색으로 시들었다. 공기 속에 감도는 알싸한 향기는 여자 아이들의 가슴을 뛰게 하여 달팽이처럼 느릿느릿 걷지 않고 경쾌하고 빠른 걸음으로 학교로 향하게 만들었다. 다이애나 옆의 작은 갈색 책상에 다시 앉는 일은 참으로 신나는 일이었다. 통로 건너에 앉은 루비 길리스가 고개를 끄덕여 인사했고, 캐리 슬론은 쪽지를 보내 왔으며, 줄리아 벨은 뒷자리에서 껌을 건네주었다. 앤은 연필을 뾰족하게 깎고 그림 카드를 책상 위에 가지런히 정리하면서 행복한 듯 길게 숨을 들이마셨다. 산다는 건 확실히 즐거운 일이었다.

새 선생님은 앤에게 또 한 명의 진실하고 유익한 친구가 되었다. 스테이시 선생님은 밝고 이해심이 많은 젊은 여성으로, 학생들의 마음을 사로잡았으며 정신적으로나 도덕적으로 아이들 각자가 지닌 재능을 끌어내 주었다. 앤은 이렇게 유익한 영향 속에서 꽃처럼 피어났고, 집으로 돌아와서는 무엇이든 감탄하며 들어주는 매슈와 비판적인 마릴라에게 학교에서 일어난 일과 계획에 대해 열심히 이야기했다.

"전 스테이시 선생님을 진심으로 좋아해요, 아주머니. 정말 품위 있으시고 목소리도 고우세요. 제 이름을 불러주실 때 끝에 'e'를 붙여 발음하신다는 게 그냥 느껴져요. 오늘 오후엔 발표 수업을 했어요. 아저씨, 아주머니도 제가 「스코틀랜드의 메리 여왕」을 낭송하는 걸 들으셨다면 좋았을 텐데. 전 온 열정을 쏟아 부었어요. 집에 오는 길에 루비 길리스가 그랬어요. 제가 '그녀가 말했네. 이제 아버지의 권력을 찾기 위해 여인의 마음을 버리겠노라.'라는 대목을 읊을 때 소름이 쫙 끼쳤다고요."

매슈가 말했다.

"그럴 테지. 언젠가 헛간에서 나한테도 한번 들려주렴."

앤이 생각에 잠겨 말했다.

"물론 그러겠어요. 하지만 그렇게 잘될 것 같진 않아요. 모든 아이들이 숨죽인 채 귀를 기울일 때만큼 흥분되진 않을 테니까요. 아저씨 몸에 소름이 돋게 하진 못할 거예요."

마릴라가 말했다.

"린드 부인은 지난 금요일에 남자 아이들이 까마귀 둥지를 찾아 벨 씨네 언덕 위에 있는 큰 나무 꼭대기까지 기어오르는 걸 보고 소름이 쫙 끼쳤다고 하더구나. 그것도 스테이시 선생님이 시키신 거냐?"

앤이 설명했다.

"하지만 자연 수업을 하려면 까마귀 둥지가 있어야 했어요. 그날 오후는 야외 수업이었거든요. 야외 수업은 정말 재미있어요, 아주머니. 그리고 스테이시 선생님은 뭐든 설명을 아주 잘해 주세요. 야외 수업이 있는 날엔 작문을 해야 하는데 제가 제일 잘 써요."

"잘난 체가 심하구나. 선생님이 그렇게 말씀하셔야지."

"하지만 선생님이 그러셨는걸요. 정말로 제가 잘난 체하는 게 아니에요. 기하도 못하는 주제에 어떻게 그래요? 그래도 요즘 들어 조금씩 이해가 되긴 해요. 스테이시 선생님이 잘 가르쳐 주시거든요. 하지만 결코 잘할 순 없을 거예요. 이건 겸손한 생각이잖아요. 그래도 작문은 참 좋아요. 스테이시 선생님은 보통 우리 스스로 주제를 정하라고 하시지만, 다음 주에는 위인에 대해 글을 짓기로 했어요. 수많은 위인들 중에서 한 사람을 고르는 게 쉽지가 않아요. 훌륭한 위인으로 살다 죽은 뒤 누군가 자신에 대한 글을 써준다는 건 분명 근사한 일이겠죠? 아, 저도 꼭 훌륭한 사람이 되고 싶어요. 저는 크면 유능한 간호사가 되어 적십자사에 들어간 다음 전쟁터에 나가 사랑을 베풀 거예요. 해외 선교사로 나가지 않는다면 말이죠. 그건 정말 낭만적일 거예요. 하지만 선교사가 되려면 아주 착한 사람이어야 할 테니, 그게 걸리긴 해요. 우리는 학교에서 매일 체조도 해요. 체조를 하면 날씬해지고 소화도 잘되거든요."

"소화는 무슨!"

마릴라는 솔직히 그게 다 쓸데없는 짓이라고 생각했다.

하지만 금요일마다 하는 야외 수업과 발표 수업과 체조는 스테이시 선생님이 11월에 계획한 일 때문에 흐지부지되고 말았다. 그 계획이란 에이번리 학생들이 학교에 세울 국기 기금을 마련한다는 훌륭한 목적 아래 크리스마스 저녁에 회관에서 학예회를 연다는 것이었다. 아이들은 만장일치로 찬성했고 즉시 프로그램을 짜기 시작했다. 출연자로 선발된 아이들 중 앤 셜리만큼 흥분한 아이는 없었다. 앤은 몸과 마음을 다 바쳐 학예회 준비에 열을 올렸지만 마릴라의 반대에 부딪히고 말았다.

마릴라는 모든 게 어리석은 짓이라고 생각했다.

마릴라가 투덜거렸다.

"공부를 해야 할 시간에 공부는 않고 머릿속에 쓸데없는 것들만 채우는 짓이야. 나는 아이들이 학예회를 열고 연습을 한다며 이리저리 몰려다니는 거 반대다. 괜히 잘난 체나 하고 되바라지고 쏘다니는 것만 좋아하게 된다고."

"하지만 훌륭한 목적이 있잖아요. 국기는 애국심을 길러 준다고요, 아주머니."

앤이 하소연했다.

"허튼 소리! 국기가 없어도 너희들 마음속엔 작으나마 소중한 애국심이 있어. 너희들이 바라는 건 오직 재미뿐이잖아."

"그래도 애국심과 재미가 합쳐지면 좋지 않나요? 게다가 학예회 프로그램도 정말 알차요. 합창을 여섯 곡 부르고 다이애나가 독창을 할 거예요. 전 〈험담을 금지하는 모임〉과 〈요정여왕〉이라는 대화극 두 편에 출연해요. 남자 아이들도 대화극을 해요. 그리고 제가 시 낭송을 두 번 해요, 아주머니. 생각만 해도 가슴이 떨리지만 이건 기분 좋은 떨림이에요. 그리고 마지막에는 믿음, 소망, 사랑이라는 주제로 활인화배경 앞에서 분장한 사람이 그림 속 인물처럼 움직이지 않은 자세로 역사나 문학 등의 한 장면을 보여 주는 구경거리 – 옮긴이를 해요. 다이애나와 루비와 제가 출연하는데, 모두 주름이 잡힌 하얀 옷을 입고 머리를 늘어뜨리고 나와요. 제가 '소망'인데요. 두 손을 이렇게 맞잡고 높은 곳을 바라보는 거예요. 전 시 낭송 연습하러 다락방에 가야겠어요. 신음하는 소리가 들려도 놀라지 마세요. 대목 중에 가슴이 찢어질 듯 괴로워해야 하는 부분이 있거든요. 예술적으로 신음 소리 내기가 정말 어려워요, 아주머니. 조시 파이는 대화극에서 바라던 역을 못 맡았다고 샐쭉해 있어요. 요정 여왕을 하고 싶어했거든요. 하지만 좀 웃기잖아요. 조시처럼 뚱뚱한 요정 여왕이 있다는 소릴 들어 본 적 있으세요? 요정 여왕은 날씬해야지요. 제인 앤드루스가 여왕이 되고, 저는 시녀 중 하나가 됐어요. 조시는 빨간 머리 요정도 뚱뚱한 요정 못지않게 웃긴다고 그랬지만, 전 조시 말에는 신경 쓰지 않기로 했어요. 머리에는 하얀 장미 화관을 쓰고, 덧신은 없으니까 루비 길리스에게 빌릴 거예요. 요정들은 덧신을 꼭 신어야 하거든요. 부츠 신은 요정을 상상할 수 있겠어요, 안 그래요? 게다가 발부리에 구리를 댄 부츠라니요? 우린 가문비나무와 전나무 가지를 엮고 그 중간에 분홍색 종이 장미를 달아서 회관을 장식할 거예요. 에머 화이트가 오르간으로 행진곡을 연주하는 동안 관객들이 모두 자리에 앉으면 우리가 두 줄로 입장을 하는 거죠. 아, 마릴라 아주머니, 아주머니가 저만큼 학예회에 열광하지 않는다는 건 알아요. 하지만 아주머니의 앤이 돋보이길 바라지 않으세요?"

"난 네가 얌전하게 굴기만 바랄 뿐이야. 이 야단법석이 끝나고 네가 마음을 잡는다면 정말 기쁘겠구나. 지금 네 머릿속엔 아무 짝에도 쓸모없는 대화극이니 신음 소리니 활인화니 하는 것들로만 가득 차 있잖니. 네 혀는 절대로 닳지 않는 대리석 같고 말이다.”

앤은 한숨을 내쉬고 뒤뜰로 나갔다. 잎이 떨어진 포플러 나무 가지 사이로 가녀린 초승달이 녹황색으로 물든 서쪽 하늘에서 빛나고 있었고, 매슈가 장작을 패고 있었다. 앤은 나무둥치에 걸터앉아 적어도 아저씨만큼은 자신의 말을 귀담아 들어주고 마음을 알아주리라 확신하며 매슈에게 학예회 얘기를 했다.

“글쎄다, 아주 훌륭한 학예회가 될 것 같구나. 그리고 네가 맡은 역도 다 잘해 낼 게야.”

매슈가 생기와 열기로 넘치는 작은 얼굴을 지그시 바라보고 웃으며 말했다. 앤도 마주보고 웃었다. 두 사람은 가장 좋은 친구였고, 매슈는 자신이 앤의 교육을 맡지 않은 것을 몇 번이고 다행으로 여겼다. 그것은 온전히 마릴라의 몫이었다. 매슈가 교육을 담당했다면 자신의 속마음과 의무 사이에서 얼마나 갈등하고 고민했을지 모를 일이었다. 다행히 그러지 않았기에 매슈는 자기 마음대로, 마릴라의 말마따나 앤을 ‘버릇없이’ 만들 수 있었던 것이다. 하지만 그게 그렇게 나쁜 것만은 아니었다. 가끔씩은 사소한 ‘칭찬’이 세상에서 가장 훌륭한 ‘교육’ 효과를 내기 때문이다.

25

매슈가 볼록 소매를 고집하다

매슈는 괴로운 10분을 보내고 있었다. 춥고 어두운 12월 저녁, 매슈는 앤과 학교 친구들이 거실에서 〈요정여왕〉 연습을 하고 있는 것도 모른 채 부엌으로 들어와 무거운 부츠를 벗으려고 장작 통 한 귀퉁이에 앉았다. 이윽고 아이들이 웃고 떠들며 복도를 지나 부엌으로 몰려들어 왔다. 매슈가 부끄러운 듯 한 손엔 장화 한 짝을, 다른 손에는 신발 주걱을 든 채 장작 통 뒤 어두컴컴한 곳으로 몸을 숨긴 까닭에 아이들은 매슈를 발견하지 못했다. 매슈는 아이들이 모자를 쓰고 외투를 입으며 대화극과 학예회 얘기를 하는 모습을 10분 동안 조심스레 지켜보았다. 앤은 초롱초롱한 눈을 반짝이며 다른 아이들과 마찬가지로 생기에 차 있었다. 하지만 매슈는 문득 앤이 친구들과 어딘가 다르다는 느낌을 받았다. 그런 차이가 있어선 안 된다는 생각에 매슈는 걱정스런 마음이 들었다. 앤은 다른 아이들보다 더 밝은 표정에 눈이 크고 빛났으며 이목구비가 또렷했다. 수줍음 많고 관찰력 없는 매슈의 눈에도 그 정도는 쉽게 띄었다. 하지만 매슈의 마음을 어지럽히는 차이점은 이런 것들이 아니었다. 그렇다면 무엇이 다르단 말인가?

매슈는 아이들이 서로 팔짱을 낀 채 꽁꽁 언 오솔길을 내려가고 앤이 공부를 시작한 다음에도 한참을 그 생각에 매달려 있었다. 그렇다고 마릴라한테 물어볼 수도 없었다. 마릴라는 보나마나 경멸하듯 콧방귀를 뀌며 앤과 다른 아이들의 유일한 차이점이란, 다른 아이들은 가끔씩 입을 다물지만 앤은 절대로 입을 쉬지 않는 거라고 말할 게 뻔했기 때문이었다. 물어봤자 별 도움이 되지 못할 터였다.

그날 저녁 내내 매슈가 파이프를 입에 물고 생각에 골몰하는 바람에 마릴라는 질색을 했다. 두 시간 동안이나 담배를 피우며 머리를 싸맨 끝에 매슈는 드디어 해답을 찾아냈다. 앤의 옷이 다른 아이들과 달랐던 것이다!

매슈는 생각하면 할수록 앤이 초록 지붕 집에 온 이후로 지금껏 한 번도 다른 아이들과 같은 옷을 입은 적이 없다는 확신이 들었다. 마릴라는 앤에게 어두운 색에 장식 없는 똑같은 모양의 옷만 만들어 입혔다. 옷에도 유행이 있다는 사실을 매슈가 알았다 하더라도 별 도움은 못 됐겠지만, 앤이 입은 옷의 소매가 다른 아이들하고 전혀 다르다는 것만은 매슈도 확실히 알 수 있었다. 매슈는 그날 저녁 보았던 여자 아이들을 떠올려 보았다. 모두들 빨간색, 파란색, 분홍색, 하얀색의 화사한 옷을 입고 있었다. 그런데 왜 마릴라는 앤에게 항상 밋밋하고 수수한 원피스만 입히는지, 매슈는 궁금했다.

물론 나쁠 리는 없었다. 마릴라는 무엇이 가장 좋은 방법인지 잘 아는데다 앤을 교육하는 사람이니까. 거기엔 분명 뭔가 알 수 없는 현명한 이유가 있을 것이다. 하지만 앤에게 다이애나 배리가 늘 입는 것 같은 예쁜 옷이 하나 정도 있다고 해서 그리 해될 것도 없을 터였다. 매슈는 앤에게 예쁜 옷을 선물하기로 마음먹었다. 마릴라에게서 쓸데없는 참견을 한다는 비난은 확실히 피해야 했다. 앞으로 2주만 있으면 크리스마스였다. 아름다운 새 옷은 크리스마스 선물로 손색이 없을 것이다. 매슈는 흡족한 듯 한숨을 내쉬며 파이프를 치우고 자러 갔고, 마릴라는 문이란 문은 다 열어 환기를 시켰다.

바로 다음 날 오후 매슈는 어려운 일은 빨리 해치우는 게 좋다는 결심으로 옷을 사러 카모디로 향했다. 만만한 일이 아니겠다는 생각이 들었다. 매슈가 살 수 있는 물건은 몇 가지 되지 않았고 흥정을 잘 못한다는 것은 스스로도 인정하는 바였다. 하지만 여자 아이 옷을 사러 왔다고 하면 가게 주인이 도와주지 않을까 싶었다.

곰곰이 생각한 끝에 매슈는 윌리엄 블레어 가게가 아닌 새뮤얼 로슨 가게로 가야겠다고 마음을 정했다. 사실 커스버트 씨네는 항상 윌리엄 블레어 가게를 이용했다. 장로교회에 나가고 보수당 편인 사람들은 양심상 거의 그렇게들 했다. 하지만 윌리엄 블레어의 두 딸들이 가게를 보는 일이 잦았기 때문에 매슈는 들어가기가 겁이 났다. 자기가 무얼 살지 정확히 알고 손가락으로 가리키기만 하면 되는 경우에는 딸들이 있어도 그럭저럭 물건을 살 수 있었지만, 오늘같이 설명을 하고 상담을 해야 하는 경우라면 가게에 꼭 남자가 있어야만 했다. 그래서 매슈는 새뮤얼이나 그의 아들이 가게를 보는 로슨 가게로 가기로 한 것이다.

하지만 이를 어쩌나! 최근 새뮤얼이 가게를 확장해 여점원을 들인 일을 매슈는 까맣게 모르고 있었다. 그 점원은 새뮤얼 부인의 조카로, 앞머리를 높이 부풀려 뒤로 넘기고 왕방울만한 갈색 눈을 이리저리 굴리며 입이 찢어져라 크게 웃는 활기찬 젊은 여성이었다. 옷차림도 더없이 화려했고, 손목에 찬 몇 개나 되는 팔찌는 손을 움직일 때마다 번쩍이며 짤랑짤랑 소리를 냈다. 졸지에 가게에서 여점원과 맞닥뜨린 매슈는 당황해서 어쩔 줄을 몰랐고 팔찌를 보고는 완전히 정신을 잃을 지경이 되었다.

루실라 해리스 양이 두 손으로 계산대를 톡톡 두드리며 애교 있는 목소리로 활기차게 물었다.

"뭐가 필요하신가요, 커스버트 씨?"

매슈가 더듬거리며 말했다.

"그게, 아니, 저…… 저…… 정원용 갈퀴 있나요?"

해리스 양이 약간 놀란 표정을 지었다. 12월 중순에 정원용 갈퀴를 달라니 놀라는 것도 무리는 아니었다.

"팔고 남은 게 한두 개 있을 거예요. 그런데 이층 창고에 있어서요. 제가 가서 찾아볼게요."

해리스 양이 자리를 뜬 사이 매슈는 흐트러진 정신을 모으려 애를 썼다.

해리스 양이 갈퀴를 들고 돌아와 활기차게 물었다.

"더 필요하신 건 없으세요, 커스버트 씨?"

매슈가 용기를 내어 대답했다.

"글쎄요, 그렇게 물어보니까, 그…… 그거를 한번 볼까……, 아니 조금만 살까 하는데……, 거…… 건초 씨 말입니다."

해리스 양도 매슈 커스버트가 좀 이상하다는 소문은 익히 들어 알고 있었다. 하지만 지금은 매슈가 완전히 돌았다고 단정 지었다.

"건초 씨는 봄에만 취급한답니다. 지금은 하나도 없어요."

해리스 양이 도도하게 말했다.

"아, 물론…… 그렇지요……. 아가씨 말이 맞아요."

가엾은 매슈가 말을 더듬으며 갈퀴를 들고 문 쪽으로 갔다. 하지만 문간에 이르러서야 자신이 돈을 내지 않았다는 사실을 깨닫고는 참담한 기분으로 다시 몸을 돌렸다. 해리스 양이 거스름돈을 세는 동안 매슈가 마지막으로 안간힘을 다해 물었다.

"글쎄요……, 혹시 성가시지 않다면…… 저기…… 그러니까…… 저…… 설탕을 보여 줬으면 합니다만."

해리스 양이 참을성 있게 물었다.

"흰 설탕이요, 흑설탕이요?"

매슈가 맥 빠진 소리로 답했다.

"아…… 네…… 흑설탕으로."

해리스 양이 팔찌를 흔들며 말했다.

"저기 통에 있어요. 지금은 저 종류밖에 없네요."

매슈가 이마에 진땀을 흘리며 대답했다.

"그, 그럼 한 9킬로그램 주십시오."

매슈는 집에 반쯤 다 와서야 겨우 정신을 차렸다. 끔찍한 경험이긴 했지만 종교를 배반하면서까지 낯선 가게를 찾아갔으니 그런 대접을 받는 것도 당연하다고 여겼다. 집에 도착한 매슈는 갈퀴는 연장을 두는 헛간에 숨기고 설탕은 마릴라에게 가져갔다.

마릴라가 소리를 질렀다.

"흑설탕 아니에요! 무슨 생각으로 이렇게 많이 사셨어요? 일꾼들 죽 쑬 때나 검정 과일 케이크 만들 때만 쓴다는 거 아시잖아요. 제리 부트도 가버렸고 케이크도 벌써 만들어 놓았는데. 게다가 알갱이도 굵고 색깔도 너무 진한 게, 질도 좋지 않네요. 윌리엄 블레어 씨 가게에서는 이런 설탕을 잘 안 파는데요."

"난 그냥…… 언젠가 필요하겠다 싶어서 말이야."

매슈가 이렇게 말하며 위기를 모면했다.

매슈는 곰곰이 생각한 끝에 이런 문제는 여자의 도움이 필요하다는 결론을 내렸다. 마릴라는 생각해 볼 것도 없었다. 매슈의 계획에 찬물이나 끼얹을 게 분명했다. 그렇다면 에이번리 마을에서 매슈가 용기 내어 도움을 청할 수 있는 여자는 린드 부인밖에 없었다. 그래서 매슈는 린드 부인을 찾아갔고, 친절한 부인은 고민하는 남자의 손에서 그 무거운 짐을 흔쾌히 받아 주었다.

"앤한테 줄 옷을 골라 달라고요? 물론 해드리죠. 내일 카모디에 가서 한번 살펴보겠어요. 특별히 마음에 두고 있는 건 없나요? 없다고요? 그럼 제가 알아서 하죠. 앤한테는 짙은 갈색이 어울릴 것 같은데요. 윌리엄 블레어 씨네 가게에 아주 괜찮은 글로리아 옷감이 들어왔더라고요. 만드는 것도 제가 하는 게 좋겠죠? 마릴라가 만들게 되면 때가 되기도 전에 앤이 눈치를 채서 놀라게 하려는 계획이 망쳐질 테니까요. 그래요, 제가 해드리죠. 아니에요, 조금도 성가시지 않아요. 워낙 바느질을 좋아하니까요. 치수는 조카딸 제니 길리스하고 똑같이 하면 될 거예요. 키며 몸집이 앤이랑 꼭 같거든요."

"이거, 정말 고맙습니다. 그런데…… 뭐랄까……, 잘은 모르겠지만……, 그러니까…… 요즘엔 소매 모양이 예전하고 좀 다르더군요. 그래서 아주 힘들지 않다면 저…… 요즘 식으로 만들면 어떨까 싶은데요."

"볼록 소매 말씀이세요? 물론이죠. 걱정하지 마세요. 최신 유행으로 만들 테니까요."

매슈가 돌아간 다음 린드 부인은 혼잣말로 중얼거렸다.

"그 불쌍한 아이가 한 번이라도 제대로 된 옷을 입은 모습을 본다면 정말 뿌듯할 거야. 마릴라가 앤한테 입히는 옷은 어찌나 우스꽝스러운지 열두 번도 더 말해 주고 싶었다고. 마릴라가 워낙에 충고를 싫어하고 노처녀이면서도 교육에 대해 나보다 더 잘 안다고 생각하니까 입을 다물고 있었던 거지. 하긴 뭐든지 그래. 아이를 키워 본 사람들은 모든 아이들에게 맞는 강력하고 효과 빠른 방법이 없다는 사실을 알지. 하지만 한 번도 키워 보지 않은 사람은 수학 공식처럼 대입만 하면 무조건 맞아떨어진다고 생각하거든. 하지만 자식은 수학 계산과는 다르단 말이야. 마릴라는 그걸 몰라. 옷을 그렇게 입히면 앤이 겸손해질 거라고 생각하나 본데, 그러다간 오히려 시기심과 불만만

쌓이기 십상이야. 그 아이도 자기가 다른 아이들과 다른 옷을 입고 있다는 걸 모를 리가 없어. 매슈가 알아차릴 정도면 말 다 했지! 그 사람은 60년 동안 잠자고 있다가 이제야 깨어나고 있는 거라고."

마릴라는 그 뒤 2주일 동안 매슈에게 무슨 꿍꿍이가 있다는 건 어렴풋이 짐작했지만 크리스마스 전날 린드 부인이 새 옷을 가져올 때까지 그게 무슨 일인지 전혀 눈치 채지 못했다. 마릴라가 옷을 지으면 앤이 눈치 챌까 봐 매슈가 걱정하는 바람에 자기가 옷을 만들었다는 린드 부인의 그럴싸한 설명이 좀체 믿기진 않았지만 마릴라는 아무렇지 않게 행동했다.

마릴라가 약간 퉁명스런 듯하면서도 부드럽게 말했다.

"그래서 오라버니가 2주 내내 그렇게 알쏭달쏭한 표정으로 혼자서 싱긋이 웃곤 했던 거군요, 그렇죠? 오라버니가 무슨 엉뚱한 짓을 벌이고 있다는 건 알았어요. 글쎄요, 난 앤에게 옷이 더 필요하다고 생각지 않아요. 올 가을에 튼튼하고 따뜻하고 실용적인 옷을 세 벌이나 지어 주었으니, 그 이상은 사치예요. 이런 소매로 윗도리 하나는 더 만들겠네요. 오라버닌 결국 앤의 허영심만 채워 주는 거라고요. 지금도 저렇게 공작새처럼 허영심이 많은데 말이에요. 어쨌든 앤이 마음에 들어 했으면 좋겠네요. 나도 앤이 이 터무니없는 소매가 유행할 때부터 줄곧 입고 싶어했다는 걸 아니까요. 한 번 조르고는 두 번 다시 입 밖에 내지 않았지만요. 그 볼록 소매란 갈수록 커지고 우스꽝스러워지더니 이젠 아예 풍선처럼 부풀었더군요. 내년이 되면 그런 소매 옷을 입은 사람은 몸을 비스듬히 해야 문을 지날 수 있을 거예요."

아름다운 하얀 세상 위로 크리스마스 아침이 밝아 왔다. 그해 12월은 너무 따뜻해서 사람들은 화이트 크리스마스를 기대하지 않았다. 하지만 밤새 소복이 내린 눈은 에이번리 마을을 뒤바꿔 놓았다. 앤은 기쁨에 가득 찬 눈으로 서리 낀 창밖을 내다보았다. **유령의 숲**에 있는 전나무들이 하얀 깃털을 뒤집어 쓴 듯 아름다웠다. 자작나무와 벚나무들은 진주로 테두리를 두른 것 같았다. 갈아 놓은 밭은 새하얀 잔물결처럼 펼쳐졌고, 신선하고 짜릿한 공기는 유쾌하기 그지없었다. 계단을 뛰어내려 오며 노래하는 앤의 목소리가 초록 지붕 집에 울려 퍼졌다.

"메리 크리스마스, 마릴라 아주머니! 메리 크리스마스, 매슈 아저씨! 정말 아름다운 크리스마스죠? 눈이 와서 너무 기뻐요. 크리스마스엔 이렇게 눈이 내려 줘야 진짜 크리스마스 같잖아요, 그렇죠? 전 그린 크리스마스는 싫어요. 말이 그린이지 지저분하게 빛바랜 갈색이나 회색이잖아요. 그런데 왜 사람들은 그린이라고 부르는지 모르겠어요. 어머나, 세상에, 매슈 아저씨, 그거 저 주시는 거예요? 아, 매슈 아저씨!"

매슈가 마릴라의 눈치를 살피며 주섬주섬 종이 포장지를 벗기고는 옷을 펼쳤다. 마릴라는 모르는 척하며 찻주전자에 물을 채우고 있었지만 호기심에 가득 찬 눈길로 힐끔거렸다.

앤이 옷을 받아 들고는 아무 말 없이 진지하게 바라보았다. 아, 이렇게 아름다울 수가! 비단처럼 반짝이는 부드럽고 아름다운 갈색 글로리아 옷감에 풍성한 주름과 프릴이 달린 스커트, 얇은 레이스로 주름 잡은 깃에 최신 유행 스타일로 정교하게 잔주름을 박아 넣은 윗도리. 하지만 더할 나위 없이 아름다운 건 바로 소매였다! 팔꿈치까지 붙게 올라오던 소매는 그 위에서 2단으로 불룩해졌고 중간에는 주름을 잡아 갈색 비단 리본으로 묶어 놓았다.

매슈가 쑥스러워하며 말했다.

"너한테 주는 크리스마스 선물이다, 앤. 아니…… 왜…… 앤, 마음에 안 드니? 그래…… 그런 게로구나."

갑자기 앤의 눈에 눈물이 그렁그렁해졌다.

"마음에 들어요! 아, 매슈 아저씨!"

앤이 의자 위에 옷을 내려놓고 두 손을 맞잡았다.

"매슈 아저씨, 너무너무 아름다워요. 아, 어떻게 감사드려야 할지 모르겠어요. 이 소매 좀 보세요! 아, 행복한 꿈을 꾸는 것만 같아요."

마릴라가 끼어들었다.

"자, 자, 이제 아침을 먹자꾸나. 앤, 난 솔직히 너한테 새 옷이 필요하다고는 생각지 않는다. 하지만 매슈 아저씨가 널 위해 애써 선물한 옷이니 조심해서 입도록 해라. 린드 부인이 만들어 준 머리 리본도 있다. 옷에 어울리게 갈색이란다. 이제 이리 와서 앉아라."

앤이 기쁨에 취해 말했다.

"아침을 제대로 먹을 수 있을지 모르겠어요. 이렇게 흥분된 순간에 아침 식사라니 너무 평범한 것 같아요. 차라리 저 옷을 보며 눈요기를 하겠어요. 볼록 소매가 아직도 유행이라 정말 기뻐요. 제가 그런 옷을 입어 보기도 전에 유행이 끝나 버렸다면 평생 마음에 걸렸을지도 몰라요. 아마 절대로 만족하지 못했을 거예요. 리본을 만들어 주시다니, 린드 아주머니도 너무 친절하셔요. 정말로 착한 아이가 되어야겠어요. 이럴 때마다 제가 모범적인 아이가 아니라는 게 후회스러워요. 그리고 앞으로 그렇게 되어야겠다고 항상 결심하죠. 하지만 참을 수 없는 유혹이 밀려올 때 결심을 지키기란 너무 어려워요. 그래도 앞으로는 더 열심히 노력할 거예요."

그 평범한 아침 식사가 끝났을 때, 새빨간 외투를 입은 다이애나가 골짜기에서 통나무 다리를 지나 신나게 달려오는 게 보였다. 앤이 비탈길을 쏜살같이 뛰어내려 가 다이애나를 맞았다.

"메리 크리스마스, 다이애나! 아, 정말 아름다운 크리스마스야. 너한테 보여 줄 근사한 게 있어. 매슈 아저씨가 볼록한 소

매가 달린 멋진 옷을 선물해 주셨단다. 난 이보다 더 좋은 건 상상할 수조차 없어."

다이애나가 가쁜 숨을 몰아쉬며 말했다.

"나도 너한테 줄 게 있어. 여기 이 상자야. 조세핀 할머니가 큰 상자에 선물을 잔뜩 담아 보내 주셨는데, 이게 네 거란다. 어젯밤에 갖다 줬으면 좋았겠지만 상자가 어두워지고 나서 도착한데다 난 지금도 **유령의 숲**을 지나는 게 겁이 나서 말이야."

앤이 상자를 열고 안을 들여다보았다. 처음엔 '앤에게, 메리 크리스마스'라고 쓴 카드가 나왔고, 다음엔 발끝 부분에 구슬이 달리고 새틴 리본과 반짝이는 버클 장식이 있는 예쁜 가죽 덧신 한 켤레가 나왔다.

"어머, 다이애나, 이건 너무 과분해. 틀림없이 꿈을 꾸고 있는 거야."

"나 같으면 행운이라고 하겠다. 이제 루비의 덧신을 빌리지 않아도 되잖아. 정말 다행이야. 너한테 두 사이즈나 큰 신발을 신고, 요정이 발을 질질 끄는 소리를 낸다면 무척 이상했을 거야. 조시 파이가 좋아하겠는걸. 그런데 있잖아, 그저께 밤에 연습 마치고 나서 롭 라이트가 거티 파이와 함께 집에 갔대. 너 그런 얘기 못 들었니?"

그날 에이번리의 학생들은 회관을 장식하고 마지막 총연습을 하느라 다들 흥분에 휩싸여 있었다.

학예회는 예정대로 저녁에 열렸고 성공리에 막을 내렸다. 작은 강당은 사람들로 북적거렸고 출연자들도 모두 열연을 했지만 그중에서 단연 돋보인 사람은 앤이었다. 시기심 많은 조시 파이조차 고개를 끄덕일 수밖에 없었다.

공연이 끝나고 다이애나와 함께 별이 빛나는 어두운 밤하늘 아래를 걸어 집으로 돌아오던 앤이 한숨을 쉬었다.

"아, 정말 멋진 밤이었지?"

다이애나가 현실적인 이야기를 했다.

"모든 게 다 잘됐어. 아마 10달러는 벌었을 거야. 있잖아, 앨런 목사님이 샬럿타운 신문에 오늘 일을 기사로 써서 보낼 거래."

"어머, 다이애나, 우리 이름이 정말 신문에 나온단 말이야? 생각만 해도 가슴이 떨려. 오늘 네 독창은 정말 훌륭했어, 다이애나. 앙코르를 받았을 땐 너보다 내가 더 뿌듯한 기분이었어. 난 '박수를 받고 있는 저 친구가 제가 사랑하는 마음의 친구랍니다.' 하고 혼잣말을 했단다."

"뭘, 네 낭송도 강당이 떠나가라 박수갈채를 받았잖아, 앤. 그 슬픈 시는 정말 훌륭했어."

"아, 얼마나 긴장했는지 몰라, 다이애나. 앨런 목사님이 내 이름을 불렀을 때 어떻게 무대 위로 올라갔는지 기억도 안나. 수천 개의 눈동자가 나를 뚫어져라 쳐다보는 것만 같아 어찌나

무섭던지 시작도 못하겠더라고. 하지만 내 아름다운 볼록 소매를 생각하며 용기를 얻었지. 이 소매 때문에라도 견뎌 내야 한다는 걸 깨달은 거야, 다이애나. 그래서 시작은 했는데, 내 목소리가 아주 먼 데서 들리는 것 같지 뭐야. 앵무새가 된 기분이었어. 다락방에서 시 낭송 연습을 열심히 해둔 게 천만다행이었지, 안 그랬으면 절대로 해내지 못했을 거야. 내 신음 소리는 어땠어?"

"응, 아주 멋진 신음 소리였어."

다이애나가 힘주어 말했다.

"자리에 돌아와 앉는데 슬론 할머니가 눈물을 훔치고 있는 걸 봤어. 내가 누군가의 마음을 감동시켰다고 생각하니 가슴이 뭉클했어. 학예회에 출연하는 건 참 낭만적인 일이야, 안 그래? 아, 정말 잊지 못할 추억이었어."

"남자 아이들 대화극도 잘하지 않았니? 길버트 블라이스는 정말 멋졌어. 앤, 난 네가 길버트한테 너무 못되게 군다는 생각이 들어. 내 말 끝까지 들어 봐. 요정 대화극을 마치고 무대에서 내려올 때 네 머리에 꽂은 장미 하나가 떨어졌거든. 그런데 길버트가 그걸 줍더니 가슴주머니에 꽂는 거야. 내가 봤어. 그러니 이제 마음 풀어. 넌 낭만적인 아이니까 이런 소릴 들으면 당연히 좋아해야 하잖아."

앤이 도도하게 말했다.

"그 애가 무슨 짓을 하건 나랑은 상관없어. 그 애에 대한 생각조차 나한텐 시간 낭비야, 다이애나."

그날 밤 20년 만에 처음으로 학예회를 다녀온 마릴라와 매슈는 앤이 잠자리에 들고 나서도 한참 동안 부엌 난롯가에 앉아 있었다.

"글쎄다, 난 우리 앤이 누구보다 잘한 것 같더구나."

매슈가 자랑스럽게 말했다.

"그래요, 잘하더군요. 참 똑똑한 아이예요, 오라버니. 그리고 정말 예뻤어요. 전 이 학예회에 찬성하는 편은 아니었지만, 이제 보니 그렇게 나쁜 것 같지도 않네요. 어쨌든 오늘 밤 전 앤이 무척 자랑스러워요. 앤한테 그렇게 말하진 않겠지만 말이에요."

"글쎄, 난 앤이 이층으로 올라가기 전에 그 애가 자랑스러웠다고 벌써 말해 줬는걸. 앞으로 우리가 앤을 위해 무엇을 해야 할지 고민해야 할 게다, 마릴라. 에이번리 학교 공부만으로는 부족한 것 같아."

"생각할 시간은 충분해요. 3월이면 겨우 열세 살이 되는걸요. 하지만 오늘 밤에는 저도 그 애가 부쩍 자랐다는 느낌이 들더군요. 린드 부인이 옷을 좀 길게 만들어서 키가 커 보였거든요. 앤은 배우는 속도도 빠르니 나중에 퀸스 아카데미에 보내는 게 제일 좋을 것 같아요. 하지만 1, 2년 동안은 그런 말은 할 필요가 없을 거예요."

"글쎄다, 가끔씩 생각해 보는 것도 나쁘진 않겠지. 그런 일은 생각을 많이 할수록 좋은 법이니까."

26

이야기 클럽을 만들다

에이번리의 어린 학생들은 평범한 일상으로 돌아오는데 무척 애를 먹었다. 특히 몇 주 동안이나 흥분의 도가니에 빠져 있던 앤에게는 모든 것들이 끔찍하게 무미건조하고 시시하고 의미 없게 느껴졌다. 학예회 이전의 조용한 즐거움을 누리던 그 시절로 돌아갈 수 있을까? 앤은 처음에는 다이애나에게 말한 대로 그것이 도저히 불가능하다고 생각했다.

50년이나 지난 일을 얘기하듯 앤이 서글프게 말했다.

"틀림없어, 다이애나, 다시는 예전처럼 될 수 없을 거야. 시간이 지나면 나아지기야 하겠지만 학예회 때문에 아이들 생활이 엉망이 되지는 않을지 걱정이야. 이래서 마릴라 아주머니가 반대하셨던가 봐. 마릴라 아주머니는 아주 분별력이 있으신 분이셔. 분별력이 있으면 여러모로 도움이 많이 될 거야. 하지만 난 솔직히 그런 사람이 되고 싶지는 않아. 그건 너무 낭만적이지 않거든. 린드 아주머니는 내가 그런 사람이 될 염려가 없다고 하지만 그건 아무도 모르는 일이잖아. 지금으로선 내가 분별 있는 사람이 될지도 모른다는 생각이 드는걸. 어쩌면 너무 피곤해서 그런가 봐. 어젯밤에 한참 동안 잠을 못 잤거든. 난 누워서 학예회 일을 몇 번이고 돌이켜 봤어. 정말 멋진 학예회였어. 돌아보는 것만으로도 너무 근사해."

하지만 결국 에이번리 학생들은 예전 생활로 돌아갔고 지난날의 흥미를 되찾았다. 물론 학예회가 남긴 후유증은 있었다. 무대에서 잘 보이는 자리에 서겠다고 다투었던 루비 길리스와 에머 화이트는 더 이상 같은 책상에 앉지 않았고 3년 동안의 탄탄한 우정도 깨져 버렸다. 조시 파이가 줄리아 벨이 낭송을 하려고 일어나서 인사하는 모습이 꼭 닭이 고개를 흔드는 것 같다고 배시 라이트에게 말하자, 배시가 그 얘기를 줄리아한테 그대로 일러바쳤고, 그 바람에 조시 파이와 줄리아 벨은 석 달 동안이나 말을 하지 않았다. 벨 씨네 아이들은 슬론 씨네 아이들이 출연을 너무 많이 했다고 불평했고, 슬론 씨네 아이들은 벨 씨네 아이들이 그나마 맡은 역할도 제대로 못해 냈다며 몰아붙여 이제 두 집안 아이들은 서로 상대도 하지 않았다. 끝으로 찰리 슬론이 무디 스퍼전과 싸웠다. 무디 스퍼전이 앤 셜리가 낭송 일로 잘난 체했다고 말하는 바람에 찰리 슬론이 무디 스퍼전을 두들겨 팼던 것이다. 그렇기 때문에 무디 스퍼전의 여동생 엘라 메이는 겨우내 앤 셜리와 말을 하려 들지 않았다. 이런 사소한 마찰을 제외하고는 스테이시 선생님의 작은 왕국은 규칙적으로 원만하게 돌아갔다.

어느덧 겨울이 깊어 갔다. 눈도 거의 내리지 않고 유난히 따스한 겨울이라 앤과 다이애나는 매일같이 **자작나무 길**을 지나 학교에 다녔다. 앤의 생일에도 두 소녀는 **자작나무 길**을 가볍게 걸으며 쉴 새 없이 재잘거렸지만, 눈은 연신 주위를 두리번거리고 귀는 쫑긋 세운 채였다. 스테이시 선생님이 곧 '겨울 숲 산책'이라는 주제로 작문을 할 거라고 해서 숲을 주의 깊게 관찰해야 했던 것이다.

앤이 점잖은 목소리로 말했다.

"생각해 봐, 다이애나, 오늘로 난 열세 살이 됐어. 이제 나도 십대라는 게 믿기지가 않아. 오늘 아침에 일어났을 때 난 모든 게 달라져 있을 거라고 생각했어. 넌 한 달 전에 열세 살이 됐으니 나처럼 신기하진 않을 거야. 어쩐지 인생이 훨씬 재미있어질 것 같아. 2년 만 더 지나면 난 진짜 어른이 되는 거야. 놀림받지 않고 거창한 말을 마음껏 할 수 있다고 생각하니 얼마나 기쁜지 모르겠어."

다이애나가 말했다.

"루비 길리스는 열다섯 살이 되자마자 남자 친구를 사귈 거래."

앤이 내뱉듯 대꾸했다.

"루비 길리스는 남자 생각밖에 안 해. 현관 벽에 누가 자기 이름을 써놓으면 겉으론 마구 화를 내면서도 속으론 은근히 좋아한다니까. 하지만 내가 너무 나쁘게 얘기하는 건 아닌지 몰라. 앨런 사모님이 절대 험담을 해서는 안 된다고 했는데. 하지만 그런 말은 생각도 하기 전에 먼저 튀어나오기 일쑤잖니, 안 그래? 난 조시 파이에 대해서는 그런 식으로밖에 얘기 못하겠어. 그래서 아예 말을 않는 거라고. 너도 아마 눈치 챘을 거야. 나는 될 수 있는 대로 앨런 사모님처럼 되려고 노력할 거야. 그 분은 정말 완벽한 분 같아. 앨런 목사님도 그렇게 생각하셔. 린드 아주머니가 그러시는데, 목사님은 자기 부인이 걸어간 길까지 숭배할 정도래. 하지만 아주머니는 목사가 하느님이 아닌 인간에게 지나치게 사랑을 바치는 건 옳지 않다고 생각하신대. 그렇지만 다이애나, 목사도 인간인데 보통 사람들처럼 빠지기 쉬운 죄가 있지 않겠니. 지난 일요일 오후에 난 앨런 사모님과 인간이 빠지기 쉬운 죄에 대해 흥미진진하게 이야기를 나눴어. 안식일인 일요일에 할 수 있는 몇 가지 얘깃거리 중 하나였지. 내가 빠지기 쉬운 죄는 상상을 너무 많이 해서 할 일을 까먹는다는 거야. 하지만 나도 그 점을 고치려고 무진 애를 쓰고 있고, 이제 열세 살도 되었으니 차차 나아질 거라 생각해."

다이애나가 말했다.

"4년만 있으면 우리도 머리를 올릴 수 있어. 앨리스 벨은 열여섯 살밖에 안 됐으면서도 머리를 올렸잖아. 내가 보기엔 좀 웃겨. 난 열일곱이 될 때까지 기다릴 거야."

앤이 단호하게 말했다.

"앨리스 벨처럼 내 코가 휘어졌다면 난 절대로…… 어머! 말하지 않을래. 아주 심한 험담이 될 거야. 게다가 내 코와 비교하다니 이건 자만이야. 옛날에 코가 예쁘다는 소릴 들은 후부터 내가 코 생각을 너무 많이 하나 봐. 나한텐 정말 큰 위로가 되거든. 앗, 다이애나, 저기 봐, 토끼가 있어. 글짓기할 때 도움이 되게 기억해 두면 좋겠다. 여름만큼 겨울 숲도 참 아름다구나. 세상이 온통 하얗고 조용한 게 모두들 멋진 꿈을 꾸며 잠이 든 것만 같아."

다이애나가 한숨을 쉬며 말했다.

"이번 글짓기는 그다지 신경 쓰이지 않아. 숲에 대해서는 쓸 수 있을 것 같거든. 하지만 월요일에 내야 할 숙제는 정말 골치야. 스테이시 선생님이 우리더러 이야기를 직접 지어 내라고 하셨잖아!"

"그야, 식은 죽 먹기지."

다이애나가 샐쭉하게 대꾸했다.

"상상력이 풍부한 너한테야 쉽지. 상상력이 없이 태어난 사람은 어쩌니? 넌 벌써 다 썼겠지?"

잘난 척하는 듯 보이지 않으려 애는 썼지만 앤은 어쩔 수 없이 고개를 끄덕였다.

"지난 월요일 저녁에 다 썼어. 제목은 '질투하는 경쟁자' 또는 '죽음도 갈라놓을 수 없는 사랑'이야. 마릴라 아주머니께 읽어 드렸더니 터무니없고 말도 안 되는 이야기래. 하지만 매슈 아저씨는 좋다고 하셨어. 난 아저씨 같은 비평가가 좋아. 내용이 아주 슬프고도 아름다워. 내가 쓰면서도 아이처럼 울었다니까. 같은 마을에 살면서 서로를 끔찍이 좋아하는 코딜리어 몽모랑시와 제럴딘 시모어라는 아름다운 두 아가씨에 대한 이야기야. 코딜리어는 칠흑같이 검은 머리에 까만 눈이 초롱초롱 빛나고 피부가 가무잡잡한 아가씨야. 제럴딘은 황금으로 머리칼을 만든 듯 여왕같이 아름다운 금발에 눈동자는 부드러운 자줏빛이야."

다이애나가 이상하다는 듯 말했다.

"난 눈동자가 자줏빛인 사람은 한 번도 본 적이 없는걸."

"나도 못 봤어. 그냥 상상해 본 거야. 좀 색다르게 보이고 싶었거든. 제럴딘의 이마는 설화석고 같아. 난 설화석고 같은 이마가 어떤 건지 알아냈단다. 이게 다 열세 살이 된 덕분이지. 열두 살 때보다는 훨씬 더 많은 걸 알게 되거든."

두 여자의 운명에 점점 흥미를 느끼며 다이애나가 물었다.

"그래, 코딜리어와 제럴딘이 어떻게 됐는데?"

"두 사람은 열여섯 살이 될 때까지 아름다운 처녀로 나란히 자라났어. 그러다 마을에 왔던 버트럼 드 비어라는 남자가 아름다운 제럴딘과 사랑에 빠지게 됐어. 제럴딘이 탄 마차의 말이 제멋대로 달아났을 때 버트럼이 제럴딘의 목숨을 구해 주었던 거지. 버트럼은 기절한 제럴딘을 안은 채 5킬로미터나 떨어진 제럴딘의 집까지 데려다 주었어. 마차가 완전히 부서져 버렸거든. 청혼하는 장면은 상상하기가 무척 어려웠어. 경험해 본적이 없으니까 말이야. 그래서 루비 길리스는 결혼한 언니들이 많으니까 남자들이 어떻게 청혼하는지 잘 알 것 같아서 물어봤어. 루비는 말콤 앤드루스가 수잔 언니에게 청혼할 때 거실 벽장에 숨어 있었대. 말콤은 수잔 언니에게, 자기 아버지가 농장을 물려주셨다면서 '어떻소, 내 사랑, 올 가을에 나와 결혼하는 것이?' 하고 말했다지. 그러니까 수잔 언니가 '네……, 아니……, 모르겠어요……. 생각을 좀…….' 하고 대답했는데, 둘이 금방 약혼을 했다지 뭐야. 하지만 난 그런 청혼은 너무 낭만적이지 않은 것 같아서 최대한 상상력을 발휘해야만 했어. 그리고 아주 화려하고 시적이게 버트람이 무릎을 꿇게 했지. 요즘엔 그러지 않는다고 루비 길리스가 말했지만 말이야. 제럴딘이 청혼을 받아들이면서 하는 대사가 한 페이지나 돼. 그거 쓰느라 얼마나 고생했나 몰라. 무려 다섯 번이나 고쳤다니까. 내가 보기엔 걸작이야. 버트럼은 제럴딘에게 다이아몬드 반지와 루비 목걸이를 주면서 유럽으로 신혼여행을 가자고 했어. 버트럼이 아주 부자였거든. 하지만 불행히도 어둠의 그림자가 두 사람의 앞길에 드리워졌어. 코딜리어도 버트럼을 남몰래 짝사랑하고 있었던 거야. 제럴딘이 약혼 소식을 전하자 코딜리어의 마음은 분노로 타올랐어. 특히 목걸이와 반지를 보고는 미칠 것만 같았지. 제럴딘을 좋아하는 마음이 쓰디쓴 미움으로 변했고, 코딜리어는 두 사람이 절대 결혼하지 못하게 하리라 다짐했어. 하지만 겉으로는 아무렇지 않은 듯 친구로 지냈지. 어느 날 저녁 제럴딘과 코딜리어는 물살이 세차게 흐르는 시내 위 다리에 서 있었어. 둘뿐이라고 생각한 코딜리어는 '하, 하, 하' 하고 비웃으며 제럴딘을 가장자리 너머로 거칠게 떠밀었어. 하지만 모든 장면을 보고 있던 버트럼이 '내가 그대를 구해 주리다, 무엇과도 바꿀 수 없는 나의 제럴딘' 하고 외치며 곧바로 물속으로 뛰어들었어. 하지만 가엾게도 버트럼은 자신이 수영을 못한다는 사실을 잊고 있었던 거야. 그래서 두 사람은 꼭 끌어안은 채 죽고 말았지. 얼마 안 있어 두 사람의 시체가 물가로 밀려왔어. 둘은 한 무덤에 묻혔고 성대한 장례식이 치러졌어, 다이애나. 이야기가 결혼식으로 끝나는 것보다는 장례식으로 끝나는 게 훨씬 낭만적이거든. 한편 코딜리어는 양심의 가책으로 미쳐서 정신병원에 갇히고 말아. 난 그게 문학적으로 죄를 벌하는 방법이라고 생각했어."

"정말 근사하다! 넌 어떻게 그런 멋진 얘기를 만들어 내니, 앤? 나도 너처럼 상상력이 풍부하면 얼마나 좋을까."

매슈와 성향이 비슷한 비평가인 다이애나가 한숨을 쉬며 말했다.

앤이 기운을 북돋워 주었다.

"상상력은 기르면 돼. 나한테 좋은 생각이 났어, 다이애나. 우리끼리 이야기 클럽을 만들어서 글 쓰는 연습을 하는 거야. 네가 혼자서 쓸 수 있을 때까지 도와줄게. 너도 알겠지만 사람은 상상력을 키워야 해. 스테이시 선생님이 그러셨잖아. 물론 방향을 잘 잡아야겠지만 말이야. 내가 선생님께 **유령의 숲** 얘기를 해드렸더니 그건 상상력을 엉뚱한 쪽으로 발휘한 거래."

이리하여 이야기 클럽이 만들어졌다. 처음엔 다이애나와 앤 둘뿐이었지만 곧 제인 앤드루스와 루비 길리스를 비롯해, 상상력을 키워야겠다고 생각하는 아이들 한둘이 더 들어왔다. 루비 길리스는 남자 아이들이 끼면 훨씬 재미있을 거라고 말했지만 남학생들은 제외되었고 회원들은 1주일에 이야기 한 편을 지어야 했다.

앤이 마릴라에게 말했다.

"정말 재미있어요. 각자 자기가 만든 이야기를 큰 소리로 읽고 나서 함께 토론을 해요. 그 이야기들은 소중하게 보관했다가 후손들에게 전해 줄 거예요. 다들 필명을 사용해요. 저는 로자먼드 몽모랑시예요. 모두들 솜씨가 좋아요. 루비 길리스는 좀 감상적이에요. 사랑을 나누는 장면이 너무 많이 나오거든요. 지나친 건 모자란 것보다 못한 법이잖아요. 반면에 제인은 그런 장면이 하나도 없어요. 큰 소리로 읽을 때 민망하다나요. 제인의 이야기는 아주 이성적이에요. 그리고 다이애나 이야기에는 살인자가 너무 많이 나와요. 등장인물을 어떻게 다뤄야 할지 모르겠으면 그냥 죽여서 이야기에서 빼버린대요. 글감은 제가 대부분 정하는데, 머리에 든 생각들이 워낙 많아서 그리 어렵진 않아요."

마릴라가 비꼬며 말했다.

"세상에 이야기를 만드는 일처럼 터무니없는 짓도 없을 게다. 머릿속에 쓸데없는 것만 들어차고 공부할 시간만 축내는 꼴이야. 이야기를 읽는 것도 나쁜데 쓰는 건 더욱 나쁘지."

앤이 설명했다.

"하지만 우린 되도록 이야기 속에 교훈을 담으려고 애써요, 아주머니. 전 그 점을 꼭 강조해요. 착한 사람들은 보상을 받고 악한 사람들은 그에 맞는 대가를 치러요. 틀림없이 좋은 영향을 받을 거예요. 교훈은 중요한 거라고 목사님이 말씀하셨어요. 앨런 목사님과 사모님께 그중 하나를 읽어 드렸더니 두 분다 아주 훌륭한 교훈이 담겨 있다고 하셨어요. 엉뚱한 부분에서 웃으시긴 했지만요. 전 사람들이 눈물을 흘리는 쪽이 더 좋아요. 제인과 루비는 제가 슬픈 장면을 읽을 때면 곧잘 울곤 해요. 다이애나가 조세핀 할머니에게 편지로 클럽 얘기를 했더니 할머니가 이야기를 좀 보내 달라고 답장을 하셨더래요. 그래서 제일 잘된 이야기 네 편을 골라 베껴 쓴 다음 보내 드렸죠. 조세핀 할머니는 평생 그렇게 재미있는 이야기는 처음이었다고 답장을 주셨어요. 하나같이 아주 슬프고 등장인물들이 거의 죽는 이야기였는데 왜 재미있다고 하셨는지, 기분이 좀 얼떨떨했어요. 하지만 할머니가 좋아하셨다니 기뻐요. 우리 클럽이 세상에 조금이라도 좋은 일을 하고 있다는 뜻이니까요. 앨런 사모님은 무슨 일을 하든 세상에 도움이 되는 것을 목표로 삼아야 한다고 하셨어요. 저도 그러려고 노력은 하지만 재미에 빠지다 보면 자주 잊어버려요. 전 커서 조금이라도 앨런 사모님 같은 사람이 되고 싶어요. 그럴 가능성이 있을까요, 아주머니?"

마릴라가 나름대로 격려의 말을 했다.

"가능성이 많다고는 말 못하겠구나. 앨런 부인이 너처럼 그렇게 엉뚱한 짓이나 하고 잘 잊어버리는 아이는 아니었을 테니 말이다."

앤이 진지하게 말했다.

"그렇겠죠. 하지만 앨런 사모님도 지금처럼 항상 착하기만 한 건 아니었어요. 어렸을 땐 지독한 장난꾸러기에다 말썽쟁이였다고 하시는걸요. 그 말을 듣고 얼마나 용기가 났는지 몰라요. 어떤 사람이 예전에 나쁘고 못됐다는 소리를 듣고 용기를 얻는다면 제가 너무 심술궂은 걸까요, 아주머니? 린드 아주머니는 그렇대요. 린드 아주머니는 누군가 아무리 어릴 때였더라도 나쁜 일을 했다는 말을 들으면 항상 충격을 받으신대요. 한번은 어떤 목사님이 어릴 때 숙모 집 찬장에서 딸기 파이를 훔친 적이 있다고 고백하자 목사님에 대한 존경심이 싹 사라졌대요. 저라면 그렇지 않았을 거예요. 오히려 그런 고백을 한 목사님이 진짜 훌륭한 분이라고 생각해요. 지금 말썽을 피우고 후회하는 남자 아이들이 자기도 커서 목사가 될 수 있다는 사실을 알면 얼마나 큰 용기를 얻겠어요. 제 생각은 그래요, 아주머니."

"지금 내 생각은 말이다, 앤. 설거지가 진즉에 끝났어야 한다는 거야. 수다를 떠느라 평소보다 30분이나 더 걸렸구나. 일부터 먼저 하고 나중에 얘기하는 법을 좀 배우렴."

27

허영심과 괴로움

4월이 끝나 가는 어느 날 저녁, 봉사회 모임을 마치고 집으로 돌아오던 마릴라는 이제 겨울은 물러가고, 젊고 명랑한 사람에게나 늙고 우울한 사람에게나 가슴 떨리는 기쁨을 안겨 주는 봄이 찾아왔음을 깨달았다. 하지만 자신의 생각과 감정을 꼼꼼히 따져 보지는 않았다. 그래서 그저 봉사회며 선교 기금이며 교회 바닥에 깔 새 양탄자 생각만 하고 있다고 여겼다. 하지만 이런 생각 밑으로는, 저무는 석양 아래 연자줏빛 안개가 피어오르는 붉은 들판과 시내 건너 초원으로 길고 뾰족한 그림자를 드리운 전나무와 거울 같은 연못 주위로 묵묵히 빨간 싹을 틔우기 시작한 단풍나무들, 만물이 깨어나는 소리와 잿빛 땅 아래서 들려오는 희미한 생명의 고동소리도 함께 느끼고 있었다.

ENDRE

곳곳에 봄기운이 흘러넘쳤고, 중년인 마릴라의 점잖은 걸음걸이도 봄이 가져다주는 깊고 원초적인 기쁨에 평소보다 한결 가볍고 빨랐다.

마릴라는 무성한 나무들 사이로 태양 빛이 창문마다 반사되어 반짝이는 초록 지붕 집을 애정 어린 눈으로 바라보았다. 마릴라는 안개 낀 촉촉한 길을 걸으며, 앤이 초록 지붕 집에 오기 전에는 봉사회를 마치고 돌아오는 저녁이 전혀 달갑지 않았는데, 이제는 장작불이 기분 좋게 타오르고 식탁에 차가 정성스레 차려진 집으로 간다고 생각하니 흐뭇한 마음이 들었다.

하지만 마릴라가 부엌으로 들어섰을 때 난로는 꺼져 있었고 어디에도 앤의 기척은 느껴지지 않았다. 마릴라는 실망과 함께 짜증이 났다. 분명히 다섯 시에 차 준비를 해놓으라고 당부했건만, 이렇게 집에 돌아오자마자 두 번째로 좋은 옷을 급하게 벗어 놓고 매슈가 밭에서 돌아오기 전에 식사 준비를 해야 하다니.

"앤이 돌아오면 혼을 내야겠어요."

불쏘시개로 쓸 나무를 큰 칼로 공연히 힘들여 깎으며 마릴라가 벼르듯 말했다.

집에 들어온 매슈는 구석 자리에서 참을성 있게 차를 기다리고 있었다.

"어디서 다이애나와 쏘다니며, 이야기를 쓰니 대사를 연습하니 바보 같은 짓거리에 빠져서는 시간이 가는지 해야 할 일이 뭔지도 까맣게 잊고 있는 거라고요. 다시는 그러지 못하게 해야 해요. 앨런 부인이 앤처럼 영리하고 사랑스런 아이는 본 적이 없다고 아무리 말해도 저한텐 귓등으로도 안 들리네요. 영리하고 사랑스러운지는 몰라도 머릿속은 쓸데없는 것들로만 가득 차서 다음에 무슨 일을 낼지 도통 알 수가 없잖아요. 엉뚱한 짓이 끝났나 싶으면 또 금세 새로운 일을 터뜨리기 일쑤죠. 맙소사! 오늘 봉사회에서 린드 부인이 그렇게 말해서 단단히 화가 났었는데, 이젠 내가 그런 얘길 하고 있군요. 그땐 앨런 부인이 앤을 두둔해 줘서 정말 고마웠어요. 안 그랬으면 사람들 앞에서 린드 부인하고 한바탕했을 거예요. 앤한테 부족한 점이 많다는 건 나도 잘 알고, 부인하고 싶은 생각도 전혀 없어요. 하지만 앤을 키우는 건 나지, 린드 부인이 아니잖아요. 그 여자는 가브리엘 천사가 에이번리에 살았대도 꼬투리를 찾아낼 사람이라고요. 그렇긴 해도 오늘 오후에 집안일을 하라고 일렀는데 이렇게 나가 버린 건 말이 안 돼요. 아무리 결점투성이라도 이렇게 말을 안 듣거나 미덥지 않은 적은 없었는데, 오늘은 실망이 이만저만 아니에요."

참을성 있고 현명하고 무엇보다 배가 고팠던 매슈는 마릴라가 마음껏 화를 내게 내버려 두는 쪽이 최선이라고 생각했다. 괜히 실랑이를 벌여 시간을 끌지만 않으면 마릴라가 훨씬 더 빨리 일을 해치운다는 걸 경험으로 알고 있었던 것이다.

"글쎄다, 난 잘 모르겠구나. 너무 성급하게 판단하는 게 아닐까. 앤이 네 말을 어겼다는 걸 확실히 알기 전까진 미덥지 않다는 소린 하지 마라. 무슨 일인지 설명을 하겠지. 앤은 설명을 잘하잖아."

마릴라가 쏘아붙였다.

"집에 있으라고 했는데 없으니까 이러죠. 그 애도 내가 납득하게 설명하긴 어려울 거예요. 물론 오라버니야 앤을 편들고 싶겠죠. 하지만 앤을 키우는 건 오라버니가 아니라 저라고요."

저녁 식사 준비가 끝났을 때는 이미 날이 어두워져 있었다. 하지만 여전히 할 일을 잊었다는 생각에 미안한 마음으로 헐레벌떡 통나무 다리나 **연인의 오솔길**을 급하게 뛰어오는 앤의 모습은 보일 기미가 없었다. 마릴라는 화가 잔뜩 난 얼굴로 설거지를 마치고 접시를 치웠다. 그런 다음 지하 저장실에 내려가기 위해 평소 앤의 책상 위에 놓아두는 초를 가지러 다락방으로 올라갔다. 초를 켜고 돌아서던 마릴라는 베개에 얼굴을 묻고 침대에 엎드려 있는 앤을 발견했다.

"세상에, 자고 있었던 게냐, 앤?"

마릴라가 깜짝 놀라며 물었다.

"아니오."

앤이 분명치 않은 소리로 대답했다.

"그럼, 어디 아프니?"

마릴라가 침대로 다가가며 걱정스럽게 물었다.

앤은 사람들 눈앞에 영원히 나서고 싶지 않은 것처럼 베개 속으로 더 깊이 파고들었다.

"아니에요. 하지만 제발 절 보지 말고 저리 가주세요, 아주머니. 전 지금 절망의 구렁텅이에 빠져 있어요. 반에서 누가 일등을 하든, 누가 제일 작문을 잘하든, 주일학교 성가대에서 노래를 하든 말든 전 상관 안 해요. 지금 그런 사소한 일들은 하나도 중요하지 않아요. 전 다시는 아무 데도 못 갈 테니까요. 제 인생은 이제 끝났어요. 마릴라 아주머니, 부탁이니 절 보지 말고 가주세요."

마릴라가 무슨 일인지 궁금해하며 다그쳤다.

"별 소릴 다 듣겠구나. 앤 셜리, 도대체 무슨 일이야? 무슨 짓을 저질렀니? 당장 일어나 말해. 지금 당장 말이다. 자, 뭣 때문이야?"

앤이 어쩔 수 없이 바닥으로 내려섰다. 그러고는 작게 말했다.

"제 머리를 보세요, 아주머니."

마릴라가 초를 들어 등 뒤로 늘어진 앤의 숱 많은 머리칼을 자세히 들여다보았다. 확실히 아주 이상해져 있었다.

"앤 셜리, 너 머리에 무슨 짓을 한 거냐? 세상에, 초록색이잖아!"

굳이 여기에 이름을 붙인다면 초록색이라고 불러야 할지도 모르겠다. 하지만 요상하고 칙칙한 구릿빛 초록색에 원래 빨간 머리색까지 얼룩덜룩 섞여 있어 한층 섬뜩한 느낌을 안겨 주었다. 마릴라는 평생 이렇게 괴상망측한 것은 본 적이 없었다.

앤이 서글프게 말했다.

"맞아요, 초록색이에요. 전 빨간 머리보다 나쁜 건 없다고 생각했어요. 하지만 지금은 초록색 머리가 열 배는 더 나쁘다고 생각해요. 아, 아주머니, 제가 얼마나 비참한 기분인지 아주머닌 모르실 거예요."

"네가 어쩌다 그 꼴이 됐는지는 모르겠다만 이유는 들어 봐야겠구나. 여긴 너무 추우니 부엌으로 내려와서 네가 한 짓을 말해 보아라. 무슨 엉뚱한 일이 일어나지 않을까 짐작은 하고 있었다. 두 달 동안 아무런 말썽도 피우지 않았으니 때가 됐다고 생각했지. 그래, 머리를 어떻게 한 거냐?"

"염색했어요."

"염색이라고! 머리를 염색했단 말이냐! 앤 셜리, 그게 나쁜 짓이라는 걸 몰랐니?"

앤이 고개를 끄덕였다.

"네, 조금 나쁘다는 건 알았어요. 하지만 빨간 머리를 없앨 수만 있다면 조금 나쁜 짓을 하는 것도 괜찮다고 생각했어요. 저도 요모조모 따져 봤어요, 아주머니. 그리고 나쁜 짓을 하는 대신 다른 면에서 더 착해지겠다고 결심한 거예요."

마릴라가 비꼬며 말했다.

"그래, 하지만 내가 너라면 더 멋진 색으로 물들였을 게다. 초록색으로는 하지 않았을 거야."

앤이 풀이 죽어 볼멘소리를 했다.

"저도 초록색으로 하려던 건 아니었어요, 아주머니. 이왕 나쁜 짓을 하기로 한 이상 제대로 잘할 생각이었어요. 제 머리가 칠흑같이 아름다운 검은색으로 변할 거라고 그 사람이 말했거든요. 꼭 그렇게 된다고 자신 있게 말했다고요. 그런데 그 사람 말을 어떻게 안 믿겠어요, 아주머니? 의심받는 기분이 어떤 건지 전 알아요. 앨런 사모님도 아무런 증거 없이 남의 말을 의심해선 안 된다고 하셨단 말이에요. 물론 지금이야 이렇게 증거가 생겼지만요. 초록색 머리는 누가 봐도 확실한 증거잖아요. 하지만 그때는 증거가 없으니 그 사람이 하는 말을 무조건 믿을 수밖에 없었다고요."

"그 사람이라니? 누구 얘길 하는 거야?"

"오늘 오후에 왔던 장사꾼이요. 그 사람한테서 염색약을 샀어요."

"앤 셜리, 이탈리아 사람을 집에 들이면 안 된다고 내가 몇 번이나 말했니! 난 그 사람들이 들락거리는 게 도무지 싫다."

"어머, 집에 들이진 않았어요. 아주머니 말씀이 생각나서 문을 단단히 닫고 밖으로 나간 다음 계단에 앉아 물건을 구경했어요. 게다가 그 아저씬 이탈리아인이 아니라 독일계 유대인이었어요. 커다란 상자에 재미있는 물건이 가득했어요. 아저씨는 독일에 있는 아내와 아이들을 데려오려고 열심히 일한댔어요.

어찌나 절절하게 애길 하던지 가슴이 뭉클했지요. 전 그렇게 소중한 목표가 있는 아저씨를 돕기 위해 뭐라도 사주고 싶었어요. 그런데 염색약이 눈에 딱 들어오는 거예요. 아저씨는 그 염색약이 어떤 머리도 칠흑같이 아름다운 검은색으로 물들이고 물에도 씻겨 나가지 않는다고 자신했어요. 전 그 순간 아름다운 검은 머리의 제 모습이 떠올라 도저히 유혹을 이길 수가 없었어요. 하지만 약값은 75센트인데, 제 용돈은 50센트밖에 남아 있지 않았어요. 아저씨는 아주 인정이 넘치는 분이었어요. 저한테만 50센트에 팔겠다며 거저 주는 거나 마찬가지라고 하시잖아요. 그래서 전 염색약을 샀고, 아저씨가 가시자마자 들어와서는 설명서에 적힌 대로 헌 빗에 약을 묻혀 머리에 발랐어요. 한 통을 다 썼어요. 그랬는데, 아, 아주머니, 전 끔찍한 색으로 변한 머리를 보고는 제가 저지른 잘못을 후회했어요. 정말이에요. 그리고 그때부터 계속 뉘우치고 있었던 거예요."

마릴라가 엄하게 나무랐다.

"그래, 제발 잘 뉘우치길 바란다. 눈을 크게 뜨고 네 허영심이 어떤 결과를 가져왔는지 똑똑히 보아라, 앤. 그나저나 이를 어쩌면 좋단 말이냐. 일단 머리를 감아서 물이 빠지는지 한번 보자꾸나."

그래서 앤은 비눗물로 머리를 박박 문질러 감았다. 하지만 원래 빨간 머리를 감을 때와 마찬가지로 아무런 차이가 없었다.

다른 말은 몰라도 물에 씻겨 나가지 않는다는 장사꾼의 말만은 확실한 진실이었다.

앤이 울먹이며 말했다.

"아, 아주머니, 어쩌면 좋아요? 이번 일은 영원히 잊히지 않을 거예요. 사람들은 진통제 케이크나 다이애나를 취하게 만들고 린드 아주머니께 대든 것 같은 실수들은 깨끗이 잊을 수 있겠죠. 하지만 이 일만은 절대 못 잊을 거예요. 제가 행실이 나쁜 아이라고 생각할 거예요. 아, 아주머니, "한 번 남을 속일 때 우리가 치는 그물은 얼마나 복잡하게 얽히는 걸까요." 이건 시에 나오는 구절이지만 맞는 말이에요. 게다가 조시 파이가 얼마나 비웃겠어요! 아주머니, 전 조시 파이를 볼 자신이 없어요. 전 프린스에드워드 섬에서 가장 불행한 아이라고요."

앤의 불행은 그 후 일주일 동안 계속됐다. 그동안 앤은 아무데도 가지 않고 날마다 머리를 감아 댔다. 집 밖에서는 다이애나가 이 치명적인 비밀을 알고 있었지만 누구에게도 말하지 않겠다고 엄숙하게 약속했다. 그리고 그 약속을 끝까지 지켰다. 주말이 되자 마릴라가 단호하게 말했다.

"안 되겠다, 앤. 아주 강력한 염색약이 분명해. 머리를 잘라야지 다른 수가 없겠어. 그 꼴로는 나다니지 못할 테니 말이야."

앤은 입술이 떨렸지만 마릴라의 말이 옳다는 걸 뼈저리게 느꼈다. 땅이 꺼져라 한숨을 내쉬며 앤이 가위를 가져왔다.

"지금 당장 잘라서 끝내 주세요, 아주머니. 아, 가슴이 찢어지는 것 같아요. 정말이지 낭만과는 거리가 먼 고통이에요. 책에 나오는 여자 아이들은 열이 심하게 나서 머리카락이 빠지거나 착한 목적으로 돈을 마련하기 위해 머리카락을 잘라 팔았어요. 저도 그 비슷한 일로 자르는 거라면 아무렇지 않을 거예요. 하지만 염색한 머리 색깔이 끔찍해서 잘라야 하다니 전혀 위안 삼을 게 없잖아요, 안 그래요? 괜찮으시다면 머리를 자르는 내내 울고 싶어요. 이건 너무도 비극적인 일이거든요."

머리를 자르는 동안 앤은 울었다. 하지만 잠시 후 2층으로 올라가 거울을 들여다보자 절망감으로 마음이 가라앉았다. 마릴라는 앤의 머리를 최대한 바짝 쳐올려 잘라야만 했다. 아무리 좋게 봐주려 해도 어울리는 모습이 아니었다. 앤은 얼른 벽 쪽으로 거울을 돌려 버렸다.

앤이 격렬한 목소리로 말했다.

"머리가 자랄 때까지 절대로 절대로 거울을 보지 않겠어."

그러더니 갑자기 거울을 똑바로 돌렸다.

"아냐, 그래도 볼 거야. 내가 한 나쁜 짓을 뉘우쳐야지. 방에 들어올 때마다 거울을 보며 내가 얼마나 미운지 쳐다볼 거야. 좋게 상상하지도 않을 테야. 다른 건 몰라도 머리에 대해서는 허영심이 없다고 생각했는데 이제 보니 아니었어. 빨간색이긴 해도 길고 숱도 많고 곱슬거렸으니까. 다음엔 내 코가 어떻게 되는 건 아닌지 몰라."

다음 주 월요일 앤의 짧은 머리는 학교에서 큰 화제를 불러일으켰지만, 다행히 그 진짜 이유를 아는 사람은 아무도 없었다. 조시 파이도 앤이 꼭 허수아비 같다고 어김없이 쓴소리를 하긴 했어도 이유는 알지 못했다.

그날 저녁 앤은 두통으로 소파에 누워 있는 마릴라에게 모든 얘기를 털어놓았다.

"조시가 저한테 그렇게 말해도 전 가만히 있었어요. 이것도 제가 받을 벌이니까 참아야 한다고 생각했거든요. 허수아비 같다는 말을 듣고 너무 화가 나서 쏘아붙이고 싶긴 했지만 그러지 않았어요. 저는 경멸하는 눈으로 한 번 노려보고는 용서해 줬어요. 누군가를 용서할 때는 아주 훌륭한 사람이 된 기분이 들어요, 그렇죠? 두 번 다시 예뻐지려는 생각은 버리고 앞으로는 착한 사람이 되기 위해 제 힘을 다 쏟을 거예요. 착한 사람이 되는 게 훨씬 값진 일이니까요. 하지만 그걸 알면서도 가끔은 믿기 어려울 때가 있긴 해요. 전 정말 앨런 사모님이나 스테이시 선생님처럼 좋은 사람이 되고 싶어요, 아주머니. 아주머니가 자랑스러워하는 사람이 되고 싶어요. 다이애나는 머리카락이 좀 자라면 머리에 검정색 벨벳 끈을 두르고 한쪽에는 리본을 달래요. 아주 잘 어울릴 것 같다나요. 전 그걸 스누드(스코틀랜드 미혼 여성이 머리에 두르던 리본 달린 머리띠 -옮긴이)라고 부를 거예요. 아주 낭만적으로 들리잖아요. 제가 말을 너무 많이 했나요, 아주머니? 머리 아프세요?"

"지금은 훨씬 나아졌다. 오후에는 정말 견디기 힘들었단다. 갈수록 두통이 심해지는구나. 의사 선생님을 찾아가 봐야겠어. 네 수다 소리는 성가신지 어떤지 잘 모르겠구나. 워낙 익숙해져서 말이야."

그것은 앤의 얘기를 더 듣고 싶다는 마릴라식 표현이었다.

28

불행한 백합 아가씨

"물론 네가 일레인을 해야지, 앤. 난 저 아래로 떠내려갈 자신이 없다고."

다이애나가 말했다.

"나도 그래. 둘이나 셋이 배에 앉아 떠내려가는 거라면 상관없어. 그거야 재미있지. 하지만 죽은 척 누워 있는 건 도저히 못해. 난 정말이지 무서워 죽을지도 몰라."

루비 길리스가 부들부들 떨었다.

"물론 낭만적이긴 해."

제인 앤드루스가 인정했다.

"하지만 난 가만히 누워 있지 못할 거야. 어디쯤 가고 있는지, 너무 멀리 떠내려가는 건 아닌지 보려고 거의 1분마다 벌떡 일어날 게 뻔해. 앤, 그러면 분위기가 안 살잖니."

앤이 난감한 듯 말했다.

"하지만 빨간 머리 일레인은 너무 우습잖아. 난 떠내려가는 것도 두렵지 않고 일레인 역도 하고 싶어. 하지만 역시나 그건 웃기는 일이야. 루비가 피부도 하얗고 머리카락도 아름답고 긴 금발이니 일레인을 해야 해. '빛나는 금발이 흐르는 듯 물결쳤다.'고 되어 있잖아. 게다가 일레인은 백합 아가씨였어. 그러니 머리칼이 빨간 사람이 백합 아가씨를 할 순 없다고."

다이애나가 열띤 목소리로 말했다.

"네 피부도 루비만큼이나 하얗잖아. 그리고 머리카락 색도 자르기 전보다 훨씬 어두워 보이는 걸."

앤이 기쁜 나머지 얼굴을 붉히며 소리쳤다.

"어머, 정말 그러니? 가끔은 나도 그런 생각이 들곤 했지만, 아니라고 할까 봐 누구한테 물어보지도 못했어. 지금은 적갈색이라고 불러도 될까, 다이애나?"

다이애나가 멋진 검정 벨벳 리본 머리띠를 두른 부드러운 앤의 곱슬머리를 감탄하듯 바라보며 대답했다.

"그럼, 게다가 정말 예뻐."

아이들은 언덕 과수원 집 아래에 있는 연못 둑에 서 있었다. 자작나무로 에워싸인 땅이 둑에서부터 연못 쪽으로 튀어나와 있고, 그 끝에는 낚시꾼과 오리 사냥꾼의 편의를 위해 물 위에 만들어 놓은 작은 나무 발판이 있었다. 루비와 제인이 다이애나와 한여름의 오후를 보내고 있는 앤과 함께 놀려고 찾아왔던 것이다.

앤과 다이애나는 그해 여름내 거의 연못가에서 놀았다. **한적한 숲**은 이제 지난 얘기가 되었다. 봄에 벨 씨가 집 뒤 목초지에서 둥그렇게 둘러 자라던 그 나무들을 무자비하게 잘라 내버렸던 것이다. 앤은 잘린 나무 그루터기에 앉아 낭만적인 추억을 떠올리며 눈물을 흘렸다. 하지만 어차피 다이애나와 얘기했듯, 좀 있으면 열네 살이 되는데다 큰 여자애들이 놀이 집 같은 장난을 하는 건 유치하기도 했고, 연못 주변에는 더 재미있는 놀이 거리가 많았으므로 금세 마음을 달랬다. 다리 위에서 송어를 잡는 것도 재미있었고, 배리 씨가 오리 사냥할 때 타는, 바닥이 평평한 배를 젓는 법도 배웠다.

일레인 이야기를 연극으로 꾸며 보자는 건 앤의 생각이었다. 지난겨울 아이들은 학교에서 테니슨의 시를 배웠다. 교육감이 프린스에드워드 섬에 있는 모든 학교의 국어 교과서에 그 시를 싣게 했던 것이다. 아이들은 그 시를 해체해서 하나하나 분석하는 통에 나중에는 의미마저 희미해질 지경이었지만 아름다운 백합 아가씨와 기사 랜슬롯과 귀네비어 왕비와 아서 왕의 이야기만은 실화인 듯 생생하게 느꼈고, 앤은 캐멀롯에 태어나지 못한 것을 남몰래 아쉬워하기까지 했다. 앤은 그때가 지금보다 훨씬 낭만적이었다고 말했다.

앤의 제안은 열광적인 환호를 받았다. 아이들은 나루터에서 배를 밀면 배가 물살을 타고 다리를 지나 연못이 굽어지는 쪽에서 뻗어 나온 야트막한 땅에 저절로 닿게 된다는 걸 알고 있었다. 배를 타고 그렇게 가본 적도 많으니 일레인 연극을 하기엔 더할 나위 없었다.

"그래, 내가 일레인을 할게."

앤이 마지못해 승낙했다. 주인공을 맡게 되어 기쁘긴 했지만, 앤의 예술적인 감각은 일레인 역에 꼭 맞는 사람이 하기를 바랐고, 아무래도 자신은 무리라는 생각이 들었다.

"루비, 넌 아서 왕을 하고, 제인은 귀네비어 공주, 다이애나는 랜슬롯을 맡아. 하지만 너희들은 먼저 내 오빠들과 아버지가 되어야 해. 벙어리 하인은 빼야겠다. 한 사람만 누워도 배가 꽉 차니 말이야. 배를 덮을 만한 검은 비단이 있어야 하는데. 너희 엄마가 쓰시는 오래된 검정 숄이 꼭 맞겠다, 다이애나."

다이애나가 검정 숄을 가져오자 앤은 그것을 배 바닥에 깔고 누운 다음 눈을 감고 두 손을 가슴 위에 모았다.

꼼짝 않고 누워 있는 작고 하얀 얼굴 위로 자작나무 그림자가 어른거리는 걸 보며 루비 길리스가 불안한 목소리로 속삭였다.

"어머, 정말 죽은 사람 같아. 난 겁이 나, 얘들아. 정말 이래도 되는 걸까? 린드 아주머니가 연극은 아주 나쁜 짓이라고 했는데."

앤이 정색을 하며 말했다.

"루비, 린드 아주머니 얘기는 하지 마. 이건 린드 아주머니가 태어나기 몇 백 년 전 얘기라고. 네가 그러면 분위기가 깨지잖아. 제인, 네가 맡아서 해줘. 죽은 일레인이 말을 하는 건 우스우니까."

제인이 나서서 나머지 일을 처리했다. 황금빛 덮개는 없었지만 노랗고 낡은 피아노 덮개가 멋진 대용품이 되었다. 철이 아니라 흰 백합을 구하지 못해 푸른색 기다란 붓꽃을 앤의 손 위에 두었더니 나무랄 데 없이 분위기가 살아났다.

제인이 말했다.

"자, 준비 다 됐어. 우린 일레인의 평온한 이마에 입을 맞춰야

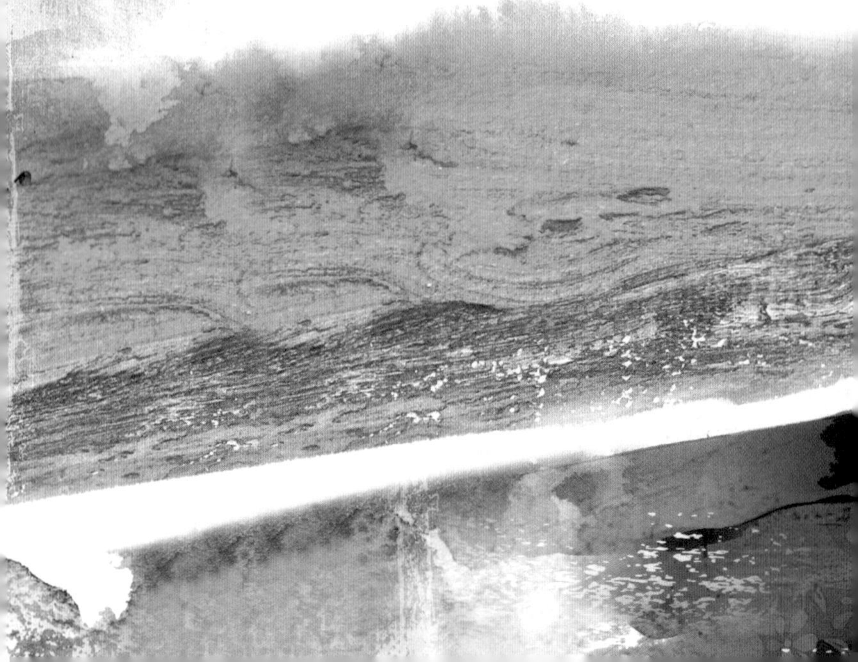

해. 다이애나, 넌, '누이여, 영원히 안녕.'이라고 말하고, 루비는 '안녕, 사랑스러운 누이여.' 하고 말해. 둘 다 되도록 아주 슬프게 해야 해. 앤, 살짝만 웃어 봐. 일레인이 '미소 짓듯 누워 있었다.'는 거 너도 알잖아. 응, 훨씬 좋아. 자, 이제 배를 밀어."

배가 오래 묻혀 있던 말뚝 위를 거칠게 부딪치며 앞으로 밀려갔다. 다이애나와 제인과 루비는 배가 물살을 타고 다리 쪽으로 방향을 잡을 때까지 잠깐 지켜보다가 이내 쏜살같이 달려 숲을 지나고 길을 건너 연못 아래 길게 뻗어 나온 곳으로 향했다. 거기서 셋은 랜슬롯과 귀네비어와 아서 왕이 되어 백합 아가씨를 맞을 준비를 해야 했다.

얼마 동안 앤은 천천히 떠내려가며 이 낭만적인 상황을 마음껏 즐겼다. 하지만 다음 순간 전혀 낭만적이지 않은 상황이 벌어졌다. 배에 물이 들어오기 시작했던 것이다. 일레인은 바로 몸을 일으켜 황금 덮개와 검은 비단을 들고 커다란 틈새로 물이 콸콸 쏟아져 들어오는 모습을 멍하니 바라보았다. 배가 출발할 때 그 뾰족한 말뚝이 바닥에 구멍을 내고 말았던 것이다. 앤은 이런 이유는 알지 못했지만 자신이 위험에 빠졌다는 건 금세 알아챘다. 이렇게 가다간 연못 아래에 닿기도 전에 배에 물이 가득 차올라 가라앉을 판이었다. 노가 어디로 갔지? 이런, 나루터에 두고 왔잖아!

앤의 숨넘어갈 듯한 비명 소리는 아무에게도 들리지 않았다. 앤은 입술까지 하얗게 질렸지만 침착성을 잃지는 않았다. 방법은 한 가지, 오직 한 가지뿐이었다.

다음날 앤은 앨런 부인에게 이렇게 말했다.

"얼마나 겁이 났는지 몰라요. 물은 계속 차오르는데, 배가 다리까지 떠내려가는 동안이 몇 년처럼 느껴지는 거예요. 전 온 마음을 다해 기도했어요. 하지만 눈을 감지는 못했어요. 하느님이 절 구해 줄 방법은 배가 다리 기둥에 될 수 있는 대로 가깝게 떠내려가게 해서 제가 거기에 매달리는 방법뿐이란 걸 알았거든요. 다리 기둥은 오래된 나무둥치로 되어 있어 옹이도 많고 울퉁불퉁하잖아요. 기도도 해야겠지만 배가 다리 기둥 옆으로 지나가는지도 잘 지켜봐야만 했어요. 전 계속해서 '사랑하는 하느님, 제발 다리 기둥으로 배를 가깝게 인도해 주신다면 그 나머지는 제가 알아서 하겠습니다.' 하고 기도했어요. 그런 상황에서는 멋진 기도 말을 생각해 내기가 어렵거든요. 그런데 제 기도가 이루어진 거예요. 배가 다리 기둥에 부딪친 짧은 순간, 전 스카프와 숄을 어깨에 걸치고 툭 튀어나온 행운의 가지 위로 잽싸게 기어올랐어요. 올라갈 데도 내려갈 데도 없는 미끄러운 다리 기둥에 전 그렇게 꽉 매달려 있었어요. 전혀 낭만적이지 않은 자세였지만 그때는 그런 생각을 할 정신이 없었어요. 물에 빠져 죽을 뻔한 마당에 낭만 따위가 생각나겠어요. 전 곧바로 감사의 기도를 드리고 온 힘을 모아 기둥을 꼭 붙잡았어요. 누가 나타나 도와주기 전에는 마른 땅에 돌아갈 방법이 없었으니까요."

다리 밑을 떠내려가던 배는 도중에 순식간에 가라앉아 버렸다. 이미 아래쪽에서 기다리고 있던 루비, 제인, 다이애나는 자신들의 눈앞에서 배가 사라지는 모습을 똑똑히 보았고, 배와 함께 앤도 틀림없이 가라앉았다고 생각했다. 그 비극적인 장면을 보며 아이들은 한동안 백지장처럼 하얘진 얼굴로 공포에 질려 꿈쩍도 못하고 서 있었다. 그러다가 갑자기 찢어질 듯한 비명을 내지르며 미친 듯이 숲으로 달려 올라갔고, 한 번도 멈추지 않고 다리 쪽은 볼 생각도 않은 채 큰길을 지나갔다. 불안한 발판 위에 필사적으로 매달려 있던 앤은 황급히 뛰어가는 친구들의 모습을 보았고 비명 소리를 들었다. 이제 곧 구원의 손길이 닿을 터였지만 자세가 너무도 불편했다.

겨우 몇 분밖에 지나지 않았지만 불행한 백합 아가씨에게는 일 분이 한 시간 같았다. 왜 아무도 오지 않는 걸까? 친구들은 어디로 간 거지? 혹시 전부 다 기절해 버렸다면! 그럼 아무도 오지 않는 거잖아! 지치고 힘에 부쳐 더 이상 매달려 있지 못하면 어쩌지! 앤은 기름기 있는 긴 그림자가 너울대는 깊고 짙은 초록빛 물을 내려다보며 몸을 떨었다. 앤은 일어날 법한 온갖 무시무시한 상황을 상상하기 시작했다.

이윽고 팔과 손목이 아파 더 이상은 버티지 못하겠다고 생각한 그 순간, 길버트 블라이스가 하먼 앤드루스 씨의 낚싯배를 타고 다리 밑으로 노를 저어 오는 것이 아닌가!

길버트가 깜짝 놀라 위를 쳐다보았다. 경멸에 찬 하얗고 작은 얼굴이 겁에 질려 눈이 동그래지긴 했어도 여전히 무시하는 듯한 눈초리로 자신을 내려다보고 있었다.

길버트가 소리쳤다.

"앤 셜리! 도대체 어떻게 그런 곳에 있는 거니?"

길버트는 대답도 기다리지 않고 기둥 가까이 배를 대고는 손을 내밀었다. 달리 방법이 없었다. 앤은 길버트 블라이스의 손을 붙들고 기다시피 배로 내려와서는 흙투성이 몰골에 잔뜩 화가 난 얼굴로 물이 뚝뚝 떨어지는 숄과 젖은 덮개를 안고 배 끄트머리로 가 앉았다. 이런 상황에서 체면을 차리기란 말도 못하게 어려운 일이었다!

길버트가 노를 잡으며 물었다.

"어떻게 된 거야, 앤?"

앤이 자신을 구해 준 사람은 쳐다보지도 않은 채 쌀쌀맞게 대답했다.

"우린 일레인 연극을 하고 있었어. 내가 배를 타고 캐멀롯까지 떠내려가기로 했어. 그런데 배가 새는 바람에 다리 기둥에 매달렸던 거야. 친구들이 도움을 청하려고 갔어. 미안하지만 나루터까지만 데려다 주겠니?"

길버트는 친절하게 앤을 나루터까지 데려다 주었고, 앤은 길버트가 내미는 손을 무시하며 연못가로 훌쩍 뛰어내렸다.

앤이 몸을 돌리며 도도하게 말했다.

"정말 고마워."

그러자 길버트도 배에서 내리더니 앤의 팔을 붙잡으며 다급하게 말했다.

"앤, 나 좀 봐. 우리 좋은 친구로 지내면 안 될까? 저번에 네 머리에 대해 놀린 건 정말 미안해. 장난으로 그랬던 거지 널 괴롭힐 생각은 없었어. 게다가 그건 오래전 일이잖아. 지금은 네 머리가 아주 예쁘다고 생각해. 정말이야. 우리 친구로 지내자."

잠깐 동안 앤은 망설였다. 체면이 엉망으로 구겨진 상황인데도 수줍은 듯 진지한 길버트의 연갈색 눈이 마음에 들면서 야릇하고 새로운 감정이 솟아났다. 앤의 가슴이 이상하게 두근거렸다. 하지만 이내 해묵은 쓰린 상처가 떠올라 흔들리는 마음을 붙잡았다. 2년 전의 일이 어제 일처럼 기억 속에 되살아났다. 길버트는 앤을 '홍당무'라고 불러 아이들이 다 보는 앞에서 톡톡히 망신을 시켰다. 그때의 분노란 다른 사람들이나 나이 든 사람들이라면 웃어넘길지도 모를 일이나 앤에게서만큼은 시간이 흘렀다고 해서 조금도 가라앉거나 누그러지는 것이 아니었다. 앤은 길버트 블라이스가 미웠다! 절대로 용서할 수가 없었다!

앤이 냉정하게 말했다.

"싫어. 난 너랑 친구가 될 수 없어, 길버트 블라이스. 그러고 싶지 않다고!"

길버트가 화가 나서 벌겋게 달아오른 얼굴로 배에 올라탔다.

"좋아! 다시는 너랑 친구 하자고 안 하겠어, 앤 셜리. 나도 너 같은 애랑 친구하기 싫어!"

길버트가 거칠게 노를 저어 저만치 가버리자 앤은 단풍나무 아래로 양치식물들이 무성히 자란 길을 따라 언덕을 올라갔다. 고개를 한껏 치켜세우고 걷긴 했지만 후회 비슷한 감정이 밀려들었다. 길버트에게 그렇게 말하지 말걸 하는 생각마저 들었다. 물론 길버트는 앤에게 끔찍한 모욕을 안겨 주었다. 하지만 그렇다고는 해도……! 앤은 차라리 주저앉아 울고라도 싶은 심정이었다. 겁에 질려 꼭 매달려 있었던 탓에 기운이 하나도 없었다.

길 중간에서 앤은 다시 연못 쪽으로 미친 듯이 달려오는 제인과 다이애나를 만났다. 언덕 과수원 집에는 배리 부부가 모두 집을 비우고 없었다. 루비 길리스가 발작을 일으키며 주저앉는 바람에 진정될 때까지 그곳에 있기로 하고, 제인과 다이애나는 유령의 숲을 지나 시내를 건너 초록 지붕 집으로 달려갔다. 하지만 그곳에도 아무도 없었다. 마릴라는 카모디에 가고, 매슈는 뒷밭에서 건초를 만들고 있었던 것이다.

다이애나가 앤의 목을 꼭 끌어안고 안도와 기쁨의 눈물을 펑펑 쏟으며 숨을 헐떡였다.

"아, 앤, 우리는…… 네가…… 물에 빠져 죽은 줄 알고……, 우리가 널…… 죽인 거나 마찬가지라고 생각했어……. 우리가 너더러…… 일레인을 하라고 시켰으니까. 그리고 루비는 지금 제정신이 아니야……. 아, 앤, 어떻게 빠져나왔니?"

앤이 지친 목소리로 말했다.

"다리 기둥에 기어올라 갔어. 그리고 길버트 블라이스가 앤드루스 아저씨네 배를 타고 오다가 뭍에까지 데려다 줬어."

마침내 숨을 고른 제인이 말했다.

"어머, 앤, 길버트가 구해 주다니! 어쩜, 너무 낭만적이다! 그럼, 이제 길버트하고 말을 하겠네."

또다시 옛날 생각이 떠오른 앤이 발끈하며 말했다.

"물론 말하지 않을 거야. 그리고 다시는 낭만적이니 뭐니 하는 소리는 하지 말아 줘, 제인 앤드루스. 너희들을 놀라게 한 건 정말 미안해, 얘들아. 모두 내 잘못이야. 난 태어날 때부터 운이 없는 아인가 봐. 무슨 일을 하든지 간에 나뿐만 아니라 친구들까지 말썽에 휘말리게 하잖아. 다이애나, 너희 아버지 배가 가라앉아 버렸어. 이제 다시는 연못에서 배를 못 타게 하실 것 같은 예감이 들어."

앤의 예감은 다른 어느 때보다 정확히 들어맞았다. 그 사건을 전해 들은 배리 씨 댁과 커스버트 씨 댁 사람들은 소스라치게 놀랐다.

마릴라가 혀를 차며 물었다.

"앞으로는 정신을 좀 차리겠니, 앤?"

앤이 낙천적으로 대답했다.

"아, 그럼요. 그럴 거예요, 아주머니."

다락방에서 혼자 실컷 울면서 어지러운 마음을 추스른 앤은 평소의 명랑함을 되찾았다.

"제가 분별 있는 사람이 될 가능성이 전보다 더 커진 것 같아요."

"어째서 말이냐?"

"그러니까, 전 오늘 가치 있는 교훈을 새로 배운 거라고요. 전 초록 지붕 집에 온 뒤부터 실수를 많이 저질렀는데, 그 실수들은 하나같이 저의 큰 단점들을 고치게 해줬어요. 자수정 브로치 사건으로 제 것이 아닌 물건에는 손을 대지 않게 됐고요. **유령의 숲** 일은 상상에 너무 빠져 드는 버릇을 고치게 해줬어요. 진통제 케이크 사건으로, 요리할 때 신중하지 못한 습관을 버리게 됐고요. 염색 사건을 겪으면서는 허영심이 없어졌어요. 이젠 더 이상 머리나 코에 대해 생각하지 않아요. 적어도 거의 하지 않는다고 볼 수 있죠. 그리고 오늘 실수는 지나치게 낭만을 찾는 습관을 고쳐 줄 거예요. 에이번리에서는 낭만을 찾으려고 해봤자 소용없다는 결론을 얻었어요. 탑이 있는 몇 백 년 전의 캐멀롯이라면 몰라도 지금 시대에 낭만은 어울리지 않아요. 앞으로 이런 점이 훨씬 나아졌다는 걸 곧 아시게 될 거예요, 아주머니."

마릴라가 긴가민가한 표정으로 말했다.

"나도 제발 그랬으면 좋겠구나."

하지만 한쪽 구석에서 말없이 앉아 있던 매슈는 마릴라가 나가자 앤의 어깨에 손을 올리며 수줍게 속삭였다.

"낭만을 완전히 버리지는 말아라, 앤. 조금쯤은 낭만적인 게 좋아. 물론 너무 지나치면 안 되겠지. 하지만 조금은 남겨 둬, 앤. 조금은 말이야."

BRIGT RIVER

29

앤 일생의 획기적인 사건

앤은 집 뒤에 있는 방목장에서 연인의 오솔길을 따라 소를 몰고 돌아오고 있었다. 9월 저녁, 붉은 석양빛이 숲 구석구석에 가득 비춰 들었다. 길가 여기저기에도 빛줄기가 내려앉았으나 단풍나무 아래는 벌써 어둑어둑했고, 전나무 밑에는 투명한 포도주 같은 선명한 보랏빛 땅거미가 내려앉아 있었다. 이 저녁, 전나무 꼭대기를 스쳐 가는 바람 소리는 세상 그 어떤 음악보다도 달콤

하게 들렸다.

소들이 몸을 흔들며 오솔길을 천천히 내려가고, 앤은 꿈꾸듯 그 뒤를 따르며 전쟁시 「마미온」을 소리 내어 읊었다. 이 시 또한 지난겨울 국어 시간에 배웠던 것으로, 스테이시 선생님이 아이들에게 외우게 했다. 앤은 병사들이 열을 지어 돌진하고 창과 창이 부딪치는 장면을 상상하며 승리의 기쁨에 젖었다.

> 불굴의 창병들은 꿋꿋이 싸웠다네.
> 함락되지 않는 그들의 검은 숲이여.

이 구절에 이르자 앤은 황홀함에 걸음을 멈추고 자신이 영웅들 중 하나가 된 모습을 자세히 떠올리려는 듯 눈을 감았다. 다시 눈을 떴을 때 다이애나가 자기 집 밭으로 통하는 문을 열고 이쪽으로 오고 있었다. 뭔가 중요한 일이 있는 듯한 표정을 보고 앤은 즉시 무슨 일이 있다는 걸 알아챘다. 하지만 지나친 호기심은 드러내지 않기로 했다.

"오늘 저녁은 자줏빛 꿈 속 같지 않니, 다이애나? 살아 있다는 게 너무 행복해. 아침이 되면 아침이 제일 좋은 것 같지만, 저녁이 되면 또 저녁이 더 좋은 것 같거든."

"그래, 정말 아름다운 저녁이야. 그나저나 굉장한 소식이 있어, 앤. 맞춰 봐. 내가 세 번 기회를 줄게."

앤이 소리쳤다.

"샬럿 길리스가 결국 교회에서 결혼식을 올리게 됐고, 앨런 사모님이 우리한테 교회 장식을 해달라고 하셨구나."

"아니. 샬럿의 남자 친구가 반대할걸. 아직 아무도 교회에서 결혼한 적이 없는데다 꼭 장례식 같을 거라고 생각한대. 그건 너무 평범해. 훨씬 신나는 일이라니까. 다시 맞춰 봐."

"제인 엄마가 생일 파티를 열어도 된다고 하셨지?"

다이애나가 까만 눈을 싱글거리며 고개를 흔들었다.

앤이 실망해서 말했다.

"어제 저녁 기도회를 마치고 무디 스퍼전 맥퍼슨이 널 집까지 바래다준 일도 아니라면 더 이상은 모르겠어. 정말 그랬니?"

다이애나가 발끈했다.

"절대 아니야. 설사 그 징글징글한 애가 그랬다 해도 그게 무슨 자랑거리가 되겠니! 네가 못 맞출 줄 알았어. 오늘 엄마가 조세핀 할머니로부터 편지를 받았는데, 할머니가 다음 주 화요일에 우리 둘이 샬럿타운에 와서 박람회를 같이 보는 게 어떻겠냐고 그러셨대. 굉장하지!"

앤이 단풍나무에 몸을 기대야겠다는 생각을 하며 속삭였다.

"아, 다이애나, 그게 정말이니? 하지만 마릴라 아주머니가 보내 주지 않을지도 몰라. 돌아다니는 건 나쁘다고 하실 거야. 지난주에 제인이 자기네 집 마차로 화이트 샌즈 호텔에서 여는 발표회에 같이 가자고 초대했을 때도 그렇게 말씀하셨거든. 아주머니는 나나 제인이나 집에서 공부를 하는 게 더 낫다고 그러셨어. 얼마나 실망했는지 몰라, 다이애나. 너무 속상해서 잠들기 전에 기도도 하지 않았어. 하지만 잘못을 뉘우치고 한밤중에 일어나 기도를 했어."

"있잖아, 우리 엄마더러 마릴라 아주머니께 말씀드려 달라고 할게. 그러면 널 쉽게 보내 주실지 몰라. 그러면 우린 최고로 멋진 시간을 보내게 되는 거야, 앤. 난 박람회엔 한 번도 가 본 적이 없어. 다른 아이들이 박람회에 갔다는 소릴 들을 때마다 얼마나 약이 올랐다고. 제인과 루비는 두 번이나 갔대. 올해도 또 갈 거래."

앤이 단호하게 말했다.

"갈지 못 갈지 확실히 알기 전까지 그 일은 생각하지 않을 거야. 기대했다가 실망하면 도저히 견디지 못할 것 같아. 하지만 가게 된다면 그때쯤 새 코트가 완성될 테니 정말 기뻐. 마릴라 아주머니는 나한테 새 코트는 필요 없다고 하셨어. 있는 코트만으로도 다음 겨울까지 날 수 있다면서 새 원피스로 만족하라고 하셨지. 그 원피스는 정말 예뻐, 다이애나, 짙은 파란색에 최신 유행 스타일이야. 아주머니는 이제 유행에 맞춰서 옷을 만들어 주셔. 매슈 아저씨가 린드 아주머니에게 부탁하지 못하게 하려고 그러신대. 나야 너무 좋지. 예쁜 옷을 입고 있으면 착해지기가 훨씬 쉽거든. 적어도 나한텐 그래. 선천적으로 착한 사람들이야 별반 차이가 없겠지만 말이야. 그런데 매슈 아저씨가 나한테 새 코트가 필요하다고 하셔서 마릴라 아주머니가 예쁜 파란색 옷감을 사셨단다. 그래서 카모디에 있는 진짜 양장점에서 내 코트를 만들고 있는 중이야. 토요일 밤에 완성될 거야. 일요일에 새 옷을 입고 새 모자를 쓰고 교회 복도를 걸어가는 내 모습을 상상하지 않으려고 애쓰고 있어. 그런 걸 상상하는 건 옳지 않은 것 같아서 말이야. 그런데도 자꾸만 생각이 나. 모자도 얼마나 예쁜지 몰라. 그날 함께 카모디에 갔을 때 매슈 아저씨가 사주셨어. 요즘 한창 유행하는 식으로 금색 끈과 술이 달린 작고 파란 벨벳 모자야. 네 새 모자도 우아하고 너한테 참 잘 어울리더라, 다이애나. 저번 일요일에 네가 교회에 딱 들어서는데, 네가 가장 친한 친구라는 사실이 얼마나 자랑스럽고 뿌듯했는지 몰라. 우리가 옷에 대해 생각을 많이 하는 게 잘못일까? 마릴라 아주머니는 아주 나쁜 짓이라고 그러셨어. 하지만 너무 재미있는걸 어떡해, 안 그러니?"

마릴라는 앤이 샬럿타운에 가는 것을 허락했고, 배리 씨가 다음 화요일에 아이들을 데려다 주기로 했다. 샬럿타운까지는 50킬로미터가 넘는 길이었고, 배리 씨는 그날 다시 돌아오길 바랐으므로 아침 일찍 출발해야만 했다. 하지만 앤에게는 그것마저도 즐거웠고 화요일 아침엔 해가 뜨기도 전에 자리에서 일어났다. 창밖을 흘금 쳐다본 앤은 화창한 날이 되리라 확신했다. **유령의 숲** 전나무 뒤로 펼쳐진 동쪽 하늘은 구름 한 점 없는 은빛으로 빛나고 있었다. 나무들 사이로 언덕 과수원 집 서쪽 방에 불빛이 어른거리는 걸로 보아 다이애나도 일어난 모양이었다.

앤은 매슈가 장작불을 피우는 동안 옷을 갈아입었고, 마릴라가 내려올 때는 아침 식사 준비까지 다 마쳤다. 하지만 너무 들뜬 나머지 정작 제대로 먹지는 못했다. 아침 식사를 마친 앤은 멋진 모자와 코트를 걸치고 서둘러 시내를 건너 전나무 숲을 지나 언덕 과수원 집으로 올라갔다. 배리 씨와 다이애나가 앤을 기다리고 있었고, 세 사람은 곧 길을 떠났다.

먼 길이었지만 앤과 다이애나는 순간순간이 즐거웠다. 이른 아침, 추수가 끝난 들판을 비추는 붉은 햇살 속에서 촉촉이 젖은 길을 덜컹덜컹 달리는 기분은 아주 유쾌했다. 공기는 상쾌하고 신선했으며 연푸른 안개가 골짜기에서 오물오물 피어올라 언덕을 휘감았다. 때때로 길은 단풍나무가 주홍빛 깃발처럼 빨갛게 물들기 시작한 숲으로 이어졌고, 언젠가 설레는 두려움과 함께 앤을 오싹하게 만들었던 다리를 건너 강을 건너기도 했으며, 해변을 따라 굽어지며 비바람에 잿빛으로 바랜 낚시용 오두막집들을 지나는가 하면 다시 구불구불한 고원이나 안개 낀 푸른 하늘이 보이는 언덕 위를 오르기도 했다. 어디를 지나든 흥미진진한 이야기가 흘러넘쳤다. 정오가 다 되어서야 샬럿타운에 도착한 마차는 이내 배리 할머니가 사는 '너도밤나무 집' 길로 향했다. 너도밤나무 집은 큰길에서 뚝 떨어져 초록색 느릅나무와 가지 많은 너도밤나무로 둘러진 오래된 멋진 저택이었다. 까맣고 날카로운 눈을 반짝이며 배리 할머니가 문간에서 세 사람을 맞았다.

"그래, 드디어 날 보러 와주었구나, 앤. 이런, 자란 것 좀 보게! 나보다도 키가 더 크구나. 얼굴도 예전보다 훨씬 예뻐졌어. 말 안 해도 이미 알고 있겠지만 말이다."

앤의 얼굴이 환해졌다.

"아뇨, 전 정말 몰랐어요. 예전보다 주근깨가 줄어들어 무척 고마워하고 있었지만 다른 건 아예 기대조차 안 했거든요. 그렇게 말씀해 주시니 정말 기뻐요, 배리 할머니."

나중에 앤이 마릴라에게 말했듯, 배리 할머니의 집 가구들은 더할 나위 없이 훌륭했다. 저녁 준비가 다 되었는지 보러 배리 할머니가 자리를 뜨자 응접실에 남겨진 두 시골 아이는 화려한 실내를 바라보며 입을 다물지 못했다.

다이애나가 속삭였다.

"꼭 궁전 같지 않니? 나도 조세핀 할머니 댁은 이번이 처음인데, 이렇게 으리으리할 줄은 몰랐어. 줄리아 벨이 여길 봐야 하는데 말이야. 자기 집 응접실을 무지 자랑하고 다니거든."

앤이 크게 한숨을 쉬며 말했다.

"벨벳 양탄자에 실크 커튼이라니! 이건 내가 꿈꾸던 것들이야, 다이애나. 하지만 그렇게 편안하지는 않아. 멋진 것들로 꽉 차 있으니 상상할 여지가 하나도 없잖아. 그렇게 생각하니 가난하다는 게 위안이 된다. 상상할 게 아주 많으니까 말이야."

앤과 다이애나는 오래전부터 시내에서 지내 보자고 약속했었다. 그리고 둘은 첫날부터 마지막 날까지 온통 즐거운 시간을 보냈다.

수요일에 배리 할머니는 두 아이를 박람회에 데려갔고, 세 사람은 하루 종일 그곳에서 보냈다.

나중에 앤은 마릴라에게 말했다.

"정말 굉장했어요. 그렇게 재미있을 줄은 상상도 못했어요. 어디가 제일 재미있었는지 분간이 안 될 정도예요. 말과 꽃과 수예품을 전시한 곳이 좋았다는 생각이 들어요. 조시 파이가 레이스 뜨기에서 1등을 받아서 얼마나 기뻤는지 몰라요. 그리고 제가 기뻐했다는 사실이 너무 기뻤어요. 조시의 성공을 기뻐한다는 건 제가 더 나은 아이가 되고 있다는 증거니까요, 안 그래요, 아주머니? 그라벤스타인 사과 쪽에서는 하먼 앤드루스 아저씨가 2등을 했고, 돼지 부문에서는 벨 장로님이 1등을 하셨어요. 다이애나는 주일학교 교장선생님이 돼지로 1등을 한 게 우습다고 말했지만 전 잘 모르겠어요. 아주머니도 우스우세요? 다이애나는 앞으로 벨 장로님이 엄숙하게 기도를 할 때마다 돼지 생각이 날 거랬어요. 클라라 루이스 맥퍼슨이 그림 대회에서 상을 받았고, 린드 아주머니가 수제 버터와 치즈 부문에서 1등을 차지했어요. 에이번리 사람들 실력이 제법이죠, 그렇죠? 거기서 린드 아주머니도 만났는데, 낯선 사람들 사이에서 아주머니의 낯익은 얼굴을 보는 순간, 전 제가 얼마나 린드 아주머니를 좋아하고 있었는지 깨달았어요. 사람들이 수천 명이나 됐어요, 아주머니. 그래서 제가 아주 하찮은 존재로 여겨졌어요. 배리 할머니가 경마를 보여 주려고 우리를 특별 관람석으로 데려갔어요. 린드 아주머니는 가지 않았어요. 아주머니는 경마를 몹시 싫어한다며, 그런 곳에 가지 않는 모범을 보이는 것이 교회 신도로서의 의무라고 하셨어요. 사람들이 워낙 많아서 린드 아주머니가 안 가셨대도 아무도 알아주지 않았을 테지만요. 하지만 경마가 어찌나 정신을 빼놓던지 아무래도 자주 갈 곳은 못 된다는 생각이 들어요. 다이애나는 흥분한 나머지 빨간 말이 이길 거라며 10센트 내기를 하자고 했어요. 빨간 말이 이길 거란 생각은 안 들었지만 내기를 하진 않았어요. 앨런 사모님한테 겪었던 일을 다 얘기해 주고 싶은데, 내기 얘기는 차마 못할 것 같았거든요. 목사님 부인에게 말 못할 일이란 분명 나쁜 짓일 테니까요. 목사님 부인을 친구로 둔다는 건 양심이 하나 더 생기는 것만큼이나 좋은 일이에요. 그리고 내기를 안 해서 정말 다행이었어요. 빨간 말이 이겨서 하마터면 10센트를 잃을 뻔했거든요. 그래서 착한 일을 하면 보답이 온다고 하나 봐요. 우리는 어떤 사람이 기구를 타고 올라가는 것도 보았어요. 저도 기구가 무척 타고 싶었어요, 아주머니. 정말 너무 신날 거예요. 그리고 점을 쳐주는 사람도 보았어요. 10센트를 내면 작은 새가 그 사람의 운이 적힌 종이를 뽑아 와요. 배리 할머니가 다이애나와 저한테 10센트씩을 주시며 점을 보라고 했어요. 저는 돈 많고 피부가 까무잡잡한 남자와 결혼해서 섬 밖으로 나가 산다고 적혀 있었어요. 그걸 보고 나서 얼굴이 거무스름한 남자들을 유심히 쳐다봤지만 마음에 드는 사람은 한 명도 없었어요. 아무래도 결혼 상대자를 찾는 건 너무 이르다는 생각이 들어요. 아아, 정말이지 평생 잊지 못할 하루였어요, 아주머니. 밤에는 너무 피곤해서 잠을 못 이룰 정도였어요. 배리 할머니는 약속했던 대로 저희에게 손님방을 내주셨어요. 방은 아주 아름다웠어요, 아주머니. 하지만 손님방에서 자는 건 제가 생각했던 거랑은 달랐어요. 자란다는 건 그래서 나빠요. 점점 그런 생각이 들어요. 어렸을 때 그렇게 바라던 소원도 막상 이루어지고 나면 생각만큼 좋은 것 같지 않거든요."

목요일에 두 아이는 마차를 타고 공원을 산책했고, 저녁에는 배리 할머니를 따라 유명한 오페라 여가수가 노래하는 음악회에 갔다. 앤에게는 기쁨으로 환하게 빛나는 꿈같은 저녁이었다.

"아, 아주머니, 어떻게 표현이 안 돼요. 너무 가슴이 벅차 말조차 할 수 없었어요. 어땠는지 아실 만하죠. 넋을 잃은 채 말없이 앉아만 있었어요. 하얀 새틴 드레스에 다이아몬드로 치장한 셀리츠키는 정말 아름다웠어요. 하지만 노래를 부르기 시작하자 다른 건 아무것도 눈에 들어오지 않는 거예요. 아, 그때 느낌을 말로는 설명할 수가 없어요. 착해지는 게 더 이상 힘들지 않겠다는 생각은 들었어요. 별을 바라볼 때와 같은 기분이었죠. 전 눈물을 흘렸어요, 아, 하지만 그건 행복한 눈물이었어요. 음악회가 끝나자 전 너무 아쉬운 나머지 배리 할머니에게 다시 평범한 생활로 어떻게 돌아가야 할지 모르겠다고 말했어요. 배리 할머니는 길 건너 식당에 가서 아이스크림을 먹으면 괜찮아질 거라고 말씀하셨어요. 정말 밋밋한 대답이라고 생각했는데, 놀랍게도 그 말이 맞지 뭐예요. 아이스크림은 꿀맛이었어요, 아주머니. 밤 열한 시에 식당에 앉아 아이스크림을 먹고 있으니 정말 근사하고 자유로운 기분이 들었어요. 다이애나는 자기가 도시 체질인 것 같대요. 배리 할머니가 저한테도 물어보셨는데, 전 진지하게 생각해 보고 말씀드리겠다고 했어요. 그래서 잠자리에 누워 곰곰이 생각했어요. 그때가 생각하기엔 가장 좋은 시간이니까요. 제가 내린 결론은요, 아주머니, 저한텐 도시 생활이 맞지 않고, 그래서 기쁘다는 거였어요. 가끔은 밤 열한 시에 불빛 환한 식당에서 아이스크림을 먹는 것도 좋겠지만, 매일 매일을 생각한다면 그 시간에 초록 지붕 집 제 다락방에서 달콤한 잠을 자는 게 훨씬 좋으니까요. 잠든 동안에도 여전히 밖에는 별이 반짝이고, 바람은 시내 건너 전나무 숲으로 불어오겠지 하고 생각하면서 말이에요. 다음 날 아침 식사 시간에 배리 할머니에게 그렇게 말씀드렸더니 할머니가 막 웃으셨어요. 배리 할머니는 제가 무슨 말만 하면 잘 웃으세요. 아주 심각한 얘기를 할 때조차 말이에요. 웃기려고 한 얘기가 아니라서 기분이 좋진 않았어요, 아주머니. 하지만 배리 할머니는 아주 친절한 분이시고, 대접도 얼마나 잘해 주셨는지 몰라요."

집으로 돌아가는 금요일이 되자 배리 씨가 아이들을 데리러 왔다.

배리 할머니가 작별 인사를 했다.

"즐겁게들 지냈는지 모르겠구나."

다이애나가 대답했다.

"정말 재미있었어요."

"너는 어땠니, 앤?"

"전 한 순간도 즐겁지 않은 적이 없었어요."

앤이 갑자기 배리 할머니의 목을 끌어안고 주름진 볼에 입을 맞추었다. 다이애나는 결코 그러지 못할 터였으므로 앤의 스스럼없는 행동에 입을 다물지 못했다. 하지만 배리 할머니는 기뻐했고, 마차가 사라질 때까지 베란다에 서서 지켜보았다. 그러다가 한숨을 쉬며 커다란 집으로 들어갔다. 생기발랄한 아이들이 빠져나간 집은 한층 외롭게 느껴졌다. 솔직히 말해 배리 할머니는 자기 외에 다른 사람은 전혀 신경 쓰지 않는 이기적인 노인이었다. 자신에게 도움이 되는지, 자기를 즐겁게 해주는지 하는 기준으로만 사람을 판단했다. 앤에게 친절을 베푼 것도 앤이 자신을 즐겁게 해줬기 때문이었다. 하지만 이제는 앤의 기발한 말보다는 생생한 열정과 꾸밈없는 마음, 애교 있는 태도, 다정한 눈빛과 입술에 더 마음이 끌렸다.

"처음에 마릴라 커스버트가 고아원에서 여자 아이를 입양했다는 말을 들었을 때는 나이 들어 노망이라도 난 모양이라고 생각했지. 하지만 이제 보니 그렇게 실수한 거 같지는 않구먼. 이 집에도 앤 같은 아이가 있다면 나도 훨씬 다정하고 행복한 사람이 될 텐데 말이야."

앤과 다이애나는 집으로 돌아올 때도 갈 때만큼이나 즐거운 마음이었다. 아니, 사실은 자신을 기다리는 집이 있다는 기쁨 때문에 더욱 즐거웠다. 화이트 샌즈를 지나 바닷가 길로 접어들 때쯤 해가 저물었다. 노랗게 물든 하늘 너머로 에이번리의 언덕들이 거무스름하게 모습을 드러냈다. 뒤쪽으로는 바다에서 솟아오른 달이 온 세상을 아름답고 눈부시게 비춰 주었다. 길이 굽어지는 후미진 곳마다 잔물결이 춤추듯 찰랑거렸다. 파도가 부드럽게 소리를 내며 바위에 부서졌고, 신선한 공기 속엔 톡 쏘는 바다 냄새가 가득했다.

앤이 크게 숨을 들이마시며 말했다.

"아, 살아 있다는 것도, 집으로 돌아가는 것도 너무 좋구나."

앤이 시내 위 통나무 다리를 건넜을 때 초록 지붕 집의 부엌에서는 앤이 돌아온 것을 반기듯 불빛이 깜박거렸고, 열린 문으로는 장작불이 쌀쌀한 가을밤을 데워 줄 따스하고 빨간 불빛을 내며 활활 타오르고 있었다. 앤은 신나게 언덕을 달려 김이 모락모락 나는 저녁상이 차려진 부엌으로 들어갔다.

마릴라가 뜨개질 거리를 내려놓으며 말했다.

"그래, 이제 돌아오니?"

앤이 기쁜 얼굴로 말했다.

"네, 아주머니. 아, 돌아와서 정말 기뻐요. 전부 다 입을 맞추고 싶은 심정이에요. 시계한테도 말이에요. 어머, 통닭구이잖아요! 설마 절 위해서 만드신 건 아니시겠죠!"

"아니, 널 위해 만들었단다. 오랜 시간 마차를 타고 오면 배가 고플 것 같아서 입맛 나는 걸 준비해야겠다고 생각했지. 어서 옷을 갈아입으렴. 매슈 오라버니가 오시면 저녁을 들자꾸나. 돌아와서 정말 기쁘구나. 네가 없으니 얼마나 적적하던지, 나흘이 이렇게 길었던 적이 있었나 싶어."

저녁을 먹고 난 후 앤은 난로 앞에 매슈와 마릴라 사이에 앉아 그동안에 있었던 일을 모두 들려주었다.

앤이 행복에 젖어 이야기를 마쳤다.

“정말 멋진 시간이었어요. 제 평생 잊지 못할 획기적인 사건이라고 생각해요. 하지만 그중에서 가장 좋았던 건 집으로 돌아오는 일이었어요.”

30

퀸스 입시 반이 만들어지다

마릴라는 무릎 위에 뜨개질 거리를 놓고 의자에 등을 기댔다. 눈이 피곤했고, 다음에 시내에 나가면 안경을 바꿔야 할지 알아봐야겠다고 막연히 생각했다. 요즘 들어 눈이 금방 피곤해지곤 했던 것이다.

흐릿한 11월의 황혼이 초록 지붕 집에 내려앉으며 어둠이 밀려들었고, 난로에서 타오르는 빨간 불꽃만이 부엌을 밝히고 있었다.

앤은 난로 앞 깔개 위에 몸을 둥글게 말고 앉아 단풍나무 장작에 켜켜이 쌓여 있던 수백 년 된 여름 햇살이 즐겁게 빛을 뿜어내는 모습을 물끄러미 바라보았다. 읽고 있던 책을 바닥에 떨어뜨린 채 반쯤 벌린 입으로 미소 지으며 한창 공상에 빠져 있는 중이었다. 앤의 상상 속에서 안개와 무지개에 둘러싸인 스페인의 화려한 성들이 그 모습을 생생히 드러냈고, 멋지고 매혹적인 모험의 세계가 펼쳐졌다. 모험은 언제나 성공으로 끝났으며, 현실에서처럼 궁지에 빠지는 일은 한 번도 없었다.

마릴라는 다정한 눈길로 앤을 바라보았다. 난롯불과 그림자가 부드럽게 어른거리는 곳보다 더 밝은 곳에서는 절대 짓지 않는 그런 표정이었다. 마릴라는 사랑을 말이나 표정으로 쉽게 표현하는 방법을 배운 적이 없었다. 하지만 겉으로 내색은 안 해도 더 깊고 강렬한 애정으로 이 잿빛 눈의 빼빼 마른 여자 아이를 사랑하게 되었다. 사실 마릴라는 앤에 대한 자신의 사랑이 도를 넘지나 않을까 걱정하고 있었다. 마릴라는 앤에게처럼 누군가에게 지나치게 마음을 쏟는 건 죄악이라고 생각했으므로 마음이 편치 않았다. 그래서 속마음과는 다르게 그다지 사랑하지 않는 듯 더 엄하고 쌀쌀맞게 대함으로써 무의식적으로 참회를 하는 건지도 몰랐다. 앤은 마릴라가 자신을 얼마나 사랑하고 있는지 모르는 게 분명했다. 마릴라가 여간해선 기뻐하지 않고 동정심이나 이해심도 너무 부족하다는 생각에 아쉬워하곤 했기 때문이다. 하지만 마릴라가 자신에게 베푸는 은혜를 떠올리며 항상 스스로를 나무라곤 했다.

마릴라가 불쑥 입을 열었다.

"앤, 오늘 오후에 네가 다이애나와 함께 나간 사이 스테이시 선생님이 다녀가셨다."

깜짝 놀란 앤이 공상에서 깨어나며 한숨을 쉬었다.

"스테이시 선생님이요? 어머, 자리를 비워서 죄송해요. 절 부르지 그러셨어요, 아주머니? 다이애나와 전 바로 **유령의 숲**에 있었는데요. 요즘 숲이 얼마나 아름다운지 몰라요. 고사리와 잎이 매끈한 나무들과 풀산딸나무같이 작은 식물들은 죄다 잠이 들었어요. 마치 누군가 봄이 올 때까지 나뭇잎 이불 속에 숨겨 놓은 것처럼 말이에요. 어젯밤 달빛이 비칠 때 무지개 스카프를 두른 회색 꼬마 요정이 살그머니 와서 그랬나 봐요. 하지만 다이애나는 별로 말하고 싶어하지 않았어요. **유령의 숲**을 상상하다가 엄마한테 혼났던 일을 잊을 수가 없대요. 그 일은 다이애나의 상상력에 아주 나쁜 영향을 줬어요. 상상력을 말려 버렸거든요. 린드 아주머니는 머틀 벨 아주머니가 메마른 사람이라고 하셨어요. 그래서 제가 루비 길리스한테 머틀 아주머니가 왜 메마른 사람이냐고 물었더니, 아마도 남자 친구한테 배신을 당해서일 거래요. 루비 길리스는 남자 생각뿐이에요. 나이가 들수록 더 심해진다니까요. 남자 얘기도 적당히 하면 나쁠 게 없지만 무슨 일에나 끌어다 붙이면 곤란하잖아요, 안 그래요? 다이애나와 전 결혼을 하지 말고 멋있는 독신으로 영원히 함께 살면 어떨까 진지하게 고민 중이에요. 다이애나는 거칠고 막돼먹은 악당 같은 남자와 결혼해서 새 사람으로 만드는 게 더 고귀한 일인 것 같다며 확실히 마음을 못 정했어요. 다이애나와 전 요즘 진지한 얘기들을 많이 나눠요. 나이도 들었는데 어린애 같은 얘기를 하는 건 어울리지 않는 것 같아서요. 이제 곧 열네 살이 된다는 건 아주 중대한 일이니까요, 아주머니. 지난 수요일에 스테이시 선생님이 십대인 여학생들을 시냇가로 데려가서는 그렇게 말씀하셨어요. 십대 시절에 어떤 습관을 가지고 어떤 이상을 품을지 아주 신중히 생각해야 한다고요. 스무 살이 되면 인격이 형성되어 평생 살아갈 기초가 마련되기 때문이래요. 그리고 기초가 흔들리면 그 위에 진정으로 가치 있는 것을 세울 수가 없다고 하셨어요. 다이애나와 전 집으로 돌아오며 그 문제로 얘기를 나눴어요. 우린 아주 진지했어요, 아주머니. 앞으로 정말 신중하게 행동하고, 바람직한 습관을 기르고, 무엇이든 배우고, 되도록 분별 있는 사람이 되자고 약속했어요. 그러면 스무 살이 됐을 때 제대로 된 인격이 갖춰지겠죠. 스무 살이 된다고 생각하니 끔찍해요, 아주머니. 너무 나이 들고 어른이 된 느낌이에요. 그런데 스테이시 선생님은 왜 오셨어요?"

"내가 하려던 말이 바로 그거다, 앤. 말할 틈을 줘야 말을 하지. 선생님은 네 얘기를 하셨단다."

"제 얘기요?"

앤이 겁에 질린 얼굴로 말했다. 그러고는 얼굴을 붉히며 소리쳤다.

"선생님이 무슨 말씀하셨는지 알겠어요. 저도 말씀드리려고 했어요, 아주머니. 솔직히 말하려고 했는데 그만 깜박했어요. 어제 오후 역사 시간에 『벤허』를 읽고 있다 스테이시 선생님한테 들켰어요. 제인 앤드루스가 저한테 빌려 준 책인데요. 점심시간에 읽다가 전차 경주가 벌어지는 장면에 수업이 시작되었어요. 전 결과가 알고 싶어 견딜 수가 없었어요. 벤허가 꼭 이길 거라는 걸 알고 있었지만 말이에요. 문학에선 보통 정의가 이기게 마련이거든요. 전 책상 위에 역사책을 펴놓고 책상과 무릎 사이엔 『벤허』를 세워 놓았어요. 그러면 제가 『벤허』에 푹 빠져 있어도 역사책을 보는 것처럼 보이니까요. 전 책이 너무 재미있어서 스테이시 선생님이 통로로 걸어오시는 줄도 몰랐어요. 그러다 문득 고개를 드니 스테이시 선생님이 나무라는 표정으로 절 내려다보고 계시잖아요. 얼마나 부끄러웠는지 말도 못해요, 아주머니. 조시 파이가 킬킬거릴 땐 특히나 더요. 스테이시 선생님은 『벤허』를 가져가셨지만, 그 자리에선 아무 말씀도 안 하셨어요. 그리고 쉬는 시간에 절 남게 하시고는 꾸짖으셨죠. 선생님은 두 가지 면에서 제가 큰 잘못을 저질렀다고 하셨어요. 첫째는 공부해야 할 시간을 허비한 거고요. 둘째는 소설을 읽으면서 역사책을 보고 있는 것처럼 속인 거라고요. 전 그 순간까지도 제가 속였다는 생각은 하지 못하고 있었어요, 아주머니. 전 충격을 받았어요. 엉엉 울면서 다시는 그런 짓을 하지 않겠다며 선생님께 용서를 구했어요. 그리고 반성하는 의미로 일주일 동안 『벤허』를 보지 않겠다고 말씀드렸어요. 전차 경주가 어떻게 끝나는지도 보지 않겠다고요. 하지만 선생님은 그럴 것까진 없다며 절 용서해 주셨어요. 그런데 집에까지 찾아오셔서 아주머니께 그 얘기를 하다니, 그건 좀 너무하신 것 같아요."

"스테이시 선생님은 그런 말씀하신 적 없다, 앤. 네가 양심이 찔리니까 그렇게 생각한 게지. 학교에 소설책을 가져가서는 안 돼. 아무튼 넌 소설을 너무 많이 봐. 내가 어렸을 때는 소설은 구경도 못하게 했는데 말이야."

앤이 항변했다.

"어머, 『벤허』같이 훌륭한 종교 서적을 어떻게 소설이라고 말씀하세요? 물론 너무 흥미진진한 내용이라 일요일에 읽기엔 약간 무리일 수도 있겠죠. 하지만 전 평일에만 읽는다고요. 그리고 요즘은 스테이시 선생님이나 앨런 사모님이 열세 살 9개월짜리 여자 아이가 읽기에 좋다고 하시는 책이 아니면 절대 읽지 않아요. 선생님과 약속했는걸요. 어느 날 선생님은 제가 『유령의 집에 숨은 무서운 비밀』이라는 책을 읽고 있는 걸 보셨어요. 루비 길리스한테 빌린 책이었죠. 아, 아주머니, 정말 신기하고 소름 끼치는 내용이었어요. 등골이 오싹했다니까요. 하지만 선생님은 그건 어리석고 해로운 책이라며, 그 책은 물론이고 그런 종류의 책도 읽지 말라고 하셨어요. 전 그렇게 약속하는 거야 어렵지 않았지만 끝이 어떻게 되는지도 모른 채 책을 돌려주는 건 괴로웠어요. 하지만 선생님을 사랑했기에 그 말씀을 따랐죠. 누군가를 기쁘게 하기 위해 무언가를 할 수 있다는 건 정말 멋진 일이에요, 아주머니."

"흠, 난 램프를 켜고 일이나 해야겠구나. 틀림없이 넌 스테이시 선생님이 무슨 말씀을 하셨는지 알고 싶지 않은 게야. 네 입에서 나오는 소리에나 열심이지 다른 데는 도통 관심이 없으니 말이다."

잘못을 깨달은 앤이 소리쳤다.

"어머, 아니에요, 아주머니. 전 너무 듣고 싶어요. 이제부터 아무 말도 하지 않을게요. 한 마디도요. 저도 제가 말이 많다는 건 알아요. 하지만 그러지 않으려고 얼마나 노력을 많이 한다고요. 제가 참고 안 하는 말이 얼마나 많은지 아신다면 제 말을 믿으실 거예요. 제발 말씀해 주세요, 아주머니."

"스테이시 선생님은 상급반 학생들 중에서 퀸스 아카데미 입학시험을 치를 아이들을 모아 반을 만들고 싶다고 하더구나. 방과 후에 한 시간씩 과외수업을 할 생각이라고. 그래서 매슈 오라버니와 나한테 널 그 반에 넣고 싶은지 물어보러 오셨던 거야. 네 생각은 어떠냐, 앤? 퀸스 아카데미에 진학해서 선생님이 되고 싶니?"

앤이 무릎을 세우며 손을 맞잡았다.

"아, 아주머니! 그건 제 평생의 꿈이었어요. 제 말은, 그러니까 6개월 전에 루비와 제인이 시험 얘기를 꺼낸 다음부터 쭉 그랬다고요. 하지만 소용없는 일이란 생각에 아무 말도 하지 않았죠. 전 정말 선생님이 되고 싶어요. 하지만 돈이 엄청나게 많이 들겠죠? 앤드루스 씨는 프리시가 학교를 마칠 때까지 150달러가 들었다고 해요. 게다가 프리시는 기하 열등생도 아니었고요."

"그런 거라면 걱정할 필요 없다. 매슈 오라버니와 난 널 맡기로 했을 때 힘닿는 데까지 뒷바라지하고 좋은 교육을 받게 할 결심이었단다. 난 필요가 있든 없든 여자도 스스로 생계를 유지할 능력을 갖추는 게 좋다고 생각해. 매슈 오라버니와 내가 여기 있는 한 초록 지붕 집은 항상 네 집이야. 하지만 한 치 앞도 모르는 게 세상일이니 미리 대비하는 게 좋지 않겠니. 그러니 너만 좋다면 입시 반에 들어가도록 해라, 앤."

"아, 마릴라 아주머니, 고맙습니다."

앤이 두 팔로 마릴라의 허리를 감싸 안으며 진심 어린 눈빛으로 마릴라의 얼굴을 올려다보았다.

"아주머니와 아저씨께 너무 감사드려요. 두 분의 자랑이 되도록 최선을 다해 열심히 공부하겠어요. 기하는 너무 기대하시지 마세요. 하지만 열심히 하면 다른 건 문제 없을 거예요."

"넌 아마 잘해 낼 거야. 스테이시 선생님은 네가 똑똑하고 부지런하다고 하셨단다."

마릴라는 앤이 혹시라도 자만심을 가질까 봐 스테이시 선생님이 앤에 대해 한 말을 절대 곧이곧대로 말하지는 않을 생각이었다.

"너무 책에만 파묻혀 지내지 않아도 된다. 서두를 건 없어. 입학시험까지는 아직 1년 반이나 남았으니까. 하지만 늦지 않게 시작해서 기초를 탄탄히 다지는 게 좋다고 스테이시 선생님이 그러셨단다."

앤이 기쁨에 겨운 목소리로 말했다.

"옛날보다 더 공부에 관심을 쏟을 거예요. 삶의 목표가 생겼으니까요. 앨런 목사님은 누구나 인생의 목표를 갖고 그 목표를 좇아 열심히 노력해야 한다고 말씀하셨어요. 하지만 먼저 그 목표가 가치 있는 것인지 따져 봐야 한댔어요. 스테이시 선생님 같은 교사가 되고 싶은 건 가치 있는 목표라고 해도 되겠죠, 그렇죠? 전 교사란 아주 훌륭한 직업이라고 생각해요."

얼마 후 퀸스 입시 반이 만들어졌다. 길버트 블라이스, 앤 셜리, 루비 길리스, 제인 앤드루스, 조시 파이, 찰리 슬론, 무디 스퍼전 맥퍼슨이 그 반에 들어갔다. 다이애나 배리는 부모님의 반대로 빠졌다. 이것은 앤에게는 크나큰 불행이나 다름없었다. 미니 메이가 후두염에 걸렸던 그 밤 이후로 앤과 다이애나는 무슨 일을 하든 떨어져 본 적이 없었다. 퀸스 입시 반이 과외수업을 위해 학교에 남은 첫날 저녁, 앤은 다이애나가 다른 아이들과 함께 천천히 교실을 나가는 모습을 바라보았다. 앤은 다이애나 혼자 **자작나무 길**과 **제비꽃 골짜기**를 지나 집으로 걸어갈 생각을 하니 저도 모르게 친구를 따라가고 싶은 마음이 솟구쳤지만 묵묵히 자리를 지킬 수밖에 없었다.

무언가가 목까지 차올라 왔다. 앤은 흐르는 눈물을 감추기 위해 황급히 라틴 문법책을 들어 얼굴을 가렸다. 길버트 블라이스나 조시 파이에게 결코 눈물을 보이고 싶지는 않았다.

그날 밤 앤이 서글프게 말했다.

"아, 아주머니, 전 다이애나가 그렇게 혼자 가는 모습을 보고 지난 일요일에 앨런 목사님이 설교 중에 말씀하셨던 죽음의 쓴잔을 맛보았어요. 다이애나도 입학시험 공부를 하면 얼마나 좋을까 생각했어요. 하지만 린드 아주머니 말씀처럼 불완전한 세상에서 완벽함을 기대할 수는 없는 일이겠죠. 린드 아주머니는 어떤 때는 위로가 전혀 안 되지만, 옳은 말씀을 많이 하시는 건 분명해요. 퀸스 입시 반에서 공부하는 건 아주 재미있을 것 같아요. 제인과 루비는 선생님이 되려고 공부를 해요. 그게 최고의 꿈이래요. 루비는 졸업하고 2년 동안만 교사 생활을 하다 결혼할 거래요. 제인은 평생 아이들을 가르치며 결혼은 절대로, 절대로 안 할 거랬어요. 일을 하면 월급이라도 받지만, 남편은 아무것도 안 주면서 생활비를 달라고 하면 투덜대기나 한다나요. 아마 아픈 경험이 있어서인가 봐요. 린드 아주머니가 그러는데, 제인의 아버지는 완전 괴짜인데다 말도 못하게 인색하다지 뭐예요. 조시 파이는 교육을 더 받기 위해 대학에 갈 거래요. 자기는 굳이 돈을 벌 필요가 없다면서요. 남의 신세를 지는 고아들이야 서둘러 학교를 마쳐야겠지만 자기는 다르다나요. 무디 스퍼전은 목사가 될 거래요. 린드 아주머니는 그 이름으로는 목사밖에 할 게 없다고 하셨어요. 무디 스퍼전은 19세기 영국의 유명한 목사이자 설교가인 찰스 스퍼전과 성이 같고, 미국의 기독교 전도사 무디 라이먼과 이름이 같음 - 옮긴이 나쁘게 말하고 싶지 않지만요, 아주머니. 무디 스퍼전이 목사가 된다고 생각하면 웃음이 터져 나와요. 통통하고 커다란 얼굴에 작고 파란 눈, 삐죽 튀어나와 축 늘어진 귀까지, 되게 재미있게 생겼거든요. 하지만 어른이 되면 더 지적인 얼굴로 변할지도 모르겠어요. 찰리 슬론은 정치계에 뛰어들어 국회의원이 될 거래요. 하지만 린드 아주머니는 찰리가 그쪽에서 절대 성공하진 못할 거라고 하셨어요. 요즘 정치계에서 잘 나가는 사람들은 하나같이 나쁜 사람들인데, 슬론네 집안사람들은 너무 정직하다나요."

앤이 『시저』를 펼쳐 드는 걸 보며 마릴라가 물었다.

"길버트 블라이스는 뭐가 되고 싶다든?"

앤이 경멸적으로 말했다.

"길버트 블라이스의 꿈이 뭔지, 그런 게 있기나 한지, 그건 저도 모르겠어요."

이제 길버트와 앤은 서로 드러내 놓고 경쟁을 했다. 예전에는 앤 혼자 일방적이었지만, 이제는 길버트도 앤처럼 반에서 일등을 하기로 마음먹은 게 분명했다. 길버트는 앤에게 좋은 경쟁 상대였다. 다른 아이들은 두 사람의 뛰어난 실력을 묵묵히 인정하며 겨뤄 볼 생각조차 하지 않았다.

연못가에서 앤에게 용서를 구하다 거절을 당한 날 이후로 길버트는 앤에 대한 확고한 경쟁의식 말고는 앤 셜리의 존재를 깡그리 무시했다. 다른 여자 아이들과는 얘기를 하거나 장난도 치고, 서로 책을 바꿔 보고, 퀴즈를 내기도 하며, 공부나 계획에 대해 의논하고, 기도회나 토론 클럽이 끝나면 그중 하나와 집까지 걸어가기도 했다. 하지만 앤 셜리만은 철저히 무시했다. 앤은 무시당하는 것이 왠지 불쾌했다. 고개를 빳빳이 쳐들고 상관하지 않는다며 혼잣말을 해봤지만 허사였다. 고집스러우면서도 여성스런 앤의 속마음은 그렇지가 않았던 것이다. **반짝이는 호수**에서와 같은 기회가 다시 온다면 전혀 다르게 대답하리라는 것을 앤은 알고 있었다. 갑자기 길버트에 대한 묵은 분노가 한꺼번에 사라져 버렸다는 사실을 깨닫고, 앤은 속으로 무척 당황했다. 그것도 그런 분노의 힘이 가장 절실한 때에 말이다. 도저히 잊을 수 없는 그 사건의 모든 장면과 감정을 떠올리며 예전의 격렬한 분노를 되살리려 애썼지만 아무 소용이 없었다. 그날 연못에서 발작적으로 터져 나온 감정이 마지막이었다. 앤은 자기도 모르는 사이에 모든 걸 용서하고 잊었다는 사실을 깨달았다. 하지만 때는 이미 늦었다.

어쨌거나 길버트나 다른 아이들, 다이애나조차도 앤이 자신의 거만하고 지독했던 행동을 얼마나 후회하고 있는지 알아채지는 못했다. 앤이 후회의 감정을 깊은 망각 속에 묻어 두기로 다짐하고 감쪽같이 행동했던 것이다. 따라서 겉보기와 달리 앤에게 관심을 두고 있던 길버트는 복수심으로 앤을 무시하는 게 전혀 위로가 되지 않았다. 그나마 한 가지 위안이라면 앤이 찰리 슬론을 계속해서 터무니없이 매정하게 대한다는 사실이었다.

그 외에는 각자 자신이 해야 할 일과 공부를 하며 즐겁게 겨울을 보냈다. 앤에게 있어 그 날들은 1년이란 목걸이에 꿰인 황금 구슬이 하나하나 빠져나가듯 흘러갔다. 앤은 행복했고, 열성적이었고, 모든 것이 흥미로웠다. 배워야 할 지식과 지켜야 할 1등 자리와 재미있는 책이 있었다. 주일학교 성가대에서는 새 곡을 연습했고, 토요일 오후에는 목사관에서 앨런 부인과 함께 즐거운 시간을 보냈다. 그 사이 앤이 깨닫기도 전에 초록 지붕 집에 다시 봄이 찾아왔고, 세상은 또 한 번 꽃으로 아름답게 피어났다.

그러자 공부에 대한 열정도 조금 시들해졌다. 퀸스 입시 반 아이들은 창밖으로 다른 친구들이 초록으로 물든 오솔길과 잎이 무성한 숲과 초원의 샛길로 흩어져 가는 모습을 부러운 듯 바라보았고, 라틴어 동사며 프랑스어 수업에 대해 추운 겨울 동안 가졌던 흥미와 열정이 어쩐지 사라졌다는 걸 깨달았다. 앤과 길버트마저 늘어져서는 점점 흥미를 잃어갔다. 학기가 끝나고, 즐거운 방학이 눈앞에 환하게 펼쳐지자 선생님도 아이들도 다 같이 기뻐했다.

방학하는 날 저녁 스테이시 선생님이 아이들에게 말했다.

"지난 한 해 동안 다들 열심히 잘해 주었어요. 여러분은 즐겁고 신나게 방학을 보낼 자격이 있어요. 밖에서 마음껏 뛰어놀면서 다음 학년을 위한 건강과 활기와 포부를 가득 채우도록 하세요. 입학시험을 앞둔 마지막 결전의 시기가 될 테니까요."

"새 학기에도 우릴 가르쳐 주실 건가요, 선생님?"

조시 파이가 물었다. 조시 파이는 어떤 질문이든 주저하는 법이 없었고, 아이들은 이 순간만큼은 조시 파이에 대해 고마운 마음이 들었다. 다들 묻고 싶어도 물어볼 엄두가 나지 않았던 것이다. 고향에 있는 학교에 오라는 제안을 받은 스테이시 선생님이 그곳에 가기로 결정을 내려 다음 학기에 돌아오지 않는다는 불길한 소문이 한동안 학교에 파다했기 때문이다. 퀸스 입시 반 아이들은 숨을 죽인 채 조마조마한 마음으로 선생님의 대답을 기다렸다.

"네, 그럴 생각이에요. 다른 학교로 옮길까도 생각했지만 결국 에이번리에 남기로 했어요. 솔직히 말해 여기 학생들이 너무 좋아서 떠날 수가 없었답니다. 그래서 계속 여러분들의 공부를 도울까 해요."

"야호!"

무디 스퍼전이 환성을 질렀다. 무디 스퍼전은 지금껏 한 번도 그렇게 흥분한 적이 없었다. 그래서인지 그 후 1주일 동안 그 생각을 할 때마다 얼굴을 붉히며 혼자서 쩔쩔맸다.

앤이 눈을 반짝이며 말했다.

"아, 정말 기뻐요. 사랑하는 스테이시 선생님, 선생님이 돌아오시지 않으면 정말 끔찍할 거예요. 다른 선생님이 오신다면 공부를 계속하고 싶지 않았을 것 같아요."

그날 밤 집으로 돌아온 앤은 교과서를 모두 다락에 있는 낡은 가방에 집어넣고 잠근 다음 열쇠를 담요 상자에 던져 넣었다.

앤이 마릴라에게 말했다.

"방학 동안 교과서는 절대 보지 않겠어요. 학기 내내 최선을 다해 열심히 공부했고, 기하도 1권의 명제들은 달달 외워서 글자가 조금만 바뀌어도 알 수 있을 정도예요. 논리적으로 따지는 데 지쳐서 여름 동안은 제 맘대로 상상이나 하며 지낼까 해요. 어머, 그렇게 놀라지 마세요, 아주머니. 적당한 선은 지킬 거예요. 하지만 이번 여름은 정말 즐겁고 재미있게 보내고 싶어요. 어쩌면 어린아이로 보내는 마지막 여름이 될지도 모르니까요. 린드 아주머니는 제가 내년에도 이렇게 계속 자라면 스커트 길이를 늘려야 할 거래요. 다리하고 눈밖에 보이지 않을 거라나요. 긴 스커트를 입으면 거기에 어울리게 행동도 아주 점잖아져야 하겠죠. 그때가 되면 요정이 있다는 것도 믿지 않게 될까 봐 겁이 나요. 그래서 올 여름엔 요정이 있다고 굳게 믿으려고요. 아주 즐거운 방학이 될 것 같아요. 곧 루비 길리스가 생일 파티를 열고, 주일학교에서는 소풍을 가고, 선교 음악회도 다음 달에 있어요. 배리 아저씨는 다이애나와 절 화이트 샌즈 호텔에 데려가서 저녁을 사주시겠대요. 사람들이 거기서 저녁 식사도 하고 그러나 봐요. 제인 앤드루스는 작년 여름에 한번 가봤다는데, 전기 불빛에 꽃에 아름답게 차려입은 여자들로 눈이 부실 지경이었대요. 상류사회를 맛본 건 처음이라며 죽을 때까지 잊지 못할 거라고 했어요."

다음날 오후에 린드 부인이 마릴라가 왜 목요일 봉사회 모임에 나오지 않았는지 궁금해서 찾아왔다. 마릴라가 봉사회 모임에 빠졌다는 건 초록 지붕 집에 무슨 문제가 있다는 뜻이었다.

마릴라가 설명했다.

"목요일에 매슈 오라버니가 심장 발작을 심하게 일으키는 바람에 오라버니를 두고 갈 수가 없었어요. 네, 그럼요, 지금은 괜찮아요. 하지만 예전보다 발작이 잦아져서 걱정이에요. 의사가 흥분하지 않게 조심하라더군요. 그거야 어려울 게 있나요. 오라버니가 흥분할 일을 찾아다니는 사람도 아니고 지금껏 한 번도 그런 적이 없으니까요. 하지만 무리해서 일을 하면 안 되는데, 오라버니한테 일하지 말라는 말은 숨 쉬지 말라는 얘기나 마찬가지니 그게 문제죠. 들어와서 외투를 벗어요, 레이철. 차 한 잔 들겠어요?"

"그럼, 그렇게 권하시니 잠시 쉬었다 갈까요?"

처음부터 쉬었다 갈 생각이었던 린드 부인이 말했다.

린드 부인과 마릴라는 앤이 차를 준비하고 비스킷을 구워 내는 동안 응접실에 편안하게 앉아 있었다. 비스킷은 까다로운 린드 부인도 흠잡을 데가 없을 정도로 포슬포슬하고 하얗게 잘 구워졌다.

해질 무렵, 오솔길 끝까지 자신을 배웅해 준 마릴라에게 린드 부인이 고개를 끄덕이며 말했다.

"앤은 정말 훌륭한 아이로 자랐어요. 마릴라에게 큰 도움이 되겠어요."

"그래요. 요즘은 정말 착실하고 의지가 된답니다. 덤벙대는 성격을 못 고치면 어쩌나 늘 걱정이었는데, 이젠 무슨 일을 맡겨도 마음이 놓여요."

"3년 전에 처음 봤을 때는 이렇게 착한 아이가 되리라곤 생각도 못했어요. 바락바락 대들던 그 고약한 성질머리를 어떻게 잊겠어요! 난 그날 밤 집에 돌아와서 남편한테 말했어요. '두고 보세요, 토마스, 마릴라 커스버트는 자기가 한 일을 후회하게 될 거예요.'라고 말이죠. 하지만 내가 잘못 본 셈이니 얼마나 다행이에요. 마릴라, 난 실수를 하고도 인정하지 않는 그런 사람은 절대 아니에요. 네, 그렇고말고요. 내가 앤을 잘못 보긴 했지만 그러는 것도 무리는 아니었잖아요. 세상에 그렇게 희한하고 엉뚱한 아이가 또 어디 있겠어요. 다른 아이들과 같은 잣대로는 판단할 수 없는 아이예요. 3년 동안 앤이 얼마나 나아졌는지 정말 놀라워요. 특히 외모가 말이죠. 아주 예쁜 소녀가 됐어요. 개인적으로 그렇게 창백하고 눈이 큰 스타일은 별로지만 말이에요. 난 다이애나 배리나 루비 길리스같이 생기 있고 볼이 발그레한 아이들이 좋아요. 특히 루비 길리스가 아주 돋보이더군요. 하지만 왜 그런지는 몰라도 앤이 그 애들이랑 함께 있으면 외모는 처지면서도 왠지 다른 아이들이 평범하고 지나치게 꾸미고 있다는 느낌이 들어요. 다른 아이들이 크고 붉은 작약이라면, 그 옆에 있는 앤은 스스로 수선화라고 부르는 하얀 6월 백합 같거든요."

31

시내와 강물이 만나는 곳

앤은 행복한 여름을 보냈고 마음껏 즐겼다. 앤과 다이애나는 **연인의 오솔길**과 **드라이어드 샘**과 **버드나무 연못**, **빅토리아 섬**을 돌아다니며 대부분 바깥에서 즐거운 시간을 보냈다. 마릴라는 앤이 그렇게 나돌아 다녀도 아무런 잔소리도 하지 않았다. 방학 초 어느 날 오후, 미니 메이가 후두염을 앓던 날 밤에 왕진을 왔던 스펜서베일의 의사가 한 환자의 집에서 앤을 만나 유심히 보고는 입을 일그러뜨리며 고개를 젓더니 사람을 시켜 마릴라 커스버트에게 이런 말을 전해 왔던 것이다.

“댁의 빨간 머리 여자 아이가 여름 동안 바깥 공기를 많이 쐴 수 있게 하고, 좀 더 활기차게 걸을 때까지 책을 읽지 못하게 하십시오.”

이 말을 듣고 마릴라는 덜컥 겁이 났다. 그 말대로 하지 않으면 앤이 쇠약해져 죽는다는 의미로 받아들였던 것이다. 앤은 마음껏 뛰어놀며 자유로움을 만끽했고 더할 나위 없이 행복한 여름을 보냈다. 이리저리 거닐고, 배를 젓고, 딸기도 따고, 실컷 공상에도 잠겼다. 9월이 되자 앤의 눈은 초롱초롱해졌고, 스펜서베일의 의사가 만족할 정도로 걸음걸이도 활기찼으며, 가슴은 다시 한 번 포부와 열정으로 가득 찼다.

다락방에서 책을 가지고 내려오며 앤이 말했다.

"이제 온 힘을 다해 공부할 수 있을 것 같아요. 아, 오랜 친구들아, 너희들의 믿음직한 얼굴을 다시 보니 반갑구나. 그래, 기하 너까지도 말이야. 마릴라 아주머니, 정말 근사한 여름이었어요. 앨런 목사님이 지난 일요일에 말씀하신 것처럼, 제 마음은 경주를 앞둔 사나이처럼 들떠 있어요. 앨런 목사님의 설교는 정말 훌륭하지 않아요? 린드 아주머니는 목사님 설교가 날로 좋아지고 있긴 하지만, 어떤 도시 교회에서 목사님을 모셔가면 우리는 또 서투른 목사님의 설교를 들어야 할 거래요. 하지만 미리 걱정할 필요 있나요. 안 그래요, 아주머니? 앨런 목사님이 계실 동안만이라도 기쁜 마음으로 설교를 들으면 되는 거죠. 제가 남자였다면 목사가 되고 싶었을 거예요. 신학적 믿음이 건전하다면 사람들에게 좋은 영향을 줄 수 있을 테니까요. 멋진 설교로 사람들의 마음을 움직일 수 있다면 정말 짜릿하겠죠. 여자는 왜 목사가 될 수 없는 걸까요, 아주머니? 린드 아주머니께 여쭤 봤더니 펄쩍 뛰시며 큰일 날 소리 말라고 하셨어요. 미국에서는 여자도 목사가 될 수 있고, 여자 목사가 있는 것도 같지만 다행히 캐나다는 아직 그 정도는 아니라며 앞으로도 절대 그런 일이 일어나지 않길 바란대요. 하지만 전 이유를 모르겠어요. 제 생각엔 여자도 훌륭한 목사가 될 것 같은데요. 교회 친목회나 다과회, 기금 마련을 위해 무언가를 하는 일은 모두 여자들 몫이잖아요. 전 린드 아주머니도 벨 장로님 못지않게 기도를 잘하실 거라고 자신해요. 조금만 연습하면 설교도 문제없을걸요."

마릴라가 냉담하게 말했다.

"그래, 맞는 말이야. 솔직히 비공식적인 설교라면 지금도 많이 하고 있으니까. 레이철이 에이번리 마을을 맡는다면 나쁜 길로 빠지는 사람은 아무도 없을 거야."

앤이 불쑥 용기를 내어 말했다.

"마릴라 아주머니, 아주머니 생각이 어떤지 여쭤 보고 싶은 것이 있어요. 쭉 고민해 왔던 일인데요. 일요일 오후, 그러니까 제가 그 문제를 특히 생각하는 때는 일요일 오후예요. 전 정말이지 착한 사람이 되고 싶어요. 마릴라 아주머니나 앨런 사모님, 스테이시 선생님과 함께 있을 때는 더욱 그런 마음이 들면서 아주머니가 기뻐할 일이나 인정하는 행동을 하고 싶어져요. 하지만 린드 아주머니와 함께 있을 때는 대부분 제가 아주 나쁜 아이인 것만 같고, 아주머니가 저한테 하지 말라는 짓만 골라서 하고 싶은 마음이 들어요. 정말 참을 수 없을 정도예요. 왜 그런 마음이 드는 걸까요? 제가 정말 나쁘고 죄가 많은 아이라서 그럴까요?"

마릴라가 잠시 애매한 표정을 짓더니 이내 웃음을 터뜨렸다.

"네가 그렇다면 나도 그런 사람일 거야, 앤. 나 역시 레이철한테 곧잘 그런 느낌을 받곤 하니까. 너도 말했다시피 레이철이 사람들한테 잔소리만 하지 않는다면 훨씬 좋은 영향을 주지 않을까 하는 생각이 가끔 든단다. 잔소리를 못하게 하는 계율이라도 있으면 참 좋았을 텐데. 하지만 이렇게 얘기하면 안 되는 거겠지. 레이철은 훌륭한 기독교인이고 좋은 뜻으로 그러는 거니까 말이야. 게다가 에이번리에서 제일 친절하고 자기 일도 절대 허투루 하는 법이 없지."

앤이 분명하게 말했다.

"아주머니도 저와 같은 생각이라니 정말 기뻐요. 많이 위로가 돼요. 앞으로는 이 문제로 너무 고민하지 않겠어요. 하지만 또 다른 걱정거리들이 생기겠죠. 항상 골치 아픈 일들이 새롭게 일어나니까요. 한 가지가 해결됐나 싶으면 또 다른 문제가 이어지죠. 나이를 점점 더 먹으니 생각할 것도, 결정해야 할 일도 많아져요. 뭐가 옳은지 곰곰이 생각하고 결정하느라 늘 바빠요. 어른이 된다는 건 쉬운 일이 아니에요. 그렇죠, 아주머니? 하지만 아주머니나 매슈 아저씨, 앨런 사모님, 스테이시 선생님같이 좋은 분들이 곁에 있으니 전 틀림없이 훌륭하게 자라야 할 거예요. 만약 그렇지 못한다면 그건 순전히 제 잘못이죠. 기회가 한 번뿐이라고 생각하면 어깨가 무거워요. 바르게 자라지 못했다고 해서 옛날로 돌아가 다시 시작할 순 없으니까요. 전 올 여름에 5센티미터나 자랐어요, 아주머니. 루비의 생일 파티 때 길리스 아저씨가 키를 재주셨어요. 새 옷을 길게 만들어 주셔서 정말 다행이에요. 진초록색 옷이 너무 예뻐요. 스커트에 주름 장식 달아 주신 것도 너무 감사하고요. 물론 없어도 상관없다는 건 알지만, 올 가을엔 주름 장식이 아주 유행이거든요. 조시 파이는 옷마다 전부 주름 장식을 달았어요. 제 옷도 그렇다고 생각하니 공부가 훨씬 더 잘될 것 같아요. 마음 깊숙이 아주 편안한 마음이 들거든요."

"주름 장식을 단 보람이 있구나."

마릴라가 고개를 끄덕였다.

스테이시 선생님은 에이번리 학교로 다시 돌아왔고, 학생들은 다시 공부에 대한 열의로 불타올랐다. 특히나 퀸스 입시 반 아이들의 각오는 대단했다. 내년 학기 말에 있을 '입학시험'이라는 중대한 사건이 이미 아이들의 앞길에 불안한 그림자를 희미하게 드리우고 있었기 때문이었다. 그 생각만으로도 아이들은 가슴에 커다란 돌덩이가 얹힌 기분이었다. 시험에 합격하지 못한다면! 겨울 내내 앤은 깨어 있는 동안 항상 그 걱정에 시달렸고, 일요일 오후조차도 도덕적이고 신학적인 문제를 생각할 여유가 없었다. 길버트 이름이 맨 꼭대기에 올라 있고 자기 이름은 쏙 빠진 합격자 명단을 비참한 기분으로 바라보는 악몽을 몇 번이나 꾸었다.

하지만 겨울은 즐겁고 바쁘고 행복하게 빨리 지나갔다. 수업은 예전처럼 흥미진진했으며 경쟁도 치열했다. 사고하고 느끼고 열망하는 새로운 세계와 신선하고 매혹적인 미지의 세계가 앤의 의욕적인 눈앞에 펼쳐지는 것 같았다.

언덕 너머 언덕이 펼쳐지고 알프스 위에 알프스가 솟아났도다.

이 모두가 스테이시 선생님의 빈틈없고 신중하고 대담한 지도 덕분이었다. 스테이시 선생님은 아이들 스스로 생각하고 탐구하고 답을 찾아내게 했으며, 개혁이라면 뭐든 탐탁지 않게 생각하는 린드 부인이나 학교 이사들이 깜짝 놀랄 정도로 아이들을 낡은 방식에서 벗어나도록 가르쳤다.

공부 이외에 앤의 사교 생활 범위도 넓어졌다. 마릴라는 스펜서베일 의사의 말을 가슴에 새기고, 앤이 가끔씩 외출하는 데 더 이상 반대하지 않았다. 토론 클럽은 여전히 활발하게 활동했고 발표회도 몇 번 열었다. 어른들 파티와 비슷한 행사가 한 두 번 있었고, 썰매나 스케이트를 타며 자주 유쾌한 모임을 가졌다.

그러는 사이에도 앤은 쑥쑥 자랐고, 어느 날 앤 옆에 나란히 서 있던 마릴라는 앤이 자신보다 키가 더 크다는 사실을 깨닫고는 깜짝 놀랐다.

"세상에, 앤, 정말 많이 자랐구나!"

마릴라가 믿기지 않는다는 듯이 말했다. 말끝에 한숨이 따라 나왔다. 마릴라는 앤이 자랐다는 사실 앞에 야릇한 서운함을 느꼈다. 자신에게 사랑을 가르쳐 준 아이는 어느새 사라지고, 대신 이렇게 키 크고 진지한 눈빛을 지닌 열다섯 살 소녀가 사려 깊은 얼굴로 당당하게 조그만 머리를 들고 서 있었던 것이다. 마릴라는 이 소녀를 어린 시절의 아이만큼이나 사랑했지만 왠지 이상하고 서글픈 상실감이 들었다. 그날 밤 앤이 다이애나와 함께 기도회에 가자, 마릴라는 겨울 저녁 어스름 속에 혼자 앉아 감정을 이기지 못한 채 흐느껴 울었다. 등불을 들고 집으로 들어서던 매슈가 눈물을 흘리면서 웃음 짓고 있는 마릴라를 깜짝 놀란 눈으로 바라보았다.

마릴라가 해명했다.

"앤 생각을 하고 있었어요. 이제 어른이 다 됐어요. 아마도 내년 겨울엔 우리 곁을 떠나겠지요. 앤이 너무 그리울 거예요."

매슈가 위로하며 말했다.

"집에 자주 올 수 있을 게야. 그때쯤엔 카모디까지 철로가 연결될 테니까."

매슈에게 앤은 여전히 4년 전 6월 어느 날 저녁, 브라이트 리버에서 집으로 데려온 작고 생기 넘치는 여자 아이였고, 앞으로도 그럴 터였다.

"그래도 여기 사는 거 하곤 다를 거예요. 하긴, 남자들이 이런 기분을 어떻게 이해하겠어요!"

위로받을 길 없는 슬픔이라면 차라리 마음껏 슬퍼하겠다는 듯 마릴라가 우울하게 한숨을 내쉬었다.

육체적인 변화 외에도 앤에게는 확실히 다른 변화들이 일어났다. 먼저 훨씬 조용해졌다. 생각이 더 많아지고, 몽상에 잠기는 건 여전했지만 말수는 분명히 줄었다. 이 사실을 알아차린 마릴라가 앤에게 말했다.

"예전에 비해 말도 절반밖에 안 하고, 거창한 단어들도 잘 쓰지 않는구나, 앤. 어찌 된 일이니?"

앤이 얼굴을 붉히며 살며시 웃더니 책을 내려놓고 꿈꾸듯 창밖을 바라보았다. 봄 햇살의 유혹에 화답이라도 하듯 담쟁이덩굴이 커다랗고 빨간 눈을 틔우고 있었다.

앤이 집게손가락으로 턱을 누르며 생각에 잠겨 말했다.

"모르겠어요. 별로 말이 하고 싶지 않아요. 소중하고 근사한 생각들은 보물처럼 마음속에 간직하는 게 더 좋아요. 제 생각이 웃음거리가 되거나 이상한 취급을 받는 게 싫어요. 그리고 거창한 말들도 더 이상 쓰고 싶지 않아요. 참 서글픈 일이죠, 그렇죠? 제가 거창한 말을 쓰고 싶어한 건 사실이지만 정말로 그래도 될 만큼 이렇게 자라다니요. 어른이 된다는 건 어떤 면에서는 즐겁지만 제가 기대했던 것과는 좀 달라요, 아주머니. 배울 거며 해야 할 거며 생각할 거리들이 너무 많아 거창한 말을 할 틈이 없어요. 게다가 스테이시 선생님도 짧은 말이 더 강렬하고 효과적이라고 하셨거든요. 수필을 쓸 때도 최대한 간단하게 쓰라고 하세요. 처음엔 무척 어려웠어요. 전 생각해 낼 수 있는 근사하고 거창한 말들을 총동원해 쓰는 버릇이 있어서 떨쳐 내기가 힘들었거든요. 하지만 이제는 익숙해졌고 짧은 말이 훨씬 좋다는 것도 알게 됐어요."

"이야기 클럽은 어찌 된 거냐? 한동안 아무 얘기도 못 들었구나."

"이제 이야기 클럽은 없어요. 시간도 없고, 어차피 다들 지치기도 했고요. 사랑이니 살인이니 도피니 비밀이니 하는 글을 짓는다는 게 어리석었어요. 스테이시 선생님이 가끔 작문 연습 삼아 이야기를 써보라고는 하시지만, 에이번리 마을에서 일어날 법한 일만 쓰라고 하세요. 그리고 아주 엄격하게 평가해 주시면서 우리도 스스로 자기 글을 비평해 보라고 말씀하셨어요.

제 글을 살펴보기 전에는 저도 그렇게 결점이 많은 줄 몰랐어요. 너무 부끄러워 다시는 글을 쓰고 싶지 않은 생각이 들 정도였거든요. 하지만 스테이시 선생님은 자신을 날카롭게 비판하는 훈련을 쌓기만 하면 글을 잘 쓸 수 있다고 하셨어요. 그래서 노력하고 있는 중이에요."

"입학시험까지 두 달밖에 남지 않았구나. 합격할 수 있을 것 같니?"

앤이 몸을 떨었다.

"모르겠어요. 잘할 것 같다가도 와락 겁이 나곤 해요. 모두들 열심히 공부했고, 스테이시 선생님도 빈틈없이 가르쳐 주시긴 했지만, 합격은 모르는 일이니까요. 다들 자신 없는 과목이 있어요. 저는 기하, 제인은 라틴어, 루비와 찰리는 대수, 조시는 계산이에요. 무디 스퍼전은 영국 역사를 망칠 것 같은 느낌이 든대요. 스테이시 선생님은 6월에 진짜 입학시험처럼 어려운 모의시험을 쳐서 엄격하게 채점하실 거래요. 그러면 대강 실력을 가늠할 수 있겠죠. 어서 끝났으면 좋겠어요, 아주머니. 시험 생각이 머리에서 떠나지를 않아요. 한밤중에 깨어나 떨어지면 어쩌나 하고 걱정할 때도 있어요."

마릴라가 태연하게 말했다.

"그럼 내년에 공부해서 다시 도전하면 되지."

"어머, 전 그러지 못할 거예요. 떨어지면 얼마나 망신이겠어요, 특히 길버……, 아니 다른 아이들은 합격을 했는데 저 혼자만 떨어지면 말이에요. 전 시험 볼 때 너무 긴장해서 망쳐 버릴지도 몰라요. 제인 앤드루스 같다면 얼마나 좋을까요. 제인은 무슨 일에도 떠는 법이 없거든요."

앤이 한숨을 쉬었다. 그러고는 푸른 하늘과 산들바람이 손짓해 부르고, 정원에서 연둣빛 새싹이 돋아나는, 매력으로 가득한 봄 풍경에서 눈길을 거두며 단호하게 책속으로 빠져 들었다. 봄은 또다시 찾아오겠지만, 입학시험에 떨어진다면 절대로 그 봄을 마음껏 즐기지 못하리라는 확신이 들었다.

32

합격자 명단이 발표되다

6월이 끝남과 동시에 학기도 끝이 났고, 스테이시 선생님도 에이번리 학교를 떠나게 되었다. 그날 오후 앤과 다이애나는 무거운 기분으로 집으로 향했다. 붉게 충혈된 눈과 흠뻑 젖은 손수건으로 보아 스테이시 선생님의 작별 인사가 3년 전 필립스 선생님의 인사 못지않게 감동적이었던 게 분명했다. 다이애나가 가문비나무 언덕 밑에서 학교를 돌아보며 한숨을 깊게 내쉬었다.

"모든 게 끝난 것만 같아, 안 그러니?"

다이애나가 쓸쓸하게 말했다.

앤이 젖은 손수건에서 부질없이 마른 부분을 찾으며 대꾸했다.

"그래도 나만큼 슬프진 않을 거야. 새 학기가 시작되면 넌 다시 학교에 올 거잖아. 하지만 난 정든 학교를 영원히 떠나는 거라고. 물론 운이 좋을 때의 이야기지만."

"하지만 조금도 같지 않을 거야. 스테이시 선생님도 안 계시고, 어쩌면 너도, 제인도, 루비도 없을 테니까. 난 혼자 앉아야 할 거야. 너 말고 다른 짝은 도저히 상상할 수가 없어. 아, 그동안 정말 즐거웠는데, 그렇지, 앤? 좋은 시절이 이제 다 갔다고 생각하니 미칠 것만 같아."

커다란 눈물 두 방울이 다이애나의 코 옆으로 흘러내렸다.

앤이 애원하듯 말했다.

"네가 울면 나도 눈물을 그칠 수가 없어. 내가 손수건을 치우자마자 네가 눈물을 쏟으니 나도 또 울게 되잖아. 린드 아주머니 말씀대로, '기운이 나지 않더라도 최대한 기운을 차리도록 노력하자.' 어쨌든 난 다음 학기에 돌아올지도 몰라. 지금도 난 내가 합격하지 못할 거라는 느낌이 들거든. 불안하게 자꾸 그런 생각이 들어."

"어머, 스테이시 선생님이 낸 모의시험에서 점수도 잘 받아 놓고선."

"응. 하지만 그 시험을 칠 땐 긴장하지 않았거든. 진짜 시험을 생각하면 얼마나 으슬으슬 떨리고 가슴이 조마조마한지 넌 상상도 못할 거야. 게다가 수험번호가 13번이야. 아주 불길한 번호라고 조시 파이가 그랬어. 난 미신을 믿지도 않고 번호 따윈 아무 상관이 없다는 것도 알아. 하지만 13번이 아니라면 얼마나 좋을까 싶어."

"나도 같이 가면 정말 좋을 텐데. 둘이서 얼마나 근사한 시간을 보내겠니? 하지만 넌 저녁엔 공부를 해야겠구나."

"아냐. 스테이시 선생님이 책은 절대 보지 말라고 당부하셨어. 그래 봤자 괜히 지치고 헷갈리기만 한다면서, 시험 생각은 조금도 하지 말고 느긋하게 산책하고 일찍 잠자리에 들라고 하셨어. 좋은 말씀이긴 하지만 지키기는 힘들 것 같아. 좋은 충고란 게 보통 그렇지 않니. 프리시 앤드루스는 시험 보는 주 내내 밤을 거의 새면서 필사적으로 공부를 했대. 그래서 난 적어도 프리시가 한 만큼은 깨어 있을 작정이야. 조세핀 할머니께서 친절하게도 내가 시험을 치르는 기간 동안 너도밤나무 집에 머무르라고 하셨어."

"거기 가 있는 동안 편지할 거지, 응?"

"첫날 시험이 어땠는지 화요일 밤에 편지할게"

앤이 약속했다.

"그럼 난 수요일에 우체국에 꼭 붙어 있어야지."

다이애나도 맹세했다.

앤은 돌아오는 월요일에 샬럿타운으로 떠났고, 약속대로 수요일에 우체국 앞을 서성이던 다이애나는 앤의 편지를 받았다.

사랑하는 다이애나

화요일 밤, 너도밤나무 집 서재에서 이 편지를 쓰고 있어. 어젯밤엔 방에 혼자 있으니 너무 외로워서 네가 곁에 있으면 얼마나 좋을까 생각했단다. 스테이시 선생님과 한 약속 때문에 공부를 안 하긴 했지만, 수업이 끝날 때까지 소설책 읽고 싶은 마음을 누르는 만큼이나 역사책을 펼치고 싶어서 혼이 났어.

스테이시 선생님이 오늘 아침에 날 데리러 와주셨어. 가는 길에 제인과 루비와 조시가 묵는 곳에 들러 모두 함께 학교에 갔단다. 루비가 자기 손을 만져 보래서 만져 봤더니 손이 얼음처럼 차갑지 뭐야. 조시는 내가 잠 한숨 못 잔 사람처럼 보인다며 설사 합격하더라도 체력이 딸려 학교 공부를 감당해 내지 못할 거라고 말했어. 그렇게 시간이 많이 흘렀는데도 난 도무지 조시 파이를 좋아할 방법을 모르겠어!

학교에 도착하니 섬 곳곳에서 온 아이들이 잔뜩 있었어. 제일 먼저 무디 스퍼전을 만났는데, 계단에 앉아서 혼자서 뭐라 뭐라 중얼대고 있는 거야. 제인이 도대체 뭘 하느냐고 물었더니 마음을 진정시키려고 구구단을 외고 있는 중인데, 잠시라도 멈추면 아는 걸 다 까먹을 것 같으니까 제발 방해하지 말아 달라는 거야. 구구단을 외우면 기억들이 제자리에 꼭 붙어 있을 것 같다나!

우리가 지정된 교실로 들어가자 스테이시 선생님은 나가셔야 했어. 난 제인이랑 함께 앉았는데, 차분한 제인이 무척 부러웠어. 공부 잘하고 침착하고 이성적인 제인한테 구구단이 무슨 필요 있겠니! 난 혹시라도 긴장된 마음이 들킬까, 심장 쿵쾅거리는 소리가 교실에 쩌렁쩌렁 울리지 않을까 가슴이 조마조마했어. 이윽고 한 남자가 들어오더니 영어 시험지를 나눠 주기 시작했어. 시험지를 받아 드는데 손이 싸늘해지며 머리가 빙글빙글 도는 거야. 한순간이긴 했지만 정말 끔찍했어, 다이애나. 4년 전 마릴라 아주머니에게 초록 지붕 집에 있어도 되는지 물어보던 때와 꼭 같은 기분이었어. 그러다가 정신이 맑아지면서 심장이 다시 뛰기 시작했어. 참, 그때까지 모든 게 완전히 멈춰 있었다고 쓰는 걸 깜빡했구나! 어쨌든 그 시험지를 보니 내가 뭘 해야 할지 알겠더라고.

정오에 점심을 먹으러 잠깐 집에 들렀다가 역사 시험을 치르러 오후에 다시 학교에 갔어. 역사 시험은 꽤나 까다로웠는데, 연도 때문에 얼마나 헷갈렸는지 몰라. 그래도 오늘 시험은 그럭저럭 괜찮았다고 생각해. 하지만 아, 다이애나, 기하 시험이 내일인데, 그 생각만 하면 기하 책을 펼치고 싶어 도저히 못 견디겠어. 만약 구구단이 도움이 된다면 지금부터 내일 아침까지라도 외울 텐데.

저녁엔 다른 여자 아이들을 만나러 갔었어. 가는 길에 마음을 못 잡고 이리저리 서성이는 무디 스퍼전을 만났어. 역사 시험을 망쳤는데, 자기는 부모님을 실망시키려고 태어났다며 아침에 기차로 집에 돌아가겠다는 거야. 목사가 되느니 목수가 되는 게 더 쉬웠겠다면서 말이야. 나는 무디를 격려하면서 스테이시 선생님을 생각해서라도 끝까지 시험을 봐야 한다고 설득했어. 난 남자로 태어났으면 하고 바란 적이 있긴 해도, 무디 스퍼전을 보면 내가 여자이고, 그 애 여동생이 아니라는 사실이 늘 다행으로 여겨져.

루비가 묵는 집에 갔더니 루비도 제정신이 아니었어. 국어 시험에서 엄청난 실수를 한 걸 이제야 알았다는 거야. 루비가 진정을 하자 우린 시내에 나가 아이스크림을 먹었어. 다들 너도 같이 있었으면 얼마나 좋았을까 생각했단다.

아, 다이애나, 기하 시험만 무사히 끝난다면 바랄 게 없겠어! 하지만 린드 아주머니 말씀처럼, 내가 기하 시험을 망치든 말든 태양은 여전히 뜨고 또 질 거야. 맞는 말이야. 하지만 별로 위로는 되지 않아. 합격하지 못할 바엔 차라리 세상이 멈춰 버렸으면 좋겠어!

널 진심으로 사랑하는 앤.

기하 시험과 나머지 시험을 모두 치르고 앤은 금요일 저녁 집으로 돌아왔다. 약간 지쳐 보이긴 했지만 앤의 얼굴엔 고난을 이겨 낸 기쁨이 엿보였다. 다이애나가 초록 지붕 집에서 앤을 기다리고 있었고, 둘은 몇 년 만에 만난 사이처럼 반가워했다.

"그리운 친구야, 다시 돌아와서 얼마나 기쁜지 모르겠어. 네가 시내에 간 지 일 년은 된 것 같아. 그래, 앤, 시험은 잘 치렀니?"

"기하 빼고는 잘 본 것 같아. 합격할지 못할지는 모르겠지만,

왠지 떨어질 것 같은 불길한 예감이 들어. 아, 어쨌든 돌아와서 너무 기뻐! 세상에서 초록 지붕 집만큼 소중하고 아름다운 곳은 없어.”

“다른 애들은 어떻대?”

“여자 애들은 떨어질 게 뻔하다고 말하지만, 내 생각엔 다들 잘 본 것 같아. 조시는 기하가 열 살짜리도 풀 수 있을 만큼 쉬웠다지 뭐야! 무디 스퍼전은 여전히 역사 때문에 걱정이고, 찰리는 대수를 망쳤대. 하지만 합격자 명단이 발표되기 전까진 아무도 모르는 일이지. 앞으로 2주 남았어. 불안에 떨면서 2주를 보내야 하다니! 차라리 그때까지 잠들어 깨어나지 말았으면 좋겠어.”

다이애나는 길버트 블라이스 소식은 물어봤자 소용없다는 걸 알고 이렇게만 말했다.

“넌 꼭 합격할 거야. 걱정하지 마.”

“좋은 성적으로 합격하지 못할 바엔 차라리 떨어지는 게 나아.”

길버트 블라이스보다 뒤처진다면 합격해 봐야 마음에 차지도 않고 오히려 괴로울 거라는 뜻으로 앤이 눈을 빛내며 말했다. 다이애나도 그런 앤의 속내를 알고 있었다.

시험 내내 앤은 그 생각으로 한시도 긴장을 늦추지 않았다. 그것은 길버트도 마찬가지였다. 두 사람은 길에서 수없이 마주쳤지만 아는 척도 하지 않았고, 그때마다 앤은 고개를 빳빳이 쳐들고는 길버트가 친구로 지내자고 했을 때 뿌리쳤던 일이 못내 아쉬우면서도 시험에서 길버트를 앞질러야겠다는 마음을 더욱 굳게 다졌다. 둘 중 누가 일등을 차지할지가 에이번리 아이들의 관심사라는 건 앤도 알고 있었다. 지미 글로버와 네드 라이트는 그 일로 내기까지 걸었고, 길버트가 이길 게 뻔하다고 조시 파이가 말했다는 것도 알고 있었다. 그러니 떨어진다면 그 수치심을 도저히 견뎌 내지 못할 것 같았다.

하지만 결과가 좋길 바라는 앤의 마음에는 더 갸륵한 뜻이 담겨 있었다. 앤은 매슈와 마릴라를 위해, 특히 매슈를 위해서 우수한 성적으로 합격하고 싶었다. 매슈는 앤이 섬 전체에서 일등을 할 거라고 확신에 차 말했었다. 그것은 꿈조차 꿀 수 없는 일이라고 앤은 생각했다. 하지만 적어도 10등 안에는 들기를 간절히 바랐다. 그러면 매슈의 다정한 갈색 눈이 자랑으로 빛나는 모습을 보게 될지도 몰랐다. 그것은 앤이 그동안 힘들게 노력하고 방정식이나 동사 변화같이 상상력과는 거리가 먼 문제들을 참아 가며 끗끗이 공부한 데 대한 달콤한 보상이 될 터였다.

2주가 끝나 갈 무렵, 앤은 자신과 마찬가지로 안절부절 못하는 제인, 루비, 조시와 함께 우체국을 들락날락거리며 시험 볼 때와 똑같이 땅이 꺼지는 듯한 두려움에 손을 떨어가며 샬럿타운 신문을 펼쳐 보았다. 찰리와 길버트도 우체국에 들렀지만, 무디 스퍼전은 고집스레 나오지 않았다.

"난 거기 가서 아무렇지도 않게 신문을 들여다볼 용기가 없어. 누가 찾아와 합격 여부를 알려 줄 때까지 그냥 기다리겠어."

3주가 지나도 합격자는 발표되지 않았고, 앤의 긴장감은 극도에 달했다. 식욕도 떨어지고 에이번리에서 일어나는 일도 시들하니 재미가 없었다. 린드 부인은 교육감이 보수당이라서 일이 이렇게 더딘 거라고 말했고, 매슈는 매일 오후 우체국에서 힘없이 돌아오는 앤의 창백하고 무표정한 얼굴을 보며 다음 선거에는 자유당에 투표하는 게 더 낫겠다고 심각하게 고민했다.

그러던 어느 날 오후 드디어 소식이 왔다. 앤은 활짝 열린 창가에 앉아 한동안 시험 걱정이며 세상일은 다 잊은 채 여름 황혼의 아름다운 풍경과 정원에서 불어오는 달콤한 꽃향기와 포플러 나뭇잎이 바람에 사락거리는 소리에 흠뻑 취해 있었다. 전나무 숲 위 동쪽 하늘이 서녘 노을에 반사되어 분홍빛으로 엷게 물들었고, 앤은 빛깔의 영혼이 저런 모습이 아닐까 몽롱하게 생각했다. 그때 다이애나가 손에 든 신문을 펄럭거리며 전나무 숲을 지나 통나무 다리를 건너 비탈길을 올라오는 모습이 보였다.

그 신문이 무엇인지 곧바로 알아차린 앤이 자리에서 튀듯이 일어났다. 합격자 명단이다! 머리가 빙빙 돌고 심장이 아프도록 쿵쾅거렸다. 한 발짝도 움직일 수가 없었다. 다이애나가 복도를 지나 흥분한 나머지 노크도 없이 방으로 뛰어들어 오기까지 한 시간은 지난 것 같았다.

다이애나가 외쳤다.

"앤, 합격이야. 일등으로 합격했어. 너랑 길버트가 동점이야. 하지만 네 이름이 먼저 나왔어. 아, 네가 너무 자랑스러워!"

다이애나가 숨이 막혀 더 이상은 말을 못하겠는지 탁자 위에 신문을 던지고는 침대에 그대로 누워 버렸다. 앤은 너무 손이 떨려 성냥갑을 엎었고, 성냥을 여섯 개비나 쓰고서야 겨우 램프에 불을 붙였다. 그리고 얼른 신문을 집어 들었다. 그랬다, 합격이었다. 200명의 합격자 명단 맨 위에 앤의 이름이 있었다! 그야말로 보람찬 순간이었다.

다이애나가 기운을 차리고 일어나 앉더니 숨을 몰아쉬며 말했다.

"정말 멋지게 해냈어, 앤."

앤은 꿈꾸는 듯한 눈으로 넋이 나가 한마디도 하지 못했다.

"아버지가 브라이트 리버에서 신문을 가져오신 지 10분도 안 됐어. 오후 기차로 왔으니까 우체국에는 내일이나 도착할 거야. 합격자 명단을 보고는 미친 듯이 달려왔어. 너희들 모두 합격이야. 역사 시험을 다시 쳐야 하긴 하지만 무디 스퍼전도 합격이야. 제인과 루비도 아주 잘했어. 등수가 중간 이상이거든. 그건 찰리도 마찬가지고. 조시는 3점 차이로 겨우 합격했지만 보나마나 1등이라도 한 것처럼 으스대고 다닐 거야. 스테이시 선생님이 얼마나 기뻐하실까? 앤, 합격자 명단 맨 위에 네 이름이 있는 걸 보니 기분이 어때? 나라면 기뻐서 정신이 어떻게 돼 버렸을 거야. 사실은 지금도 거의 정신이 없지만 말이야. 그런데 넌 어쩜 봄날 저녁처럼 그렇게 조용하고 차분한 거니?"

"나도 속으로는 기뻐서 어쩔 줄을 모르겠어. 하고 싶은 말은 산더미 같은데 말이 나오질 않아. 정말 꿈에도 생각 못했어. 아니, 딱 한 번은 했었어! '내가 일등이 되면 어떨까?' 하고 떨리는 심정으로 말이야. 섬에서 일등을 한다는 생각조차 거만하고 건방진 것 같았으니까. 잠깐만, 다이애나. 당장 밭으로 가서 매슈 아저씨께 말씀드려야겠어. 그러고 나서 다른 아이들에게도 이 소식을 전해 주러 가자."

둘은 헛간 아래 건초 밭에서 건초를 쌓고 있는 매슈에게 달려갔다. 마침 린드 부인이 길가 울타리에서 마릴라와 얘기를 나누고 있었다.

앤이 외쳤다.

"매슈 아저씨, 저 합격했어요. 일등으로, 아니 일등 중 한 명으로요! 자랑하는 건 아니지만 너무 기뻐요."

합격자 명단을 기쁜 얼굴로 들여다보며 매슈가 말했다.

"그렇지, 내가 늘 말하지 않던. 난 네가 거뜬히 해낼 줄 알고 있었단다."

"정말 장하구나, 앤."

마릴라는 앤이 말할 수 없이 자랑스러우면서도 흠잡기 좋아하는 린드 부인의 눈치를 보느라 애써 마음을 감추며 말했다. 하지만 마음씨 좋은 린드 부인은 진심으로 이렇게 말했다.

"앤이 정말 잘했군요. 이런 일은 아낌없이 칭찬해 줘야 해요. 앤, 친구들 사이에 자랑거리가 되었구나. 우리 모두의 자랑이야."

그날 밤, 목사관에서 앨런 부인과 함께 진지한 얘기를 나누는 걸로 이 기쁜 저녁을 마무리 한 앤은 열린 창 가득 비쳐 드는 찬란한 달빛을 받으며 기분 좋게 무릎을 꿇고 앉아 마음에서 우러나오는 감사와 소망의 기도를 올렸다. 그것은 과거에 대한 감사와 미래에 대한 경건한 소망이 담긴 기도였다. 그러고는 하얀 베개 위에 머리를 묻고 어엿한 처녀가 꿈꿀 법한 순수하고 밝고 아름다운 꿈에 빠져 들었다.

33

호텔 발표회

“꼭 하얀 오건디 드레스를 입도록 해.”

다이애나가 더 생각해 볼 것도 없다는 듯 말했다.

두 소녀는 앤의 동쪽 방에 함께 있었다. 밖에는 막 땅거미가 지기 시작했고, 구름 한 점 없이 맑고 푸른 하늘은 아름다운 연둣빛 황혼으로 물들었다. **유령의 숲** 위에 창백하게 떠 있던 크고 둥근 달이 선명한 은빛으로 서서히 빛났다. 대기에는 졸린 듯 지저귀는 새소리와 변덕스레 부는 산들바람과 멀리서 들려오는 사람들의 말소리며 웃음 같은 여름날의 정겨운 소리들로 가득했다. 하지만 한창 몸단장을 하느라 앤의 방에는 블라인드가 쳐지고 램프가 빛나고 있었다.

동쪽 방은 4년 전 그날 밤, 사람을 반기지 않는 냉랭함이 뼛

속까지 스며들던 썰렁한 모습과는 완전히 달랐다. 날이 갈수록 방은 조금씩 바뀌었고, 마릴라가 체념한 듯 묵인해 준 덕에 이제는 어린 여자 아이들 취향에 맞는 아기자기하고 예쁜 보금자리가 되어 있었다.

앤이 어릴 적 소망했던 분홍 장미 무늬가 있는 벨벳 카펫과 분홍 실크 커튼의 꿈은 실현되지 않았지만, 자라면서 꿈도 조금씩 변한 탓에 그다지 아쉽지는 않았다. 바닥엔 예쁜 깔개가 깔려 있고, 높은 창을 부드럽게 감싸며 산들바람에 하늘거리는 모슬린 커튼은 연한 초록빛이었다. 벽에는 금실, 은실로 짠 벽걸이는 없어도 아름다운 사과 꽃무늬 벽지를 바른 위에 앨런 부인에게 받은 멋진 그림들로 장식했다. 스테이시 선생님의 사진이 가장 좋은 자리를 차지했고, 그 아래 선반에는 늘 신선한 꽃을 놓아 선생님을 그리는 마음을 나타냈다. 오늘 밤엔 하얀 백합이 꿈결같이 그윽한 향기를 뿜어냈다. '마호가니 가구'는 없었지만 책이 가득 꽂힌 하얀 책장과 쿠션이 얹힌 버드나무 흔들의자와 하얀 모슬린으로 주름을 단 화장대 그리고 전에 손님방에 걸려 있던, 금테를 두르고 아치형 꼭대기에 통통한 분홍색 큐피드와 보라색 포도가 그려진 고풍스런 거울과 야트막한 하얀 침대가 있었다.

앤은 화이트 샌즈 호텔에서 열리는 발표회에 가려고 옷을 입는 중이었다. 호텔 손님들이 샬럿타운 병원을 후원하기 위해 마련한 행사인데, 부근의 재능 있는 아마추어들이 모두 출연할 예정이었다. 화이트 샌즈 침례교회 성가대원인 버사 샘프슨과 펄 클레이가 이중창을 하고, 뉴브리지의 밀튼 클라크가 바이올린 독주를, 카모디의 아델라 블레어는 스코틀랜드 민요를, 스펜서베일의 로라 스펜서와 에이번리의 앤 셜리는 시낭송을 하기로 되어 있었다.

앤이 언젠가 얘기했듯 '일생일대의 획기적인 사건'이 아닐 수 없었다. 앤은 흥분으로 가슴이 두근거렸다. 매슈는 사랑하는 앤에게 주어진 영광에 천국에라도 오른 듯 뿌듯한 기쁨을 느꼈고, 마릴라도 그에 못지않게 기뻐했다. 하지만 곧 죽어도 그런 내색은 하지 않았고, 젊은 아이들이 보호자도 없이 호텔을 돌아다니는 건 바람직한 일이 못된다고 말했다.

앤과 다이애나는 제인 앤드루스와 제인의 오빠 빌리와 함께 마차를 타고 가기로 했다. 에이번리의 다른 몇몇 아이들도 가는 모양이었다. 시내에서 온 손님들을 위해 파티가 열리고, 발표회가 끝난 후에는 출연자들에게 만찬을 대접한다고 했다.

앤이 걱정스레 물었다.

"정말 흰색 드레스가 제일 괜찮니? 난 꽃무늬가 있는 파란색 모슬린 드레스가 더 예쁜 것 같은데. 최신 스타일이기도 하고 말이야."

"하지만 그게 너한텐 훨씬 잘 어울려. 부드럽게 주름이 지면서 몸을 예쁘게 감싸 주거든. 모슬린은 빳빳해서 너무 차려입은 느낌이 들어. 하지만 오건디 드레스는 네 몸에 꼭 맞춘 것 같다니까."

앤이 한숨을 쉬며 다이애나의 말을 따랐다. 다이애나는 패션 감각이 뛰어나다고 소문이 나 있었고, 그런 문제로 조언을 구하러 오는 사람도 많았다. 오늘같이 특별한 밤을 위해 빨간 머리인 앤은 도저히 입지 못할, 사랑스러운 들장미 같은 분홍빛 드레스를 차려 입은 다이애나의 모습은 더없이 아름다웠다. 하지만 발표회에 나갈 사람은 다이애나가 아니므로 다이애나의 차림새는 뒷전이었다. 다이애나는 에이번리의 명예를 위해서라도 앤의 옷차림과 머리 모양을 여왕처럼 꾸며 주겠다며 정성을 다했다.

"그쪽 주름을 좀 더 빼내 봐. 그렇지. 자, 허리에 장식 띠를 둘러 줄게. 이제 신발을 신어. 머리는 두 가닥으로 땋아서 중간쯤에 커다란 흰 리본을 묶을 거야. 아니, 이마에 머리칼을 늘어뜨리지 마. 그냥 자연스럽게 나눠서 넘겨. 넌 너한테 어울리는 머리가 뭔지 잘 몰라, 앤. 앨런 사모님도 네가 앞머리를 그렇게 넘기면 성모 마리아 같다고 말씀하셨어. 이 조그만 흰 장미를 귀 뒤에 꽂아 줄게. 정원에 한 송이 피어 있기에 너 주려고 가져왔단다."

"내 진주 목걸이를 해도 될까? 매슈 아저씨가 지난주에 시내에 나가 사주셨는데, 목걸이 한 모습을 보고 싶어하실 거야."

다이애나가 입술을 오므리고 검은 머리를 외로 꼰 채 곰곰이 생각하더니, 이윽고 괜찮겠다고 말했다. 그러자 앤은 우윳빛처럼 하얗고 가는 목에 목걸이를 걸었다.

다이애나가 시기하는 마음이라곤 전혀 없이 감탄하며 말했다.

"넌 정말 맵시가 있어, 앤. 자세도 반듯하고 자신만만하고. 아마 날씬해서 그런가 봐. 난 너무 땅딸막해. 살이 찔까 봐 늘 걱정이었는데 결국 그렇게 되어 버렸어. 그냥 포기하고 살아야 할까 봐."

앤이 다이애나의 귀엽고 생기 있는 얼굴을 보며 다정하게 미소를 지었다.

"하지만 넌 예쁜 보조개가 있잖아. 크림을 콕 찍은 것처럼 얼마나 사랑스럽다고. 난 보조개를 갖겠다는 희망은 전부 버렸어. 절대로 이루어지지 않을 꿈인걸. 하지만 다른 꿈들이 많이 이루어졌으니 불평해선 안 되겠지. 이제 준비는 다 끝난 거니?"

"다 됐어."

다이애나의 말이 끝나자마자 마릴라가 문가에 모습을 드러냈다. 이전보다 수척해진 모습에 머리가 희끗희끗하고 허리도 구부정했으나 표정은 훨씬 부드러워 보였다.

"들어오셔서 우리의 시 낭송가를 보세요, 아주머니. 정말 아름답지 않아요?"

마릴라가 코웃음을 치는 것 같기도 하고 투덜대는 것 같기도 한 소리를 냈다.

"단정하고 얌전해 보이는구나. 머리 모양이 마음에 든다. 그런데 마차를 타고 가는 도중에 먼지와 이슬로 옷이 더럽혀지지나 않을까 모르겠다. 이렇게 습한 밤에 옷이 너무 얇은 것 같기도 하고. 아무튼 오건디는, 매슈 오라버니가 그걸 사왔을 때도 말했지만, 세상에서 제일 실용적이지 못한 옷감이야. 하지만 요즘은 오라버니에게 무슨 말을 해봤자 아무 소용이 없다니까. 전에는 내 충고를 곧잘 새겨들었는데, 이제는 앤을 위해서라면 무턱대고 사다 나르니, 카모디에 있는 가게 점원들이 오라버니를 봉으로 생각할 밖에. 예쁘다, 최신 유행이다, 말만 하면 오라버니가 돈을 척척 내니 말이다. 마차 바퀴에 치맛자락이 닿지 않게 조심해라, 앤. 따뜻한 외투라도 걸치고 가."

마릴라는 계단을 성큼성큼 내려가며 앤의 아름다운 모습에 뿌듯함을 느꼈고, "한 줄기 달빛이 이마에서 왕관까지 흘렀다."는 시구를 떠올렸다. 그리고 발표회에 가서 앤의 낭송을 듣지 못하는 것이 못내 아쉬웠다.

앤이 걱정스레 말했다.

"이 드레스를 입기에 날이 너무 눅눅할까?"

그러자 다이애나가 블라인드를 걷어 올리며 말했다.

"천만에. 더할 나위 없이 완벽한 밤이야. 이슬도 내리지 않을 거라고. 저 달빛을 봐."

앤이 다이애나 쪽으로 다가가며 말했다.

"내 방 창문이 해가 뜨는 동쪽으로 나 있어서 정말 좋아. 길게 이어진 언덕 너머로 아침이 밝아 오고, 뾰족한 전나무 꼭대기가 밝게 빛나는 모습이 얼마나 멋진지 몰라. 매일 새로운 아침이 찾아오고, 갓 떠오른 햇살에 내 영혼까지 깨끗하게 씻기는 느낌이야. 아, 다이애나, 난 이 작은 방이 너무 좋단다. 다음 달에 이 방을 떠나 샬럿타운에 가면 어떻게 지내야 할지 모르겠어."

다이애나가 간절하게 말했다.

"오늘 밤엔 떠난다는 얘기는 말아 줘. 난 너무 슬퍼서 생각조차 하기 싫으니까. 오늘 밤은 기분 좋게 보내고 싶어. 뭘 낭송할 거니, 앤? 떨리니?"

"아니, 전혀 떨리지 않아. 사람들 앞에서 많이 해봐서 그런지 아무렇지도 않아. 「소녀의 맹세」를 낭송할 거야. 아주 가슴 아픈 시야. 로라 스펜서는 내용이 웃긴 시를 낭송할 거래. 하지만 난 사람들을 웃기는 것보다는 눈물을 흘리게 하는 쪽이 좋아."

"앙코르를 받으면 뭘 낭송할 건데?"

"나한테 누가 앙코르를 청한다고 그러니?"

그렇게 콧방귀를 뀌긴 했지만 앤은 속으로는 그렇게 되기를 바랐고, 벌써 내일 아침 식탁에서 매슈에게 그 얘기를 전하는 자신의 모습이 그려졌다.

"빌리와 제인이 왔나봐. 마차 소리가 들리네. 어서 나가자."

빌리 앤드루스가 앤이 자기와 함께 앞자리에 앉아야 한다고 고집을 부려 앤은 마지못해 그렇게 했다. 마음 같아선 여자 아이들과 뒷자리에 같이 앉아 실컷 웃고 떠들고 싶었다. 빌리와는 웃고 떠들 일이 별로 없었다. 빌리는 덩치가 크고 뚱뚱하고 무딘 스무 살 청년으로, 둥글넓적하고 무표정한 얼굴에 말재주도 지독하게 없었다. 하지만 빌리는 앤을 몹시 흠모하고 있었고, 이 날씬하고 반듯한 여자 아이와 나란히 앉아 화이트 샌즈까지 마차를 타고 간다는 자부심으로 우쭐해하고 있었다.

앤은 그래도 즐거운 마음으로 가기로 작정하고 어깨 너머로 뒷자리의 아이들과 이야기를 주고받으며 때로는 빌리에게도 정중하게 말을 건넸는데, 그때마다 빌리는 싱글거리거나 킬킬대기만 할 뿐 한 번도 제때 대답하지를 못했다. 기분 좋은 밤이었다. 길은 호텔로 가는 마차로 붐볐고, 맑은 웃음소리가 사방에서 울려 퍼졌다. 호텔은 천장에서 바닥까지 눈부실 정도로 환했다. 발표회 준비 위원인 어떤 여자가 앤을 출연자 대기실로 안내했다. 대기실은 샬럿타운 심포니 클럽 회원들로 가득했고, 앤은 그 속에서 갑자기 부끄러움과 두려움과 초라함을 느꼈다. 동쪽 방에서는 그렇게 예쁘고 멋져 보이던 드레스도 여기서는 단순하고 평범해 보일 뿐이었다. 번쩍거리고 사각사각

소리를 내는 실크와 레이스 드레스 속에서 앤은 자신의 옷이 너무도 단순하며 평범하다는 생각이 들었다. 앤의 진주 목걸이와 옆에 앉은 미모의 키다리 아가씨가 한 다이아몬드 목걸이가 비교나 될까? 또 앤의 조그만 흰 장미는 다른 여자들이 꽂고 있는 화려한 온실 장미에 비해 얼마나 초라할 것인가! 앤은 모자와 외투를 벗고 구석 자리로 가 불쌍하게 몸을 움츠렸다. 초록 지붕 집의 하얀 방으로 돌아가고만 싶었다.

어느새 앤은 호텔의 넓은 무대에 올라 있었고, 상황은 더욱 심각해졌다. 전기 불빛에 눈이 부셨고, 향수 냄새와 객석의 소음에 정신을 차릴 수가 없었다. 앤은 다이애나와 제인처럼 자기도 객석에 앉아 있기를 바랐다. 멀리 뒷자리에서 둘은 즐거운 시간을 보내고 있는 듯했다. 앤은 분홍색 실크 드레스를 입은 뚱뚱한 부인과 흰색 레이스 드레스를 입고 경멸하는 듯한 표정을 짓고 있는 키 큰 여자 아이 사이에 앉아 있었다. 뚱뚱한 부인이 이따금 노골적으로 고개를 돌려 안경 너머로 앤을 요모조모 뜯어보는 바람에 다른 사람의 지나친 시선에 민감한 앤은 비명이라도 지르고 싶은 심정이었다. 게다가 하얀 레이스 드레스를 입은 여자 아이는 옆 사람에게 큰 소리로, 객석에 앉은 '시골뜨기'가 어쩌니 '촌스런 미인'이 어쩌니 하며 계속 떠들어 댔고, 프로그램 중에 지방 젊은이들이 하는 순서는 그야말로 가관일 거라고 말했다. 앤은 죽을 때까지 그 여자 아이를 미워할 거라는 생각이 들었다.

앤에게는 불행하게도, 마침 그 호텔에 묵고 있던 전문 낭송가가 낭송을 하기로 되어 있었다. 검은 눈에 몸이 유연한 그 여성은 달빛으로 짠 듯한 은은한 회색 드레스를 멋지게 차려입고, 목과 검은 머리는 보석으로 치장하고 있었다. 놀랄 만큼 풍부한 목소리와 넘치는 표현력에 관객들은 열광했다. 앤도 그 순간만큼은 걱정도 자신마저도 잊은 채 넋을 잃고 눈을 반짝이며 귀를 기울였다. 하지만 낭송이 끝나자 앤은 갑자기 두 손으로 얼굴을 가렸다. 다음 차례로 낭송을 하기 위해 자리에서 일어설 수가 없었다. 도저히 그럴 수가 없었다. 어떻게 스스로 낭송을 잘한다고 생각해 왔던 걸까? 아, 초록 지붕 집으로 돌아갈 수만 있다면!

이렇듯 불행한 순간에 앤의 이름을 부르는 소리가 들렸다. 할 수 없이 앤은 자리에서 일어나 비틀거리며 앞으로 나갔다. 하얀 레이스 드레스를 입은 여자 아이가 뭔가 찔리는 듯한 표정으로 움찔 놀랐지만 앤은 알아채지 못했고, 설사 알았다 해도 그 속에 담긴 미묘한 부러움까지 읽어 내지는 못했을 터였다. 앤의 얼굴이 너무 창백해 보여 객석에 앉아 있던 다이애나와 제인은 불안한 마음에 서로 손을 움켜잡았다.

무대에 선 앤은 두려움에 옴짝달싹도 할 수가 없었다. 사람들 앞에서 자주 낭송을 해보긴 했지만, 이렇게 많은 청중은 처음이었으므로 보는 것만으로도 온몸에 힘이 쑥 빠졌다. 이브닝드레스를 입고 줄지어 앉은 부인들의 깐깐한 얼굴과 부유하고 세련된 모든 분위기가 앤에겐 너무 낯설고 눈부시고 당혹스러웠다. 토론 클럽에서 소박한 벤치에 옹기종기 앉아 있던 수수하고 다정한 친구와 이웃 사람들과는 영 딴판이었다. 이들은 인정사정없는 비평가들 같았다. 저 하얀 레이스를 입은 여자 아이처럼, '촌뜨기'가 애쓰는 모습을 은근히 즐기려는 건지도 몰랐다. 앤은 어찌할 수 없는 부끄러움과 비참함에 절망했다. 무릎이 덜덜 떨리고 가슴이 쿵쿵 뛰었으며 금방이라도 쓰러질 것 같아 한 마디도 내뱉을 수가 없었다. 다음 순간 무대에서 도망쳐 평생 그 굴욕을 안고 살아야 한다 할지라도 앤은 묵묵히 받아들여야 한다고 생각했다.

겁에 질린 눈을 크게 뜨고 객석을 바라보던 앤은 문득 멀리 뒷자리에서 미소 띤 얼굴로 몸을 앞으로 내밀고 있는 길버트 블라이스를 발견했다. 순간 앤에게는 그 미소가 승리감에 취해 자신을 조롱하고 있는 것처럼 보였다. 하지만 사실은 전혀 그렇지 않았다. 길버트는 모든 행사가 마음에 들었고, 특히 하얀 드레스를 입고 야자나무를 배경으로 서 있는 앤의 날씬한 모습과 고상한 얼굴에서 풍기는 분위기가 좋아서 미소 지었을 뿐이었다. 길버트와 함께 마차를 타고 와 옆자리에 앉아 있던 조시 파이의 얼굴이야말로 승리감과 비웃음으로 가득했다. 하지만 앤은 조시를 보지 못했고, 설사 봤다 해도 그건 중요하지 않았다. 앤은 길게 심호흡을 하고는 당당하게 고개를 치켜들었다. 감전이라도 된 듯 용기와 굳센 결의가 온몸을 짜릿하게 훑고 지나갔다. 길버트 블라이스 앞에서 실수를 할 수는 없었다. 길버트가 자신을 비웃는 일은 절대로 없어야 한다, 절대로! 그러자 두렵고 불안하던 마음이 순식간에 사라졌다. 앤은 드디어 낭송을 하기 시작했다. 앤의 맑고 부드러운 목소리는 떨림도 막힘도 없이 객석 구석구석까지 낭랑하게 울려 퍼졌다. 완전히 냉정을 되찾은 앤은 맥없이 떨던 그 끔찍한 순간을 만회라도 하려는 듯 그 어느 때보다 훨씬 멋지게 낭송을 했다. 앤이 낭송을 마치자 진심 어린 박수가 터져 나왔다. 앤은 부끄러움과 기쁨으로 얼굴을 붉히며 자리로 돌아갔다. 분홍 실크 드레스를 입은 뚱뚱한 부인이 앤의 손을 잡고 힘차게 흔들며 칭찬을 쏟아 놓았다.

"세상에, 정말 멋졌어요. 난 어린애처럼 울고 말았지 뭐예요. 정말이에요. 저런, 사람들이 앙코르를 외치고 있군요. 다시 나와 주길 바라고 있어요!"

앤이 당황해하며 말했다.

"어머, 전 못해요. 하지만…… 그래도 나가야겠군요. 안 그러면 매슈 아저씨가 실망하실 테니까요. 제가 앙코르를 받을 거라고 말씀하셨거든요."

분홍 드레스 부인이 웃으며 말했다.

"그렇다면 매슈 아저씨를 실망시키면 안 되죠."

앤은 미소를 지으며 상기된 얼굴로 눈을 초롱초롱 빛내며 무대로 다시 나갔고, 독특하고 재미있는 짧은 시를 낭송해 관객들의 마음을 더욱 사로잡았다. 그리고 성공의 기쁨에 젖어 나머지 시간을 보냈다.

발표회가 모두 끝나자, 미국 백만장자의 부인이라는 분홍 드레스를 입은 그 뚱뚱한 여자가 앤의 팔짱을 꼭 끼고는 이리저리 돌아다니며 사람들에게 앤을 소개했다. 다들 앤에게 무척 친절하게 대해 주었다. 전문 낭송가인 에번스 여사도 다가와 앤의 목소리가 매력적이고 작품 해석도 좋았다며 격려해 주었다. 하얀 레이스 드레스를 입은 여자 아이조차도 마지못해 칭찬의 말을 건넸다. 다들 아름답게 장식한 커다란 식당에서 저녁 만찬을 들었다. 다이애나와 제인도 앤과 함께 왔다는 이유로 만찬에 초대를 받았는데, 그런 자리가 부담스러웠던 빌리는 어디로 도망갔는지 찾을 수가 없었다. 하지만 식사를 마친 뒤, 고요하고 하얀 달빛이 비치는 밖으로 유쾌하게 걸어 나오니 빌리가 세 소녀를 기다리고 있었다. 앤은 깊이 숨을 들이마시고 시커먼 전나무 가지 너머 맑은 하늘을 올려다보았다.

아, 깨끗하고 고요한 밤 속으로 돌아온 기쁨이여! 밤의 정적을 뚫고 들려오는 바다의 속삭임과 마법에 걸린 해안을 지키는 험악한 거인처럼 거무스름한 절벽들, 이 모든 것들이 얼마나 위대하고 평화롭고 아름다운지!

마차를 타고 가던 제인이 한숨을 쉬며 말했다.

"정말 근사한 밤이었지? 나도 돈 많은 미국인처럼 호텔에서 여름을 보내고, 보석으로 치장하고, 가슴이 깊이 팬 드레스를 입고, 아이스크림과 치킨 샐러드를 먹으며 날마다 즐겁게 보내면 얼마나 좋을까. 틀림없이 학교에서 아이들을 가르치는 것보다 훨씬 재미있을 거야. 앤, 네 낭송은 정말 멋졌어. 물론 처음엔 시작도 못하는 게 아닌가 싶어 걱정했지만 말이야. 난 에번스 여사보다 네가 더 잘한 것 같아."

앤이 얼른 말을 받았다.

"어머, 아냐, 그렇게 말하지 마, 제인. 놀리는 것처럼 들려. 내가 어떻게 에번스 여사보다 잘할 수 있겠니. 그분은 전문가이고, 난 그저 낭송을 조금 할 줄 아는 학생일 뿐인데. 난 사람들이 내 낭송을 좋아했다면 그걸로 만족해."

다이애나가 말했다.

"누가 널 칭찬하는 소릴 들었어, 앤. 말투로 봐서 분명히 칭찬이었어. 제인과 내 뒤에 머리와 눈동자가 새까맣고 아주 낭만적으로 생긴 미국인 남자가 앉아 있었거든. 조시 파이 말로는 유명한 화가라는데, 보스턴에 사는 조시 엄마의 사촌이 그 사람의 동창과 결혼을 했대. 그 사람이 하는 얘기를 우리가 들었어. 그렇지, 제인? '무대에 있는 저 멋진 티티안 머리를 한 아가씨는 누굴까? 내가 꼭 그려 보고 싶은 얼굴인데.' 하고 말했어. 정말이야, 앤. 그런데 티티안 머리가 뭘까?"

앤이 웃으며 말했다.

"빨간 머리를 말하는 걸 거야. 빨간 머리 여자를 잘 그리던 아주 유명한 화가 이름이 티티안이거든."

제인이 한숨을 쉬었다.

"그 여자들이 하고 있던 다이아몬드 봤어? 정말 화려하고 눈부시더라. 너희들은 부자가 되고 싶지 않니?"

앤이 자신 있게 말했다.

"우린 이미 부자야. 지금까지 16년을 큰 탈 없이 잘 살아왔고, 여왕 못지않게 행복한데다 많건 적건 상상력도 있어. 저 바다를 봐. 은빛물결과 보이지 않는 것들로 가득한 상상의 세계를. 백만 달러에 다이아몬드가 수십 개 있다고 해서 그 아름다움이 더 크게 느껴지지는 않아. 난 그 여자들 중 하나가 될 수 있대도 바꾸지 않을 거야. 하얀 레이스 드레스 입은 여자 아이처럼 세상을 깔보기 위해 태어나기라도 한 듯 평생 심술궂은 얼굴로 살고 싶니? 아니면 친절하고 좋은 사람이지만 뚱뚱하고 땅딸막해서 맵시가 전혀 안 나는 분홍 드레스를 입은 부인이 되고 싶어? 두 눈 가득 슬픔이 어린 에번스 여사는 또 어떻지? 그런 표정을 하고 있는 걸 보면 아주 불행한 일을 겪었던 게 틀림없어. 너도 그런 사람이 되고 싶진 않잖아, 제인 앤드루스!"

제인이 확신 없는 투로 대꾸했다.

"난 잘 모르겠어. 다이아몬드가 있으면 사람들이 훨씬 위안받을 것 같은데."

앤이 분명하게 말했다.

"글쎄, 난 다이아몬드가 없어 평생 위안받지 못하더라도 나 아닌 다른 사람이 되긴 싫어. 난 진주 목걸이를 한 초록 지붕 집의 앤으로 충분히 만족해. 분홍 드레스를 입은 부인의 보석 못지않게 이 목걸이에 담긴 매슈 아저씨의 소중한 사랑을 난 알고 있으니까."

34

퀸스의 여학생

그 다음 3주 동안 초록 지붕 집은 앤의 입학 준비로 바쁜 나날을 보냈다. 해야 할 바느질거리도 많았고 의논해서 해결해야 할 일도 많았다. 옷은 매슈의 뜻대로 예쁜 것들로 충분히 마련했다. 마릴라도 이번만큼은 매슈가 무슨 옷을 사오든 어떻게 하자든 아무런 반대도 하지 않았다. 게다가 어느 날 저녁엔 아름다운 연초록 옷감을 한 아름 안고 동쪽 방으로 올라와서는 이렇게 말하는 것이었다.

"앤, 널 위해 얇고 멋진 드레스를 만들까 한다. 이미 예쁜 옷들이 많으니 꼭 필요하지 않을지도 모르겠다만 도시에서 파티나 뭐 그런 자리에 초대받으면 좀 더 우아한 옷이 입고 싶지 않을까 해서 말이다. 듣기로는 제인과 루비와 조시도 이브닝드레스인가 뭔가 하는 걸 장만했다고 하더구나. 그 아이들한테 처지면 되겠니. 지난주에 앨런 부인과 같이 시내에 나가 골랐는데, 만드는 건 에밀리 길리스한테 부탁할 거야. 에밀리가 안목도 있고, 옷 입는 감각도 남다르니 말이야."

"어머, 아주머니, 너무 예뻐요. 정말 고맙습니다. 이렇게 잘해 주시지 않아도 되는데. 이러니 점점 떠나기가 힘들어지잖아요."

에밀리는 자신의 뛰어난 감각을 살려 풍성한 주름 장식을 단 초록색 드레스를 만들어 왔다. 어느 저녁 앤은 그 옷을 입고 매슈와 마릴라를 위해 부엌에서 「소녀의 맹세」를 낭송했다. 마릴라는 그 밝고 생기 있는 얼굴과 우아한 몸짓을 바라보며 앤이 초록 지붕 집에 처음 왔던 날 저녁을 떠올렸다. 볼썽사나운 황갈색 무명 원피스 차림에 눈에는 눈물이 그렁그렁한 채 상심한 얼굴로 두려움에 떨던 별난 아이의 모습이 눈앞에 생생히 그려졌다. 어느새 마릴라의 눈에도 눈물이 고였다.

"제 낭송 때문에 우시는 거군요, 아주머니. 오늘 낭송은 완전 성공이네요."

앤이 마릴라의 의자 위로 몸을 숙여 뺨에 살짝 입을 맞추며 명랑하게 말했다.

"아니다. 네 낭송 때문에 운 게 아니야."

마릴라는 시 따위로 마음이 약해지는 걸 경멸하는 사람이었다.

"어렸을 적 네 모습이 생각났단다, 앤. 엉뚱한 짓을 해도 좋으니 계속 아이로 머물러 있었으면 좋겠다고 말이야. 어느새 이렇게 커서 집을 떠나야 하다니. 너는 키도 크고, 맵시도 있고, 그 드레스를 입으니 아주…… 아주 딴사람 같구나. 에이번리 사람이 아닌 것 같아. 그런 생각을 하니 왠지 쓸쓸한 기분이 들어서 말이야."

"아주머니!"

앤이 마릴라의 무릎에 앉아 두 손으로 주름진 얼굴을 감싸고는 진지하고 다정하게 눈을 바라보았다.

"전 조금도 변하지 않았어요. 정말이에요. 그저 쓸모없는 가지를 잘라 내고 새 가지를 뻗었을 뿐이에요. 초록 지붕 집에 있는 진짜 제 모습은 한결같아요. 제가 어디를 가든 겉모습이 어떻게 변하든 전 조금도 달라지지 않아요. 마음속엔 항상 어린 앤이 있어서 마릴라 아주머니와 매슈 아저씨와 정겨운 초록 지붕 집을 날마다 더욱더 사랑할 거예요."

앤은 젊고 싱그러운 뺨을 마릴라의 마른 뺨에 기댔고, 한 손은 뻗어 매슈의 어깨를 어루만졌다. 그 순간 마릴라도 앤처럼 감정을 말로 표현하는 능력이 있었다면 자신의 속마음을 더 많이 내보였을지도 모른다. 하지만 타고난 성격과 습관 때문에 마릴라는 그저 두 팔로 앤을 부드럽게 품에 안으며 떠나보내지 않아도 된다면 얼마나 좋을까 하고 바라기만 했다.

눈가가 촉촉이 젖어 오자 매슈가 자리에서 일어나 밖으로 나갔다. 별빛 총총한 여름 밤하늘 아래에서 매슈는 뜰을 지나 포플러 나무가 있는 대문까지 비척비척 걸어갔다.

매슈가 자랑스러운 듯 중얼거렸다.

"그래, 앤이 그렇게 버릇없이 자란 건 아니야. 가끔씩 내가 간섭한 것도 나쁘지 않았던 게야. 그 아인 똑똑하고 예쁘고 무엇보다 정이 많아서 좋아. 우리한테 앤은 하느님의 은총이었어. 스펜서 부인이 저지른 실수처럼 운 좋은 실수는 없을 거야. 그것도 운이라고 한다면 말이지. 하지만 이건 운으로만 말할 수 있는 문제가 아니야. 우리에게 저 아이가 필요하단 걸 아셨던 전능하신 하느님의 뜻이었던 게지."

마침내 앤이 도시로 떠나야 하는 날이 왔다. 어느 화창한 9월 아침, 앤은 다이애나와 눈물을 흘리며 작별을 하고, 마릴라와는 눈물 없는 무미건조한 인사를 나눈 후 매슈와 함께 마차를 타고 길을 나섰다. 하지만 앤이 떠나자 다이애나는 눈물을 닦고 카모디에 사는 사촌들과 함께 화이트 샌즈 바닷가로 소풍을 가 그럭저럭 슬픔을 달랜 반면, 마릴라는 하루 종일 쓰라린 가슴을 안고 굳이 안 해도 될 일까지 찾아가며 지독하게 매달렸다. 가슴이 찢어지고 까맣게 타들어 가는 듯해 눈물로도 도저히 달랠 길이 없었다. 그날 밤 잠자리에 든 마릴라는 이제 복도 끝 동쪽 방에는 생기발랄한 아이도, 부드러운 숨결도 없다는 사실을 뼈저리게 깨닫고는 베개에 얼굴을 묻고 격렬하게 흐느껴 울었다. 이윽고 마음이 가라앉자 마릴라는 자신과 똑같이 죄 많은 한 인간에게 이토록 마음을 뺏기는 것이 얼마나 나쁜 일인가 하는 생각에 오싹한 기분마저 들었다.

앤과 에이번리의 다른 아이들은 제시간에 샬럿타운에 도착한 후 서둘러 학교로 갔다. 첫날은 새 친구들을 만나고, 교수들의 이름과 얼굴을 익히고, 반을 나누느라 흥분 속에서 즐겁게 지나갔다. 앤은 스테이시 선생님의 충고대로 1급 과정을 들을 생각이었고, 그것은 길버트 블라이스도 마찬가지였다. 잘만 하면 2년이 아니라 1년 안에 1급 교사 자격증을 딸 수 있었지만, 그만큼 힘들고 어려운 과정이었다. 야망이 크지 않은 제인, 루비, 조시, 찰리, 무디 스퍼전은 2급 교사 과정을 밟는 것으로 만족했다. 50명의 낯선 학생들이 들어찬 교실에서 앤은 외로움으로 가슴이 아렸다. 아는 얼굴이라곤 교실 저편에 앉은 갈색 머리의 키 큰 남자 아이 하나뿐이었다. 하지만 경험상 별 도움이 되지 않으리란 걸 알기에 앤은 절망적인 기분이 들었다. 그래도 같은 반이라서 다행이라는 생각은 들었다. 앞으로도 해묵은 경쟁은 계속할 수 있으니 말이다. 그것마저 없었다면 앤은 어찌해야 할지 그야말로 막막했을 것이다.

앤은 생각했다.

'승부욕마저 없었다면 더 힘들었을 거야. 길버트 표정이 비장

한걸. 벌써부터 메달을 따기로 작정했나 봐. 턱이 어쩜 저렇게 잘 생겼을까! 전에는 몰랐는걸. 제인과 루비도 1급 과정을 듣는다면 얼마나 좋을까. 하지만 아이들과 친해지면 남의 집 다락방에 들어간 고양이 같은 기분은 들지 않겠지. 여기 있는 여자 애들 중에서 누가 내 친구가 될까. 곰곰이 생각해 보는 것도 재미있겠는걸. 물론 다이애나와 약속했듯 새 친구가 아무리 좋다 해도 내게 다이애나만큼 소중한 사람은 없어. 하지만 두 번째로 좋은 친구는 많이 사귈 수 있어. 저기 갈색 눈동자에 새빨간 웃옷을 입은 여자 아이가 맘에 들어. 발랄해 보이고 볼이 장밋빛처럼 발그레해. 금발에 창백한 얼굴로 창밖을 내다보고 있는 저 아이도 괜찮은걸. 머릿결도 아름답고 꿈 많은 소녀 같아. 둘 다 친해졌으면 좋겠어. 서로 허리를 감고 걸어 다니고 별명을 불러도 될 정도로 말이야. 하지만 지금은 저 아이들에 대해 아무것도 모르고 저 애들도 날 몰라. 어쩌면 딱히 날 알고 싶어 하지 않을지도 모르지. 아, 외로워라!'

그날 저녁, 땅거미가 지고 하숙방에 혼자 있게 된 앤은 더욱 외로워졌다. 다른 아이들은 도시에 보살펴 줄 친척들이 있어 앤과 같이 지내지 않았다. 조세핀 배리 할머니가 앤을 데리고 있고 싶어했지만 너도밤나무 집은 학교에서 너무 멀어 그럴 수가 없었다. 그래서 배리 할머니는 하숙집을 알아봐 주었고, 앤이 지내기에 아주 좋은 곳이라며 매슈와 마릴라를 안심시켰다.

배리 할머니가 설명했다.

"그 집 여주인은 지금은 가세가 기울긴 했지만 상류층 부인이었어요. 남편은 영국 장교를 지냈지요. 그 부인이 하숙생 고르는 기준이 얼마나 까다롭다고요. 앤이 그 집에 있으면서 험한 사람 만날 일은 없을 거예요. 식사도 괜찮고 학교에서도 가까운 조용한 곳이랍니다."

그것은 사실 모두 맞는 말이었다. 하지만 앤이 처음으로 느끼는 지독한 향수는 전혀 달래 주지 못했다. 앤은 우중충한 벽지에 그림 한 점 없는 벽, 작은 철제 침대와 텅 빈 책장이 놓인 작고 좁은 방을 둘러보았다. 그러자 초록 지붕 집의 하얀 자기 방이 생각나 목이 울컥 메었다. 밖에는 아름답고 평화로운 초록빛 세상이 펼쳐지고, 정원에는 콩이 자라고, 달빛이 과수원을 비추고, 비탈길 아래로 시냇물이 흐르고, 그 너머에는 밤바람이 가문비나무 가지를 흔들고, 끝없이 넓은 하늘엔 별이 빛나고, 다이애나 방 창에서 새어나오는 불빛이 나뭇가지 사이로 보이는 즐거운 곳이었다. 하지만 여기엔 이런 것들이 하나도 없었다. 창밖으로는 그물처럼 하늘을 가린 전화선에 딱딱한 도로와 누군가의 발자국 소리, 낯선 사람들의 얼굴을 비추는 수많은 불빛들만 가득했다. 앤은 눈물이 날 것 같아 이를 악물고 참았다.

"난 울지 않을 거야. 그건 어리석고 나약한 짓이야. 세 번째 눈물방울이 코 옆으로 흘러내리네. 자꾸만 눈물이 나니 어쩜 좋아! 눈물이 나지 않게 재미있는 생각을 해야겠어. 하지만 재미있는 일은 모두 에이번리와 관계가 있으니 더욱 슬퍼지기만 할 뿐이야. 넷…… 다섯…… 금요일이면 집에 갈 수 있는데도 백년은 남은 것 같아. 아, 지금쯤 매슈 아저씨는 집에 거의 도착했겠지. 마릴라 아주머니는 대문간에 서서 길을 내다보며 아저씨를 기다리실 테고. 여섯…… 일곱…… 여덟…… 아, 이렇게 눈물을 세어 봤자 무슨 소용이람! 좀 있으면 홍수처럼 쏟아지고 말걸. 도저히 기운을 차릴 수가 없어. 그러고 싶지도 않아. 차라리 마음껏 슬퍼하는 게 더 낫겠어!"

그 순간 조시 파이가 나타나지 않았다면 정말 눈물이 홍수처럼 쏟아졌을지도 몰랐다. 익숙한 얼굴을 보자 앤은 너무 기뻐 조시와의 사이가 그다지 좋지 않다는 사실도 잊어버렸다. 에이번리와 관계만 있다면 조시 파이마저도 반가웠다.

앤이 진심으로 말했다.

"정말 잘 왔어."

조시가 약 올리듯 불쌍하다는 표정을 지으며 말했다.

"너 울고 있었구나. 향수병인가 봐. 그런 쪽으로 감정 조절이 안 되는 사람이 있긴 하지. 난 향수병 같은 건 절대 걸리지 않을 자신 있어. 좁고 갑갑한 에이번리에서 살다가 도시에 오니 너무 즐거워. 그런 데서 어떻게 그렇게 오래 살았는지 모르겠어. 울면 안 돼, 앤. 너한테 어울리지 않는다고. 코도 눈도 빨개지면 넌 온통 빨개지고 말 거야. 오늘 학교에서 정말 재미있었어. 프랑스어 교수님이 완전 괴짜야. 콧수염이 얼마나 우습다고. 뭐 먹을 거 없니, 앤? 나, 완전 굶어 죽을 것 같아. 그렇지, 마릴라 아주머니가 과자를 싸주셨을 줄 알았다니까. 그래서 내가 온 거 아니겠니. 안 그랬으면 프랭크 스토클리랑 밴드 연주 들으러 공원에 갔을 거야. 나하고 같이 하숙하는 앤데, 아주 재미있는 친구야. 오늘 교실에서 널 보고는 저 빨간 머리 여자애가 누구냐고 묻지 않겠어. 그래서 커스버트 씨 댁에서 입양한 고아인데, 그 전에는 어떻게 살았는지 아무도 모른다고 대답해 줬어."

결국 앤은 조시 파이와 함께 있느니 차라리 혼자 외로움에 눈물짓고 있는 편이 낫겠다는 생각이 들기 시작했고, 그때 제인과 루비가 코트에 자주색과 주황색 학교 리본을 자랑스럽게 달고 찾아왔다. 조시는 제인과 사이가 틀어져 말을 안 하고 있던 터라 그제야 조용히 입을 다물었다.

제인이 한숨을 쉬며 말했다.

"있잖아, 아침부터 지금까지 몇 달은 지난 것 같아. 사실은 집에서 베르길리우스를 공부하고 있어야 해. 그 무서운 노교수님이 내일까지 스무 줄을 예습해 오라지 뭐야. 하지만 오늘 밤엔 차분히 앉아 공부를 할 수가 없어. 앤, 눈물 자국이 있구나.

만약 운 거라면 그렇다고 말해 줘. 너도 그랬다면 자존심이 좀 살아날 것 같아. 나도 루비가 오기 전에 울고 있었거든. 다른 사람도 나처럼 울었다면 나만 바보 같다는 기분은 들지 않을 테니까 말이야. 과자네? 조금 맛봐도 될까? 고마워. 이거야말로 진짜 에이번리의 맛인걸."

책상 위에 놓인 학교 달력을 본 루비가 앤에게 금메달을 목표로 하고 있는지 물었다.

앤이 얼굴을 붉히며 그럴 생각이라고 대답했다.

조시가 말했다.

"아, 그러고 보니 생각난다. 퀸스 아카데미도 마침내 에이브리 장학금을 받게 되었어. 오늘 공문이 내려왔다고 프랭크 스토클리가 말해 줬어. 걔네 삼촌이 이사시거든. 내일 학교에서 발표할 거야."

에이브리 장학금이라고! 앤은 심장이 빠르게 뛰는 걸 느꼈다. 마법에라도 걸린 듯 야망의 수평선이 저 멀리로 넓게 펼쳐졌다. 조시의 이야기를 듣기 전까지 앤의 최고 목표는 일 년 뒤에 1급 교사 자격증을 따고, 가능하면 금메달을 목에 거는 것이었다! 하지만 지금 이 순간 조시가 한 말의 여운이 사라지기도 전에 앤은 에이브리 장학금을 받아 레드먼드 대학 문과 과정을 수료한 다음 가운과 학사모를 쓰고 졸업식장에 있는 자신의 모습을 떠올렸다. 게다가 에이브리 장학생은 국어 성적으로 뽑는 것이었기에 앤은 고향집에라도 온 듯 마음이 든든했다.

이 장학금은 뉴브런즈윅에 살던 부유한 실업가가 세상을 떠나면서 재산의 일부를 기부한 것으로, 바닷가에 면한 3개 주노바스코샤, 뉴브런즈윅, 프린스에드워드 섬의 세 주를 가리킴–옮긴이의 기준에 따라 그 지역 고등학교와 전문학교에 주어지고 있었다. 퀸스 아카데미가 포함될지 안 될지는 여태껏 미지수였는데, 이번에 드디어 결정이 난 것이다. 학년 말에 국어와 국문학에서 가장 높은 점수를 받은 졸업생이 그 영예를 차지하며, 레드먼드 대학을 다니는 4년 동안 매년 250달러를 받게 된다. 그러니 앤이 그날 밤 흥분에 들뜬 얼굴로 잠자리에 든 것도 무리는 아니었다!

앤은 결심했다.

"열심히 공부해서 그 장학금을 타는 거야. 내가 문학사 학위를 받으면 매슈 아저씨가 얼마나 자랑스러워하실까! 아, 야망을 품는다는 건 정말 멋진 일이야. 이렇게 많은 꿈이 있어서 너무 행복해. 야망에는 결코 끝이 없는 것 같아. 바로 그게 제일 좋은 점이지. 하나의 목표를 이루자마자 또 다른 목표가 더 높은 곳에서 반짝이고 있잖아. 그래서 인생이 재미있는 건가 봐."

35

퀸스에서의 겨울

앤의 향수병은 주말마다 집에 다녀오면서 차츰 사라졌다. 눈이 쏟아지지 않는 한 에이번리 출신 학생들은 매주 금요일 저녁, 기차를 타고 새로 놓인 철로를 따라 카모디에 갔다. 그곳엔 보통 다이애나와 몇몇 다른 아이들이 마중을 나와 있었고, 다들 즐겁게 얘기를 나누며 에이번리까지 걸어갔다. 저 멀리 반짝이는 에이번리 마을의 불빛을 바라보며 황금빛으로 물든 상쾌한 대기를 가르고 가을 언덕길을 걸어가는 금요일 저녁이 앤에게는 일주일 중 가장 소중하고 행복한 시간이었다.

길버트 블라이스는 거의 언제나 루비 길리스와 함께 걸어가며 가방을 들어 주었다. 루비는 아주 아름다운 숙녀였고, 스스로도 어른이 다 되었다고 생각하고 있었다. 어머니가 허락하는 한 최대한 긴 치마를 입었고, 머리도 집에 오면 풀었지만 도시에 있을 땐 항상 올리고 다녔다. 또 크고 맑은 푸른 눈에 눈부시게 아름다운 피부, 통통한 몸매가 눈길을 사로잡는 아가씨였다. 루비는 늘 웃었고 명랑했고 온화했으며 인생을 솔직하게 즐길 줄 알았다.

"그래도 루비는 길버트가 좋아할 타입은 아니야."

제인이 앤에게 속삭였다.

앤도 같은 생각이었지만, 에이브리 장학금을 준대도 그렇게 말하진 않았을 것이다. 그래도 길버트 같은 친구가 있어 함께 농담도 하고, 이야기도 주고받고, 책이며 공부며 야망에 대한 의견도 나눈다면 얼마나 즐거울까 하는 생각이 드는 건 어쩔 수 없었다. 길버트가 야망이 있다는 건 앤도 알고 있었다. 그리고 루비 길리스는 그런 얘기를 나누기에 어울리는 사람은 아닌 듯했다.

앤이 길버트를 생각하는 마음엔 어리석은 감상 따위는 전혀 없었다. 남자 아이들이란 그저 좋은 동료가 될 수 있는 대상일 뿐이었다. 설사 앤이 길버트와 친구였다 해도 길버트가 친구가 몇 명이든 누구와 걸어가든 상관하지 않았을 터였다. 친구를 사귀는 재주가 있는 앤은 여자 친구들이 제법 많았다. 남자 친구와의 우정에 대해서도 친구에 대한 생각이 원만해지고, 이해와 판단의 폭이 넓어질 거라는 막연한 생각은 하고 있었다.

하지만 앤이 그 문제에 대해 확실한 주관을 가지고 있었던 것은 아니었다. 다만 기차에서 내려 길버트와 함께 상쾌한 들판을 지나 고사리가 자라는 샛길을 나란히 걸어 집으로 돌아간다면 눈앞에 펼쳐질 새로운 세상과 그 안에 담긴 희망과 야망에 대해 즐겁고 재미있는 얘기들을 많이 주고받을 수 있을 거라고 생각했을 뿐이었다. 길버트는 주관이 뚜렷하고, 최고가 되기 위해 최선을 다할 각오가 되어 있는 다부지고 똑똑한 젊은이였다. 루비 길리스는 길버트 블라이스가 하는 말은 절반도 이해를 못하겠다며 제인 앤드루스에게 말했다. 말하는 품이 생각에 잠겨 있을 때의 앤과 똑같다며, 그럴 필요가 없는 때에도 책 얘기 따위나 해대니 영 재미가 없다는 거였다. 프랭크 스토클리가 훨씬 박력 있긴 하지만, 외모가 길버트의 반도 못 따라가니 제인은 누구를 더 좋아해야 할지 갈피를 잡을 수가 없었다!

학교에서 앤은 차차 자기처럼 생각 많고 상상력 풍부하고 야심찬 친구들에 둘러싸이게 되었다. 볼이 장밋빛처럼 붉은 스텔라 메이너드와 꿈 많은 여자 아이 프리실라 그랜트와도 이내 친해졌다. 프리실라는 창백하고 생각이 깊어 보이는 외모와는 달리 장난꾸러기에다 농담도 잘하고 재미있는 친구였고, 검은 눈동자에 생기 넘치는 스텔라는 앤과 마찬가지로 신비한 무지갯빛 꿈과 공상을 가슴에 간직한 아이였다.

크리스마스 휴가가 끝나자 에이번리 학생들은 금요일마다 집에 가던 것을 포기하고 열심히 공부에 매진했다. 그때쯤 되자 퀸스 학생들은 학업에서 저마다의 위치를 차지했고, 각자 미묘한 개성들을 뚜렷이 드러내기 시작했다. 아이들은 은연중에 몇 가지 사실을 받아들였다. 메달 후보자는 길버트 블라이스, 앤 셜리, 루이스 윌슨 세 사람으로 좁혀졌고, 에이브리 장학금은 좀 더 지켜봐야겠지만 유력한 여섯 명 중에서 한 명이 될 거라고 생각했다. 수학 성적으로 가리는 동메달은 이마가 울퉁불퉁하고 덧댄 외투를 입고 다니며 뚱뚱하고 웃기게 생긴 내륙에서 온 작은 남자 아이에게 돌아갈 거라고들 했다.

루비 길리스는 그해 학교에서 가장 아름다운 여학생이었고, 1급 반에서는 스텔라 메이너드가 미인의 영광을 안았다. 소수이긴 해도 안목 있는 몇몇 아이들은 앤 셜리 편을 들기도 했다. 에셀 마르는 머리 손질을 가장 맵시 있게 하는 아이로 모두의 인정을 받았고, 검소하고 성실한 제인 앤드루스는 가정학에서 최고의 자리를 차지했다. 조시 파이조차도 학교에서 가장 신랄한 독설가로 이름을 날릴 정도였다. 이렇게 스테이시 선생님의 옛 제자들은 더 넓은 의미의 학교생활에서 나름대로 자리 매김을 하고 있다고 할 만했다.

앤은 꾸준하게 열심히 공부했다. 길버트와의 경쟁도 에이번리 학교에 있을 때처럼 여전히 뜨거웠지만, 반 아이들은 알지 못했다. 하지만 악에 받친 복수심은 사라지고 없었다. 앤은 단순히 길버트를 누르기 위해서가 아니라 좋은 적수와 겨뤄 이겼다는 뿌듯함을 느끼고 싶었다. 이기면 보람이야 있겠지만 이기지 못한다 해도 그렇게 못 견딜 것 같진 않았다.

학생들은 공부를 하면서도 틈틈이 즐거운 시간을 보냈다. 앤은 여가 시간이 나면 너도밤나무 집에 가서 지냈고, 보통 일요일마다 거기서 점심을 먹고 배리 할머니와 함께 교회에 갔다.

스스로도 인정하듯 배리 할머니는 연세는 많았지만, 검은 눈동자는 여전히 총총했고 입심 또한 조금도 줄어들지 않았다. 하지만 앤에게만은 절대 심한 말을 하지 않았다. 깐깐한 노부인에게 앤은 여전히 가장 소중한 사람이었던 것이다.

배리 할머니가 말했다.

"앤은 항상 새로워. 다른 여자 아이들은 늘 똑같아서 짜증나고 질리는데 말이야. 그런데 앤은 무지개처럼 여러 가지 빛을 지니고 있는데다 빛깔들도 하나같이 사랑스럽거든. 어렸을 때만큼 재미있진 않지만 그 아일 사랑하지 않을 수가 없어. 나는 그렇게 사랑이 우러나게 하는 사람이 좋아. 그러면 내 마음도 쉽게 줄 수 있으니까."

이윽고 아무도 모르는 사이에 봄이 찾아왔다. 에이번리에서는 눈이 채 녹지 않은 메마른 땅 위로 산사나무가 분홍빛 꽃눈을 틔웠고, 숲과 골짜기마다 초록빛 안개가 자욱했다. 하지만 샬럿타운에서는 지칠 대로 지친 퀸스 학교 학생들이 오로지 시험 생각과 시험 얘기만 늘어놓고 있었다.

앤이 말했다.

"학기가 거의 끝나 간다는 게 믿기지가 않아. 가을엔 그렇게 길게만 느껴지더니 겨울 내 수업 듣고 공부하다 보니 어느새 시험이 다음 주로 다가왔어. 얘들아, 난 있잖아, 어떤 땐 시험이 전부인 것 같다가도 커다랗게 잎눈이 부풀어 오르는 밤나무며 거리 끝에 피어나는 희미한 푸른 안개를 보노라면 시험이 별로 중요하지 않다는 생각이 들어."

하지만 앤의 하숙집을 찾았던 제인과 루비와 조시는 생각이 달랐다. 그 아이들에게는 다가오는 시험이 항상 중요했고, 밤나무 싹이나 5월의 봄 안개보다 훨씬 더 중요했다. 낙제할 걱정이 없는 앤으로서야 때로 시험이 아무것도 아니게 느껴질 수 있었다. 하지만 자신의 모든 미래가 시험에 달려 있다고 굳게 믿는 처지에서는 그렇게 태평스런 생각을 할 여유가 없었다.

제인이 한숨을 쉬며 말했다.

"난 2주 동안 3킬로그램이나 빠졌어. 걱정하지 말라고 해도 소용없어. 그냥 걱정할래. 걱정하는 편이 더 나아. 그래도 뭔가 하고 있다는 기분은 드니까 말이야. 겨울 내내 학교 다니느라 돈이 얼마나 많이 들었는데, 교사 자격증을 못 따게 되면 정말 끔찍할 거야."

조시 파이가 입을 열었다.

"난 상관없어. 올해 합격 못하면 내년에 다시 다니면 되니까. 우리 아빠가 그 정도 능력은 있거든. 앤, 프랭크 스토클리한테 들었는데, 트레메인 교수님이 길버트 블라이스가 메달을 받는 건 확실하고, 에이브리 장학금은 에밀리 클레이가 받을 것 같다고 했대."

앤이 웃으며 대꾸했다.

"조시, 내일이면 그 일 때문에 기분이 나빠질지 모르겠지만, 지금은 초록 지붕 집 아래 계곡에서 보랏빛 제비꽃이 피어나고, **연인의 오솔길**에서 어린 고사리들이 고개를 내밀고 있다는 생각을 하니까 장학금을 받느냐 못 받느냐가 그다지 중요하게 여겨지지 않아. 난 최선을 다했고, '경쟁하는 기쁨'이 무엇인지도 알게 됐어. 노력해서 이기는 것 못지않게 노력했지만 실패한 것도 값진 일이라고 생각해. 얘들아, 시험 얘기는 이제 그만 하자! 저 지붕 너머로 펼쳐진 연초록 하늘을 보면서 에이번리의 진자줏빛 너도밤나무 위 하늘은 어떨까 상상해 보는 거야."

루비가 현실적인 질문을 던졌다.

"졸업식 때 뭘 입을 거니, 제인?"

제인과 조시가 곧 대답을 했고, 화제는 옷으로 바뀌었다. 하지만 앤은 창턱에 팔꿈치를 올리고 마주 잡은 손 위에 부드러운 볼을 댄 채 꿈으로 가득 한 눈으로 멍하니 도시의 지붕과 뾰족탑 너머로 둥그렇게 빛나는 석양빛 하늘을 바라보았다. 그리고 젊음이라는 희망의 황금 실로 행복한 미래의 꿈을 엮었다. 무한한 가능성으로 열릴 장밋빛 날들은 모두 앤의 것이었고, 한 해 한 해가 희망의 장미로 피어나 영원히 시들지 않을 화관으로 엮어질 터였다.

36

영광과 꿈

최종 시험 결과가 학교 게시판에 발표되는 날 아침, 앤과 제인은 함께 학교로 갔다. 미소 짓고 있는 제인의 얼굴은 행복해 보였다. 시험도 끝났고, 최소한 합격은 틀림없다고 믿었기에 마음이 가벼웠던 것이다. 제인은 더 깊이 고민할 문제가 없었고, 원대한 야망도 없었으므로 그에 따르는 불안도 느낄 필요가 없었다. 이 세상에서 무언가를 얻거나 이루려면 반드시 그만한 대가를 치러야 하며, 야망을 품는 것이 가치 있는 일이긴 하나 합당한 노력과 절제와 불안과 좌절 없이 거저 얻어지지는 않는 법이기 때문이다. 앤은 창백한 얼굴로 아무 말이 없었다. 이제 10분 후면 메달과 장학금의 주인공을 알게 될 터였다. 그 10분 말고는 다른 시간은 아무 의미도 없게 느껴졌다.

제인이 말했다.

"어쨌든 넌 메달이나 장학금 중 하나는 확실히 받을 거야."

제인은 교수들이 다른 결정을 내릴 만큼 불공정할 수 있다고는 생각도 하지 않았다.

앤이 입을 열었다.

"에이브리 장학금은 가망이 없어. 다들 에밀리 클레이가 받을 거라고 하던걸. 난 게시판까지 걸어가서 다른 아이들 앞에서 결과를 못 볼 것 같아. 그럴 자신이 없어. 곧바로 여학생 휴게실로 갈래. 네가 보고 와서 말해 줘, 제인. 부디 우리의 오랜 우정을 생각해서 가능한 한 빨리 알려 주면 좋겠어. 혹시 뽑히지 않았더라도 빙빙 돌리지 말고 솔직히 말해 줘. 그리고 절대 날 동정하지 마. 약속해, 제인."

제인이 진지하게 약속했다. 하지만 그런 약속은 할 필요가 없었다. 학교 계단을 올라가니 복도에서 남자 아이들이 길버트 블라이스를 어깨 위에 태우고, '메달 수상자, 블라이스 만세!'라며 목청껏 외치고 있었다.

순간 앤은 패배감과 실망으로 가슴이 찢어질 듯 아팠다. 결국 앤이 실패하고 길버트가 승리를 거둔 것이다! 휴, 매슈 아저씨가 얼마나 섭섭해하실까. 앤이 일등 할 거라고 그렇게 믿으셨는데.

그리고!

누군가 소리쳤다.

"에이브리 장학생, 셜리 양을 위해 만세 삼창!"

두 사람이 떠들썩한 환호를 받으며 여학생 휴게실로 달려들어 가자, 제인이 숨차게 말했다.

"어머, 앤, 너무 자랑스럽다! 정말 멋져."

이내 여자 아이들이 모여들어 앤을 둘러싸고는 웃으며 축하의 인사를 건넸다. 다들 어깨를 치고 손을 잡고 힘차게 흔들어 댔다. 밀리고 당기고 안기면서 앤은 제인에게 겨우 속삭였다.

"아, 매슈 아저씨와 마릴라 아주머니가 얼마나 기뻐하실까! 당장 편지를 써야겠어."

그 다음으로 중요한 행사는 졸업식이었다. 졸업식은 학교 대강당에서 열렸다. 인사말이 있고 졸업생들의 고별사가 낭독되고 축가가 이어졌으며 학위증과 상장과 메달이 수여되었다.

그 자리에 참석한 매슈와 마릴라의 눈과 귀는 오직 단상 위의 한 학생에게만 쏠려 있었다. 연초록빛 옷을 입고 발그레한 뺨에 눈이 빛나는 키가 큰 그 여학생은 가장 멋진 글을 낭독했고, 사람들은 손짓을 하며 저 학생이 에이브리 장학생이라고 수군거렸다.

앤이 낭독을 마치자, 강당에 들어와 처음으로 매슈가 작은 소리로 입을 열었다.

"저 애를 맡아 기르길 잘했지, 마릴라?"

"그렇다고 예전에 벌써 말했잖아요. 지난 일 가지고 자꾸 짓궂게 굴기예요, 오라버니."

마릴라가 쏘아붙였다.

두 사람 뒤에 앉아 있던 배리 할머니가 앞으로 몸을 숙여 양산 끝으로 마릴라의 등을 쿡 찌르며 말했다.

"앤이 자랑스럽지요? 나도 그렇답니다."

그날 저녁 앤은 매슈와 마릴라와 함께 에이번리의 집으로 돌아갔다. 4월부터 집에 못 갔던 탓에 하루라도 빨리 가고 싶었던 것이다. 사과 꽃이 가득 핀 세상은 싱그럽고 풋풋했다. 다이애나가 초록 지붕 집에서 앤을 기다리고 있었다. 마릴라는 활짝 핀 장미 한 송이를 앤의 하얀 방 창가에 꽂아 두었고, 앤은 행복에 겨운 숨을 길게 내쉬며 방을 둘러보았다.

"아, 다이애나, 다시 돌아와서 너무 좋아. 분홍빛 하늘 위로 솟아 있는 저 뾰족한 전나무들과 하얀 과수원과 정든 **눈의 여왕**을 보니 얼마나 좋은지 모르겠어. 박하 향기가 상쾌하지 않니? 저 월계꽃도……, 뭐랄까, 노래와 희망과 기도가 한데 어우러진 느낌이야. 그리고 널 다시 만나서 정말 기뻐, 다이애나!"

"난 네가 스텔라 메이너드를 더 좋아하는 줄 알았어. 네가 걔한테 푹 빠졌다고 조시 파이가 그랬단 말이야."

다이애나가 뾰로통하게 말했다.

앤이 웃으며 시든 '6월 백합' 꽃다발을 다이애나에게 던졌다.

"스텔라 메이너드는 딱 한 사람을 빼고 세상에서 제일 소중한 친구야. 그 한 사람은 바로 다이애나 너야. 난 예전보다 널 더욱 사랑해. 너한테 할 얘기가 얼마나 많다고. 하지만 지금은 여기 앉아 이렇게 널 바라보는 것만으로도 충분히 행복해. 아마 지쳤나 봐. 공부하고 야망을 품는 일에 말이야. 내일은 과수원 풀밭에 적어도 두 시간은 아무 생각 없이 누워 있을 거야."

"정말 잘했어, 앤. 에이브리 장학금을 받았으니 교사가 되지는 않겠구나?"

"응. 9월에 레드먼드 대학에 갈 거야. 근사하겠지? 석 달 간의 방학을 즐겁고 신나게 보낸 다음 다시 새로운 목표를 세울 거야. 제인과 루비는 교사가 될 거야. 우리가 모두 졸업했다니 굉장하지 않니? 무디 스퍼전과 조시 파이까지도 말이야."

"제인한테는 벌써 뉴브리지 학교 이사회에서 그쪽 학교로 와 달라는 전갈이 왔대. 길버트 블라이스도 교사가 될 거야. 그럴 수밖에 없다나 봐. 걔네 아버지가 대학에 보낼 형편이 못 돼서 자기가 벌어야 한다더라고. 에임즈 선생님이 그만두시면 아마 여기서 가르치게 될 거야."

앤은 놀라고 당황스러우면서 약간 묘한 기분이 들었다. 앤은 전혀 몰랐던 사실이었다. 길버트도 레드먼드 대학에 가는 줄로만 알았던 것이다. 좋은 자극제가 되었던 경쟁심 없이 잘 해낼 수 있을까? 진짜 학위를 받게 될 대학인데, 친구이자 경쟁자가 없다고 맥이 빠지진 않을까?

다음 날 아침 식사 시간에 앤은 매슈의 건강이 나빠 보인다는 걸 문득 깨달았다. 흰머리도 일 년 전보다 확실히 늘어나 있었다.

매슈가 나가자 앤이 망설이며 물었다.

"마릴라 아주머니, 아저씨 건강은 괜찮으세요?"

마릴라가 근심스럽게 말했다.

"아니, 안 좋단다. 올 봄에 심장 발작을 크게 일으켰는데도 몸을 전혀 돌보지 않는구나. 예전부터 걱정이었다만 요즘은 조금 나아진 듯도 하고 좋은 일꾼도 구했으니까 쉬면서 건강을 되찾기를 바라야지. 네가 집에 왔으니 아마 좋아지실 거야. 넌 항상 오라버니를 기운 나게 하니까."

앤이 식탁 너머로 몸을 기울이며 두 손으로 마릴라의 얼굴을 감쌌다.

"아주머니도 예전 같지가 않아요. 피곤해 보여요. 일을 너무 많이 하셔서 그런가 봐요. 제가 집에 왔으니 이젠 좀 쉬세요. 오늘 하루만 정든 곳을 돌아보며 옛 추억을 되살려 보겠어요. 그 다음엔 제가 일할 테니 아주머니는 쉬세요."

마릴라가 자신의 아이를 보며 다정하게 미소 지었다.

"일 때문이 아니란다. 두통이 문제지. 요즘 들어 눈 뒤쪽이 자주 아팠어. 스펜서 선생님이 안경을 여러 번 조절해 줬는데도 아무 소용이 없어. 6월 말에 유명한 안과 의사가 섬에 올 예정이니 그때 꼭 진찰을 받아 보라더구나. 아무래도 그래야지 싶다. 요즘은 편하게 책을 보거나 바느질도 못하겠어. 그건 그렇고, 앤, 퀸스 아카데미에서 정말 잘했구나. 1년 만에 1급 교사 자격증을 따고 에이브리 장학금까지 받다니. 뭐, 린드 부인이야 오만한 자는 오래가지 못한다느니, 여자한테 고등 교육은 가당치도 않고 여자의 본분에도 맞지 않는다고 말을 하지만, 난 그렇게 생각하지 않는단다. 레이철 얘기를 하니까 생각나는데, 너 최근에 애비 은행에 대해 무슨 소리 들었니, 앤?"

"위태롭다고 들었어요. 왜요?"

"레이철도 그랬단다. 지난주에 찾아와서는 그런 소문이 나돌고 있다고 하더라. 오라버니 걱정이 이만저만 아니야. 우리 돈이 몽땅 그 은행에 들어 있거든. 한 푼도 남김없이 말이야. 난 처음부터 세이빙 은행에 넣자고 오라버니한테 말했지만, 애비 씨가 아버지와 가깝게 지내던 친구 분이시라 오라버니는 항상 그 은행에 맡겨 왔단다. 애비 씨가 경영하는 은행이라면 무조건 안심할 수 있다면서 말이야."

"그분은 몇 년 전부터 이름만 책임자였던 것 같아요. 나이가 워낙 많아서 실제 경영은 조카들이 맡아서 하고 있대요."

"아무튼 레이철한테 그 얘기를 듣고 내가 오라버니에게 당장 돈을 찾자고 했더니 생각해 보겠다고 하더라. 그런데 어제 러셀

씨가 은행은 아무 문제가 없다고 오라버니한테 그랬다는구나."

앤은 자연 속 친구들과 함께 유쾌한 하루를 보냈다. 앤은 그날을 결코 잊을 수 없었다. 밝고 화창한 하늘 아래 태양은 금빛으로 빛났고, 어두운 그림자 하나 없는 땅에는 꽃들이 흐드러지게 피었다. 앤은 과수원에서 한동안 행복한 시간을 보낸 다음 **드라이어드 샘**과 **버드나무 연못**과 **제비꽃 골짜기**로 갔고, 목사관에 들러 앨런 부인과 마음껏 이야기를 나누었다. 그리고 마지막으로 저녁 무렵 매슈와 함께 **연인의 오솔길**을 지나 방목장까지 소를 몰며 걸었다. 숲은 저녁놀을 받아 아름답게 물들었고, 따스하고 눈부신 빛이 서편 언덕 사이로 비쳐 들었다. 매슈는 고개를 숙인 채 천천히 걸었고, 키가 크고 꼿꼿한 앤은 경쾌한 발걸음을 늦춰 매슈와 보조를 맞추었다.

앤이 나무라듯 말했다.

"오늘 일을 너무 많이 하셨어요, 아저씨. 좀 쉬엄쉬엄 하시면 안 돼요?"

매슈가 울타리 문을 열어 소를 들여보내며 말했다.

"글쎄다, 그래지지가 않는구나. 그게 다 나이 탓이야, 앤. 자꾸만 잊어버리니 말이다. 글쎄, 항상 열심히 일하며 살아왔으니 차라리 일을 하는 쪽이 마음이 편해."

앤이 아쉬운 듯 말했다.

"제가 아저씨가 처음에 바라시던 남자 아이였다면 지금쯤 큰 힘이 되어 아저씨가 여러 가지로 편하셨을 텐데요. 그 생각을 하면 제가 남자였으면 얼마나 좋았을까 싶어요."

매슈가 앤의 손을 토닥이며 말했다.

"글쎄다, 난 남자 아이 열둘보다 네가 더 좋단다, 앤. 알겠니? 남자 아이 열둘을 준대도 말이다. 보자, 에이브리 장학생이 남자 아이는 아니었을걸. 그렇지? 여자 아이였어. 우리 아이, 내가 자랑스러워하는 우리 앤이었다고."

매슈가 마당으로 들어서며 앤을 보고 수줍게 미소 지었다. 그날 밤 자기 방으로 들어간 뒤에도 그 미소는 앤의 가슴에 남아 있었다. 앤은 열린 창가에 앉아 지난날의 추억과 미래에 대한 꿈에 한참 동안 젖어 들었다. 밖에는 안개처럼 새하얀 **눈의 여왕**이 달빛을 받으며 서 있고, 언덕 과수원 집 너머 늪에서는 개구리들이 노래를 불렀다. 평온한 아름다움과 달콤한 고요함에 묻혀 은빛으로 빛나던 그날 밤을 앤은 언제까지고 기억했다. 그것은 앤의 삶에 슬픔이 찾아오기 전의 마지막 밤이었고, 그 차갑고 신성한 손길이 닿고 나면 인생은 다시는 예전과 같아지지 못하는 법이었다.

37

죽음이라는 이름의 신

"오라버니…… 오라버니…… 왜 그러세요? 어디 편찮으세요?"

마릴라는 놀라서 제대로 말을 잇지 못했다. 앤은 그때 두 팔 가득 하얀 수선화를 안고 복도를 걸어오던 중이었다. 그 후로 앤은 오랫동안 하얀 수선화도, 그 향기도 좋아할 수가 없었다. 마릴라의 말과 함께 손에 신문을 접어 든 채 창백한 얼굴을 일그러뜨리며 현관 문가에 서 있는 매슈의 모습이 눈에 들어왔다. 앤은 꽃을 떨어뜨리고 마릴라와 동시에 부엌을 가로질러 매슈에게로 달려갔다. 하지만 둘 다 너무 늦었다. 두 사람이 다가가기도 전에 매슈는 문간에서 쓰러지고 말았다.

"기절했어. 앤, 마틴을 불러와. 어서, 빨리! 지금 헛간에 있어."

마릴라가 숨을 헐떡이며 말했다.

우체국에서 방금 돌아왔던 일꾼 마틴이 곧바로 의사를 부르러 갔고, 가는 길에 언덕 과수원 집에 들러 배리 부부에게 그 소식을 알렸다. 볼일 때문에 그 집에 와 있던 린드 부인이 함께 초록 지붕 집으로 왔다. 마릴라와 앤이 매슈를 깨어나게 하려고 미친 듯이 애를 쓰고 있었다.

린드 부인이 두 사람을 부드럽게 밀어내고는 맥박을 짚어 보고 매슈의 가슴에 귀를 갖다 댔다. 그러고는 눈물이 가득 담긴 눈으로 불안에 떠는 두 사람의 얼굴을 슬프게 바라보았다.

린드 부인이 무거운 목소리로 말했다.

“아, 마릴라, 아무래도…… 손 쓸 방법이 없을 것 같아요.”

“린드 아주머니, 아니죠……, 설마…… 설마 아저씨가…….”

앤은 차마 그 끔찍한 말을 입 밖으로 낼 수가 없었다. 얼굴이 하얘지며 온몸에서 힘이 쑥 빠져나갔다.

“그래, 애야, 안됐지만 그렇구나. 아저씨 얼굴을 보렴. 나는 저런 얼굴을 많이 봐서 어떤 얼굴인지 대번에 알아볼 수 있단다.”

앤은 매슈의 고요한 얼굴을 들여다보며 위대한 생명의 마지막 모습을 보았다.

의사는 죽음이 순간적으로 찾아와 고통은 거의 못 느꼈을 것이며, 아무래도 갑작스런 충격이 원인인 것 같다고 말했다. 충격의 비밀은 매슈가 손에 들고 있던 신문에 있었다. 그날 아침

마틴이 우체국에서 가져온 그 신문엔 애비 은행의 부도 기사가 실려 있었다.

매슈의 소식은 에이번리 마을에 빠르게 퍼졌고, 하루 종일 친구들과 이웃들이 초록 지붕 집으로 모여들었으며, 고인과 유족에게 따뜻한 마음을 전하려는 발길이 줄을 이었다. 수줍음 많고 조용하던 매슈 커스버트는 처음으로 사람들의 관심을 한 몸에 받게 되었다. 창백한 죽음의 위엄이 내려앉아 왕이라도 된 듯 특별한 존재가 되었던 것이다.

고요한 밤이 부드럽게 내리면서 오래된 초록 지붕 집에도 정적이 찾아왔다. 응접실에 놓인 관 안에는 긴 백발의 매슈 커스버트가 즐거운 꿈을 꾸며 잠이라도 든 듯 다정한 미소를 엷게 띤 채 평온한 얼굴로 누워 있었다. 매슈 주위를 꽃들이 감쌌다. 매슈 어머니가 신혼 시절 농장 뜰에 심었던 향기로운 그 옛날 꽃들은 매슈가 평생 남몰래 사랑해 오던 것이었다. 앤은 그 꽃들을 꺾어 와 매슈에게 바쳤다. 앤의 창백한 얼굴에는 눈물 없이 고통에 찬 눈만이 빛났다. 앤이 매슈에게 해줄 수 있는 일은 그것이 마지막이었다.

그날 밤엔 배리 부부와 린드 부인이 함께 집에 있어 주었다. 다이애나는 동쪽 방으로 올라가 창가에 서 있는 앤에게 조용히 말을 걸었다.

"앤, 오늘 밤에 여기서 함께 잘까?"

앤이 친구의 얼굴을 진지하게 바라보았다.

"고마워, 다이애나. 내가 혼자 있고 싶다고 말해도 섭섭해하지 않겠지? 난 괜찮아. 일이 일어난 후로 잠시도 혼자 있을 시간이 없었어. 그래서 지금은 혼자서 조용히 이 일을 어떻게 받아들여야 할지 생각하고 싶어. 난 도무지 실감이 안 나. 아저씨가 돌아가실 리가 없다는 생각이 들기도 하고, 한편으로는 이미 오래 전에 돌아가셔서 이제까지 쭉 이 끔찍하고 무거운 고통에 짓눌려 왔다는 느낌이 들기도 해."

다이애나는 앤의 말이 잘 이해되지 않았다. 앤의 눈물 없는 고통보다는 평소의 자제력과 지금까지의 습관을 깨고 폭풍처럼 슬픔을 토해 내는 마릴라의 격렬한 슬픔이 더 이해하기 쉬웠다. 하지만 다이애나는 앤이 홀로 슬픔에 젖어 첫 밤을 보낼 수 있게 순순히 자리를 비켜 주었다.

앤은 고독 속에서 눈물을 흘리길 바랐다. 그렇게 사랑하고 그렇게 사랑해 주던 매슈를 위해 한 방울의 눈물도 흘리지 않는다는 건 앤에게는 끔찍한 일이었다. 어제 저녁 석양 속을 함께 걷던 매슈가 이제 어둑한 아래층 방에서 무서우리만치 평온한 얼굴로 누워 있었다. 하지만 처음에는 눈물이 나오지 않았다. 어둠 속에서 창가에 무릎 꿇고 앉아 언덕 너머 별을 올려다보며 기도할 때조차도 눈물은 나오지 않았다. 그날의 고통과 흥분으로 기진맥진해 쓰러져 잠들 때까지도 그저 계속 이어지던

지독하고 묵직한 아픔만이 느껴질 뿐이었다.

잠에서 깨어나니 사방은 여전히 조용하고 어두웠다. 그날의 기억이 슬픔의 파도가 되어 밀려왔다. 어제 저녁 문간에서 헤어지며 웃던 매슈의 미소가 떠올랐다. 매슈가 "우리 아이, 내가 자랑스러워하는 우리 앤"이라고 하던 목소리도 들렸다. 그러자 눈물이 솟아났고 앤은 가슴이 터지도록 울기 시작했다. 마릴라가 그 소리를 듣고는 앤을 달래러 들어왔다.

"자……, 자……, 그렇게 울지 마라, 앤. 그런다고 아저씨가 돌아오지는 않아. 울어 봤자…… 소용이 없어. 그걸 알면서도 나도 아깐 눈물을 참을 수가 없었지만. 오라버닌 나한테 항상 착하고 다정한 사람이었단다. 하지만 이것도 다 하느님의 뜻이겠지."

앤이 흐느끼며 말했다.

"아, 그냥 울게 내버려 두세요, 아주머니. 가슴 아픈 것보단 우는 게 더 나아요. 잠시만 곁에서 절 안아 주세요. 다이애나가 아무리 착하고 다정하고 친절해도 함께 있을 수는 없었어요. 이건 다이애나의 슬픔이 아니니까요. 슬픔 속에 있지 않으니 제 마음을 온전히 느낄 수가 없잖아요. 이건 아주머니와 저, 우리 두 사람의 슬픔이에요. 아, 아주머니, 아저씨 없이 어떻게 살죠?"

"우리에겐 서로가 있잖니, 앤. 네가 없었으면……, 네가 이 집에 오지 않았으면 어쨌을지 모르겠구나. 앤, 그동안 내가 너한테 엄하고 모질게 대했는지는 모르지만, 그렇다고 오라버니만큼 널 사랑하지 않았다고 생각하면 안 된다. 이젠 너한테 말하고 싶어. 내가 워낙 속마음을 잘 얘기 못하는 성격이긴 하다만 이런 일이 닥치고 보니 말하기가 오히려 편하구나. 앤, 난 널 친자식처럼 사랑한단다. 네가 초록 지붕 집에 온 뒤부터 너는 내 기쁨이자 위안이었어."

이틀 뒤, 매슈 커스버트는 자신의 농장 문을 지나 손수 일군 밭과 사랑하던 과수원과 직접 심은 나무들을 뒤로 한 채 영원히 떠나갔다. 그리고 에이번리는 조용한 평온을 되찾았다. 초록 지붕 집마저도 오랜 일상으로 돌아가 예전처럼 규칙적으로 일하고 의무를 다했다. 하지만 뭔가 잃어버린 듯한 아픈 상실감은 여전히 남아 있었다. 매슈가 없이도 세상이 변함없이 돌아간다는 사실이 앤에게는 새로운 슬픔으로 다가왔다. 여전히 전나무 너머로 태양은 떠오르고, 정원에 피어난 연분홍 꽃망울을 보면 전처럼 기쁜 마음이 솟구치며, 다이애나가 찾아오면 즐겁고, 그 명랑한 이야기와 몸짓에 웃음이 터져 나온다는 사실에 왠지 부끄럽고 미안한 마음이 들었다. 꽃이 만발한 아름다운 세상과 사랑과 우정은 전혀 그 힘을 잃지 않은 채 앤의 상상력을 북돋워 주고 가슴 떨리는 감동을 안겨 주었으며, 삶은 여전히 또렷한 목소리로 끈질기게 앤을 부르고 있었다.

어느 날 저녁, 앤은 앨런 부인과 함께 목사관 정원을 거닐며 진지하게 말했다.

"아저씨가 돌아가셨는데도 그런 일들로 즐거워하다니 꼭 배신이라도 하는 기분이에요. 아저씨가 너무 보고파요. 늘 그리워요. 하지만 그런데도 여전히 저한텐 세상이 너무 아름답고 재미있게만 느껴져요. 오늘만 해도 다이애나가 무슨 재미있는 얘기를 하자 제가 막 웃고 있는 거예요. 전 다시는 웃을 수 없을 거라 생각했거든요. 그러면 안 될 것 같기도 했고요."

앨런 부인이 온화한 목소리로 말했다.

"매슈 아저씨는 너의 웃음소리를 좋아하셨고, 주위에 있는 즐거운 것들 속에서 네가 기쁨을 발견해 내는 걸 좋아하셨단다. 아저씨는 그저 먼 곳에 계실 뿐, 여전히 네가 그러길 바라실 거야. 우리는 상처를 치유하는 자연의 힘을 거부해서는 안 돼. 하지만 네 기분도 이해한단다. 누구나 그런 경험을 하기 마련이니까. 사랑하는 사람이 떠나 이제 더 이상 그 기쁨을 함께 나눌 수 없는데도 뭔가에 기쁨을 느낀다는 사실이 못 견디게 화가 나고, 세상에 대한 관심이 되살아나기라도 하면 진정으로 슬퍼하지 않는 것처럼 느껴지곤 하거든."

앤이 꿈꾸듯 말했다.

"오늘 오후에 매슈 아저씨 무덤에 장미를 심으러 갔어요. 옛날에 아저씨 어머니께서 스코틀랜드에서 가져오신 하얀 장미나무예요. 아저씨는 그 장미를 제일 좋아하셨어요. 가시가 많고 되게 조그만데 향기가 아주 진해요. 아저씨 무덤가에 그 장미를 심을 수 있어 기뻤어요. 그렇게 가까이에 심어 놓으니 아저씨가 기뻐하실 뭔가를 한 것 같았거든요. 천국에도 그런 장미가 있었으면 좋겠어요. 숱한 여름을 거치며 아저씨의 사랑을 받은 그 작고 하얀 장미의 영혼들이 어쩌면 아저씨를 만나러 갔는지도 몰라요. 이제 가봐야겠어요. 마릴라 아주머니가 혼자 계시는데, 해가 지면 쓸쓸해하시거든요."

"네가 대학으로 떠나면 더 쓸쓸해질 텐데 걱정이구나."

앤은 아무 대답 없이 작별 인사를 한 후 천천히 초록 지붕 집으로 돌아갔다. 마릴라가 문 앞 계단에 앉아 있었다. 앤도 그 옆에 나란히 앉았다. 문은 닫히지 않도록 커다란 분홍 조가비로 받쳐 놓았다. 조가비의 매끈한 안쪽으로 난 소용돌이 모양이 바다에 지는 석양을 떠올리게 했다.

앤은 연노란 빛 인동덩굴 가지를 꺾어 모아 머리에 꽂았다.

움직일 때마다 머리 위에서 하늘의 축복처럼 향긋한 냄새가 퍼지는 것이 참 좋았다.

마릴라가 말했다.

"네가 없을 때 스펜서 선생님이 다녀가셨단다. 내일 시내에 안과 의사가 온다면서 나더러 꼭 검사를 받으러 가보라더구나. 한번 가서 확실히 알아보는 게 좋을 것 같아. 그 의사가 내 눈에 꼭 맞는 안경을 해준다면 얼마나 고마운 일이겠니. 내가 없는 동안 혼자 있어도 괜찮겠니? 마틴은 날 태워다 줘야 하고 다림질 거리도 있고 빵도 구워야 하는데."

"전 괜찮아요. 다이애나가 와서 같이 있으면 되니까요. 다림질도 반듯하게 하고 빵도 맛있게 구워 놓을게요. 손수건에 풀을 먹이거나 케이크에 진통제를 넣을까 봐 걱정하지 않으셔도 돼요."

마릴라가 웃었다.

"그때 넌 정말 사고뭉치였단다, 앤. 항상 말썽을 몰고 다녔지. 난 네가 뭐에 홀린 게 아닌가 생각하곤 했단다. 머리 염색했던 일 생각나니?"

"네, 그럼요. 어떻게 잊겠어요."

앤이 예쁘게 땋은 머리를 매만지며 빙그레 웃었다.

"머리 때문에 왜 그렇게 속을 태웠는지, 생각하면 가끔 웃음이 나요. 하지만 그 당시엔 아주 심각한 문제였으니 가볍게 웃을 수만은 없어요. 빨간 머리와 주근깨가 얼마나 싫었다고요. 이제 주근깨는 깨끗이 없어졌고, 사람들은 제 머리가 다갈색이라고들 말해요. 조시 파이만 빼고 말이죠. 조시는 어제 제 머리가 전보다 더 빨갛다고 했어요. 검은 상복을 입어 더 빨개 보이는 것 같다나요. 그러면서 머리가 빨간 사람들은 그 색깔에 익숙해지는지 물어보는 거예요. 아주머니, 전 조시 파이를 좋아하는 일은 포기하기로 했어요. 예전엔 조시를 좋아하려고 영웅적이라고 해도 좋을 만큼 노력한 적도 있어요. 하지만 조시 파이는 절대 좋아할 수가 없는 아이예요."

"조시도 파이 집안사람이라서 그래."

마릴라가 날카롭게 내뱉었다.

"그러니 그렇게 밉상이지. 그런 사람들도 사회에 무슨 도움이야 되겠지만, 그 도움이란 게 엉겅퀴보다 더 낫지는 않을 것 같구나. 조시도 교사가 된다니?"

"아뇨, 내년에 퀸스 학교로 다시 돌아간대요. 무디 스퍼전과 찰리 슬론도요. 제인과 루비는 교사가 될 거고 벌써 학교도 정해졌어요. 제인은 뉴브리지에서, 루비는 서쪽에 있는 한 학교에서 가르칠 거래요."

"길버트 블라이스도 교사가 될 거라던데, 그렇지?"

"네."

앤이 짧게 대답했다.

"참 잘생긴 청년이야. 지난 일요일에 교회에서 봤는데, 키도 훤칠하고 남자답더구나. 그만할 때 제 아버지를 쏙 빼닮았어. 존 블라이스는 멋진 아이였어. 우린 아주 친한 친구였단다. 다들 존이 내 남자 친구라고들 했지."

마릴라가 생각에 잠겨 말했다.

호기심이 발동한 앤이 마릴라를 쳐다보았다.

"어머, 아주머니, 그래서 어떻게 됐어요? 왜 그분이랑……."

"싸웠어. 존이 사과했지만 내가 받아 주지 않았지. 조금 지나면 용서해 주려고 했어. 하지만 그때는 삐치고 화가 나서 혼을 내주고 싶었단다. 존은 두 번 다시 돌아오지 않았어. 블라이스 집 사람들은 워낙 자존심이 강하거든. 하지만 난 늘 미안한 마음이 들었단다. 기회가 왔을 때 용서해 줬더라면 얼마나 좋았을까 하고 늘 생각했지."

"그러니까 아주머니 인생에도 낭만적인 추억이 조금은 있었던 거군요."

앤이 조용히 말했다.

"그래, 그렇다고 볼 수 있지. 날 보면 전혀 그런 생각이 들지 않겠지만 말이다. 하지만 사람은 겉모습만으로는 알 수가 없는 법이란다. 사람들은 나와 존에 대한 일은 모두 잊었어. 나도 그랬었고. 그런데 지난 일요일에 길버트를 보니 옛일이 새록새록 떠오르더구나."

38

길모퉁이

다음 날 마릴라는 시내에 갔다가 저녁쯤에 돌아왔다. 앤이 언덕 과수원 집에 다이애나를 바래다주고 오니 마릴라가 부엌 식탁 옆에서 손으로 이마를 짚은 채 앉아 있었다. 뭔가 낙심한 듯한 모습에 앤은 가슴이 철렁 내려앉았다. 마릴라가 그렇게 축 늘어져 있는 모습은 한 번도 본 적이 없었다.

"많이 피곤하세요, 아주머니?"

마릴라가 앤을 올려다보며 힘없이 말했다.

"그래……, 아니……, 잘 모르겠다. 그렇게 말하니 그런 것도 같구나. 하지만 그래서가 아니야."

앤이 걱정스레 물었다.

"안과 의사는 만나 보셨어요? 뭐라고 하던가요?"

"그래, 만났어. 눈 검사를 했단다. 의사 선생님은 독서와 바느질은 물론 눈에 무리를 주는 일은 아무것도 하지 말고, 우는 일도 없도록 하고, 선생님이 처방한 안경을 쓴다면 더 이상 나빠지지 않고 두통도 사라질 거라고 하더구나. 그렇게 하지 않으면 6개월 안에 완전히 실명해 버린다고 말이다. 실명이라니! 앤, 얼마나 끔찍하니!"

앤은 너무 놀라 소리를 질렀고 한동안 말을 잃었다. 아무 말도 할 수가 없었다. 이윽고 용기를 내어 입을 열긴 했지만 뭔가가 목에 걸린 듯했다.

"마릴라 아주머니, 그런 생각은 마세요. 의사 선생님은 희망을 주신 거예요. 조심만 하면 시력을 잃을 걱정은 없어요. 그 안경이 아주머니의 두통을 낫게 해준다니 잘된 일이잖아요."

마릴라가 씁쓸하게 말했다.

"난 그다지 희망적으로 들리지 않는구나. 책도 못 보고 바느질도 못하고 집안일도 제대로 할 수 없다면 도대체 어떻게 살란 말이냐? 차라리 장님이 되거나 죽는 편이 낫지. 우는 것만 해도 그래. 외로울 땐 저절로 눈물이 나는 걸 어쩌란 말이니. 하긴 이런 얘기 해봤자 소용없는 일이지. 차 한 잔만 갖다 주면 고맙겠구나. 기운이 하나도 없어. 어쨌든 이 일은 당분간 아무한테도 말하지 마라. 사람들이 찾아와 물어보고 동정하고 수군거리는 건 딱 질색이니까."

마릴라가 저녁 식사를 마치자 앤은 잠을 좀 자라고 권했다. 그리고 자기도 동쪽 방으로 올라가 어둠 속에서 홀로 창가에 앉아 무거운 마음으로 눈물을 흘렸다. 학교에서 집으로 돌아와 창가에 앉았던 그날 밤 이후로 모든 것이 너무 슬프게 변했다! 그때만 해도 앤은 희망과 기쁨에 가득 차 있었고, 미래는 장밋빛 약속으로 찬란하게 빛나 보였다. 그 후로 몇 년은 지난 것 같았다. 하지만 잠자리에 들 무렵 앤의 입가엔 미소가 감돌았고, 마음은 평온을 되찾았다. 앤은 자신이 해야 할 일과 당당히 마주했고, 의무도 마음을 열고 받아들이면 친구가 될 수 있음을 깨달았다.

그로부터 며칠이 지난 어느 오후, 마릴라가 뜰에서 손님과 얘기를 나누고는 천천히 집으로 들어왔다. 손님은 앤도 얼굴을 아는, 카모디에서 온 존 새들러라는 남자였다. 앤은 그 사람이 무슨 얘기를 했기에 마릴라의 표정이 저럴까 궁금했다.

"새들러 씨가 왜 오셨어요, 아주머니?"

마릴라가 창가에 앉아 앤을 바라보았다. 안과 의사의 충고도 무시한 채 마릴라의 눈에서는 눈물이 차올랐고 목소리는 갈라져 나왔다.

"내가 초록 지붕 집을 판다는 소문을 듣고 사고 싶어하는구나."

"판다고요! 초록 지붕 집을 판다고요?"

앤은 제대로 들은 게 맞는지 자기 귀를 의심했다.

"아, 아주머니, 정말로 초록 지붕 집을 파실 생각은 아니겠죠?"

"앤, 다른 방법이 없잖니. 나도 이래저래 생각을 많이 했단다. 눈이라도 괜찮다면 마땅한 일꾼을 고용해서 농장이며 집안 살림을 꾸려 나가겠다만, 그럴 수가 없지 않니. 시력을 완전히 잃을지도 모르고, 어쨌거나 제대로 일을 하긴 글렀으니 말이야. 나도 집을 팔아야 할 날이 오리라고는 생각지도 못했다. 하지만 상황이 점점 나빠지다가 나중엔 사겠다는 사람이 아예 안 나설지도 몰라. 우리 돈은 그 은행에 모조리 들어가 있었고, 지난 가을에 오라버니가 쓴 어음도 몇 장 있단다. 린드 부인은 농장을 팔고 어디 세를 얻으라고 하더라만……, 아마 자기 집에 와 있으라는 뜻이겠지. 집을 판대도 얼마 받진 못할 거야. 농장도 그리 크지 않고 건물도 지은 지 오래됐으니까. 그래도 내가 살아갈 만큼은 될 게다. 네가 장학금을 받게 돼서 정말 다행이구나, 앤. 방학 때 돌아올 집이 없어서 안됐지만, 너라면 잘 견디리라 생각한다."

마릴라가 끝내 울음을 터뜨리며 슬피 울었다.

"초록 지붕 집은 절대 팔아선 안 돼요."

앤이 단호하게 말했다.

"앤, 나도 그러면 좋겠구나. 하지만 너도 알잖니. 난 혼자서는 여기 살 수가 없어. 아마 힘들고 외로워서 미쳐 버리고 말 거야. 게다가 눈도 보이지 않게 될 거고……. 틀림없어."

"혼자 계시지 않아도 돼요, 아주머니. 제가 곁에 있겠어요. 전 레드먼드에 가지 않을 거예요."

"레드먼드에 가지 않겠다고!"

마릴라가 수척한 얼굴에서 손을 떼며 앤을 쳐다보았다.

"그게 대체 무슨 소리냐?"

"말씀드린 대로예요. 전 장학금을 받지 않겠어요. 아주머니가 시내에 갔다 오신 날 밤에 그렇게 결심했어요. 지금까지 절 위해 얼마나 정성을 다해 주셨는데, 힘들어하시는 아주머니를 혼자 두고 제가 떠날 수 있다고 생각하셨어요? 전 곰곰이 생각하며 계획을 세웠어요. 한번 들어 보세요. 배리 아저씨가 내년에 우리 농장을 빌리시고 싶대요. 그러니 농장 걱정은 하지 않으셔도 돼요. 그리고 전 교사가 될 거예요. 에이번리 학교에 지원서를 내긴 했지만…… 이사회에서 길버트 블라이스를 채용하기로 약속했다니까 기대하지는 않아요. 하지만 카모디 학교는 갈 수 있어요. 어젯밤에 가게에 들렀더니 블레어 씨가 그렇게 말씀하셨어요. 물론 에이번리 학교만큼 편하고 좋진 않겠죠. 그래도 날씨만 따뜻하다면 카모디까지 마차로 출퇴근할 생각이에요. 겨울에도 금요일마다 집에 올 수 있어요. 그러니 말은 그냥 두기로 해요. 아, 전 이미 계획을 다 세워 놓았어요, 아주머니. 제가 책도 읽어 드리고 힘이 되어 드릴게요. 지루하거나 외롭지 않으실 거예요. 여기서 아주머니와 저, 이렇게 둘이 함께 화목하고 행복하게 살 거라고요."

마릴라는 꿈꾸는 표정으로 앤의 말을 듣고 있었다.

"앤, 네가 여기에 있어 준다면, 나야 더할 나위 없이 좋지. 하지만 나 때문에 널 희생시킬 수는 없단다. 그건 말이 안 돼."

앤이 경쾌하게 웃었다.

"그런 말이 어디 있어요! 희생이라뇨? 초록 지붕 집을 포기하는 것보다 더 큰 희생은 없어요. 그보다 더 가슴 아픈 일은 없다고요. 우린 이 정든 옛 집을 지켜야만 해요. 제 마음은 이미 정해졌어요, 아주머니. 전 레드먼드에 가지 않아요. 여기 남아서 아이들을 가르칠 거예요. 그러니 제 걱정은 조금도 마세요."

"하지만 네 꿈은…… 그리고……."

"전 그 어느 때보다 꿈에 부풀어 있어요. 단지 꿈의 방향이 바뀐 것뿐이에요. 전 훌륭한 교사가 될 거예요. 그리고 아주머니 시력을 지켜 드릴 거예요. 게다가 집에서 독학으로 대학 과정도 조금씩 공부할 거고요. 아, 계획이 참 많아요, 아주머니. 일주일 내내 생각했어요. 이곳에서 최선을 다해 살면 틀림없이 그만한 대가가 돌아올 거라고 믿어요. 퀸스를 졸업할 때 제 미래는 곧은길처럼 눈앞에 뻗어 있는 듯했어요. 그 길을 따라가면 수많은 이정표를 만나게 될 거라고 생각했죠. 이제 전 길모퉁이에 이르렀어요. 그 모퉁이에 뭐가 있는지는 모르지만 가장 좋은 것이 있다고 믿을 거예요. 길모퉁이는 그 나름대로 매력이 있어요,

아주머니. 모퉁이를 돌면 무엇이 나올까 궁금하거든요. 어떤 초록빛 영광과 다채로운 빛과 어둠이 펼쳐질지, 어떤 새로운 풍경이 있을지, 어떤 낯선 아름다움과 맞닥뜨릴지, 저 멀리 어떤 굽이 길과 언덕과 계곡이 펼쳐질지 말이에요."

마릴라가 장학금을 떠올리며 말했다.

"그래도 대학을 포기하게 내버려 두면 안 될 것 같구나."

앤이 웃으며 말했다.

"하지만 아주머닌 절 못 말리세요. 이제 여섯 달만 지나면 저도 열일곱이고, 언젠가 린드 아주머니가 말씀하셨듯이 전 '노새처럼 고집불통'이니까요. 아주머니, 부디 제가 안됐다고 생각하지 마세요. 동정받는 건 싫어요. 그럴 필요도 없고요. 좋아하는 초록 지붕 집에서 지낸다는 생각만으로도 가슴이 벅찬걸요. 아주머니와 저만큼 이 집을 사랑하는 사람은 없어요. 그러니 우리가 여길 지켜야 해요."

마릴라가 뜻을 굽히며 말했다.

"착하기도 하지! 네 덕분에 다시 살아난 느낌이야. 대학에 가라고 끝까지 설득해야겠지만 나로선 그럴 힘이 없으니 더 이상 말을 못하겠구나. 언젠가 꼭 보답을 하마, 앤."

앤 셜리가 대학을 포기하고 집에 남아 교사가 되기로 했다는 소문이 에이번리 곳곳에 퍼지자 온갖 말들이 떠돌았다. 마릴라의 눈에 대해 알 리 없는 선량한 주민 대부분이 마릴라의 어리석음을 나무랐다. 하지만 앨런 부인은 달랐다. 잘 결정했다는 앨런 부인의 말에 앤은 기쁨의 눈물을 흘렸다. 사람 좋은 린드 부인도 마찬가지였다. 어느 날 저녁 앤과 마릴라가 따스하고 향기로운 여름 황혼 빛에 둘러싸여 현관 앞에 앉아 있을 때, 린드 부인이 찾아왔다. 두 사람은 땅거미가 지고, 정원에 하얀 나방들이 날아다니고, 촉촉한 공기 속에 박하 향기가 가득 퍼질 무렵 그곳에 앉아 있기를 좋아했다.

린드 부인은 피로와 안도가 뒤섞인 한숨을 길게 내쉬며 문 옆의 돌 벤치 위에 묵직한 몸을 내려놓았다. 벤치 뒤로 분홍색과 노란색의 키 큰 접시꽃이 줄지어 피어 있었다.

"앉으니까 이제야 살 것 같네요. 하루 종일 돌아다녔거든요. 90킬로그램이나 되는 몸을 두 발로 지탱하는 게 보통 일이 아니에요. 뚱뚱하지 않은 것도 큰 축복이에요, 마릴라. 고마워해야 해요. 그래, 앤, 대학에 가겠다는 생각을 접었다고 들었다. 정말 잘했구나. 지금도 여자로서는 충분한 교육을 받았어. 난 여자 애들이 남자들과 같이 대학에 가서 라틴어니 그리스어니 쓸데없는 것들을 머릿속에 집어넣는 건 옳지 않다고 생각해."

앤이 웃으며 대꾸했다.

"하지만 저도 라틴어와 그리스어를 공부할 건데요, 린드 아주머니. 초록 지붕 집에서도 대학에서 배우는 인문 과정을 모두 익힐 작정이에요."

린드 부인이 깜짝 놀라며 두 손을 들어 올렸다.

"앤 셜리, 몸이 배겨나지 않을 텐데."

"천만에요. 큰 보람이 될 거예요. 그렇다고 지나치게 무리하진 않을 거예요. 적당히 해야죠. 겨울밤은 기니까 그만큼 시간이 많이 생길 테고 전 수예에는 소질이 없거든요. 아시겠지만, 전 카모디에서 교편을 잡을 거예요."

"그건 모르지. 내 생각엔 이곳 에이번리에서 가르치지 않을까 싶은데. 이사회에서 너한테 자리를 주겠다고 결정했다던걸."

앤이 놀라 벌떡 일어서며 소리쳤다.

"린드 아주머니! 길버트 블라이스가 가르치기로 되어 있었잖아요!"

"그랬었지. 그런데 네가 에이번리 학교에 지원서를 냈다는 소리를 듣고 길버트가 이사들을 찾아갔다지 뭐냐. 어젯밤 학교에서 이사회가 열렸거든. 가서는 지원을 취소할 테니 너한테 자리를 주라고 했단다. 자기는 화이트 샌즈에서 가르칠 거라면서 말이야. 물론 오로지 널 위해서 포기한 거지. 네가 얼마나 마릴라와 함께 있고 싶어하는지 알고 있으니까. 정말 친절하고 사려 깊은 아이 아니냐. 게다가 화이트 샌즈에 있으려면 하숙비도 들고, 알다시피 대학도 자기 힘으로 벌어서 가야 하는데 말이야. 그야말로 진정한 희생인 거지. 그래서 이사회에서 널 채용하기로 결정한 거야. 토머스가 집에 와서 그 얘기를 했을 때 난 얼마나 기뻤는지 모른단다."

앤이 중얼거렸다.

"그러면 안 될 것 같아요. 그러니까…… 길버트가 저 때문에…… 그런 희생을 하게 할 순 없어요."

"이젠 어떻게 할 수도 없어. 길버트는 벌써 화이트 샌즈 이사회와 계약을 해버렸으니까. 네가 거절한다고 해도 길버트한텐 아무 도움이 안 될 거야. 네가 당연히 에이번리 학교를 맡아야지. 이젠 파이 씨네 아이들도 없으니 잘할 수 있을 거야. 조시가 마지막 아이여서 정말 다행이지. 지난 20년 동안 에이번리 학교엔 파이 씨네 아이들이 안 다닌 적이 없단다. 하나같이 선생님을 괴롭히기 위해 태어난 아이들 같았다니까. 에구머니! 배리 씨 집에서 깜빡거리는 게 도대체 뭐냐?"

앤이 웃으며 말했다.

"다이애나가 오라고 신호를 보내고 있어요. 옛날부터 해오던 거예요. 잠깐 가서 무슨 일인지 알아보고 올게요."

앤은 클로버가 무성한 비탈길을 사슴처럼 뛰어내려 가 **유령의 숲** 전나무 그늘 속으로 사라졌다. 린드 부인이 부드러운 눈길로 그 모습을 바라보았다.

"아직도 어린애 같은 구석이 많군요."

"숙녀다운 면이 훨씬 많아요."

순간 예전의 팔팔한 성미가 되살아난 듯 마릴라가 톡 쏘아붙였다. 하지만 그것은 더 이상 마릴라의 성격이 되지 못했다.

그날 밤 린드 부인은 남편 토머스에게 이렇게 말했다.

"마릴라 커스버트가 부드러워졌어요. 정말이에요."

다음 날 저녁 앤은 에이번리 공동묘지에 가서 매슈의 무덤에 신선한 꽃을 놓아 주고 스코틀랜드 장미에 물을 주었다. 포플러 잎사귀가 다정한 소리로 나직이 이야기하듯 살랑거리고, 무덤가에서 제멋대로 자라난 잡초가 속살거리는 이 작은 묘지의 평화로움과 고요함이 좋아 앤은 땅거미가 질 때까지 주변을 서성거렸다. 이윽고 그곳을 떠나 비탈진 긴 언덕을 걸어 **반짝이는 호수** 쪽으로 내려오니, 해가 넘어가고 에이번리의 풍경이 저녁놀 속에서 태곳적 평화를 간직한 채 눈앞에 펼쳐졌다. 바람이 클로버 들판 위로 불자 달콤한 향기와 함께 신선한 기운이 감돌았다. 농장에 자라는 나무들 사이로 여기저기 집에서 흘러나오는 불빛이 반짝거렸다. 저 멀리로는 자줏빛 안개에 휩싸인 바다가 보였고, 희미한 파도의 웅얼거림이 끊임없이 들려왔다. 부드럽게 어우러진 빛깔들이 서쪽 하늘을 아름답게 수놓았고, 연못에 비치면서 더욱 부드러운 색조를 띠었다. 그 모든 아름다움에 앤은 벅찬 전율을 느끼며 마음의 문을 활짝 열어 고마움을 전했다.

"정든 세상아, 정말 아름답구나. 내가 네 속에 살아 있다는 게 너무 기뻐."

앤이 혼잣말을 했다.

언덕을 중간쯤 내려오자 키가 큰 청년이 휘파람을 불며 블라이스 씨 집 문을 열고 나왔다. 길버트였다. 앤을 알아본 길버트가 휘파람을 그치며 공손하게 모자를 벗었다. 하지만 앤이 멈춰서서 손을 내밀지 않았다면 아무 말 없이 지나쳐 갔을 터였다.

앤이 얼굴을 붉히며 말했다.

"길버트, 날 위해 학교를 양보해 줘서 고마워. 넌 정말 좋은 사람이야. 내가 고마워하는 걸 알아줬으면 좋겠어."

길버트가 앤이 내민 손을 꼭 잡았다.

"그리 대단한 일도 아닌걸, 앤. 네게 작은 도움이라도 줄 수 있어 기뻤어. 그럼 우리 이제 친구가 되는 거니? 내 옛날 실수를 정말 용서한 거야?"

앤이 웃으며 손을 빼려고 했지만 소용이 없었다.

"그날 연못가에서 이미 널 용서했었어. 나도 그땐 몰랐지만 말이야. 난 정말 어리석은 고집쟁이였어. 솔직히 고백하자면…… 그 후로 쭉 후회하고 있었어."

길버트가 기뻐하며 말했다.

"우리는 최고의 친구가 될 거야. 처음부터 우린 좋은 친구가 될 운명이었어. 그런데 네가 오랫동안 고집을 피워 온 거지. 서로 여러 가지로 도움이 될 거야. 앞으로 공부를 계속할 거지? 나도 그래. 가자, 집까지 바래다줄게."

앤이 부엌으로 들어오자 마릴라가 궁금한 듯이 쳐다보았다.